Teri Terry
Gelöscht

MIX
Papier aus verantwortungsvollen Quellen
FSC® C008047
www.fsc.org

5 4 3 2 1
ISBN 978-3-649-63396-9

Die englische Originalausgabe erschien 2012
bei Orchard Books (Hachette Children's Books)

Originaltitel: Slated
Aus dem Englischen von Marion Hertle
Lektorat: Isabelle Ickrath, Linda Borchert
Satz: Sabine Conrad, Bad Nauheim
www.coppenrath.de

Das ebook erscheint unter der ISBN 978-3-649-61521-7

Teri Terry

GELÖSCHT

Aus dem Englischen von Marion Hertle

COPPENRATH

Für Graham
Der nicht wusste, auf was er sich da einließ,
aber trotzdem einfach immer mitgekommen ist.

PROLOG

Ich renne.

Wellen beißen sich in den Sand, während ich einen Fuß vor den anderen zwinge. Hochkämpfen, ausrutschen und wieder hochkämpfen. Schneller, den Blick auf die Dünen vor mir fixiert. Nicht zurückschauen. Ich darf nicht zurückschauen. Mein Atem geht keuchend – ein, aus, ein, aus. Ich renne immer weiter.

Gerade als meine Lungen und mein Herz explodieren wollen – ein blutroter Stern auf dem Sand. Ich stolpere.

Ein Mann dreht sich um. Er zieht mich hoch und drängt mich weiter.

Es kommt näher.

Meine Beine geben unter mir nach und ich falle wieder. Ich kann nicht mehr laufen.

Er geht in die Knie, hält mich fest und sieht mir in die Augen. »Es ist Zeit. Schnell jetzt! Bau die Wand auf.«

Näher.

Also baue ich sie, Stein um Stein. Reihe um Reihe. Ein hoher Turm, wie der von Rapunzel, aber ohne Fenster. Keine Öffnung, durch die ich mein Haar herunterlassen könnte.

Keine Hoffnung auf Rettung.

»Vergiss nie, wer du bist!«, ruft der Mann, packt mich an den Schultern und schüttelt mich heftig.

Der Schock fegt das Meer weg. Den Sand. Seine Worte, die Flecken auf meinen Armen und den Schmerz in meiner Brust und in meinen Beinen.

Es ist da.

KAPITEL 1

Merkwürdig.

Zugegeben, ich habe wenig Erfahrung, um diesen Eindruck begründen zu können. Ich bin 16 Jahre alt und weder langsam noch zurückgeblieben oder seit meiner Geburt in einem Schrank eingesperrt gewesen – zumindest soweit ich weiß –, aber das Slating macht das mit einem. Es nimmt einem alle Erinnerungen.

Es dauert eine Weile, bis nicht mehr ständig alles zum ersten Mal geschieht. Erste Worte, erste Schritte, die erste Spinne an der Wand, der erste angeschlagene Zeh. Ganz einfach: erstes ALLES.

Wenn ich mich heute also seltsam und unsicher fühle, könnte es einfach daran liegen.

Ich kaue an meinen Nägeln, während ich hier sitze und auf Mum, Dad und Amy warte, damit sie mich aus dem Krankenhaus abholen, um mich nach Hause zu bringen. Aber ich weiß nicht, wer sie sind. Ich weiß nicht, wo *zu Hause* ist. Ich weiß gar nichts. Wie könnte das nicht … merkwürdig sein?

Bzzzz: ein sanftes vibrierendes Warnsignal von dem Levo an meinem Handgelenk. Ich schaue nach unten: Ich bin auf 4,4 gefallen. Also esse ich ein Stück Schokolade, und mein Level steigt ganz langsam wieder an, während sich der Zucker in meinem Mund ausbreitet und ich beobachte, wie sich mein Levo-Wert verändert.

»Mit so schwachen Nerven wirst du irgendwann dick.«

Ich zucke zusammen.

Dr. Lysander steht in der Tür. Sie ist groß und dünn und trägt einen weißen Kittel. Ihre dunklen Haare sind nach hinten gekämmt und auf ihrer Nase sitzt eine dicke Brille. Sie bewegt sich geräuschlos wie ein Geist und scheint immer schon vorher zu wissen, wann das Levo bei jemandem in den roten Bereich rutscht. Aber sie ist nicht wie die Schwestern, die einen mit einer Umarmung zurückholen. *Nett* würde man sie wohl nicht gerade nennen.

»Es ist so weit, Kyla. Komm.«

»Muss ich denn gehen? Kann ich nicht einfach hierbleiben?«

Sie schüttelt den Kopf. Ein ungeduldiges Zucken in ihren Augen sagt *»Das habe ich schon eine Million Mal gehört«*. Oder zumindest 19.417 Mal, denn das ist die Nummer meines Levos.

»Du weißt, dass das nicht geht. Wir brauchen das Zimmer. Komm.«

Sie dreht sich um und geht durch die Tür. Ich nehme meine Tasche und folge ihr. Darin ist alles, was ich besitze – sie ist nicht schwer.

Ehe ich die Tür schließe, blicke ich zurück in mein Zimmer. Ein Bett, zwei Kissen, eine Decke, ein Schrank. Das Waschbecken mit einer Schramme an der rechten Seite ist das Einzige, was dieses Zimmer von den endlosen Reihen von quadratischen Räumen auf meinem und den anderen Korridoren unterscheidet. Das Erste, woran ich mich *erinnere.*

Neun Monate lang waren diese vier Wände die Grenzen meines Universums. Sie und Dr. Lysanders Büro, die Sporthalle und die Schule einen Stock tiefer, zusammen mit anderen wie mir.

Bzzzz: Es vibriert an meinem Arm noch stärker als vor einigen Minuten. Mein Levo ist auf 4,1 gefallen.

Zu niedrig.

Dr. Lysander dreht sich um und schnalzt leise mit der Zunge. Sie beugt sich zu mir herunter, sodass wir auf Augenhöhe sind, und berührt meine Wange mit der Hand. Wieder ein erstes Mal.

»Glaub mir, alles wird gut. Und wir werden uns ja alle zwei Wochen sehen.«

Sie lächelt. Aber eigentlich spannt sie die Lippen über die Zähne und ihr Gesicht wirkt damit fremd. Als ob das Lächeln unsicher wäre, wie es überhaupt dorthin gelangt ist. Ich bin so überrascht, dass ich meine Angst vergesse und mein Levo aus dem roten Bereich steigt.

Sie nickt, richtet sich auf und läuft den Flur hinab zum Lift.

Wir fahren schweigend neun Stockwerke nach unten ins »Erdgeschoss«, dann gehen wir einen kurzen Gang entlang, bis wir zu einer weiteren Tür gelangen. Eine, hinter der ich noch nie gewesen bin – aus gutem Grund. Darüber steht »S & E«: Sachbearbeitung und Entlassung. Sobald man durch diese Tür tritt, ist man raus.

»Geh nur«, sagt Dr. Lysander.

Ich zögere und öffne die Tür nur einen Spalt. Dann drehe ich mich noch einmal um, weil ich »Auf Wiedersehen« oder »Bitte gehen Sie nicht« oder beides sagen will, aber mit einem leisen Rascheln des weißen Kittels und der dunklen Haare ist Dr. Lysander schon wieder im Lift verschwunden.

Mein Herz schlägt viel zu schnell. Ich atme ein und aus und zähle dabei jedes Mal bis zehn, wie man es uns beigebracht hat, bis mein Puls wieder langsamer wird. Dann straffe ich meine Schultern und ziehe die Tür weiter auf. Hinter der Schwelle befindet sich ein langer Raum mit einer Tür am anderen Ende und Plastikstühlen an der Wand. Darauf sitzen zwei andere Slater, mit der gleichen Tasche, wie ich sie habe, vor sich auf dem Boden. Ich kenne beide aus der Schule, obwohl ich viel länger hier war als sie. Genau wie ich tragen sie nicht mehr die hellblauen Baumwoll-Overalls, sondern richtige Jeans – also einfach eine andere Uniform. Die beiden lächeln, weil sie sich darauf freuen, endlich das Krankenhaus mit ihren Familien zu verlassen.

Es ist ihnen egal, dass sie ihre Eltern und Geschwister noch nie zuvor gesehen haben.

Eine Krankenschwester hinter einem Tisch auf der anderen Seite des Raums blickt auf. Ich stehe in der Tür und will sie nicht hinter mir zufallen lassen. Die Frau runzelt leicht die Stirn und winkt mich ungeduldig herein.

»Komm. Bist du Kyla? Du musst dich bei mir eintragen, bevor du dich abmelden kannst«, sagt sie und lächelt breit.

Ich zwinge mich, zu ihr zu gehen. Mein Levo vibriert, als die Tür hinter mir ins Schloss fällt. Die Krankenschwester nimmt meine Hand und sieht auf mein Levo, während es noch stärker zu vibrieren beginnt: 3,9. Sie schüttelt den Kopf, hält mit einer Hand meinen Arm fest und bohrt mit der anderen eine Spritze in meine Schulter.

»Was war das?«, frage ich und ziehe meinen Arm weg, obwohl ich die Antwort kenne.

»Nur etwas, um dich bei Laune zu halten, bis du das Problem von jemand anderem geworden bist. Setz dich. Du wirst aufgerufen.«

Mein Magen dreht sich um, doch ich tue, was sie sagt, und setze mich. Die anderen beiden Slater sehen mich mit großen Augen an. Ich spüre, wie der Happy Juice langsam durch meine Adern strömt und alle Gefühle verwischt, aber er kann meine Gedanken nicht stoppen – selbst dann nicht, als mein Levo auf 5 steigt.

Was, wenn mich meine Eltern nicht mögen? Selbst wenn ich mir wirklich Mühe gebe – was zugegebenermaßen nicht immer der Fall ist –, scheinen mich andere Menschen nicht unbedingt leicht ins Herz zu schließen. Sie werden wütend, wie Dr. Lysander, wenn ich nicht tue oder sage, was sie erwarten.

Und was, wenn ich sie nicht mag? Ich kenne nur ihre Namen. Alles, was ich habe, ist ein Foto, das gerahmt an der Wand meines Krankenzimmers hing und jetzt in meiner Tasche steckt. David, Sandra und Amy Davis. Dad, Mum und meine große Schwester. Sie lächeln in die Kamera und sehen ganz nett aus, aber wer weiß schon, wie sie wirklich sind?

Doch letztendlich ist das alles unwichtig, denn ganz egal, wer sie sind – ich muss dafür sorgen, dass sie mich mögen.

Scheitern ist keine Option.

KAPITEL 2

Die »Sachbearbeitung« ist kaum der Rede wert. Ich werde gescannt, fotografiert, gewogen und meine Fingerabdrücke werden genommen.

Wie sich herausstellt, ist die »Entlassung« der schwierigere Teil. Die Schwester erklärt mir auf dem Weg, dass ich meine Mutter und meinen Vater begrüßen muss, dass sie und ich ein paar Formulare unterschreiben werden, die belegen, dass wir jetzt alle eine große wundervolle Familie sind, und wir dann gemeinsam nach Hause fahren werden, um für immer glücklich miteinander zu leben. Natürlich springt mir das Problem sofort ins Auge: Was, wenn sie mich sehen und sich plötzlich weigern zu unterschreiben? Was dann?

»Steh gerade! Und *lächle*«, zischt die Schwester und schiebt mich durch die Tür.

Ich setze ein breites Lächeln auf, obwohl ich genau weiß, dass es aus einer ängstlichen und traurigen Kyla keine engelsgleiche und glückliche Erscheinung macht.

Kaum bin ich über die Schwelle getreten, bleibe ich wie angewurzelt stehen: Da sind sie. Ich hatte irgendwie damit gerechnet, dass sie dort stehen würden wie auf dem Foto, in den gleichen Klamotten, wie Puppen. Aber alle drei tragen unterschiedliche Kleidung, sie stehen anders und tausend Details kämpfen um meine Aufmerksamkeit. Es ist alles zu viel für mich. Der Anblick meiner neuen Familie droht mich zu überwältigen, sodass ich wieder in den roten Bereich abrutsche, obwohl immer noch der Happy Juice durch meine Adern fließt. Ich höre die gelangweilte Stimme meiner Lehrerin mit dem ewig gleichen Mantra, als stünde sie direkt neben mir: *Eins nach dem anderen, Kyla.*

Also konzentriere ich mich auf ihre Augen und hebe mir den Rest für später auf. Dads Augen sind grau, rätselhaft und zurückhaltend. Mums Augen haben kleine Flecken auf hellem Braun – es sind ungeduldige Augen, die mich an die von Dr. Lysander erinnern. Augen, denen nichts entgeht. Und meine Schwester ist auch da: große, dunkle, fast schwarze Augen sehen mich neugierig an, umrahmt von schimmernder Haut wie brauner Samt. Als das Foto vor ein paar Wochen geschickt wurde, wollte ich wissen, warum Amy so anders aussieht als meine Eltern und ich, aber sofort wurde ich zurechtgewiesen, dass die ethnische Herkunft ohne Bedeutung sei und unter der wunderbaren Zentralkoalition keiner Erwähnung mehr wert sei. Aber wie kann man so etwas übersehen?

Die drei sitzen an einem Tisch, zusammen mit einem fremden Mann. Alle Augen sind auf mich gerichtet, aber niemand sagt ein Wort. Mein Lächeln fühlt sich immer unnatürlicher an, wie ein Tier, das gestorben ist und jetzt mit einer Todesfratze auf meinem Gesicht klebt.

Dann springt Dad von seinem Stuhl auf. »Kyla, wir freuen uns so, dass du jetzt zu unserer Familie gehörst.« Lächelnd nimmt er meine Hand und küsst mich auf die Backe. Seine Wange mit den Bartstoppeln fühlt sich rau an, aber sein Lächeln ist warm. Und echt.

Dann kommen auch Mum und Amy zu mir und alle drei überragen mich mit meinen ein Meter fünfzig. Amy hakt sich bei mir ein und streicht über mein Haar. »So eine schöne Farbe, wie goldener Weizen. Und so weich!«

Mum lächelt nun auch, aber ihr Lächeln gleicht meinem.

Der Mann am Tisch räuspert sich und raschelt dann mit irgendwelchen Papieren. »Würden Sie bitte unterzeichnen?«

Und Mum und Dad unterschreiben dort, wo er hinzeigt. Dann reicht Dad mir den Stift.

»Deine Unterschrift, Kyla«, sagt der Mann und tippt auf eine leere Linie am Ende des langen Dokuments. »Kyla Davis« ist darunter getippt.

»Was ist das?«, will ich wissen, und die Worte kommen aus meinem Mund, ehe ich *denken kann, bevor ich spreche*, wie Dr. Lysander es mir immer wieder eingeschärft hat.

Der Mann am Tisch hebt eine Augenbraue, während sich auf seinem Gesicht erst Überraschung und dann Verärgerung spiegelt. »Das Standardformular für die Entlassung aus der stationären Behandlung in den externen Vollzug. Unterzeichne.«

»Kann ich es erst lesen?«, frage ich, denn eine merkwürdige Sturheit in mir treibt mich an, obwohl ein anderer Teil von mir *schlechte Idee* flüstert.

Die Augen des Mannes werden schmaler, dann seufzt er. »Ja, das kannst du. Dann warten jetzt bitte alle, bis Miss Davis ihrem Rechtsanspruch nachgekommen ist.«

Ich blättere das Dokument durch, aber es hat über zehn Seiten, die so eng bedruckt sind, dass alles vor meinen Augen verschwimmt und mein Herz wieder rast.

Dad legt mir eine Hand auf die Schulter und ich drehe mich um. »Das ist schon in Ordnung, Kyla. Nur zu«, sagt er ruhig.

Auf ihn und Mum muss ich ab jetzt hören. Ich erinnere mich, dass das eine der Regeln ist, die mir eine Schwester letzte Woche geduldig zu erklären versucht hat. Und es ist Teil dessen, was im Vertrag steht.

Ich werde rot und unterzeichne: Kyla Davis. Nicht mehr nur Kyla – der Name, den eine Beamtin für mich ausgesucht hat, als ich hier vor neun Monaten zum ersten Mal die Augen aufschlug. Und jetzt habe ich außerdem einen richtigen Nachnamen, der zu mir gehört und mich zum Teil einer Familie macht. Das steht auch irgendwo im Vertrag.

»Lass mich das tragen«, sagt Dad und nimmt meine Tasche. Amy hakt sich wieder bei mir ein und wir gehen durch die letzte Tür.

Und einfach so lassen wir alles hinter uns, was ich kenne.

Mum und Dad mustern mich im Autospiegel, als wir aus der Tiefgarage unter dem Krankenhaus fahren. Es ist okay, denn ich mustere sie genauso.

Sie fragen sich wahrscheinlich, wie sie zu zwei Töchtern gekommen sind, die so überhaupt nicht zusammenpassen. Und das hat noch nicht mal mit der Hautfarbe zu tun, die man ja sowieso nicht bemerken darf.

Amy sitzt auf der Rückbank neben mir: groß, attraktiv und drei Jahre älter als ich. Ich bin klein und dünn und habe feine blonde Haare – ihre sind dunkel, dick und schwer. Sie ist eine *Granate*, wie einer der Pfleger immer eine Schwester genannt hat, auf die er stand. Und ich bin …

Mein Gehirn sucht nach einem Wort für das Gegenteil von Amy, aber es kommt nichts. Vielleicht ist das aber auch schon die Antwort: Ich bin ein leeres, langweiliges Blatt Papier.

Amy trägt ein fließendes, rot gemustertes Kleid mit langen Ärmeln, aber sie hat einen davon hochgeschoben, sodass ich das Levo an ihrem Handgelenk sehen kann. Meine Augen weiten sich vor Überraschung: Sie wurde auch geslated. Ihr Levo ist ein älteres Modell, groß und dick im Vergleich zu meinem, das nur aus einer schmalen Goldkette mit einem kleinen Display besteht und aussehen soll wie eine Armbanduhr oder ein Armkettchen. Aber darauf fällt natürlich niemand rein.

»Ich freu mich so, dass ich jetzt eine Schwester habe«, sagt Amy, und es muss stimmen, denn auf ihrer Digitalanzeige steht 6,3.

Wir kommen zur Pforte – hier halten mehrere uniformierte Männer Wache. Einer tritt ans Auto, die anderen sehen hinter der Glasscheibe zu. Dad drückt auf ein paar Knöpfe und alle Autofenster und der Kofferraum gehen auf.

Mum, Dad und Amy ziehen ihre Ärmel hoch und halten ihre Hände aus den Fenstern, also tue ich das Gleiche. Der Wächter schaut auf Mums und Dads leere Handgelenke und nickt, geht dann zu Amy und hält ein Ding an ihr Levo, bis es piept. Dann macht er dasselbe mit meinem Levo. Er wirft einen Blick in den Kofferraum und schließt ihn wieder.

Eine Schranke geht auf und wir dürfen passieren.

»Kyla, was möchtest du heute machen?«, fragt Mum.

Mum ist rund und spitz, nein, das ist kein Scherz. Ihr Körper ist rund und weich, aber ihr Blick und ihre Worte sind spitz.

Der Wagen fährt auf die Straße und ich drehe mich um. Ich kenne das Krankenhaus gut, aber nur von innen. Das Gebäude ist riesig – ich sehe endlose Reihen von vergitterten Fenstern. Hohe Zäune und Türme mit Wachen, die auf und ab patrouillieren, markieren die Grenzen des Klinikgeländes. Und …

»Kyla, ich habe dich etwas gefragt!«

Ich schrecke hoch. »Ich weiß es nicht«, sage ich vorsichtig.

Dad lacht auf. »Natürlich nicht, Kyla, keine Sorge.« Dann wendet er sich an Mum: »Kyla weiß nicht, was sie unternehmen möchte, denn sie hat ja nicht einmal eine Vorstellung davon, was man unternehmen *kann.*«

»Also komm, Mum, das weißt du doch«, sagt Amy und schüttelt den Kopf. »Lasst uns direkt nach Hause fahren. Sie soll sich erst ein bisschen an alles gewöhnen, hat die Ärztin gesagt.«

»Ja, Ärzte wissen immer *alles*«, seufzt Mum, und ich kapiere, dass dieses Thema wohl schon häufiger zur Diskussion stand.

Dad schaut in den Spiegel. »Kyla, weißt du, dass 50 Prozent aller Ärzte die schlechtesten Schüler ihres Jahrgangs waren?«

Amy lacht.

»Also ehrlich, David«, protestiert Mum, aber sie lächelt auch.

»Kennt ihr den Witz von dem Arzt, der links nicht von rechts unterscheiden konnte?«, beginnt Dad und zählt eine lange Liste von Operationsfehlern auf, von denen ich hoffe, dass sie nie in meinem Krankenhaus passiert sind.

Aber bald vergesse ich alles um mich herum und starre nur noch aus dem Fenster.

London.

Ein neues Bild entsteht in meinem Kopf. Das New London Hospital verliert seinen zentralen Platz in meinen Gedanken und versinkt in einem weiten Meer. Straßen, die immer weiter und weiter führen, Autos, Gebäude – alles ist voller Leben. Zum Trocknen aufgehängte Wäsche auf Balkonen und Vorhänge, die aus Fenstern herauswehen. Überall: Menschen – in Autos und auf der Straße. Menschenmassen und Läden und Büros und immer noch mehr Menschenmassen, die in alle Richtungen strömen und die Wachleute ignorieren, die an den Straßenecken stehen, wenn auch immer seltener, je weiter wir uns vom Krankenhaus entfernen.

Dr. Lysander hat mich oft gefragt, warum ich den Drang habe, alles zu beobachten und alles wissen zu wollen, um es mir einzuprägen und jeden Bezugspunkt und jede Position zu merken.

Doch die Antwort ist, dass ich es nicht weiß. Vielleicht will ich mich nicht leer fühlen. Es fehlen so viele Details, die ergänzt werden müssen.

Schon nach wenigen Tagen in der Klinik – sobald ich wieder wusste, wie man einen Fuß vor den anderen setzt, ohne hinzufallen – bin ich jedes frei zugängliche Stockwerk abgegangen, habe Flure und Türen gezählt und als Bilder in meinem Gehirn gespeichert. Ich hätte danach jedes Schwesternzimmer, jedes Labor und jeden anderen Raum blind wiedergefunden. Und auch jetzt noch schließe ich meine Augen und sehe alles vor mir.

Aber London ist anders. Eine ganze Stadt. Ich müsste jede einzelne Straße entlanggehen, um das Bild zu vervollständigen. Doch wir scheinen den direkten Weg *nach Hause* zu nehmen, in ein Dorf, eine Stunde westlich von London.

Natürlich habe ich in der Krankenhausschule Landkarten und Fotos gesehen. Stundenlang haben sie uns jeden Tag mit so viel Allgemeinwissen gefüttert, wie unsere leeren Gehirne aufnehmen konnten, um uns auf unsere Entlassung vorzubereiten.

Wie anders das doch war. Ich habe mich auf jede Information gestürzt und sie mir eingeprägt und gezeichnet, mir alles in meinem Notizbuch aufgeschrieben, damit ich nichts vergessen würde. Doch die meisten anderen waren weniger aufnahmebereit. Sie waren zu sehr damit beschäftigt, alles und jeden breit und dämlich anzugrinsen. Denn als wir geslated wurden, haben sie die Ausschüttung unserer Glückshormone manipuliert und erhöht.

Wenn sie also auch mein Hormonlevel verändert haben, muss ich vorher bei null gewesen sein.

KAPITEL 3

Dad nimmt meine Tasche aus dem Kofferraum und geht pfeifend und mit den Schlüsseln in der Hand zum Haus. Mum und Amy steigen aus dem Auto und drehen sich dann um, weil ich nicht nachkomme.

»Los, Kyla.« Mums Stimme klingt ungeduldig.

Ich drücke gegen die Tür, fest und dann fester, aber nichts geschieht. Ich sehe zu Mum auf und mein Magen verkrampft sich, weil sich ihre Miene langsam, aber sicher ihrem Ton anpasst.

Schließlich öffnet Amy die Tür von außen. »Du ziehst an diesem Hebel an der Innenseite und drückst die Tür dann auf. Okay?«

Sie schließt die Tür wieder, und ich greife nach dem Hebel und mache es so, wie sie gesagt hat. Die Tür schwingt auf, und ich steige aus dem Wagen, froh darüber, meine Beine ausstrecken und nach so langer Zeit im Auto aufstehen zu können. Aus einer Stunde Fahrt sind wegen Stau und Umleitungen drei geworden und Mum konnte ihre Ungeduld kaum mehr zügeln.

Jetzt nimmt sie mein Handgelenk. »Seht euch das an: 4,4 – nur weil sie eine Autotür nicht aufbekommt. Mein Gott, das wird harte Arbeit.«

Ich will widersprechen und antworten, dass das unfair ist und dass mein Level nichts mit der Tür zu tun hat, sondern mit der Art, wie sie mit mir umgeht. Aber ich bin unsicher, was ich sagen oder lieber nicht sagen soll. Also halte ich den Mund und beiße mir stattdessen die Innenseite meiner Wange blutig. Amy legt einen Arm um meine Schultern, als Mum hinter Dad ins Haus geht. »Das meint sie nicht so. Sie ist nur sauer, weil unser erstes Abendessen verspätet beginnt. Aber du bist noch nie in einem Auto gefahren, oder? Wie sollst du dann wissen, wie die Tür aufgeht?«

Amy verstummt, und ich weiß wieder nicht, was ich sagen soll, aber diesmal, weil sie so nett zu mir ist. Also versuche ich ein Lächeln, ein kleines nur, aber ein echtes.

Amy lächelt zurück. »Lass uns doch eine Runde ums Haus drehen, ehe wir reingehen, ja?«, schlägt sie vor.

Dort, wo der Wagen vor dem Haus parkt, ist alles voller kleiner Steinchen, die beim Gehen unter unseren Schuhen knirschen. Der Vorgarten ist ein Rechteck aus grünem Gras mit einem großen Baum auf der linken Seite – eine Eiche? Die Blätter sind eine Mischung aus Gelb, Orange und Rot und buntes Laub liegt unordentlich neben dem dicken Stamm. *Blätter fallen im Herbst*, erinnere ich mich. Welches Datum haben wir heute? Den 13. September. Links und rechts vor der Eingangstür wuchern ein paar rote und pinkfarbene Blumen, deren verwelkte Blütenblätter auf dem Boden liegen. Und überall um mich herum ist so viel Platz. Alles kommt mir nach dem Krankenhaus und der Fahrt durch London sehr still vor. Ich stehe auf der Wiese und atme die kühle Luft tief ein. Sie schmeckt feucht und nach Leben und dem Ende des Lebens, wie diese Blätter auf dem Boden.

»Kommst du mit rein?«, fragt Amy und ich folge ihr durch die

Eingangstür ins Haus. Davon zweigt ein Raum mit Sofas, Lampen und Tischen ab. Ein großer Flachbildschirm beherrscht die Wand. Ein Fernseher? Er ist viel größer als die Geräte, die wir im Freizeitraum im Krankenhaus hatten – nicht, dass sie mich da nach dem ersten Mal je wieder reingelassen hätten, als klar war, dass Fernsehen meine Albträume nur verschlimmerte.

Durch dieses Zimmer gelangt man in einen anderen Raum mit langen Arbeitsflächen und vielen Schränken. Außerdem gibt es hier einen riesigen Ofen, den Mum gerade öffnet, um eine Schüssel reinzustellen.

»Geh auf dein Zimmer und pack vor dem Abendessen deine Sachen aus, Kyla«, fordert mich Mum auf und reißt mich aus meinen Gedanken.

Amy nimmt meine Hand. »Hier lang«, sagt sie und zieht mich wieder in den Flur. Ich folge ihr die Treppen hinauf in einen anderen Flur, von dem drei Türen abgehen und eine weitere Treppe nach oben.

»Wir wohnen in diesem Stock, Mum und Dad oben. Schau, das ist meine Tür.« Sie zeigt nach rechts. »Das Zimmer am Ende des Ganges ist das Badezimmer, das teilen wir uns. Oben gibt es noch ein weiteres. Und hier ist dein Zimmer.« Sie deutet nach links.

Ich sehe sie ratlos an.

»Geh nur.«

Die Tür steht einen Spaltbreit offen. Ich schiebe sie auf und gehe hinein.

Der Raum ist viel größer als mein Zimmer im Krankenhaus. Meine Tasche steht schon auf dem Boden, wo Dad sie abgestellt haben muss. Im Zimmer befindet sich ein Kosmetiktisch mit Schubladen und einem Spiegel darüber und einem Schrank daneben, aber kein Waschbecken. Ein großes breites Fenster geht auf die Vorderseite des Hauses hinaus.

Zwei Betten.

Amy kommt rein und setzt sich auf eine der beiden Matratzen. »Wir dachten, wir stellen für den Anfang zwei Betten ins Zimmer. Ich kann bei dir schlafen, wenn du das möchtest. Die Schwester meinte, es wäre eine gute Idee, bis du dich eingewöhnt hast.«

Sie spricht nicht weiter, aber ich kann mir schon denken, worauf sie hinauswill. Die Leute aus dem Krankenhaus müssen es ihnen gesagt haben. *Für den Fall, dass ich Albträume habe.* Die habe ich oft, und wenn dann nicht schnell genug jemand bei mir ist, falle ich zu tief und mein Levo schaltet mich aus.

Ich setze mich auf das andere Bett. Etwas Rundes, Schwarzes und Felliges liegt auf der Decke. Ich strecke die Hand danach aus, doch halte mitten in der Bewegung inne.

»Nur zu. Das ist Sebastian, unser Kater. Er ist ganz lieb.«

Ganz vorsichtig berühre ich sein Fell mit den Fingerspitzen. Es ist warm und weich. Er rührt sich, der Ball entknäuelt sich, er streckt seine Tatzen aus, legt seinen Kopf zurück und gähnt.

Ich habe natürlich schon Bilder von Katzen gesehen, aber das hier ist anders: lebendig und atmend, mit seidigem Fell, das sich in Falten legt, als Sebastian sich streckt. Große gelbgrüne Augen starren in meine.

»Miau«, macht er und ich schrecke zurück.

Amy steht auf und beugt sich zu uns.

»Streichle ihn so«, sagt sie und fährt mit ihrer Hand durch sein Fell, vom Kopf bis zu seinem Schwanz. Ich mache es ihr nach, und der Kater gibt ein Geräusch von sich, das wie ein tiefes Brummen von seiner Kehle aus durch seinen Körper vibriert.

»Was ist das?«

Amy lächelt.

»Er schnurrt. Das heißt, er mag dich.«

Später, als es schon lange dunkel vor dem Fenster ist und Amy auf ihrem Bett in meinem Zimmer eingeschlafen ist, schnurrt Sebastian noch immer leise neben mir, während ich ihn streichle. Die Tür ist für ihn ein wenig geöffnet und Geräusche dringen von unten herauf – klappernde Küchengeräusche, Stimmen.

»Sie ist ein ruhiges, kleines Ding, nicht wahr?«, höre ich Dad.

»Das kann man wohl sagen. Überhaupt nicht wie Amy damals. Sie hat gar nicht mehr aufgehört zu kichern und zu plappern, als sie zum ersten Mal durch diese Tür spaziert ist, oder?«

»Das tut sie immer noch«, sagt er und lacht.

»Kyla ist auf jeden Fall ganz anders. Ein bisschen seltsam, wenn du mich fragst, mit diesen großen grünen Augen, die starren und starren.«

»Ach, sie ist ein liebes Mädchen. Lass sie doch erst mal ankommen.«

»Es ist ihre letzte Chance.«

»Pst.«

Unten wird eine Tür geschlossen und ich verstehe nichts mehr, nur noch ein leises Murmeln.

Ich wollte das Krankenhaus nicht verlassen. Nicht, dass ich dort ewig hätte bleiben wollen, aber innerhalb der Klinikwände wusste ich wenigstens, woran ich war. Wie ich mich einzufügen hatte und was von mir erwartet wird.

Hier ist mir alles fremd.

Aber es macht mir nicht so viel Angst, wie ich dachte. Ich weiß, dass Amy nett ist. Dad scheint in Ordnung zu sein. Und ich habe das Gefühl, dass Sebastian besser als Schokolade ist, um mich zurückzuholen, wenn ich zu tief falle. Auch das Essen ist viel besser. Mein erster Sonntagsbraten. Den gibt es jede Woche, meinte Amy.

Das Abendessen und keine Dusche, sondern ein richtiges Bad – eine volle, heiße Wanne, in die man eintauchen kann – haben dafür gesorgt, dass mein Wert vor dem Schlafengehen fast auf 7 geklettert ist.

Doch Mum hält mich für seltsam. Ich muss darauf achten, sie nicht so oft anzustarren.

Der Schlaf legt sich über mich wie eine Decke, doch ihre Worte gehen mir nicht aus dem Kopf.

Letzte Chance …

Hatte ich je irgendwelche anderen Chancen?

Letzte Chance …

Ich renne.

Wellen krallen sich in den Sand unter meinen Füßen, während ich ein Bein vor das andere zwinge, wieder und wieder. Mein Atem geht keuchend ein und aus, bis meine Lungen fast platzen, und ich renne immer noch. Goldener Sand, so weit das Auge reicht. Er gibt unter mir nach und immer wieder rutsche ich aus, rapple mich auf und renne weiter.

Das Grauen schnappt nach meinen Fersen.

Es kommt näher.

Ich könnte mich umdrehen und mich ihm stellen. Sehen, was es ist.

Ich renne.

»Schhhhh. Ich hab dich.«

Ich kämpfe verzweifelt, bis ich merke, dass es Amys Arme sind, die mich halten.

Die Tür geht auf und Licht fällt vom Flur herein.

»Was ist los?«, will Mum wissen.

Amy antwortet: »Nur ein böser Traum, aber jetzt ist alles wieder in Ordnung. Oder, Kyla?«

Mein Herzschlag wird langsamer, mein Blick klarer. Ich schiebe sie weg.

»Ja, alles okay.«

Ich sage die Worte, aber ein Teil von mir rennt immer noch.

KAPITEL 4

Ich schlendere zwischen den Bäumen umher, drehe mich um, lege mich aufs Gras und zwischen Gänseblümchen, ich ganz allein. Ich starre die Wolken an, die am Himmel treiben und halb bekannte Formen und Gesichter bilden. Namen schweben davon, wenn ich sie greifen will, also lasse ich sie ziehen: Ich will einfach nur daliegen und *ich* sein.

Es ist Zeit. Wie Nebel löse ich mich auf, bis ich verschwunden bin. Die Bäume und der Himmel werden von der Dunkelheit hinter meinen geschlossenen Augen ersetzt, das kitzelnde Gras von einem festen Bett.

Stille. Warum ist es so still? Mein Körper weiß, dass es später als fünf Uhr morgens ist, aber kein Wecker hat geklingelt, keine Frühstückswagen klappern die Flure herunter.

Ich liege ganz ruhig da, halte den Atem an und lausche.

Sanftes, gleichmäßiges Atmen, nahe bei mir. Bin ich letzte Nacht ohnmächtig geworden, ist da ein Wachmann in meinem Zimmer? Falls ja, klingt es so, als ob er schläft, anstatt aufzupassen.

Aus der anderen Richtung kommen leise, fröhliche Geräusche, mal lauter, mal leiser, wie Musik. Vögel?

Etwas Warmes an meinen Füßen.

Ich bin nicht in meinem Zimmer im Krankenhaus. Meine Augen springen auf, als es mir wieder einfällt.

Kein Wachmann auf der anderen Seite des Raumes. Nur Amy, die gleichmäßig atmet und tief schläft, genau wie Sebastian an meinen Füßen. Vielleicht wachen sie nur auf eine andere Art über mich.

Ich schleiche leise zum Fenster und ziehe den Vorhang auf.

Dämmerung.

Rote Streifen sind am Himmel zu sehen, rosafarbene Wolkenflecken, durch die das Licht auf Gras und feuchtes Laub fällt. Die Welt ist in Orange, Gold, Rot und alle Schattierungen dazwischen getaucht.

Es ist wunderschön.

Mein Krankenhauszimmer zeigte nach Westen. Sonnenuntergänge habe ich häufig gesehen, zwar meist verstellt von Gebäuden, aber noch nie einen Sonnenaufgang.

Der leise Gesang wird lauter, als andere Vögel mit einfallen. Ich mache das Fenster weit auf, lehne mich hinaus und *atme.* Die Luft ist frisch, ohne eine Spur von Metall oder Desinfektionsgeruch. Ich sehe nichts als das feuchte Grün des Gartens unter mir und die Felder jenseits davon, die im frühen Licht schimmern.

Und irgendwie weiß ich es: Ich gehörte nie in die Stadt. Ich war – bin – ein Mädchen vom Land. Ich weiß es so sicher, wie ich atme, dass dieser Ort viel mehr wie ein Zuhause ist.

Nicht *wie* ein Zuhause, es *ist* zuhause: gestern, heute, und wie viele Tage noch kommen, weiß ich nicht.

Aber es war schon so, bevor ich die geworden bin, die ich jetzt bin. Dr. Lysander sagt, dass ich Dinge aus meinem Unterbewusstsein ziehe und es keinen Weg gibt, um herauszufinden, ob sie wahr sind oder nicht. Ich versuche lediglich, dem Unbekannten eine Bedeutung zu geben, um es zu ordnen, genau wie ich Diagramme und Karten zeichne. Und Gesichter.

Unter mir zieht mich das schimmernde Gras wie magisch an. Das Laub mit seinen Mustern voller Farben, und besonders die verblühenden Blumen entlang des Hauses. Alle wollen eingefangen und geordnet werden, wollen Striche auf dem Papier werden. Ich ziehe das Fenster wieder leise zu und gehe durchs Zimmer. Amy liegt still in ihrem Bett, ihr Brustkorb bewegt sich immer noch sanft und gleichmäßig.

Zwei grüne Augen betrachten mich vom Ende meines Bettes. »Miau!«

»Schhh. Weck Amy nicht auf«, flüstere ich und streiche mit der Hand über Sebastians Fell. Er streckt sich und gähnt.

Wo sind meine Zeichensachen? Amy hat gestern Nachmittag meine Tasche ausgepackt, denn ich war zu wirr im Kopf, um mich darum zu kümmern, mit all den neuen Dingen und Menschen um mich herum, die meine ganze Aufmerksamkeit erforderten.

Ich öffne eine Schublade, dann eine andere – vorsichtig und leise, bis ich sie finde: meine Mappe mit Zeichnungen, meinen Skizzenblock und meine Stifte.

Ich nehme alles heraus und entdecke darunter die Schokolade, die ich gestern Morgen von den Schwestern meiner Station als Abschiedsgeschenk bekommen habe. Gestern erst, bemerke ich überrascht. Meine Zeit in der Klinik scheint viel länger her zu sein, als gehörte sie bereits zu meiner Vergangenheit.

Ich werfe einen Blick auf mein Levo und sehe, dass ich bei 6,1 bin. Überhaupt nicht niedrig. Ich brauche keine Schokolade.

Aber wer braucht schon eine Entschuldigung für Süßigkeiten? Also öffne ich die Verpackung.

»Interessante Frühstückswahl.« Amy setzt sich auf und gähnt. »Bist du Frühaufsteherin?«

Ich sehe sie verständnislos an.

»Wachst du immer so früh auf?«

Ich denke nach. »Ich glaube, schon«, sage ich schließlich. »Aber das könnte auch daran liegen, dass man im Krankenhaus gar keine andere Wahl hat.«

»Oh, ich erinnere mich. Die grauenhaften Wecker. Frühstück vor sechs.« Sie schaudert.

»Möchtest du?« Ich halte ihr die Packung Schokolade hin.

»Verlockend, aber nein danke. Vielleicht später, wenn ich wacher bin. Was ist das?« Sie zeigt auf die Mappe in meiner anderen Hand.

»Meine Zeichnungen.«

»Darf ich sie mir anschauen?«

Ich zögere. Ich zeige sie fast nie jemandem, obwohl Dr. Lysander darauf bestanden hat, sie ab und an durchzusehen.

»Du musst sie mir nicht geben, wenn du nicht willst.«

Ich setze mich neben Amy, öffne die Mappe und nehme die Blätter heraus. Amy stößt einen kleinen Schrei aus, als ihr Blick auf das oberste Bild fällt. Ein Selbstporträt. Die eine Gesichtshälfte könnte mein Spiegelbild sein, doch bei der anderen fehlt die Haut und der Augapfel hängt aus einer leeren Höhle.

»Darf ich?« Amy streckt die Hand aus und ich reiche ihr die Zeichnung.

Irgendetwas stimmt nicht. Mein Selbstporträt lag gestern nicht oben auf. Ich beginne, durch die Seiten zu blättern.

»Du bist wahnsinnig gut, das ist wirklich super.«

Es sind nicht genug Seiten, der Blätterstapel ist nicht so dick, wie er sein sollte. Wo sind meine Zeichnungen?

»Was ist los?«

»Einige meiner Bilder fehlen.«

»Bist du dir sicher?«

Ich nicke. Ich blättere die Mappe noch einmal langsamer durch. Die Bilder von mir, von meinem Zimmer, von Leuten und Orten, die ich mir ausgedacht habe, sind da. Aber viele andere nicht.

»Ich bin mir ganz sicher. Fast die Hälfte fehlt.«

»Was war denn darauf zu sehen?«

»Alles Mögliche. Schwestern. Mein Stockwerk im Krankenhaus, Karten von verschiedenen Klinikabschnitten und Räumen. Dr. Lysander. Und ...«

»Hast du Dr. Lysander gesagt?« Amy reißt die Augen auf.

Ich nicke und blättere weiter durch die Seiten, überzeugt davon, dass ich sie finden werde, wenn ich nur lang genug suche.

»*Die* Dr. Lysander? Kennst du sie wirklich?«

Ich höre auf zu blättern. Sie sind nicht da. Verschwunden.

Bzzzz. Eine Warnung an meinem Handgelenk: 4,3 und fallend.

Amy legt einen Arm um meine Schultern. Ich zittere, aber nicht vor Kälte. Wer kann so etwas tun? Mir die einzigen Dinge nehmen, die *mir* gehören.

»Du kannst doch einfach neue Bilder malen, oder nicht?«

3,9 – fallend.

»Kyla! Sieh mich an.« Amy schüttelt mich. »Sieh her«, wiederholt sie.

Ich löse meinen Blick von meinem Selbstporträt und dem toten Auge in seiner leeren Höhle und schaue zu Amy. Sorge und

Angst um mich spiegeln sich in ihren Augen, obwohl sie mich kaum kennt.

3,4 …

»Kyla, du kannst mich zeichnen. Jetzt sofort.«

Sie zieht den Skizzenblock hervor und legt mir einen Stift in die Hand.

Ich zeichne.

KAPITEL 5

»Darf ich es sehen?« Amy reckt ihren Kopf vor, aber ich drehe meine Skizze weg.

»Noch nicht. Halt still oder ich bekomme es nicht fertig.«

»Jawohl, Madame …«

»Es dauert nicht mehr lang.« Ich schaue wieder zu Amy und dann auf meine Zeichnung, um ein paar letzte Striche zu machen.

Amy lächelt. »Was sagt dein Levo?«

Ich wende mein Handgelenk. »5,2, stabil.«

Die Tür geht auf, aber ich sehe nicht hoch.

»Seid ihr Mädels bereit fürs Frühstück?«, fragt Mum.

»Fast.« Ich schaue noch einmal zu Amy, dann auf die Skizze in meinen Händen. Ein letzter Strich. »Fertig«, sage ich.

»Lass mich sehen!« Amy springt auf und Mum kommt zu uns herüber.

»Das ist sehr gut!«, ruft Amy.

Mums Mund formt ein rundes O der Überraschung. »Das ist Amy! Du hast sie genau getroffen, einfach so. Ich möchte das Bild gerne rahmen lassen und an die Wand hängen. Darf ich?«

Ich lächle. »Ja klar.«

Zum Frühstück gibt es Pfannkuchen. Mit Butter, die darauf schmilzt, und Sirup oder Himbeermarmelade. Ich probiere beides zusammen: *sehr* lecker.

»Aber glaub mal nicht, dass du jeden Tag so schlemmen kannst«, sagt Mum zu mir. Meine Skizze von Amy hängt mit einem Magnet am Kühlschrank, statt in einem Rahmen an der Wand, und Mums Worte sind wieder spitz wie eh und je.

»Amy, du hast noch 20 Minuten, bis der Bus kommt, und du bist noch nicht halbwegs fertig.«

»Kann ich heute nicht mit Kyla zu Hause bleiben?«

»Nein, auf gar keinen Fall.«

»Wo ist Dad?«, frage ich.

»Auf der Arbeit natürlich. Wo ich auch sein sollte. Aber ich habe mir freigenommen, um mich um dich zu kümmern.«

Ich zähle kurz zwei und zwei zusammen: Amy geht zur Schule, Dad ist auf der Arbeit. Mum und ich sind also den ganzen Tag zusammen hier.

»Wann kann ich mit der Schule anfangen? Heute schon?«

»Nein.«

Amy erklärt es mir. »Du musst erst von deiner Betreuerin vor Ort beurteilt werden. Sie entscheidet, ob du bereit bist. Dann prüft dich die Schule, um herauszufinden, in welchen Jahrgang sie dich stecken können. Aber sie haben schon mal ein paar Bücher geschickt, die du lesen sollst.«

»Oh.«

»Die Betreuerin kommt heute Nachmittag vorbei, um dich kennenzulernen«, sagt Mum.

Ich schwöre mir, mich so friedlich und angepasst wie möglich zu geben.

Amy rennt aufgeregt nach oben, um ihre Schulbücher und ihre Schuluniform zu suchen. Sie ist in der letzten Klasse vor dem Abitur. Mit 19 hätte sie fertig sein sollen, um eine Ausbildung als Krankenschwester zu beginnen. Aber sie hat ein zusätzliches Jahr gebraucht, um den verpassten Stoff aufzuholen. Sie war 14, als sie geslated wurde. Ich bin jetzt 16. Wie viele zusätzliche Jahre werde ich brauchen?

»Du kannst den Abwasch machen«, sagt Mum.

»Was soll ich denn abwaschen?«

Sie verdreht die Augen.

»Das Geschirr.«

Ich stehe auf und schaue verwirrt auf unsere Teller und Tassen.

Sie seufzt. »Nimm das schmutzige Geschirr vom Tisch und stell es hier hin.« Sie zeigt auf die Arbeitsplatte neben der Spüle.

Ich trage einen Teller rüber und gehe zurück, um den nächsten zu holen.

»Nein! So brauchst du ja ewig. Stapel sie aufeinander. So.«

Sie legt die Teller aufeinander, zieht die Messer und Gabeln raus, legt sie auf den obersten Teller und stellt dann alles auf die Arbeitsfläche.

»Lass Wasser in das Becken. Und gib Spülmittel dazu, aber nur ein wenig.« Sie drückt ein paar Tropfen aus der Flasche in das dampfende Wasser.

Seifenblasen!

»Schrubb alles mit diesem Schwamm.« Sie fährt mit dem Schwamm über einen Teller. »Spül die Teller dann kurz unter dem Hahn ab und stell sie ins Abtropfsieb, so. Und beim nächsten machst du es genauso. Verstanden?«

»Ich glaube, schon.«

Ich stecke meine Hände in das heiße Wasser.

Das ist also der Abwasch.

Vorsichtig säubere ich einen Teller von den klebrigen Resten der Pfannkuchen mit Sirup, spüle ihn mit klarem Wasser ab und stelle ihn ins Abtropfsieb.

»Komm mal in die Gänge, sonst stehst du den ganzen Tag hier.«

Ich höre auf und drehe mich um.

»In was soll ich kommen?

»In die Gänge. Das bedeutet: Mach schneller.«

Teller, dann Tassen. Es ist gar nicht so schwer. Ich werde schneller, und Mum beginnt, alles mit einem Handtuch abzutrocknen. Amy stürmt die Treppe herunter, als ich gerade das Besteck abspüle.

Ich keuche auf und schaue nach unten: Eine dünne rote Linie läuft über das Messer, das ich in meiner rechten Hand halte.

Amy kommt angerannt. »Oh nein, Kyla!«

Mum dreht sich zu mir und schnalzt genervt mit der Zunge. Sie schnappt sich ein Stück Küchenpapier.

»Drück das darauf und blute mir nicht alles voll.«

Ich mache, was sie mir sagt. Amy reibt mir den Rücken und sieht auf mein Levo: 5,1.

»Tut es nicht weh?«, fragt sie.

Ich zucke mit den Schultern. »Ein bisschen«, antworte ich, und das ist die Wahrheit, aber ich ignoriere die stechende Hitze, die durch meine Hand pulsiert, und starre fasziniert auf meinen Finger. Helles Rot breitet sich in dem Küchenpapier aus, wird dann weniger und versiegt schließlich ganz.

»Nur ein Kratzer«, sagt Mum und zieht das Papier ab, um sich den Finger anzusehen. »Das kann sich die Betreuerin später anschauen. Es geht ihr gut, Amy. Lauf jetzt los, sonst verpasst du deinen Bus.«

Mum klebt gerade ein Pflaster auf meine Hand, als Amy zur Tür raussprintet.

Mum lächelt.

»Ich hab vergessen, das dazuzusagen, Kyla. Messer sind scharf. Fass sie nicht am spitzen Ende an.«

So vieles, an das man denken muss.

Später entfernt meine Betreuerin Penny das Pflaster von meinem Finger, um sich die Wunde anzusehen.

»Ich glaube, das muss nicht genäht werden«, sagt sie. »Ich desinfiziere es nur. Das könnte ein bisschen brennen, erschreck dich nicht.«

Sie sprüht gelbes Zeug auf den Schnitt, das höllisch brennt und mir Tränen in die Augen treibt, und verbindet meinen Finger dann wieder.

»Es war seltsam«, sagt Mum. »Als sie sich geschnitten hat, stand sie einfach nur da und sah dem Blut dabei zu, wie es an ihrer Hand hinablief. Keine Tränen, keine Reaktion.«

»Na ja, sie hat sich wahrscheinlich noch nie zuvor geschnitten und noch nie wirklich Blut gesehen.«

Das mag ich ja besonders, wenn Leute über mich sprechen, als wäre ich gar nicht da.

»Ihr Wert ist nicht einmal gesunken. Und …«

»Entschuldigung.« Ich lächle mein angepasstestes Lächeln. Beide blicken erschrocken auf, als wäre ich ein Geist, der sich in diesem Augenblick vor ihnen materialisiert hat. »Wann kann ich denn zur Schule gehen?«

»Darüber musst du dir jetzt noch keine Gedanken machen, Liebes«, sagt Penny. Aber schau dir doch schon mal die Bücher an, die sie dir geschickt haben.« Sie wendet sich wieder Mum zu. »Wir müssen daran denken, sie auf potenzielle Gefahren wie Messer aufmerksam zu machen. Sie sieht vielleicht nicht so aus, aber auf gewisse Weise ist sie fast noch ein kleines Kind, und …«

»Entschuldigung.« Ich lächle wieder.

Penny dreht sich um.

»Ja, Liebes?«

»Die Bücher, die die Schule geschickt hat – ich habe sie mir heute Vormittag angesehen. Sie sind zu einfach, das ist alles Stoff, den ich schon aus der Krankenhausschule kenne.«

»Bist wohl ein kleines Genie, wie?« Mums Blick sagt, dass ich in ihren Augen eher das genaue Gegenteil bin.

Penny zieht ein Netbook aus ihrer Tasche. Sie runzelt die Stirn und tippt seitlich an den Bildschirm, streicht dann darüber und sucht nach Ordnern.

»Also eigentlich hängt sie gar nicht so weit zurück. Sie ist für ihren Jahrgang als geeignet eingestuft worden, ehe sie das Krankenhaus verlassen hat. Das ist äußerst ungewöhnlich – die meisten hinken Jahre hinterher. Ich sage der Schule, dass sie noch mehr Material schicken sollen. Oder vielleicht sind ja noch alte Schulbücher von Amy da? Wir müssen uns überlegen, welche Fächer du belegen willst.«

Sie schließt ihr Netbook und wendet sich wieder Mum zu.

»Wo war ich stehen geblieben? Ah ja. Es gibt im Krankenhaus keine spitzen Gegenstände oder Gefahrenquellen. Also muss man in der neuen Umgebung auf alles hinweisen. Wie sie die Straße überqueren muss, und …«

»Entschuldigung.« Selbst für mich fühlt sich mein Lächeln mittlerweile aufgesetzt an. Unpassend.

»Was ist denn *jetzt* wieder?«, fragt Mum.

»Ich weiß schon, welches Fach ich belegen möchte.«

Penny zieht eine Augenbraue hoch. »Oh, ist das so? Welches denn?«

»Kunst.«

Sie lächelt. »Nun, du wirst aber auch ein paar praktischere Fächer wählen müssen. Und sie werden dich erst testen, um dich für Kunst zuzulassen.«

Mum zeigt auf den Kühlschrank. »Das hat sie heute Morgen gemalt. Ein Porträt von Amy.«

Penny steht auf und sieht sich die Zeichnung an. Ihre Augen werden groß. »Nun. Mit diesem Talent nehmen sie dich sicherlich, Liebes.«

Sie wendet sich wieder Mum zu.

»Sie haben die Sache mit Amy so wunderbar hinbekommen, sie ist eine wahre Freude. Ich bin mir sicher, Kyla wird sich mit der Zeit Ihrer Familie anpassen.«

Ich verschränke die Arme. Kyla wird sich anpassen. Und was ist mit allen anderen?

»Sie hatte letzte Nacht einen Albtraum«, berichtet Mum. »Hat das ganze Haus zusammengeschrien.«

Penny klappt wieder ihr Netbook auf. Mich zu fragen, wäre vielleicht auch mal eine Idee: Ich bin schließlich diejenige, die alles darüber weiß.

»Ja, ich fürchte, das ist schon häufiger passiert. Es ist zweifellos der Grund, warum man sie so lange im Krankenhaus behalten hat. Neun Monate anstatt der üblichen sechs. Wir werden zusehen, dass wir das in der Gruppe in den Griff bekommen. Im Krankenhaus haben sie es schon mit den üblichen Medikamenten versucht, aber die haben es wohl nur verschlimmert. Außerdem …«

»Entschuldigung. Könnten Sie mit mir sprechen anstatt über mich?«

Das Lächeln rutscht von Pennys Gesicht.

»Da sehen Sie, womit ich mich rumschlagen muss«, sagt Mum und seufzt.

»Zum Teil kleines Kind, zum Teil pampiger Teenager«, sagt Penny. »Und jetzt, Kyla, Liebes, möchte ich mich allein mit deiner Mum unterhalten. Warum gehst du nicht kurz nach oben?«

Ich schmeiße die Tür laut ins Schloss und werfe mich aufs Bett. Keine Spur von Sebastian und es dauert noch zwei lange Stunden, ehe Amy heimkommt.

Meine Mappe mit den Zeichnungen liegt auf dem Kosmetiktisch. Ich greife nach dem Skizzenblock.

Jetzt, da der erste Schock vorüber ist, interessieren mich die fehlenden Bilder nicht mehr. Wenn ich die Augen schließe, sind sie alle in meinem Kopf. Jedes kleine Detail. Ich zeichne sie einfach noch einmal.

Ich nehme meinen Bleistift zwischen Daumen und Zeigefinger – genau dort, wo ich mich an der rechten Hand geschnitten habe, mit der ich zeichne. So wird es nicht funktionieren. Es ist Zeit für ein Experiment: Bleistift in die linke Hand. Zuerst fühlt es sich seltsam an, irgendwie falsch. Ich mache ein paar kurze Skizzen, und die Hand entspannt sich, aber ich kann das Gefühl, dass etwas daran falsch ist, nicht abschütteln. Fast als ob ich Angst hätte, dass irgendetwas passieren wird, wenn ich weitermache.

Aber ich kann nicht aufhören.

Eine neue Seite: wen zuerst?

Dr. Lysander. Bei ihr hängt alles an den Augen, wenn man sie richtig hinbekommen will. Aber ihre Augen sind knifflig, meistens abgeschirmt und kühl, aber hin und wieder lugt kurz ihr wahres Ich aus ihnen hervor. Doch wenn das passiert, scheint sie das selbst mehr zu überraschen als mich.

Erst beginne ich zögerlich, wegen der ungewohnten Hand. Linien, Schattierungen, alles. Ich werde schnell sicherer und mein Selbstvertrauen wächst. Nach und nach sieht Dr. Lysander unter meinem Bleistift zu mir herauf. Die Haare auf meinen Armen stellen sich auf.

Seltsam.

Ich zeichne viel besser mit der linken Hand.

KAPITEL 6

Stimmen dringen zu mir. Kommen sie aus dem Vorgarten?

Ich lege meinen Stift beiseite und laufe zum Fenster. Ein Junge und zwei Mädchen stehen unten im Garten. Sie tragen die gleiche Schuluniform wie Amy: kastanienbraune Pullis und schwarze Hosen. Ich verstecke meine Zeichnung unter den anderen in der Schublade und gehe zur Treppe. Amy und Mum stehen im Flur.

»Wir machen doch nur einen kleinen Spaziergang. Warum denn nicht?«, fragt Amy.

»Ich halte das für keine gute Idee. Sie war noch nicht aus dem Haus. Was ist zum Beispiel mit dem Verkehr?«, antwortet Mum.

Wieder wird über mich gesprochen.

»Mir ist schon klar, dass ich nicht vor Autos rennen soll«, sage ich, als ich die Treppe runterlaufe.

»Meinetwegen, dann nimm sie mit! Aber pass gut auf sie auf.«

»Ich weiß, Mum«, meint Amy. Nachdem Mum aus dem Flur gegangen und außer Hörweite ist, fügt sie leise hinzu: »Ich weiß das besser als du.«

Sie dreht sich zu mir. »Kyla, komm, du musst meine Freunde kennenlernen.«

Ich gehe zur Tür.

»Aber erst Schuhe anziehen.«

Klar. Amy holt die Turnschuhe, die ich gestern auf dem Weg vom Krankenhaus hierher getragen habe, und wartet, bis ich den Kampf mit den Schnürsenkeln gewonnen habe. Dann gehen wir raus.

»Das ist Jazz.« Amy zeigt auf einen Jungen. »Und Chloe und Debs. Das ist Kyla.«

»Oh, die ist süß. Ich wünschte, ich könnte meine Schwester gegen sie eintauschen«, sagt Chloe. »Wie alt ist sie?«

»Sprich mit *ihr*, wenn du was wissen willst«, sagt Amy.

»Ich bin 16«, antworte ich.

»*Sweet sixteen and never been kissed*«, fängt Jazz zu singen an, als wir die Straße runtergehen, und sofort beginnen meine Wangen zu brennen.

Amy boxt ihn in den Arm. »Sei still, du Schwachkopf, sie ist tabu für dich.« Sie blickt zurück – unser Haus verschwindet gerade außer Sichtweite.

Jazz nimmt ihre Hand. »Sorry, ich hab doch nur Spaß gemacht. Vergibst du mir?«

»Wahrscheinlich schon«, sagt sie und er legt seinen Arm um ihre Hüfte. Amy ist groß, aber Jazz ist größer und breitschultrig mit einem federnden Gang. Jetzt, da ich ihn von Nahem sehe, schätze ich, dass er schon 18 ist, also ein paar Jahre älter als alle, die ich im Krankenhaus getroffen habe. Und das ist nicht das Einzige, was ihn unterscheidet: Sein Lächeln hat etwas Verschmitztes – etwas, das ich bei einem geslateten Jungen noch nie gesehen habe. Er ist süß.

Wir gehen durchs Dorf und nehmen den gleichen Weg wie gestern mit dem Auto, vorbei an frei stehenden Häusern wie unserem. Darauf folgen Straßen mit versetzt stehenden Cottages und ein Pub namens »White Lion«. Schließlich kommen wir zu einem Wegweiser, der einen Pfad als Wanderweg ausschildert.

»Lust auf einen kleinen Ausflug ins Grüne?«, fragt Jazz.

Chloe und Debs offenbar nicht, denn sie verabschieden sich schnell.

Aber Amy hakt sich auf der einen Seite bei mir, auf der anderen bei Jazz unter. »Los, kommt«, sagt sie.

Der Boden ist uneben und holperig und ich muss mich aufs Laufen konzentrieren. Links vom Weg wächst eine hohe Hecke und rechts erstrecken sich abschüssige Felder mit irgendwelchen abgestorbenen Stoppeln. Der Pfad wird schmaler und Amy lässt Jazz los, hält mich aber weiterhin an der Hand fest.

Jazz protestiert, doch Amy sagt: »Sei still, Dummkopf«, also geht er voran.

Wir laufen immer höher und ich gerate außer Atem.

Hecken und Felder werden von Bäumen abgelöst und ich sauge die Farben der Natur ein: orangefarbene und rote Blätter, braune und graue Stämme – manche mit roten Beeren und dornigen grünen Blättern, die stechen, wenn man sie berührt. Sind das Stechpalmen?

»Zum Ausblick geht's hier entlang, Ladys«, sagt Jazz.

Wir biegen um eine Kurve und blicken über Wälder und Felder, hinab auf Dächer, Gärten und Straßen in der Ferne.

»Schau, Kyla«, sagt Amy. »Von hier aus kannst du das ganze Dorf überblicken. Da wohnen wir – siehst du's? Das zweite Gebäude von links.« Sie zeigt auf ein Haus und ich erkenne das Ziegeldach und die Backsteinwände.

Wir setzen uns auf einen gefällten Baumstamm. Jazz legt mit einem leicht frustrierten Gesichtsausdruck seine Arme von hinten um Amy. Allmählich beschleicht mich das Gefühl, dass sie hier normalerweise allein herkommen.

Sie knufft ihn mit dem Ellbogen in die Rippen.

»Und, Kyla, wie kommst du mit dem Drachen klar?«, fragt Jazz.

»Dem Drachen?«

»Er meint Mum«, sagt Amy.

»Äh …«

»Du musst gar nicht weitersprechen, ich verstehe voll und ganz! ›Äh‹ – das bedeutet, dir ist bereits aufgefallen, dass sie keine heilige Mutterfigur ist wie angekündigt, sondern in Wirklichkeit ein Feuer speiendes, mythisches grünes Biest.«

Ich muss kichern.

»Das ist nicht fair«, sagt Amy. »Mum ist nicht so schlimm, du musst sie nur erst kennenlernen. Ich hab mich zuerst vor ihr gefürchtet, aber dann war sie plötzlich ganz in Ordnung.«

»Weißt du, was ich so verrückt an der Sache finde? Dass ihr sie beide von Anfang an ›Mum‹ nennt«, sagt Jazz.

»Warum ist das verrückt?«, frage ich.

»Na ja, du hast sie doch gerade erst kennengelernt, oder nicht?«

Amy schüttelt den Kopf. »Das macht keinen Unterschied. So bekommt man es im Krankenhaus vom ersten Tag an beigebracht. Dass deine Mum und dein Dad kommen werden, um dich nach Hause zu holen.«

»Ein Kind wie aus dem Katalog«, sagt Jazz und duckt sich, als Amy sich umdreht, um ihm eine zu scheuern.

»Wir sind also anders als alle anderen«, sage ich.

»Einzigartig«, meint Amy.

»Mein ganz besonderes Mädchen«, sagt Jazz und küsst sie auf die Wange.

»Von uns gibt es nur zwei im Dorf«, erzählt Amy. »Deswegen bin ich ja auch so froh, dass du zu uns gekommen bist. Jetzt bin ich nicht mehr die Einzige. An unserer Schule gibt es aber noch ungefähr zwölf andere, von praktisch überall her.«

Mit einem Blick auf seine Uhr und einem Fluch auf den Lippen springt Jazz auf und verschwindet ohne ein weiteres Wort den Pfad hinunter, auf dem wir heraufgekommen sind.

»Seine Eltern haben einen Bauernhof. An manchen Tagen muss er nach der Schule dort aushelfen. Wir nehmen den langen Weg zurück«, beschließt Amy und wir gehen in die andere Richtung los. »Aber mal im Ernst – wie bist du heute mit Mum klargekommen?«

Ich zucke mit den Schultern. »Ich glaube nicht, dass sie mich mag. Aber warum nimmt sie mich überhaupt auf, wenn sie mich eigentlich gar nicht haben will?«

»Sie will dich bei uns haben, da bin ich mir sicher. Sie zeigt es nur nicht. Das ist ziemlich kompliziert.«

»Einfach ist doch schon schwierig genug. Wer braucht denn da auch noch kompliziert?«

»Mach dir darüber jetzt mal keine Sorgen. Aber eins noch: Manchmal nimmt Mum Dinge nicht wahr, wenn du sie nicht deutlich genug aussprichst. Hab keine Scheu davor, ihr offen zu sagen, was du denkst.«

Der Pfad wird steiler und Amy geht voran. Ich muss mich beim Abstieg wieder auf meine Füße konzentrieren und denke daran, was sie über Mum erzählt hat – über den Drachen, wie Jazz sie genannt hat.

»Ist Jazz dein Freund?«

»Ja. Aber erzähl Mum nichts davon. Sie mag ihn nicht.«

Jazz, er hat mir vorgesungen. *Sweet sixteen and never been kissed.* Oder wurde ich schon geküsst? Wenn ich mich nicht daran erinnern kann, zählt es dann?

»Mir wurde im Krankenhaus sehr deutlich eingeschärft, Jungs aus dem Weg zu gehen. Sie bringen nur die Levo-Werte durcheinander.«

»Oh ja, das tun sie wirklich!« Amy lacht. »Wahrscheinlich ist es für dich wirklich am besten, Jungs fürs Erste aus dem Weg zu gehen. Das Geheimnis ist aber, mit jemandem etwas anzufangen, an dem einem nicht so furchtbar viel liegt.«

Was soll denn das bitte für einen Sinn haben?

KAPITEL 7

»Wo seid ihr gewesen?« Mum wartet mit verschränkten Armen in der Tür.

»Ich hab dir doch gesagt, dass wir einen Spaziergang machen«, antwortet Amy, als wir durch die Tür treten und unsere Schuhe abstreifen.

»Eure Schuhe sind voller Matsch. Ihr seid doch nicht etwa allein den Wanderweg hochgegangen? Ich hab dich gewarnt, dass er nicht sicher ist.«

»Wir waren ja auch nicht allein unterwegs.« Amy steht mit dem Rücken zu Mum und verdreht die Augen.

»Kyla? Ist das wahr?« Mum wendet sich mit einem 1-A-Drachenblick an mich.

»Ja«, antworte ich. Und es stimmt: Jazz war ja dabei. Er ist zwar nicht mit uns zurückgegangen, aber das hat sie mich auch nicht gefragt.

»Hört mal, ihr beiden. Ihr wisst, dass es für euch zwei allein dort viel zu gefährlich ist. Ihr könnt nicht aufeinander aufpassen.«

Amy nickt und ich muss an die Unterrichtsstunden über *Per-*

sönliche Sicherheit im Krankenhaus denken. Das ist eine Folge des Slatings: Man kann sich nicht mehr selbst verteidigen, genauso wenig wie man jemanden von sich aus angreifen kann. Also muss man doppelt vorsichtig sein.

Aber was gibt es denn auf dem Wanderweg, außer Bäumen und noch mal Bäumen?

»Ihr wart eine Ewigkeit unterwegs. Ich habe mir Sorgen gemacht. Und ihr hättet beinah Dad verpasst«, sagt Mum, und ich bemerke, dass neben ihr im Flur ein Koffer steht.

Ihre Arme sind immer noch verschränkt, und jetzt sehe ich, dass ihre Haut eine seltsame Färbung hat – ein schwaches Drachengrün. Ich kann mir Schuppen in den leicht gezackten Linien auf ihrer Stirn, um die Augen herum vorstellen. Und kommt da sogar ein wenig Rauch aus ihren Nasenlöchern?

»Was ist so lustig, Madame?«, fragt sie mich.

Ich wische das Lächeln aus meinem Gesicht. »Nichts. Tut mir leid.«

»Lass doch das arme Mädchen in Ruhe«, sagt eine Stimme aus dem Wohnzimmer – es ist Dad.

Amy geht zu ihm hin und küsst ihn auf die Wange. Ich stehe unsicher in der Tür.

»Komm rein, Kyla. Setz dich. Erzähl mir von deinem Tag und ich erzähl dir von meinem.«

Also tauschen wir unsere Erlebnisse aus. Und Dad scheint sich tatsächlich genauso sehr dafür zu interessieren, dass ich mir in die Hand geschnitten habe, dass uns Penny besucht hat und wir einen Spaziergang gemacht haben, wie ich mich für ihn interessiere.

Dad arbeitet mit Computern. Er reist viel, installiert und testet neue Systeme und muss auch gleich heute Abend wieder abreisen. Er kommt erst Samstag wieder und wird ganze fünf Tage unterwegs sein. Dann erzählt er mir von seiner Familie. Er hat zwei Schwestern – eine kommt mit ihrem Sohn am Samstag vorbei, also werde ich sie kennenlernen. Die andere lebt weiter weg in Schottland und wir besuchen sie vielleicht nächsten Sommer. Außerdem berichtet er mir, dass Mum ein Einzelkind ist – ihre Eltern sind vor vielen Jahren bei einem Autounfall ums Leben gekommen. Damals war sie erst 15.

Später, als Amy und ich ins Bett gehen, ziehe ich meine Zeichnung von heute Nachmittag aus dem Versteck.

»Amy, das ist …«, sage ich und halte das Blatt hoch, »Dr. Lysander. Warum warst du so überrascht, dass ich sie kenne?«

Amy nimmt mir die Zeichnung aus der Hand.

»Sie sieht Furcht einflößend aus!«

Ich zucke mit den Schultern. »Das kann sie auch sein. Aber manchmal ist sie okay.«

»Ich würde wahnsinnig gern für sie arbeiten, wenn ich einmal Krankenschwester bin. Sie ist einfach unglaublich.«

»Warum?«

»Weißt du das nicht? Sie hat Slating ins Leben gerufen. Sie hat es quasi erfunden. Das haben wir in Bio in der Schule gelernt.«

Ich schaue auf das Bild in meinen Händen, auf ihren verschleierten Blick, der mich fixiert. Das wusste ich nicht. Oder doch? In der Klinik ging jeder Dr. Lysander aus dem Weg. Alle Slater hatten im Krankenhaus einen Arzt, der für sie zuständig war, und ich war eben ihr zugeteilt. Aber jetzt, wo ich darüber nachdenke, war nie jemand anders mit mir im Wartezimmer. Niemand, den ich kannte, hatte mit ihr zu tun. Wenn sie so wichtig ist, warum hat sie sich dann ausgerechnet um mich gekümmert?

In der Krankenhausschule haben sie uns die Hintergründe des Slatings erklärt. Wir waren alle Kriminelle, die dazu verurteilt worden waren, geslated zu werden – das heißt, dass unser Gedächtnis und unsere Persönlichkeit gelöscht wurden –, damit wir noch mal von vorn beginnen konnten. Das Levo stellt sicher, dass unsere Wiedereingliederung kontrolliert verläuft, bis es in dem Jahr, in dem wir 21 werden, entfernt wird, und zwar am Jahrestag unseres Slatings. Das Ganze ist also eine zweite Chance, für die wir dankbar sein dürfen – wir mussten dafür nicht ins Gefängnis oder auf den elektrischen Stuhl.

Aber im Gefängnis wüsste man zumindest, wer man ist. Bei dem elektrischen Stuhl wiederum nicht mehr sehr lange, zumindest nicht, wenn man etwas getan hätte, das schlimm genug ist, um die Todesstrafe zu rechtfertigen.

Ich beiße mir auf die Lippe. »Willst du es denn nie wissen?«

»Was?«

»Warum du geslated wurdest.«

»Nein. Wenn die Vergangenheit unerträglich ist, warum sollte man sie dann ertragen wollen?«

Ich zucke die Schultern. *Weil sie mir gehört.*

»Jedenfalls löst das das Rätsel, was mit deinen Zeichnungen geschehen ist.«

»Ach ja?«

»Die Sicherheitsleute müssen sie an sich genommen haben, bevor du die Klinik verlassen hast. Sie wollen nicht, dass irgendjemand weiß, wie Dr. Lysander oder andere Angestellte aussehen oder wie das Krankenhaus aufgeteilt ist. Das ist zu gefährlich.«

Mitgehörtes Geflüster vermischte sich in meinem Kopf, Gerüchte, Gesprächsfetzen und ferner Lärm in der Nacht. Wächter und Türme. Ausgebrannte Gebäude.

»Wegen der Terroristen?«

»Genau.«

Amy knipst das Licht aus. Bald verrät mir ihr ruhiger Atem, dass sie schläft. Sebastian kuschelt sich an meine Seite.

Aha. Dr. Lysander ist also wichtig, und sie haben meine Zeichnungen gestohlen, um ihr Gesicht vor der Welt zu verbergen. Und jetzt habe ich sie noch einmal gemalt. Vielleicht sollte ich das Bild besser verstecken? Das Porträt von ihr ist das beste, das ich jemals gemalt habe.

Obwohl ich die falsche Hand benutzt habe.

Ich bin allein in einem kleinen Raum. Holz umgibt mich. Es ist dunkel, aber ich habe eine Taschenlampe in meiner rechten Hand.

Im Schneidersitz hocke ich auf dem Boden. Ich bin hungrig und alles ist kalt und feucht. Meine Beine werden steif, und es ist nicht genug Platz, um sie auszustrecken, aber das ist mir egal. Das Papier liegt ausgebreitet auf einem Stück Holz auf meinen Knien. Der Bleistift fliegt über die Seite, ein magischer Tanz, den nur ich kontrolliere. Ich schaffe einen imaginären Ort, der weit von hier ist, räumlich wie zeitlich – ein Ort, an den ich mich zurücksehne.

Ich bin so ins Zeichnen vertieft, dass ich zunächst die Schritte nicht höre, die die Treppe über meinem Kopf herunterkommen. Ich knipse die Taschenlampe aus und halte den Atem an.

Die Schritte stoppen – Stille. Dann setzen sie wieder ein und kommen meinem Versteck immer näher. Ich sollte etwas tun, mein Bild verstecken, irgendetwas, aber ich bin wie gelähmt.

Ein Licht geht an und blendet mich.

»Hier bist du.«

Ich sage nichts. Er kann alles sehen – die Zeichnung, den Bleistift. Die Hand, die ihn hält.

»Steh auf!«, schreit er mich an.

Ich krieche aus meinem Versteck, das Licht brennt immer noch in meinen Augen.

»Du kennst die Gründe. Du weißt, wie wichtig das hier ist. Und trotzdem gehorchst du nicht.«

»Tut mir leid. Ich werde es nicht wieder tun. Sicher nicht. Versprochen!«

»Ich habe genug von deinen Versprechungen. Man kann dir nicht trauen.«

Seine Stimme ist voller Bedauern. Traurigkeit sogar.

»Gib mir deine linke Hand«, befiehlt er mir, und als ich nicht gehorche, greift er danach.

»Du musst lernen. Es tut mir leid.«

Und ich glaube schon fast, dass er das wirklich so meint, bis er meine Finger zertrümmert, einen nach dem anderen, mit einem Ziegelstein.

KAPITEL 8

Höllische Schmerzen stechen mir in die Augen und bohren sich wie eine Messerklinge hinein. Unter meiner Zunge ist ein metallischer, bitterer Geschmack. Ich huste.

»Sie kommt zu sich.«

Eine Männerstimme. Wer ist da?

Ich versuche, meine Augen zu öffnen, aber sie brennen, als wäre die Sonne vom Himmel gefallen. Ich stöhne.

»Kyla?« Eine Hand berührt mich. Amy. »Macht die Lampe aus«, sagt sie. Das Licht wird erträglicher und ich blinzle zwischen meinen Lidern hervor.

»Da bist du ja«, lächelt Amy mich an.

Ich liege auf dem Boden und versuche, mich aufzusetzen.

»Beweg dich noch nicht«, höre ich die Männerstimme wieder und ich wende meinen Blick zu ihm. Ein Sanitäter? Und noch einer. Mum steht mit aschfahlem Gesicht in der Tür.

Sie heben mich wieder aufs Bett, Amy hält einen Infusionsbeutel in der Hand. Ein Sanitäter befestigt ihn an meinem Handgelenk, der andere injiziert irgendetwas und Wärme strömt durch meine Adern und vertreibt den Schmerz. Meine Augen fallen zu.

Stimmen vermischen sich und werden leiser.

Ein Albtraum hat *das* verursacht? Ein skeptischer Unterton.

Sie hätte sterben können …

Soll im Bett bleiben für einen Tag oder zwei …

Schmerztherapie …

Wenn Amy nicht aufgewacht wäre, als sie auf den Boden fiel, hätte sie sterben können …

Letzte Chance.

KAPITEL 9

»Darf ich wenigstens ein Buch haben?«

»Nein. Du sollst dich ausruhen«, sagt Mum und verschränkt die Arme.

»Ich kann mich ausruhen *und* lesen.«

»Nein.«

»Im Krankenhaus durfte ich das auch«, lüge ich.

»Du bist nicht im Krankenhaus, du bist unter meiner Aufsicht und du ruhst dich aus. Schlaf jetzt«, erwidert sie, scheucht Sebastian aus meinem Zimmer und schließt die Tür.

Ich kann mir einreden, dass sie es gut mit mir meint. Aber es ist schwierig, sich auszuruhen, wenn alle zwei Minuten jemand hereinkommt, um sicherzugehen, dass du dich auch ja ausruhst.

Ich schließe die Augen. Mein Schädel fühlt sich immer noch an, als würde er in einem Schraubstock stecken, obwohl es schon besser ist als heute Morgen. Selbst Sebastians Schnurren vibrierte wie ein Trommeln in meinem Kopf, und ich musste darum bitten, ihn aus meinem Zimmer auszusperren. Aber ich habe Angst davor einzuschlafen. Angst davor, dass mich dieser Traum wiederfindet. Jetzt, da die Spritze nachgelassen hat, kann *alles* passieren.

Meine Albträume im Krankenhaus waren schrecklich, aber verschwommen. Meistens konnte ich mich nach dem Aufwachen an kaum etwas erinnern. Ich bin einfach nur schreiend aufgewacht. Oft hatte ich das Gefühl, vor etwas davongerannt zu sein, ohne zu wissen, was es war.

Aber diesmal ist es anders. Ich erinnere mich so lebhaft an meinen Traum, als liefe eine Wiederholung direkt vor meinen Augen ab. Ich kann den Schmerz spüren und meine blutigen, gebrochenen Finger sehen. Es ist so *real.*

So real wie eine Erinnerung, die in mein Gehirn eingemeißelt ist, klar und deutlich. In all ihren schrecklichen Details, sodass man sie niemals vergessen kann, ganz egal, wie sehr man es versucht. Aber Erinnerungen sind genau das, was ich nicht haben dürfte. Zumindest nicht an Ereignisse aus der Zeit, bevor ich geslated wurde. Fast fühlt es sich an, als hätte das Zeichnen mit der linken Hand gestern etwas aufgewühlt und es aus seinem Versteck an die Oberfläche geholt.

Wer ist *er?* Ist er wirklich oder nur eine Albtraumkreatur aus meinem Unterbewusstsein? Im Traum sehe ich nie sein Gesicht. Erst blendet das Licht meine Augen, dann kann ich vor Schmerz und Tränen nichts mehr erkennen. Aber mein Traum-Ich kennt ihn, erkennt sogar seinen Schritt.

Eines ist jedenfalls sicher: Wenn es ihn wirklich gibt, will ich es nicht wissen.

»Hmmmm?«

»Sorry, hab ich dich aufgeweckt?«

Es ist Amy.

Ich habe tatsächlich geschlafen, ich war an einem dunklen und stillen Ort, traumlos und ruhig. Vielleicht ist die Wirkung der Medikamente doch noch nicht ganz abgeklungen.

»Alles in Ordnung. Ich hab es satt, im Bett rumzuliegen. Kann ich aufstehen?«

Amy schüttelt den Kopf. »Sie wird dir das auf keinen Fall erlauben. Die Sanitäter haben gesagt, dass du den ganzen Tag im Bett bleiben sollst. Mum hält sich immer ganz genau an alle Anweisungen, selbst wenn sie nicht daran glaubt.«

»Mir ist so langweilig.«

»Armes Ding. Was macht dein Kopf?«

»Er fühlt sich immer noch schlimm an.«

»Kann ich dir irgendetwas bringen? Hast du denn schon Hunger?«

»Nein.«

Amy dreht sich weg.

»Warte. Du könntest für mich doch etwas tun.«

»Ja?«

»Mein Skizzenblock. Mum hat ihn weggeräumt, damit ich nicht zeichnen kann.«

Amy zögert, geht dann in ihr Zimmer und kommt zurück. »Hilft dir das?« Sie hält ein kleines leeres Notizbuch und einen Bleistift hoch.

»Perfekt. Danke.«

»Aber versteck es gut.« Sie zwinkert mir zu.

Ich schiebe das Kissen hinter mich und setze mich so auf, dass ich mit dem Rücken zur Tür sitze und mein Oberkörper das Notizbuch abschirmt. Ich achte aufmerksam auf jedes kleine Knarzen, falls Mum die Treppe hochkommt.

Aber mit dem beruhigenden Kratzen des Bleistifts auf dem Papier versinke ich mehr und mehr in meiner Arbeit. Ich entferne mich von mir selbst, dem Albtraum – von allem.

Ich bin jemand anders.

»Du hast Glück, dass ich es bin.«

Ich fahre hoch.

Amy schließt die Tür und stellt ein Tablett mit einem Teller Suppe auf den Tisch neben mir. »Was zeichnest du?«

Ich zeige es ihr. Halb Mum, halb Drache. In verschiedenen Posen. Feuer speiend, über das Haus fliegend.

Sie lacht. »O Gott, pass bloß auf, dass sie das nicht sieht. Wir müssen die Zeichnung verstecken und …«

Sie unterbricht sich mitten im Satz und sieht mit gerunzelter Stirn auf meine Hand. Auf meine linke Hand, die den Bleistift hält. Mein Magen zieht sich vor Angst zusammen.

»Ich dachte, du bist Rechtshänderin. Als du mich gemalt hast, hast du jedenfalls die rechte Hand verwendet.«

»Bin ich auch. Ich habe eben mit der rechten Hand gezeichnet und den Stift nur gewechselt, um dir das Notizbuch zu geben.«

»Oh, sorry, natürlich«, sagt sie und lächelt wieder.

Mein Levo vibriert: 4,6.

»Schokolade?«, fragt Amy.

Ich schüttle den Kopf. »Sebastian.«

Amy tritt in den Flur und kommt nur Augenblicke später mit Sebastian zurück, den sie auf meinen Schoß fallen lässt. Er miaut, weil er beleidigt ist, dass er den ganzen Tag nicht in mein Zimmer durfte. Ich streichle ihn und er legt sich schnurrend hin. Seine Pfoten drücken durch die Decke an meine Seite, er fährt immer wieder genüsslich die Krallen ein und aus.

»Willst du jetzt vielleicht doch ein wenig essen?«, fragt Amy.

»Nachher.«

Als ich wieder auf 5 bin, geht sie nach unten, um fernzusehen. Ich kuschele mich so fest an Sebastian, dass er sich windet und protestiert, bis ich lockerer lasse.

Warum habe ich gelogen?

Ich hatte Angst. Vor Amy? Das ist verrückt. Aber die Angst war da. Sie war real. Als ob Amy auch jemand sein könnte, der mit dem Ziegelstein ausholt.

Ich halte meine linke Hand hoch, drehe sie hin und her. Die Finger sind heil und makellos, ohne Narben. Ich kann mir fast einreden, dass der Angriff aus meinem Traum nie geschehen ist, dass mein Unterbewusstsein das alles erfunden hat. Dass nur die Erkenntnis, dass ich mit der linken Hand besser zeichnen kann als mit der rechten, diese Bilder ausgelöst hat. Sie können keine Erinnerung sein. Ich bin geslated worden. Ich habe keine Erinnerungen.

Aber irgendwie sitzt eine dunkle Gewissheit wie ein Fels auf meiner Brust und drückt mich nieder, lässt mir kaum noch Luft zum Atmen. Ein Selbsterhaltungstrieb in meinem Inneren schreit laut auf und lässt sich nicht ignorieren.

Das darf niemals jemand erfahren.

KAPITEL 10

»Alle mal herhören, wir haben heute jemand Neuen hier!« Die Betreuerin Penny spricht mit einer Stimme, die fast so schrill wie ihr knallgelber Pulli ist.

»Alle« sind etwa ein Dutzend Slater wie ich, die aus den umliegenden Dörfern kommen und sich in einem losen Kreis in einem zugigen Saal mit hohen Wänden versammelt haben.

Penny schiebt mich nach vorn. »Na los. Stell dich vor! Und such dir einen Platz.«

»Hi. Ich bin Kyla«, sage ich und entdecke einen Stuhl in einer Ecke, den ich in den Kreis ziehen kann.

Die anderen lächeln zuerst mich und dann sich gegenseitig an. Die meisten sind ein paar Jahre jünger als ich. Alle, außer einem Mädchen, das etwa in meinem Alter ist und mit verschränkten Armen dasitzt und aus dem Fenster in die Dunkelheit starrt.

Na großartig. Die erste Gruppensitzung. Genau das, was ich jetzt noch zusätzlich zu meinem Kopfweh brauche. Normalerweise verschwindet der Schmerz nach einem Blackout nach zwei oder drei Tagen. Mum meinte zwar, ich könnte auch erst nächste Woche mit den Sitzungen anfangen, aber ich habe beschlossen, dass ich mich gut genug fühle, um aus dem Haus zu gehen. Zumindest komme ich so endlich mal raus. Abgesehen davon hat es keinen Sinn, das Gruppengespräch hinauszuzögern: Das Treffen findet bis auf Weiteres jeden Donnerstag um 19 Uhr statt. Amy muss nicht mehr hin, also gehe ich davon aus, dass »bis auf Weiteres« gilt, bis die Betreuer überzeugt sind, dass man keine permanente Überwachung mehr nötig hat.

Im Krankenhaus hatten wir auch »Gruppe«, also weiß ich, wie so eine Sitzung abläuft. Wir sollen in einer »unterstützenden, unvoreingenommenen Atmosphäre« über unsere Gefühle sprechen. Aber irgendwie hat man dann doch immer den Eindruck, dass sie einem einfach nur sagen, was man fühlen soll.

Penny verschränkt die Arme. »Erinnert sich jemand daran, was ihr jetzt tun müsst?«

Die anderen sehen einander ratlos an und schweigen.

Aua, das tut weh. Es ist, als würde man einen Verkehrsunfall beobachten.

Es bleibt still, bis sich schließlich das älteste Mädchen vom Fenster abwendet und die Augen verdreht. »Da kann man ja genauso gut der Farbe beim Trocknen zuschauen. Stellt euch endlich vor, ehe wir alle alt und grau werden.«

Ich merke, wie meine Augen groß werden, genau wie die der anderen Gruppenmitglieder. Sie hat laut ausgesprochen, was ich nur zu denken wage. Wie traut sie sich, so etwas laut zu sagen?

Penny runzelte die Stirn. »Danke für die offenen Worte. Vielleicht willst du selbst beginnen?«

»Klar. Ich grüße dich, liebe Kyla. Ich bin Tori. Willkommen zu unserem fröhlichen Kaffeekränzchen.«

Die anderen stellen sich nacheinander mit ihren Namen vor

und lächeln dazu. Keiner von ihnen scheint kapiert zu haben, dass Toris Tonfall der reinste Sarkasmus war. Niemand bis auf Penny, die Tori immer noch mit gerunzelter Stirn ansieht.

Als die Vorstellungsrunde vorbei ist, wirft Penny einen Blick auf die Uhr: zehn nach sieben. »Also, ich denke, wir sollten besser …«

In diesem Moment fliegt die Tür auf.

»Tut mir leid, dass ich zu spät bin«, ertönt eine männliche Stimme. Ich drehe mich um, als ein Stuhl über den Boden gezogen wird. Tori schiebt ihren etwas zurück, um Platz zu machen, und der Neuankömmling setzt sich neben sie.

Penny tut so, als würde sie streng dreinblicken. »Du musst lernen, pünktlich zu sein, Ben. Wie läuft das Training?«

»Gut, danke.« Er lächelt, und als Penny zurücklächelt, sehe ich es in ihren Augen: Er ist ihr Liebling. Er macht sich keinerlei Gedanken darüber, dass er zu spät ist, und sie stört sich auch nicht weiter daran. Er ist schließlich ihr Goldjunge.

Allerdings überrascht es mich nicht. Dass er geslated wurde, ist offensichtlich länger her als bei allen anderen, außer vielleicht bei Tori. Sein Lächeln ist echt und nicht verschwommen. Es ist die Art von Lächeln, die man erwidern will. Er trägt Shorts, obwohl es ein kühler Abend ist. Seine Beine sind muskulös, ein langärmeliges Shirt schmiegt sich eng an seine Rücken- und Schultermuskeln an. Seine Haut ist gebräunt, was bedeutet, dass er sich mehr draußen als in geschlossenen Räumen aufhält. Und Tori schenkt Ben ihr erstes richtiges Lächeln an diesem Abend. Es verwandelt ihr Gesicht – sie sieht plötzlich umwerfend aus.

»Hallo, bist du die Neue? Ich bin Ben«, stellt er sich vor, und mir wird klar, dass ich ihn angestarrt habe. Mein Gesicht läuft knallrot an.

»Kyla?«, fragt Penny und ich schrecke auf.

Tori verdreht die Augen. »Ja, Ben, du hast die Vorstellungsrunde verpasst. Ben, das ist Kyla. Kyla, das ist Ben.«

»Willkommen«, sagt er und lächelt mich direkt an.

»Danke«, murmle ich und schaue auf meine Schuhe.

»Sollen wir dann mal loslegen?«, fragt Penny. Sie blickt alle der Reihe nach an und bleibt bei mir hängen. »Kyla, warum bist du hier? Warum sind wir alle hier?«

Ich schaue sie ziemlich dämlich an.

Die Antwort in meinem Kopf – *weil wir müssen* – stimmt vielleicht, aber sie ist nicht die richtige. In der Krankenhaus-Gruppe habe ich gelernt, dass es besser ist, nicht *zu* ehrlich zu sein, obwohl die Gruppe ein geschützter Ort sein soll, an dem man angeblich alles sagen kann. Zu viel Ehrlichkeit hat mir mehrere Sitzungen mit Dr. Lysander eingebracht, die daraufhin wieder an meinem Gehirn herumgebastelt hat, sodass ich danach noch tagelang erschöpft und benebelt war.

Ich lächle breit und antworte nicht. Normalerweise fallen die Schwestern darauf herein, wenn sie mich noch nicht gut kennen.

»Kyla, wir sind hier, um uns gegenseitig bei unserem Übergang vom Krankenhaus in die Familien und die Gesellschaft zu unterstützen«, sagt Penny schließlich und beantwortet damit ihre eigene Frage. »Also, warum warst du im Krankenhaus?« Sie lächelt freundlich.

Das ist schon interessanter. Ich meine, ich weiß ungefähr, was sie mit mir gemacht haben. Sie haben die Synapsen und Verbindungen in meinem Hirn zerstört, die mein *Ich* ausgemacht haben – meine Persönlichkeit, meine Erinnerungen. Und ich kenne die üblichen Gründe, warum man geslated wird: eine Gefahr für sich oder die Gesellschaft ist die gängigste Variante. Aber ich weiß nicht, warum genau es mit mir gemacht wurde. Steht das irgendwo in Pennys Akten?

»Nun, Kyla?«, fordert sie mich auf.

»Sagen Sie es mir.«

Tori sieht hoch und fängt meinen Blick auf. Interesse und Belustigung spiegeln sich in ihren Augen.

Penny runzelt wieder die Stirn. Ich war schon bei genügend solcher Sitzungen, um zu wissen, dass ich keine echte Antwort erhalten werde. Doch ehe sie reagieren kann, rettet mich Ben, indem er die Hand hebt.

»Wir haben die Chance zu einem Neuanfang bekommen«, sagt er. Als er mich wieder anlächelt, läuft eine Schockwelle durch meinen Körper. Irgendwoher kenne ich ihn: glänzende braune Augen, dunkle Haare nach hinten gekämmt, die sich hinter den Ohren locken – alles kommt mir seltsam vertraut vor. Als würde ich ihn schon kennen. Ich schüttle mich innerlich und wende meinen Blick von ihm ab.

»Genau«, sagt Penny. »Also, heute machen wir dort weiter, wo wir letzte Woche aufgehört haben. Weiß noch jemand, worüber wir uns unterhalten haben?«

Sie sieht sich um, aber niemand meldet sich.

»Wir haben darüber gesprochen, wie wir unsere Levo-Level stabilisieren können. Wo stehen eure Werte gerade?«

Pflichtbewusst sehen wir nach und antworten laut. Ich bin am niedrigsten mit 4,8.

Penny sieht besorgt aus. »Welche Strategien hast du dir zugelegt?«

»Was meinen Sie?«

»Wenn dein Level fällt. Was tust du, um es zu heben?«

»Schokolade essen. Leute umarmen. Und seit Neuestem streichle ich eine Katze.«

»Das sind alles Äußerlichkeiten, die dir ein besseres Gefühl geben. Was ist mit deinem Inneren?«

Hm, vielleicht lernen wir ja tatsächlich mal was Nützliches.

»Welchen Wert streben wir an?« Penny fragt in die Runde. Eine Diskussion folgt und ich schalte ab. Das alles habe ich schon oft genug gehört.

Der Wert sollte zwischen 5 und 6 liegen.

10 ist vollkommenes Glück. 1 ist Wut, die töten könnte, oder so tiefer Kummer, dass man sich nicht mehr bewegen kann. Wenn man unter 3 fällt, steuert man aufs Niemandsland zu – das Levo schaltet den Chip im Gehirn aus und man wird ohnmächtig wie ich neulich nachts. Nur für den Fall, dass nach dem Slating noch irgendwelche gewalttätigen Impulse übrig sind, wird man, wenn man unter 2 sinkt, mehr als ausgeschaltet – ganz ohne Ohnmacht. Man wird eher gegrillt. Krampfanfälle folgen, und wenn man die überhaupt überlebt, ist man danach ein sabbernder Idiot.

Penny blättert durch irgendwelche Dateien auf ihrem Netbook und macht dabei *ts, ts, ts.* »Ich sehe, dass in deiner Akte unzählige Albträume und Ohnmachten dokumentiert sind. Lasst uns mal sehen, ob wir Kyla dabei helfen können. Irgendwelche Vorschläge?«

Sie scheint von keinem der Jugendlichen den Namen zu kennen. Aber weiß sie nicht, dass noch nicht mal Slater auf eine unpersönliche Anrede reagieren?

Dann zeigt Penny nacheinander auf alle Gruppenmitglieder und ich höre widerwillig zu.

Eine Reihe von Vorschlägen folgt – manche der erwähnten Strategien wende ich bereits an.

Ablenkung: sich auf etwas anderes konzentrieren. Stundenpläne im Kopf wiederholen, Fliesen auf dem Boden zählen. Ben geht laufen – das kenne ich schon. Ich habe im Fitnessstudio der Klinik viele Stunden auf dem Laufband verbracht, bis alle Gefühle verblasst waren und nur noch das Pochen meiner Schritte existierte. Oder meine andere Methode: das Unbekannte zu Gesichtern anordnen, die aus Linien und Schatten bestehen, Karten von Korridoren und Türen zeichnen und alles dazwischen, um Grenzen zu schaffen.

Visualisierung: sich im Kopf an einen anderen Ort denken. Sich einen *Happy Place* schaffen – in Schwesternsprache.

Übertragung: die eigenen Gefühle auf jemand anderen übertragen.

Abspaltung: jemand anderer werden, die eigenen Gefühle zurücklassen.

Darin werde ich gerade zur Expertin.

Aber sind wir Slater das nicht alle?

Später will Penny, dass wir uns in kleinen Gruppen zusammenfinden, um Konversation zu üben. Heutiges Thema: über unsere Familien sprechen.

Die anderen beginnen wortlos, ihre Stühle zu Zweier- und Dreiergruppen zusammenzuschieben: Alle wissen offenbar, wohin sie gehören. Ich zögere, bin mir unsicher, was ich tun soll, und schrecke auf, als sich plötzlich eine warme Hand auf meine Schulter legt: Ben. Er beugt sich zu mir.

»Kommst du zu uns?«, fragt er lächelnd, und ich merke, dass ich in seine Augen starre. Von Nahem sieht man in dem Braun warme Goldflecken. Sie zu malen wäre eine echte Herausforderung. Man müsste die richtige Farbmischung hinbekommen und …

Er sieht mich belustigt an. »Und?«

»Ja, okay, ich bin dabei«, sage ich und stehe auf. Er nimmt die Hand von meiner Schulter, hebt meinen Stuhl hoch, um ihn neben den von Tori zu stellen. Dann zieht er seinen eigenen Stuhl zu uns beiden rüber.

Toris Augen verengen sich zu Schlitzen. Sie will etwas sagen, aber hält sich zurück, als Penny zu uns tritt.

Bald finde ich heraus, dass Bens Dad Lehrer und seine Mum Künstlerin ist. Sie arbeitet in der Werkstatt bei der Molkerei. Toris Vater ist Regierungsrat in London, aber sie selbst lebt mit ihrer Mum auf dem Land. Ihr Vater kommt nur an manchen Wochenenden nach Hause, und so wie sie es erzählt, klingt es, als wäre sie ganz froh darüber. Beide sind 17, also ein Jahr älter als ich, und kennen Amy aus der Schule – dieselbe Schule, zu der auch ich gehen werde, sobald Penny und Mum mich lassen.

»Wo kommst du denn wirklich her?«, fragt Tori, als Penny nicht mehr in Hörweite ist.

»Wie meinst du das?«

»Wo hast du gelebt, ehe du hierhergekommen bist?«

»Im Krankenhaus. Ich bin erst seit letztem Sonntag draußen.«

»Das glaube ich dir nicht.«

»Tori«, unterbricht Ben sie. »Sei freundlich.«

Sie lächelt ihn spöttisch an. »Sie kann auf gar keinen Fall gerade erst rausgekommen sein, so wie sie redet. Das weißt du doch genauso gut wie ich. Wir beide sind mehr als drei Jahre draußen, und du weißt doch, wie die Neuen sind.«

»Ich war länger im Krankenhaus als die meisten«, entgegne ich. »Wegen der Albträume.«

»Wie lange?«

»Neun Monate – behaupten sie zumindest.«

»Trotzdem. Du bist anders.«

Ich will protestieren, mich streiten. Aber gerade, als ich loslegen will, wird mir etwas klar: Meine Reaktion ist Beweis genug. Die meisten Slater würden einfach nur lächeln und allem zustimmen, was man ihnen sagt. Was nützt es also, das Ganze abzustreiten, wenn es doch so offensichtlich ist?

Ich zucke mit den Schultern. »Und was, wenn es so ist?«

»Aha!«, macht Tori.

Ben beugt sich vor und studiert interessiert meinen Blick. »Was ist verkehrt daran, anders zu sein?«

Tori setzt eine finstere Miene auf, dann umarmt Ben sie und ihr Gesichtsausdruck ändert sich augenblicklich.

»Willst du dich am Sonntag mit uns treffen?«, fragt mich Ben. Sein Arm liegt immer noch um Toris Schultern. »Wir gehen zur Landwirtschaftsschau.«

Tori sieht gleichzeitig überrascht und verärgert aus.

»Ich weiß nicht. Ich muss erst fragen, ob ich darf.«

Tori verdreht die Augen. »Klar, natürlich.«

Mir wird plötzlich mehr als bewusst, dass ich mich von Ben fernhalten muss, wenn ich mit Tori klarkommen will. Aber irgendwie habe ich das Gefühl, dass ich das gar nicht möchte.

Penny fängt mich ab, als die anderen schon aus dem Raum gehen.

»Kyla, bleib noch. Ich möchte einen Augenblick mit dir allein sprechen.«

Sie wartet, bis die letzten Gruppenmitglieder verschwunden sind, und setzt sich dann neben mich.

»Ich habe von deinem Blackout vor ein paar Tagen gehört. Ich muss dein Levo kontrollieren.«

Sie zieht einen mobilen Scanner hervor wie im Krankenhaus, nur etwas kleiner, und verbindet ihn mit ihrem Netbook. Sie hält das Gerät über mein Levo und kurz darauf tauchen Diagramme auf ihrem Computer auf.

»Oh mein Gott.«

»Was?«

»Schau es dir selbst an, Kyla.« Sie berührt den Bildschirm und wählt ein Diagramm vom 15. September aus. Ein ganzer Abschnitt ist in den frühen Morgenstunden vom Dienstag im roten Bereich. Sie tippt die einzelnen Kurvenabschnitte an und Zahlen erscheinen auf dem Monitor.

»Kyla, du warst auf 2,3. Das ist viel zu niedrig. Was ist passiert?«

Ich starre sie an. Ich war nur 0,3 Punkte davon entfernt, *überhaupt nicht mehr* aufzuwachen. Mein Magen verkrampft sich.

»Nun. Sagst du es mir?«

»Ich weiß es nicht. Ich hatte einen Albtraum, das ist alles. Ich bin nicht aufgewacht. Das Nächste, was ich mitbekommen habe, ist, dass die Sanitäter da waren und mir Happy Juice gespritzt haben. Mir dröhnt immer noch der Kopf davon.«

»Träume haben auf dein Levo keine Auswirkungen, das weißt du doch. Deine Werte beeinflusst einzig und allein deine Reaktion darauf, wenn du aufwachst.«

Ich zucke mit den Schultern. »Ich erinnere mich nicht ans Aufwachen.«

»Was hast du geträumt?«

»Ich kann mich nicht mehr erinnern«, lüge ich.

Sie seufzt. »Ich will dir nur helfen, Kyla. Dein nächster Krankenhaus-Check steht erst am übernächsten Wochenende an, aber vielleicht sollten wir ihn auf dieses Wochenende vorziehen.«

»Nein! Ich brauche nur ...«, ich überlege, wie ich das in Betreuerinnensprache ausdrücken soll, »ich brauche Ablenkung, damit ich und mein Kopf beschäftigt sind. Kann ich nicht doch schon mit der Schule anfangen? Bitte.«

Sie lehnt sich zurück und sieht mir in die Augen, als ob sie darin nach etwas sucht.

»Es ist noch zu früh. Du musst dich erst in deinem neuen Zuhause eingewöhnen. Und ...«

»Bitte.« Natürlich sage ich ihr nicht, dass der wahre Grund für meine Hartnäckigkeit meine Panik davor ist, den ganzen Tag allein mit Mum, dem Drachen, zu Hause sitzen zu müssen. Im Vergleich zu den letzten Tagen im Bett, an denen sie und Sebastian meine einzige Gesellschaft waren, sind sogar meine Albträume harmlos.

»Ablenkung ist schön und gut, aber du brauchst auch eine neue Ausrichtung. Ich gebe dir ein paar Übungen mit, okay? Wenn du sie machst – und ich meine wirklich *machst*, dich dabei richtig anstrengst –, dann schicken wir dich nächste Woche in die Schule. Abgemacht?« Sie streckt mir die Hand hin.

Ich überlege kurz. Heute ist Donnerstag. Bis zum nächsten Montag sind es nur noch vier Tage.

»Gut, abgemacht«, sage ich und schlage ein.

Amy taucht hinten in der Tür auf – wahrscheinlich wurde sie geschickt, um herauszufinden, warum ich noch nicht draußen bin.

Penny entdeckt sie ebenfalls. »Amy? Komm rein. Du kannst uns helfen.«

Im Handumdrehen haben die beiden mich so weit, dass ich einen *Happy Place* visualisiere. Ich entscheide mich für die Szene aus meinem Traum, die Wiese mit Bäumen und Blumen, zwischen denen ich, auf dem Rücken liegend, in die Wolken am Himmel schaue. Immer wenn ich wütend oder ängstlich bin, soll ich mich in Gedanken an diesen Ort versetzen. Bis es in kritischen Momenten automatisch passiert.

Ganz einfach, oder?

KAPITEL 11

»Bist du dir sicher, dass es in Ordnung ist, wenn du auf alle beide aufpassen musst?«, fragt Mum und dreht sich an der Tür noch mal um.

»Ja, hab ich doch gesagt«, meint Amy. »Geh nur.«

Ich selbst bin nicht wirklich überzeugt davon. Das Geschrei löst bei mir Kopfschmerzen aus. Wie kann jemand, der so klein ist, nur so laut sein?

Die Tür wird zugezogen, und durchs Fenster sehe ich Mum und Dad die Straße hinab zum Pub gehen, zusammen mit Dads jüngerer Schwester, unserer Tante Stacey, die vollkommen immun zu sein scheint gegen das Gekreische ihres kleinen Sohnes.

Der Schreihals zieht rasselnd den Atem ein, um seine Lungen für eine weitere Lärmattacke zu füllen.

Amy beugt sich zu ihm herunter. »Robert, möchtest du einen Keks?«

Seine Lippen zittern. Amy streckt die Hand aus und er sieht zu ihr auf. Unentschlossenheit huscht über sein tränenverschmiertes Gesicht. Amy nimmt ihn hoch und geht mit ihm in die Küche. Sekunden später kichert er und mampft auf dem Boden Kekse.

»Wie schafft er es bloß, innerhalb von einer Minute von Heulen in Lachen zu wechseln?«

»Er ist ja noch ein Baby – einfach abzulenken.«

Sebastian spaziert herein, wirft einen Blick auf Robert und springt außer Reichweite auf die Arbeitsfläche.

»Miezi?« Robert deutet mit seinem dicken Zeigefinger auf ihn. »Miezi!«

Er lässt seinen Keks fallen, zieht sich an einem Stuhlbein hoch und schaut aufgeregt zu Sebastian. Er geht ein paar Schritte, stolpert dann über seine eigenen Füße und fällt. Sein Gesicht verzieht sich.

»Alles in Ordnung, Robert!« Amy hebt ihn schnell hoch und hält ihn so, dass er mit einer Hand Sebastian berühren kann, der das Ganze stoisch über sich ergehen lässt.

»Die Miezi schön streicheln, so.« Amy zeigt Robert, wie es geht – wie mir an meinem ersten Tag.

Aber Robert versteht es trotzdem nicht, er piekt die Katze mehr, als sie zu streicheln, und fährt dann in die falsche Richtung, sodass sich das Fell aufstellt. Schließlich springt Sebastian von der Arbeitsfläche und flieht durch die Katzenklappe.

Amy setzt Robert auf ihr Knie und beginnt, ihn zu kitzeln, bevor er sich wieder aufregen kann. Es scheint zu funktionieren, denn er kichert.

Eine Stunde lang schlagen wir mit Holzlöffeln auf Töpfe und machen Schranktüren auf und zu. Dann reibt sich Robert die Augen und schläft selig in Amys Armen ein.

»Tee?«, fragt sie und ich setze Wasser auf.

Amy dreht sich in ihrem Stuhl, und ich merke, wie sie mich beobachtet. Wie Mum gesagt hat – sie passt auf uns *beide* auf. Als ob ich mir jede Sekunde am Herd die Hand verbrennen könnte oder Gefahr laufe, ins Schwanken zu geraten und auf den Hintern zu fallen wie Robert.

Penny meinte zu Mum, ich sei wie ein kleines Kind. Aber man muss sich zum Vergleich nur Robert ansehen – er lernt nicht so schnell wie ich. Er kann noch nicht einmal die Katze richtig streicheln. Amy hat erzählt, dass er schon vor ein paar Wochen die ersten Schritte gemacht hat, aber er fällt trotzdem noch um. Er ist schon ein Jahr alt, aber kann kaum sprechen.

Als ich geslated wurde, konnte ich nach ein paar Wochen laufen, ohne zu schwanken, und habe nur wenige Tage nach meinem ersten Wort in ganzen Sätzen gesprochen. Ich war schneller als viele andere, okay, allerdings konnten selbst die Langsamsten innerhalb von einem Monat einfache Unterhaltungen führen.

Meine Erinnerungen sind weg, aber Teile von mir besitzen immer noch eine Art Gedächtnis. Mein Körper, meine Muskeln – und meine linke Hand mit dem Bleistift. Ich wusste sofort, was ich zu tun hatte, als der Stift erst einmal dort lag. Also ist es nicht das Gleiche, wenn man wie ein Baby ganz von vorn anfangen muss, sondern man braucht nur den richtigen Auslöser, um Dinge wieder tun zu können, die man vergessen hat. Wer weiß, zu was ich noch alles fähig bin?

Ich stelle die Teetassen auf den Tisch und setze mich.

»Mein Arm schläft schon ein. Kannst du vielleicht kurz seinen Kopf halten?« Amy dreht sich zu mir, und ich schiebe meine Hand unter Robert, während sie sich anders hinsetzt. Er wacht nicht auf.

»Danke. Ist er nicht wundervoll?«, fragt sie.

Ich zucke ohne viel Überzeugung mit den Schultern. »Er ist mir zu laut, wenn er wach ist. So gefällt er mir besser.«

»Stimmt. Wie er seiner Mutter hinterhergeheult hat …«

»Sie schien kein großes Problem damit zu haben, ihren Sohn alleinzulassen. Sie und Mum sind regelrecht aus dem Haus geflohen.«

»Ja. Mum findet es anstrengend, wenn Robert hier ist.«

Das ist mir auch aufgefallen, aber nicht wegen der offensichtlichen Dinge, wie etwa seinem Geschrei und dass man die Windeln wechseln muss. Mum schien so viel Raum wie möglich zwischen ihn und sich bringen zu wollen – und zwar am liebsten so schnell wie möglich. Sie war es auch gewesen, die vorgeschlagen hatte, in das Pub zu gehen und Robert bei Amy und mir zu lassen.

»Warum hat sie ein Problem mit Robert?«

»Ich weiß nicht, ob ich das erzählen sollte.«

»Was denn? Sag schon.«

Amy schaut mich lange an und nickt irgendwann. »Okay, aber das ist ein Familiengeheimnis. Du darfst es niemandem weitererzählen.«

»Alles klar.«

»Tante Stacey hat es mir letzten Frühling anvertraut, als ich bei ihr zum Babysitten war. Mum hat keine Ahnung, dass ich das alles weiß. Aber bevor Mum und Dad sich kennengelernt haben, war Mum mit jemand anderem zusammen, und sie hatten einen Sohn, der Robert hieß. Sie trennte sich von Roberts Vater, als ihr Sohn noch klein war. Stacey war damals mit Mum befreundet, so hat sie auch Dad kennengelernt. Kurz nachdem sie Dad geheiratet hat, ist Robert gestorben. Stacey nannte später ihr eigenes Baby Robert, nach dem Sohn von Mum. Sie hat es nett gemeint, aber ich glaube, immer wenn Mum Robert sieht, muss sie an ihr verstorbenes Kind denken.«

»Wie schrecklich!« Meine Kehle zieht sich zusammen. Erst ihre Eltern, als sie 15 war. Und Jahre später stirbt dann auch noch ihr Sohn. Kein Wunder, dass sie so ein Drachen ist.

Amy scheint dasselbe zu denken wie ich. »Ich weiß, dass Mum sehr schwierig sein kann, aber es gibt Gründe dafür.«

»Sie spricht nie über ihren Robert, oder?«

»Nie. Zumindest nicht mit mir.«

Ich schaue zu Amy und bin ziemlich verwirrt. Alles an Mum ist ein einziger Widerspruch. Man sieht ihr ihre Gefühle immer an, trotzdem versteckt sie all ihren Schmerz in sich.

»Ich verstehe sie nicht«, sage ich schließlich.

»Glaub mir: Du wirst besser mit ihr klarkommen, wenn du einfach sagst, was du denkst, genau wie sie es macht. So tickt sie eben.«

Bald hören wir von draußen Stimmen und Schritte.

Amy hält sich einen Finger an die Lippen und ich nicke.

Die Haustür wird geöffnet und einen Augenblick später treten Mum und Tante Stacey in die Küche.

»Da ist ja mein Kleiner.« Tante Stacey sieht aus, als hätte sie Robert wirklich vermisst. Sie nimmt ihn aus Amys Armen und wünscht allen eine gute Nacht.

»Wo ist Dad?«, fragt Amy.

Mum verdreht die Augen. »Er wurde angerufen – irgendein Notfall bei der Arbeit. Er musste während des Essens aufbrechen.«

Mum beginnt, Roberts Kekskrümel zusammenzukehren. Jetzt, da die Luft wieder rein ist, schlüpft Sebastian durch die Katzenklappe in die Küche und streicht um Mums Knöchel. »Abendessen für dich?«, fragt sie ihn und greift nach einer Dose im Regal.

In diesem Moment entdeckt sie unser schmutziges Teegeschirr neben der Spüle.

»Es hätte euch sicherlich nicht umgebracht abzuspülen, oder?«, geht uns Mum an.

Ich zucke zusammen und muss mich zurückhalten, um nicht sofort aufzuspringen und mich an den Abwasch zu machen. Denn Mum würde die ganze Zeit danebenstehen und zusehen und mir ständig sagen, was ich falsch mache. Aber dann meldet sich eine Stimme in mir: *Sag ihr, was du denkst.*

»Wir hatten alle Hände voll damit zu tun, auf Robert aufzupassen«, sage ich.

Mum dreht sich mit erstauntem Blick zu mir und mustert mich. Dann nickt sie.

»Wohl wahr, das ist kein Kinderspiel. Ein Glück, dass *du* nicht in Windeln zu uns gekommen bist«, meint sie lachend. Und ich lache mit ihr. Amy zwinkert mir zu, als Mum gerade nicht hinsieht. Zum ersten Mal bin ich in ihrer Gegenwart fast entspannt.

Als Amy und ich uns schon von Mum verabschiedet haben und auf dem Weg in unsere Zimmer sind, dreht sich Amy noch einmal auf der Treppe um.

»Jetzt hätte ich es beinahe vergessen. Mum, dürfen wir morgen zur *Thame Show* gehen?«

Die Landwirtschaftsschau – hatte nicht Ben vorgeschlagen, sich dort zu treffen? Dass ich mit ihm und Tori hingehen soll? Ich drehe mich um und schaue zu Mum.

Sie legt ihr Buch weg. »Mit wem wollt ihr denn hingehen?«

»Alle besuchen die Schau, Mum. Du weißt schon, Debs, Chloe, Jazz – einfach alle.«

Ihr Blick verengt sich. »Na ja, wenn *alle* hingehen … spricht wohl nichts dagegen. Aber ich bringe euch hin.«

»Danke«, sagt Amy laut, aber ihr Gesicht sagt etwas anderes.

Sie schließt die Tür, als wir oben in meinem Zimmer sind, und verdreht die Augen. »Ich kann nicht glauben, dass sie immer noch darauf besteht, uns *hinzubringen*. Als wären wir *zwölf*.«

»Sie wirkte misstrauisch.«

»Weshalb wohl?«, fragt Amy und lacht. »Wenn du mich und Jazz meinst, vergisst du wohl die Hälfte.«

»Was meinst du damit?«

Sie wirft mir ein Kissen an den Kopf. »Ben natürlich!«

»*Was!?*«

»Er hat mich gestern in der Schule angesprochen. Ob du morgen mit zur Show kommen darfst. Ich glaub, du hast ganz schön Eindruck auf ihn gemacht.«

»Oh.«

»Nur ›oh‹? Er ist doch ziemlich süß, oder nicht?«

»Wahrscheinlich schon.« Natürlich ist Ben süß – nicht einfach nur süß, sondern eine ganz andere Liga. Und da ist noch etwas anderes, irgendein Gefühl, das ich nicht benennen kann. Aber es hat keinen Sinn, mir Hoffnungen zu machen, solange es Tori gibt.

»Sogar ein paar Mädels aus meiner Stufe stehen auf ihn. Aber soweit ich weiß, hat ihn bisher keine gekriegt.«

Ich zucke mit den Schultern. »Ich glaube, er hat alle Hände voll mit Tori zu tun.«

»Das bezweifle ich. Sie ist nicht sein Typ.«

»Warum nicht? Sie sieht umwerfend aus.« Und das tut sie wirklich, vor allem, wenn sie lächelt. Sie hat einen perfekten Körper und langes, fließendes schwarzes Haar. Sie könnte als Model arbeiten, wenn das nicht zu den Dingen gehören würde, die uns Slatern nicht erlaubt sind.

»Das weiß ich einfach. Sie ist verbittert und verkorkst. Ben hingegen ist nett. Es ist offensichtlich, dass die beiden nicht zusammenpassen.«

»Na ja, wenn das so ist, dann ist *ihr* das nicht klar.«

Amy lacht. »Dann ist sie bescheuert. Aber sie wird es schon auch noch irgendwann kapieren.«

Amy löscht das Licht und ist bald eingeschlafen. Später höre ich es an der Tür kratzen und öffne sie, um Sebastian reinzulassen. Er miaut und springt auf mein Bett. Abgesehen von ihm ist alles im Haus dunkel und still.

Doch der Schlaf will nicht kommen. Es gibt zu viel zu verarbeiten. Alles ist so kompliziert – nichts ist, wie es von außen scheint. Amy kann Mum auf eine Art verstehen, wie es mir nicht möglich ist, und trotzdem bin ich mir sicher, dass sie sich täuscht, was Ben und Tori angeht. So sehr ich mir auch wünsche, dass sie richtig liegt.

KAPITEL 12

Wie sich herausstellt, ist die Thame Show eine ziemlich große Sache.

Als Mum, Amy und ich endlich dort ankommen, nachdem wir uns in langen Autokolonnen über weitläufige Landstraßen zwischen Feldern und Farmen entlanggekämpft haben, sehen wir eine endlose Schlange von Leuten am Eingang stehen. Alle Besucher sind bester Laune, reden wild durcheinander und rempeln sich an, während sie langsam weiter nach vorn drängen. Doch als wir uns dem Eingangszelt nähern, verstummen alle Gespräche abrupt.

Eine Sicherheitsschranke versperrt den direkten Zugang zum Gelände. Mum wirkt überrascht. »Das haben sie seit letztem Jahr verschärft«, sagt sie leise.

Aber das allein scheint nicht der Grund zu sein, warum die Menge verstummt. Mehrere Wachleute in grauen Anzügen stehen mit finsteren Mienen hinter der Sicherheitsabsperrung – die Menge immer im Blick. Niemand sieht die Männer direkt an, und es ist offensichtlich, dass man achtgeben muss.

Mum hat uns auf dem Weg hierher erklärt, dass es die Thame Show schon seit Jahrhunderten gibt, sie aber mit dem Verfall der

Landwirtschaft zu Beginn des 21. Jahrhunderts immer unwichtiger geworden ist, bis sie schließlich in Vergessenheit geriet. Mit dem großen Vorstoß der Landwirtschaft zur Selbstversorgung der Bürger unter der Zentralkoalition Jahrzehnte später wurden diese und andere Landwirtschaftsausstellungen schließlich wieder belebt, und die Thame Show gehört heute zu den wichtigsten ihrer Art und ist inzwischen sogar bedeutender, als sie jemals war.

Vorn angelangt müssen wir nacheinander das Tor passieren. Amy und ich lösen natürlich mit unseren Levos beide den Alarm aus. Wir werden beiseitegenommen, zu den Männern in den grauen Anzügen geführt und von Kopf bis Fuß gescannt.

Ich kann nicht genau sagen, was mir Angst macht, aber meine Hände beginnen zu zittern. Als die Prozedur beendet ist und wir endlich durchgelassen werden, nimmt Amy mich bei der Hand und zieht mich auf wackligen Beinen hinter sich her zu Mum, die drinnen auf uns wartet.

»Was ist mit dir?«, fragt Amy besorgt. »Du bist weiß wie eine Wand.«

Ich zucke mit den Schultern und schaue auf mein Levo. Ein bisschen niedrig mit 4,6, aber stabil, jetzt da ich mich daran erinnere, mir *grüne Bäume, blauen Himmel, weiße Wolken, grüne Bäume, blauen Himmel, weiße Wolken* vorzustellen.

Mum mustert mich, als wir in Richtung der Stände gehen. »Sind dir das zu viele Menschen, Kyla?«, fragt sie und legt fürsorglich ihren Arm um meine Schultern.

»Alles in Ordnung«, beruhige ich sie und mit Amy und Mum an meiner Seite fühle ich mich bald wirklich besser. Ich weiß ohnehin nicht genau, was mich überhaupt so beunruhigt hat.

Der Lärmpegel im Hauptzelt ist unvorstellbar– der Raum platzt fast vor Besuchern und ausgestellten Tieren. Der Raum ist erfüllt von Stallgeruch, und ich merke, dass ich ganz froh bin, wenn ich mich an Mum halten kann, selbst als Amy mit ihren Freunden verschwindet.

Es gibt endlose Ausstellungsreihen und Wettbewerbe um Früchte, Gemüse und Backwaren. Ich sehe Stände mit Handwerkskunst und Holzschnitzereien und Viehbestand aller Arten in Käfigen und hinter Gattern. Mum scheint fast jeden hier zu kennen und bleibt immer wieder kurz stehen, um sich zu unterhalten.

»Kyla! Du bist gekommen!«, ruft auf einmal eine Stimme von hinten.

Wir drehen uns um und da stehen Ben und Tori. Sein Lächeln ist warm, aber ihre Hand ist fest um seinen Arm geschlungen. *Er gehört mir*, lässt sie mich wissen, und Ben scheint kein Problem damit zu haben.

Mum lächelt. »Du bist Ben, richtig? Ich hab dich nicht mehr gesehen, seit Amy nicht mehr zur Gruppe geht. Du bist groß geworden.«

»Danke, Mrs Davis.«

»Gutes Timing«, sagt Mum und winkt jemandem in der Menschenmenge zu. »Könnt ihr euch um Kyla kümmern? Ich möchte mit einem Bekannten etwas trinken gehen.«

Ich laufe knallrot an. Ben und Tori sollen meinen Babysitter spielen.

»Natürlich«, sagt Ben. »Wir wollten gerade zur Schaf-Show – hast du Lust mitzukommen?«

Tori verdreht die Augen. »Oh, welche Freude! Die Miss World der Schafe wird gekürt. Ich kann's kaum erwarten.«

Mum zieht eine Augenbraue hoch. »Du solltest besser auf deine Wortwahl achten, junge Dame.« Sie spricht so leise, dass es schwer ist, sie zu verstehen. Dann verschwindet sie mit ihrem Bekannten in der Menge.

Toris Mund klappt auf. »Was denkt die denn, wer sie ist?«, ärgert sie sich lautstark und ignoriert Bens Versuche, sie zu beruhigen.

»Wenn du das nicht weißt, Mädchen, dann werde ich es dir verraten«, mischt sich ein Mann hinter uns ein, der jedes Wort mitgehört haben muss. »Sie ist Sandra Armstrong-Davis.«

»Und?«, fragt Tori, die Hand in die Hüfte gestemmt.

»Die Tochter von William Adam M. Armstrong.«

Toris scheint in diesem Moment ein Licht aufzugehen, aber ich bin kein bisschen schlauer.

»Was meint er damit?«, will ich von Ben und Tori wissen, als wir weitergehen.

»Weißt du nicht mal, wer deine eigene Mutter ist?«, blafft mich Tori an.

Ich schaue verwirrt zu Ben.

»Sie ist die Tochter von *Wam the Man*, der keine Gnade kannte und in den 2020ern die Gangs zerschlagen hat«, erklärt er mir. »Er war Premierminister und zuständig für die Lorder, bis die Terroristen ihn in die Luft gesprengt haben.«

»Aber ich dachte, ihre Eltern seien bei einem Autounfall ums Leben gekommen.«

Tori lacht auf. »Sind sie auch, wenn man eine Autobombe einen Unfall nennen will.«

»Alles okay bei dir?«, fragt Ben und hakt sich mit seinem anderen Arm bei mir unter. »Das ist alles vor wirklich sehr langer Zeit passiert. Ich dachte, du wüsstest das schon.«

»Ja, natürlich. Alles okay«, lüge ich.

Wir gehen zur Schaf-Show. Es gibt eine Reihe besonders schöner Schafe – wenn man auf so was steht – mit interessanten Namen wie Lady Gaga oder Marilyn Monroe, die von ihren stolzen Besitzern herumgeführt und deren Vorzüge dem Publikum angepriesen werden. Dann gibt es eine Preisverleihung. Das Ganze ist so dämlich, dass wir alle – selbst Tori – lachen müssen und mit dem Rest der Menge jubeln. Marilyn gewinnt.

Als Nächstes gibt es eine Schafschervorführung. Zuerst wehrt sich das Mutterschaf. Dann scheint es etwas zu verstehen – der Mann, der es zu Boden drückt, ist stärker. Es kann nichts tun, außer reglos dazuliegen, während die scharfe Klinge es nur Millimeter über seiner Haut von der dicken Wolle befreit. Nichts hält es mehr warm im Winter. Vielleicht ist das aber auch nicht schlimm, weil es bei ihm ohnehin aufs Ende zugeht.

Ich frage mich, ob die Schafe auch einen *Happy Place* haben, an den sie in Gedanken fliehen können, um das zu überstehen.

Mum und Amy finden mich inmitten der Zuschauer: »Können wir gehen?«, fragt Mum und ich nicke.

Die Ausstellung zu verlassen, ist einfacher, als reinzukommen. Es gibt keine Sicherheitskontrollen und wir spazieren ungehindert durchs Tor. Aber an der Seite stehen einige Männer in grauen Anzügen und überwachen den Ausgang. Sie beobachten die Gesichter der herausströmenden Besucher. Doch als ob sie ein kollektiver blinder Fleck wären, tut die ganze Menschenmenge so, als gäbe es sie nicht.

Es ist mitten in der Nacht und ich starre an die Decke. Amy hat mir gegenüber Mums Familiengeschichte bestätigt. Warum hat mir vorher niemand etwas davon erzählt?

Vielleicht weil sie wussten, dass ich, im Gegensatz zu Amy, die Informationen miteinander verknüpfen würde? Mums Eltern sind von Terroristen ermordet worden. Das Lebenswerk ihres Vaters war es, die Gangs, die dieses Land beinahe zerstört hätten, zu vernichten, lange bevor das Slating existierte. Damals wurden alle Gangmitglieder und ihre Sympathisanten zum Tode verurteilt.

Doch jetzt kümmert sich Mum um zwei Slater. Zwei neue Töchter, die Kriminelle waren und ebenso gut einer Terroristengruppe angehört haben könnten, auch wenn sie mittlerweile nichts mehr davon wissen.

Gerade, als ich dachte, dass ich anfange, Mum zu verstehen, passiert so etwas wie heute, und sofort habe ich wieder das Gefühl, ich durchschaue sie überhaupt nicht.

Das andere, was mich wach hält, sind diese Männer in den grauen Anzügen, die von allen so demonstrativ ignoriert wurden. Ich habe mich nicht getraut, offen zu fragen, wer sie sind, aber aus irgendeinem Grund hat mir ihre Anwesenheit eine unglaubliche Angst eingejagt. So sehr, dass ich mich kaum noch rühren konnte. Doch ein Instinkt, ein winziger Selbsterhaltungstrieb in mir, hat laut und deutlich geschrien: »*Sie dürfen dich nicht entdecken!*«, und mir die Kraft gegeben, wie alle anderen an ihnen vorbeizugehen.

Von unten höre ich ein leises Geräusch – Sebastian? Er liegt nicht wie sonst an meine Füße gekuschelt. Vielleicht sollte ich ihn einfach zu mir hochholen? Womöglich würde mir das beim Einschlafen helfen. Ich schlüpfe aus dem Bett und steige die Treppe hinunter.

»Sebastian?«, rufe ich vorsichtig und schleiche in die dunkle Küche. Der Boden ist kalt unter meinen nackten Füßen und mir läuft eine Gänsehaut über den Rücken und die Arme.

Etwas lässt mich herumfahren. Kein Geräusch, sondern eher eine Art Luftverzerrung, die irgendwie die falsche Größe und Form für eine Katze hat.

Licht blendet meine Augen.

Ich öffne den Mund und schreie.

KAPITEL 13

»Bist du sicher, dass du keinen Tee möchtest?«, fragt Dad.

»Es geht mir gut, wirklich.« Ich weiche zur Tür zurück.

»Ich wollte dich nicht erschrecken«, sagt Dad, doch sein Lächeln erreicht nicht seine Augen. Er sieht sehr müde aus, als ob er nicht geschlafen hätte, seit er gestern überstürzt zur Arbeit gefahren ist. Und irgendwie kommt er mir zerknittert vor, als hätte er sich auch nicht mehr umgezogen. Doch diese blaue Hose und den Pulli hatte er nicht an, als er mit Mum und Tante Stacey zum Pub gegangen ist.

Obwohl er so erschöpft aussieht, bewegte er sich in diesem Moment extrem schnell. Er war quer durch den Raum gehechtet und hatte in Sekundenschnelle seine Hand auf meinen Mund gepresst, um den Schrei zu unterdrücken, der aus meiner Kehle dringen wollte. Nur ein schwaches Wimmern war noch zu hören gewesen.

Er hat mich losgelassen, sobald ich aufgehört habe, mich zu wehren. Sobald ich nicht mehr zu geblendet war, um ihn zu erkennen. Jetzt scheint er über etwas nachzudenken und nickt dann.

»Setz dich«, sagt er und stellt zwei Tassen neben den Wasserkocher.

Ich setze mich.

Er bereitet in aller Seelenruhe den Tee zu. Ab und an wirft er mir einen seltsamen Blick zu. Für jemanden, der normalerweise so viel redet, geht von ihm plötzlich ein unheimliches Schweigen aus.

»Ich bin neugierig, was ein paar Dinge angeht«, sagt er schließlich.

»Zum Beispiel?«

»Zuerst einmal: Weshalb bist du wach?«

Ich zucke mit den Schultern. »Ich konnte nicht schlafen.«

Er schenkt uns beiden Tee ein und rührt in seiner Tasse. Ihm liegt anscheinend noch etwas auf der Zunge, doch dann schüttelt er leicht den Kopf.

»Verstehe. Zweite Frage: Warum bist du nach unten gekommen?«

»Ich habe Sebastian gesucht.«

Er denkt auch über diese Antwort einen Moment nach und nickt dann.

»Drittens: Warum hattest du so eine panische Angst, als ich das Licht angemacht habe?« Es ist mehr eine Feststellung als eine Frage. Eine, die er ergründen will.

»Ich weiß es nicht. Du hast mich erschreckt«, antworte ich wahrheitsgemäß. Aber vielleicht hatte es auch etwas mit meinem Traum zu tun – dem Traum, in dem ich von grellem Licht geblendet werde und nicht erkennen kann, wer vor mir steht und …

»Sprich aus, was du gerade denkst«, verlangt er und ich schrecke auf.

»In meinem Albtraum letzte Woche wurde ich von einem Lichtstrahl geblendet, sodass ich nichts mehr sehen konnte. Ich hatte fürchterliche Angst. Vielleicht ist das der Grund«, erwidere ich hektisch und bin selbst überrascht, meine Stimme zu hören, mit einer Beichte zu einem Traum, von dem ich aller Welt erzählt habe, dass ich mich nicht an ihn erinnern könnte.

»Als du in Ohnmacht gefallen bist?«

Ich nicke.

»Trotzdem bist du nach dem Schock gerade eben, so unnötig er auch war, nicht einmal auf einen niedrigen Level gefallen.«

»Nein.«

Mein Levo steht auf einem relativ zufriedenen 5,1.

»Interessant.« Dad schweigt kurz und lächelt dann sein übliches glückliches Lächeln. »Geh zu Bett, Kyla. Fängst du nicht morgen mit der Schule an? Dann solltest du dich besser ausruhen.«

Ich sprinte hoch in mein Zimmer, erleichtert und verwirrt. Was sollte das alles? Ich hatte fast das Gefühl, verhört zu werden. Und ich habe seine Fragen ausführlicher beantwortet, als ich es eigentlich wollte. Ich fühlte mich sogar fast *genötigt*, das zu tun. Beinahe hätte ich ihm sogar davon erzählt, dass mir in meinem Albtraum die Finger zerschlagen wurden.

Aber aus irgendeinem Grund habe ich dieses Detail für mich behalten – und trotzdem hatte ich dabei das ungute Gefühl, dass er ahnte, dass ich ihm nicht alles gesagt habe. Sein Lächeln konnte nicht darüber hinwegtäuschen, dass er darüber ganz und gar nicht glücklich war.

KAPITEL 14

Endlich Montagmorgen.

»Ich kann überhaupt nicht verstehen, warum du so darauf versessen bist, zur Schule zu gehen«, sagt Amy. »So toll ist sie nicht.«

Ich ziehe meine Uniform an: weiße Bluse, schwarze Hose und kastanienfarbener Pulli. Alles am Freitag neu gekauft, als klar war, dass selbst Amys alte Sachen viel zu groß für mich sind.

»Ich lerne einfach gern«, erwidere ich und kämme meine Haare. Aber das ist nicht die ganze Wahrheit. Ich will – nein muss – *alles* wissen. Jedes Detail, das ich herausfinden und kategorisieren kann. Es dann einzuordnen und abzulegen ist ein weiterer Schritt.

»Na ja, das ist gut, schätze ich. Aber das ganze Drumherum …«

»Was meinst du damit?«

Amy seufzt. »Es ist nicht wie in der Krankenhausschule. Nicht jeder dort wird *nett* zu dir sein.«

Mum werkelt in der Küche, als wir zum Frühstück runterkommen. Ich blicke auf, weil ich plötzlich nervös bin, dass Dad hier ist oder nicht, und was das dann wiederum zu bedeuten hätte. Habe ich das Ganze nur geträumt?

»Seid leiser«, sagt Mum. »Dad ist gestern erst spät nach Hause gekommen. Er schläft noch.«

Doch kein Traum.

Amy und ich essen Müsli und Mum setzt sich zu uns.

»Kyla, hör mal. Bist du dir ganz sicher, dass du heute schon zur Schule gehen willst? Du musst noch nicht hin, das weißt du.«

Ich sehe sie überrascht an. Sie war froh gewesen zu hören, dass ich mit der Schule anfangen wollte. Dann sei ich *ihr aus dem Weg* und sie könne auch selbst wieder zur Arbeit gehen, hat sie gesagt.

»Ja, ich bin mir sicher«, antworte ich.

»Gestern bei der Show hatte ich den Eindruck, dass dich Menschenmassen nervös machen. Lord Bill's ist eine große Schule – sie hat über tausend Schüler. Glaubst du wirklich, dass du dafür bereit bist?«

»Bitte, lass mich gehen.« Plötzlich habe ich Angst, dass sie nun doch dagegen ist und ich noch länger zu Hause bleiben muss. Eine endlose Aneinanderreihung monotoner Tage bis zum Winter ohne jemanden, mit dem ich mich unterhalten kann, und an denen ich nichts zu tun habe.

Mum sieht mich prüfend an und zuckt dann mit den Schultern. »Also gut, wenn du dir so sicher bist … Willst du, dass ich dich hinfahre, damit du nicht den Bus nehmen musst?«

»Nein. Amy begleitet mich ja.«

Ich stehe auf, um die Müslischalen abzuräumen.

»Lass nur, ich mach das.«

»Okay.«

Ich schaue Amy an. Sie grinst, während Mum das Geschirr zur Spüle trägt. »Siehst du, ich hab dir doch gesagt, dass sie gar nicht so schlimm ist«, flüstert sie mir zu.

Ich steige in den Schulbus. Amy ist hinter mir. Fast alle Plätze sind belegt.

Köpfe wenden sich, und ich höre Geflüster, während wir den Gang hinabgehen. Ich spüre die Blicke der anderen in meinem Rücken. Zwei sich gegenüberliegende Sitze auf einem Viererplatz sind nicht besetzt. Ich gehe auf einen der beiden zu, aber das Mädchen am Fenster legt ihre Tasche auf den freien Platz.

Amy verschränkt die Arme. Der Bus fährt holprig vom Bordstein ab, und ich halte mich an einer Rückenlehne fest, damit ich nicht umfalle.

»Ich finde das ziemlich unhöflich«, sagt Amy.

Das Mädchen fixiert sie und schwingt ihre Beine demonstrativ auf den zweiten freien Sitz. Alles verstummt.

Von hinten aus dem Bus winkt jemand. »Kyla? Hier ist noch Platz.«

Ich schaue über die Köpfe hinweg – Ben. Ich bin erleichtert, ein bekanntes Gesicht zu sehen. Einen sicheren Ort.

Amy starrt immer noch das Mädchen an.

»Ist schon in Ordnung«, sage ich zu ihr und gehe nach hinten. Dabei konzentriere ich mich, nichts anderes zu denken als *grüne Bäume, blauer Himmel, weiße Wolken, grüne Bäume, blauer Himmel, weiße Wolken …*

»Hi«, begrüßt mich Ben und ich setze mich neben ihn. Auch ein paar andere aus der Gruppe sitzen hier hinten im Bus. Alle tragen die gleichen kastanienfarbenen Uniformen, aber irgendwie wirken Bens Klamotten anders. An ihm sieht alles besser aus. Aber wo ist Tori?

Er beugt sich zu mir herunter. »Halte dich besser fern von dem Mädchen da drüben«, sagt er leise in mein Ohr.

»Warum?« Nicht, dass mir das nicht schon selbst aufgefallen wäre.

»Sie ist ein Slater-Hasser.«

»Oh.«

Grüne Bäume, blauer Himmel, weiße Wolken, grüne Bäume, blauer Himmel, weiße Wolken …

»Tut mir leid, dass das passiert ist«, sagt Amy, als wir aus dem Bus steigen.

»Ist doch nicht deine Schuld.«

»Na ja, ich hätte dich warnen können. Ich …«

»Du hast mich das ganze Wochenende vor allem Möglichen gewarnt.«

»Meistens können wir sowieso mit Jazz mitfahren. Er ist nur heute Morgen beim Zahnarzt.«

Mein Magen entknotet sich vor Erleichterung.

Amy und Ben bringen mich zur Tür der *Unit* und gehen dann in ihre Klassen. »Schau nicht so besorgt, das wird schon klappen«, sagt Ben und winkt zum Abschied.

Die SBA-Unit: für Schüler mit besonderen Bildungsanforderungen. Zu denen gehöre ich offenkundig – bis ich das Gegenteil unter Beweis gestellt habe.

Im Raum sitzt eine Frau an einem Tisch und tippt auf einen Bildschirm.

»Äh, hallo«, sage ich.

Sie blickt auf, ohne zu lächeln. »Ja? Was willst du?«

»Ich bin eine neue Schülerin.«

»Noch eine? Name?«

Ich starre sie an. Name … was?

Sie schaut auf mein Levo und seufzt. »Dein Name?«, fragt sie langsamer und lauter.

»Ich bin Kyla. Kyla Davis.« Der neue Nachname, derselbe wie von Mum, Dad und Amy, fühlt sich immer noch seltsam an, als ob er nicht zu Kyla passen würde. Aber wer weiß schon, wie ich vorher hieß. Haben mein Vor- und Nachname früher besser zusammengepasst?

Die Frau sortiert ein paar Papiere in einer Kiste und zieht einen Ordner heraus.

»Ach ja. Ein paar Wochen vorgezogen, richtig? Ich habe gerade versucht, dich kurzfristig in die Stundenpläne einzubauen.« Sie seufzt. »Setz dich.« Sie deutet auf einen Stuhl, steht auf und verschwindet mit dem Ordner in der Hand durch eine andere Tür.

Ich nehme Platz.

Und so geht es den ganzen Tag über. Ich komme überhaupt nicht aus dieser Unit heraus. Ich sitze auf Stühlen. Hin und wieder kommt jemand und sagt Hallo. Jemand teilt mir mit, dass ich am nächsten Tag durch die Schule geführt werde und ein paar Tests ablegen muss, und zeigt mir, wo das Klo ist. Ich werde zum Mittagessen in einen Raum gebracht, wo ich in der Gesellschaft von ein paar anderen Slatern meine Sandwichs esse, die mir Mum mitgegeben hat. Die anderen hier sind alle jünger als ich. Sie lächeln und kauen seelenruhig vor sich hin – genau wie die friedliche Kuhherde, an der wir heute Morgen vorbeigefahren sind.

Keine Spur von Amy oder Ben.

Kaum ein Gesprächsversuch mit den namenlosen Lehrassistenten – LA –, die an den Tischenden sitzen und uns beobachten und belauschen.

Am Nachmittag bekomme ich ein Buch mit der Geschichte der Lord Williams' School in die Hände gedrückt. Mum hatte sie Lord Bill's genannt. Die Schule ist alt – und zwar richtig alt: 1559 gegründet, also bald 500 Jahre. Zuerst war es eine Jungenschule, später wurde in gemischten Klassen unterrichtet. Es gab mal eine Autismus-Unit – bevor die Krankheit geheilt wurde. Bin ich jetzt dort gelandet? Die Schule war nach den Aufständen fünf Jahre lang geschlossen, vor 20 Jahren wurde sie dann mit großem Tamtam von der Zentralkoalition wiedereröffnet, mit einem erweiterten Gelände und einer Laufbahn. Jetzt ist die Lord Williams' School ein spezielles Landwirtschafts-College – wie die meisten weiterführenden Schulen.

Amy und Jazz holen mich am Ende des Tages ab. Ich lächle Jazz erleichtert an: keine Rückfahrt im Bus.

»Und? Wie war's?«, will Amy wissen.

Ich zucke mit den Schultern. »Langweilig. Ich habe den ganzen Tag nur rumgesessen und darauf gewartet, dass etwas passiert.«

Jazz lacht. »Willkommen in der Schule.«

Über einen Weg zwischen den Backsteingebäuden kommen wir zum Parkplatz, wo Jazz zielstrebig auf einen verbeulten Zweitürer zusteuert. Er ist größtenteils rot, aber hier und da ist der Lack mit anderen Farben übermalt worden.

Ich fasse an den Türgriff und bin mir sicher, dass ich wieder irgendetwas falsch mache.

»Darf ich? Das ist ein bisschen schwierig.« Jazz zieht an der Klinke, stemmt ein Bein gegen die Seite des Autos und reißt mit aller Kraft an der Tür.

Amy drückt den Vordersitz runter, während ich nach hinten klettere und mich frage, ob das Ganze so eine gute Idee ist.

»Wo ist der Gurt?«

»Es gibt keinen, er ist kaputt. Halt dich einfach fest«, sagt Jazz.

Das erweist sich als guter Rat, denn Jazz rast die Straße hinunter und bremst an der Ecke abrupt ab. Ich falle nach vorn und klammere mich an Amys Sitz. Die Gangschaltung röhrt lautstark und wir schaukeln weiter. Ich bin noch nicht in vielen Autos mitgefahren, also ist mein Urteil vielleicht nicht fair. Aber Slater-Hasser hin oder her – ich glaube, ich nehme in Zukunft lieber den Bus.

Jazz biegt von der Straße ab, nimmt eine gewundene Nebenstraße und bremst den Wagen schließlich vor einem einsamen Haus mit großer Auffahrt ab.

»Wir müssen Kyla bald nach Hause bringen«, sagt Amy. »Mum geht erst morgen wieder arbeiten.«

»Kein Problem«, erwidert Jazz und reißt die Autotür wieder auf. »Wir sind eh schneller als der Bus.«

Amy und ich steigen aus.

»Wir besuchen nur kurz meinen Kussi«, erklärt Jazz mir.

»Cousin«, übersetzt Amy.

Jazz klopft und öffnet die Tür. »Mac, bist du zu Hause?«, ruft er, läuft durch die Küche und öffnet die Hintertür. Wir folgen ihm.

»Ja. Nehmt euch was zu trinken und kommt rüber«, antwortet eine Stimme.

Jazz kehrt um, öffnet einen Schrank und holt drei Flaschen heraus. »Kommt mit«, sagt er.

Zusammen gehen wir in den Garten. Zumindest dachte ich, dass sich hinter dem Haus einer befindet. Aber hier ist nichts grün, kein Gras, keine Bäume, keine Blumen. Überall liegen Autoteile herum. Mac schiebt sich gerade unter einer rostigen Karosserie hervor und Jazz stellt uns vor.

»Mac hat mein Auto aus Teilen verschiedener anderer Autos zusammengeschraubt«, erklärt er. »Willst du was trinken?« Er hält mir eine Flasche hin. Ohne Etikett.

»Hast du schon mal Bier getrunken?«, fragt Amy, und ich bemerke, dass sie selbst keines nimmt.

»Nein.«

»Willst du eines versuchen?«, fragt Jazz. »Mac braut es selbst. Es ist super.«

Ich sehe Amy an. Sie zuckt mit den Schultern und verzieht das Gesicht, als ob sie es nicht so super findet.

»Okay«, sage ich und Jazz öffnet es für mich. Ich neige die Flasche, wie es Jazz mit seiner gemacht hat, und das Bier schäumt in meiner Kehle. Ich huste.

»Na, wie schmeckt's?«, will Jazz wissen.

Ich huste immer noch gegen den bitteren Geschmack an, schüttle den Kopf und gebe ihm die Flasche zurück.

Mac lacht. »Tja, das Zeug ist halt nichts für kleine Mädchen. Es ist ziemlich stark.«

Trotz des blöden Spruchs ist es schwierig, Mac nicht zu mögen. Sein Grinsen ist ansteckend und ein bisschen verrückt, obwohl er ungefähr so aussieht wie seine Autos: aus verschiedenen Teilen zusammengebastelt, die nicht zusammenpassen wollen. Seine Arme und Beine wirken zu lang für seinen Körper, und seine braunen Haare sind ein wirres, asymmetrisches Chaos, als würde er sie selbst schneiden und sich nicht darum scheren, ob das Ergebnis auch nur annähernd modisch ist. Hauptsache, die Strähnen fallen ihm nicht in die Augen.

»Wir können leider echt nicht bleiben«, sagt Amy und sieht auf die Uhr. »Der Bus müsste schon fast da sein.«

»Oh ja, der Drachen!« Jazz kippt sein Bier runter, dann meins und rennt los. Wir gehen zurück zum Auto.

»Kannst du denn jetzt noch fahren?«, fragt Amy.

»Na klar.«

»Du hättest nicht zwei Flaschen austrinken sollen.«

»Ich konnte das gute Zeug doch nicht verkommen lassen, oder?«

»Lass mich fahren«, sage ich spontan.

Beide lachen.

»Hast du im Krankenhaus etwa den Führerschein gemacht?«, fragt Amy grinsend.

»Nein. Aber darf ich es mal probieren?«

»Warum nicht«, meint Jazz. »Ist ja nur eine Nebenstraße.«

Er reißt die Tür auf.

»Steig hinten ein«, fordert er Amy auf und sie klettert auf den Rücksitz.

Ich rutsche auf den Fahrersitz, Jazz sitzt vorn neben mir.

Er erklärt alles lang und breit: Gänge, Kupplung, Bremse …

Ich drehe den Zündschlüssel. Obwohl ich nicht wirklich verstehe, was Jazz sagt, scheinen meine Hände und Füße zu wissen, was zu tun ist. Kupplung, Gang: rückwärts auf die Straße fahren.

»Ein Naturtalent! Sie ist ein Naturtalent!«, ruft Jazz völlig baff. Ich ignoriere Amys Protest und biege auf die Hauptstraße ab.

Jazz grinst: »Muss an meinem fantastischen Unterricht liegen.«

Nein. Ich *erinnere* mich. Solange ich nicht zu viel darüber nachdenke, übernehmen meine Hände und Füße die Kontrolle, gelenkt von irgendeiner Erinnerung, die in meine Muskeln eingeschlossen ist und mit meinem Gehirn nichts zu tun hat.

Ich kann fahren. Und zwar besser als Jazz.

KAPITEL 15

»Hallo, Kyla? Ich bin Mrs Ali, deine Betreuungslehrerin. Ich werde dir in den nächsten Wochen helfen, dich hier zurechtzufinden. Jetzt machen wir erst mal eine Tour durchs Haus.« Sie lächelt, sieht mit ihren dunklen Augen direkt in meine und streckt dann die Hand aus. Ich schüttle sie.

Vielleicht wird mein Schultag heute interessanter als gestern.

Ich folge Mrs Ali zur Tür hinaus und über das Schulgelände.

Sie plaudert und zeigt im Vorbeigehen auf verschiedene Gebäude: die Englischabteilung, die Schulbibliothek, die Landwirtschaftsabteilung, die Matheräume, den Sportplatz und die Projekte der 11. Klassen – sie kümmern sich um die Pflanzenzucht im Frühling.

»Mach dir keine Sorgen, wenn du dich anfangs mal verläufst, das passiert jedem. Ich werde dich ein paar Wochen lang auf Schritt und Tritt begleiten und kann dir helfen, falls du den Weg nicht findest.«

Ich weiß, dass ich mich nicht verlaufen werde. Die Karte ist fest in meinem Kopf gespeichert, in einem sauberen Raster aus Pfaden und Gebäuden. Aber ich lächle nur.

Mrs Ali bringt mich zum Verwaltungsgebäude am hintersten Ende des Schulgeländes und wir laufen durch andere Gebäude und an vielen Schulklassen vorbei bis zum Hauptbüro. Dort herrscht ein Wirrwarr aus Tischen, Schränken und Computern, klingelnden Telefonen und einem halben Dutzend gestresster Angestellter.

»Das ist Kyla Davis. Sie muss hier registriert werden«, verkündet Mrs Ali in den Raum hinein. Augenblicke später erscheint ein großer, grimmig dreinschauender Mann mit dicker Brille hinter einer Reihe von Aktenschränken.

»Hier entlang«, sagt er und wir folgen ihm durch eine Tür.

Registrierung? Ich sehe Mrs Ali fragend an.

»Du bekommst nur deinen Schulpass ausgestellt«, erklärt sie mir.

Aber dazu gehört offenbar doch ein wenig mehr. Zuerst werden nacheinander alle meine Finger auf einen kleinen Bildschirm zur Speicherung von digitalen Fingerabdrücken gepresst. Dann wird mein Kopf fixiert und ich darf nicht blinzeln – ein helles Licht strahlt endlos lang in mein rechtes Auge für einen Retina-Scan. Meine Augen beginnen zu tränen, und ich sehe alles verschwommen, als die Prozedur vorbei ist. Ein geisterhaftes Nachbild wie kahle Äste bleibt auf meiner Linse zurück. Zu guter Letzt wird noch ein ganz normales Foto gemacht. Dann drückt der Mann einen Augenblick lang am Bildschirm seines Computers herum, bis ein angeschlossenes Gerät eine Plastikkarte ausspuckt.

»Die musst du immer bei dir tragen«, sagt er, steckt sie in eine Hülle und hängt sie mir um den Hals.

Ich halte die Karte hoch und da bin ich: »Kyla Davis« steht unter dem Foto und hinter meinem Namen ein rotes S. Ich schaue mir das Foto genauer an: Ich habe tatsächlich ein kleines Lächeln zustande gebracht, bevor der Blitz ausgelöst wurde.

»Nun bist du offiziell Schülerin von Lord William's«, sagt Mrs Ali, als sei das eine besondere Leistung oder das Ergebnis einer bewussten Entscheidung. »Jetzt müssen wir wieder zur Unit zurück.«

Diesmal gehen wir durch den Hauptausgang des Verwaltungsgebäudes. Entlang der Außenseite ist ein langes, von Rosenbüschen gesäumtes Steindenkmal errichtet worden, auf dem »2048« eingemeißelt wurde. *Vor sechs Jahren.*

»Was ist das?«

»Ein Gedenkstein. Für einige Schüler, die ums Leben gekommen sind.«

Ich trete näher, denn irgendetwas zieht mich dorthin, und Mrs Ali folgt mir. Eine Namensliste ist im Stein verewigt, dahinter steht jeweils das Alter. Es sind so viele – von Robert Armstrong, 15 Jahre, bis Elaine Weisner, 16 Jahre, sind etwa 30 Namen aufgelistet. Alle auf dieser Liste waren etwa in meinem Alter. Angehalten, starr, für immer verstummt.

»Was ist mit ihnen passiert?«

»Sie waren auf einem Klassenausflug ins British Museum in London und es gab einen Angriff der RT. Es hatte nichts mit ihnen zu tun – wegen einer Verkehrsumleitung waren sie zur falschen Zeit am falschen Ort. Der Bus wurde getroffen, kaum jemand hat überlebt.«

Ich starre Mrs Ali an und kann es kaum glauben. »RT?«

»Regierungsterroristen.« Sie verzieht die Lippen, als sie das Wort ausspricht, als hätte sie etwas Saures gegessen.

»Komm, wir gehen weiter«, sagt sie dann, also folge ich ihr zurück zur Unit. Während meine Füße automatisch weiterlaufen, kann ich die Bilder nicht aufhalten, die vor meinem inneren Auge erscheinen: ein Bus, der im Londoner Verkehr feststeckt, Explosionen, Flammen, Schreie. Blutige Hände schlagen gegen Fenster, eine letzte Explosion. Dann Stille.

Ein Mahnmal aus Stein, dornige Rosen und all diese Namen.

Mrs Ali platziert mich auf einem Stuhl vor einem Büro. »Warte, bis du aufgerufen wirst«, sagt sie und verschwindet im Flur.

An der Tür steht »Dr. Winston, Schulpsychologin«. Wenig später kommt ein Schüler aus dem Raum.

Von innen ruft eine Frauenstimme: »Der Nächste, bitte!«

Meint sie mich? Hier ist sonst niemand.

»Der Nächste!«, kommt es noch einmal lauter, und ich stehe auf und blicke in das Büro hinein.

»Hallo, bist du Kyla Davis? Nur keine Scheu, komm rein.«

Sie lächelt – oder nicht? Leuchtend roter Lippenstift zieht sich in einem Halbkreis nach oben. Ihr Gesicht ist mit so viel Make-up zugekleistert, dass es bei einem richtigen Lächeln wahrscheinlich brechen würde.

»Du hast deinen Schulausweis schon bekommen, wie ich sehe. Sehr gut. Da drüben an der Tür ist ein Gerät. Da hältst du deine Karte dran, wenn du reinkommst. Das bedeutet, dass du hier bist.«

Ich drehe mich um: Ein Kästchen hängt neben der Tür.

Unsicher hole ich meinen Schulausweis hervor, nehme ihn in die Hand und blicke zu der Frau am Schreibtisch zurück.

»Du musst ihn gar nicht aus der Hülle nehmen, halte einfach nur die Vorderseite an den Scanner.«

Ich tue, was sie sagt, und das Gerät piept.

»Braves Mädchen. Und nun setz dich. Das machst du vor und nach jeder Schulstunde an unserer Schule – und von jetzt an auch in der Unit. So wissen wir immer, wo sich alle Schüler befinden.« Sie versucht wieder das Lippenstiftlächeln.

Ich kauere am Rand eines Stuhls vor ihrem Tisch.

»Jetzt hör gut zu, während ich dir den restlichen Tagesablauf erkläre.« Sie sagt mir, dass ich den ganzen Nachmittag lang Tests machen muss, um herauszufinden, wo ich stehe: ob ich in die normalen Klassen gehen kann oder am Anfang Unterricht in der Unit brauche oder eine Mischung aus beidem. Und morgen früh bekomme ich einen Stundenplan mit den mir zugeteilten Unterrichtsstunden.

»Irgendwelche Fragen?«, sagt sie, während sie ihren Computer schon wieder zuklappt.

»Äh ja, eine.«

»Oh?« Sie blickt überrascht auf.

»Kann ich Kunst belegen? Ich kann wirklich gut zeichnen. Meine Betreuerin hat gesagt, dass das möglich sein sollte und …«

Ich verstumme. Ihre Augen wandern ungeduldig zur Uhr. Mein Anliegen interessiert sie nicht.

»Weißt du, was? Ich mache eine Notiz in deiner Akte.« Sie lächelt wieder und öffnet ihr Netbook. »Hier: Kyla zeigt Interesse an Kunst. Okay? Und jetzt sei ein braves Mädchen und flitz schnell zu den anderen in die Mittagspause.«

Ich stehe auf und gehe Richtung Tür.

»Warte.«

Ich bleibe an der Schwelle stehen.

»Du darfst beim Rausgehen das Scannen nicht vergessen! Sonst denkt der Computer, dass du immer noch hier bist.«

Oh! Ich halte die Karte an das Kästchen und es piept wieder.

Unten finde ich den Raum, in dem ich gestern zu Mittag gegessen habe. Diesmal bemerke ich den Kartenscanner an der Tür und halte meinen Ausweis dagegen.

Wie angekündigt finden am Nachmittag lauter Multiple-Choice-Tests am Computer statt. Mrs Ali bleibt und sieht dabei zu, wie ich schier endlos A, B, C oder D drücke. Die Fragen sind zum großen Teil leicht und decken unterschiedliche Gebiete ab: Mathe, Englisch, Geschichte, Geografie und Biologie.

Als ich fertig bin, sind meine Augen müde und meine Schultern steif, aber ich glaube, ich habe alles ganz gut hinbekommen. Die Ergebnisse erhalte ich morgen, meint Mrs Ali, und als endlich die Schulglocke läutet, bringt sie mich zur Tür.

Ich nehme mit Ben den Bus, nachdem ich Amy überredet habe, allein mit Jazz zu fahren, und ihr versichert habe, dass ich klarkomme.

Ich gehe hinter Ben den Gang hinunter, und jetzt, da mein Kopf nicht mehr mit diesen Tests beschäftigt ist, wandern meine Gedanken wieder zu dem Mahnmal und der Tatsache, dass die RT einen ganzen Bus voller Schüler getötet haben. Einen Bus wie diesen.

Die Bewegung nehme ich zu spät wahr.

Ein Bein schießt quer über den Gang und ich stolpere und falle nach vorn. Instinktiv versuche ich, mich mit den Händen abzufangen, aber mein Rucksack hängt irgendwo fest und zieht mir die Arme zurück. Mein Gesicht prallt auf eine Rückenlehne und ich lande auf dem Boden.

Gelächter ertönt.

Ich komme auf die Knie und berühre meine Lippe – meine Finger sind rot.

Ich ziehe mich hoch und fahre herum.

Es ist das Mädchen, das gestern den freien Platz blockiert hat, damit ich mich nicht neben sie setzen konnte.

»Na, schöne Fahrt?« Sie lächelt.

Meine Muskeln spannen sich an und ich mache einen Schritt auf sie zu. Das Lächeln fällt aus ihrem Gesicht. Ihre Augen werden groß.

»Kyla? Kyla!« Ben greift nach meinem Arm, dreht mich herum und schiebt mich vor sich her in den hinteren Teil des Busses.

Der Busfahrer steht vom Vordersitz auf und kommt den Gang herunter.

»Alles in Ordnung hier?«

Niemand antwortet und er sieht mich und meine aufgeplatzte Lippe hinter Ben nicht. Er geht wieder nach vorn und der Bus fährt von der Schule ab.

Ben legt seinen Arm um meine Schultern und führt mich zu einem freien Platz.

»Du musst aufpassen, wo du hintrittst, Kyla«, sagt er, doch sein Gesichtsausdruck verrät nicht, was er denkt. In seinen Augen liegt keine Wut, sondern Sorge, aber eigentlich muss er wissen, dass mir ein Bein gestellt wurde und dass es kein Unfall war.

Er kramt ein Taschentuch aus seiner Jacke und reicht es mir. Ich drücke es an meine Lippe, ziehe es wieder weg und sehe es mir an. Ein leuchtend roter Fleck, aber es scheint nicht stark zu bluten.

Ich habe schon Schlimmeres erlebt.

Oder?

KAPITEL 16

»Alles in Ordnung.«

»So siehst du aber nicht aus.« Mum betupft meine Lippe, um sie zu desinfizieren. »Was ist passiert?«

»Ich bin im Bus gestürzt und mit dem Gesicht auf einer Sitzkante gelandet.«

Den Fuß, der mich zu Fall gebracht hat, erwähne ich nicht und verschweige auch das Gelächter danach, als ich mich wieder aufgerappelt hatte. Oder dass ich kurz davor war, dem Mädchen ins Gesicht zu schlagen. Sie muss es in meinen Augen gesehen haben: Ein Ausdruck unbestimmter Furcht ist über ihr Gesicht gehuscht, bevor mich Ben weggezogen hat.

»Wo war Amy, als das passiert ist?«

Ich weiß nicht, was ich antworten soll. Dass Jazz ihr Freund ist, darf ich nicht verraten. Aber ist es auch ein Geheimnis, wenn Amy in seinem Auto mitfährt? Mum sollte noch gar nicht zu Hause sein, doch sie ist heute früher von der Arbeit gekommen. Sie muss eine Art Drachenradar haben …

»Sie konnte mich nicht auffangen«, sage ich schließlich. Was irgendwie stimmt – sie war ja nicht da.

»Und wo ist sie jetzt?«

»Ich glaube, bei einer Freundin«, antworte ich möglichst vage.

»Sie ist nicht mit dir nach Hause gegangen, nachdem du gestürzt bist?«

»Äääh …?«

Mums Mund verzieht sich zu einer schmalen Linie. »Geh dich umziehen.«

Ich bleibe in meinem Zimmer und drücke mir Eis an die Lippe.

Ich hätte dieses Mädchen im Bus geschlagen. Ich weiß, dass ich es getan hätte. Das war kein bewusster Gedanke oder Plan – meine Muskeln haben sich wie von selbst angespannt und meine Hände sich zu Fäusten geballt. Mein Körper hat instinktiv reagiert.

Aber ich dürfte eigentlich gar nicht in der Lage sein, so etwas zu tun. Mein Levo hätte mich aufhalten müssen. Beim kleinsten körperlichen Anzeichen von Aggression hätte es mich ausschalten sollen.

Doch nichts ist passiert. Irgendwie ist es mir gelungen, die ganze Zeit über mehr oder weniger bei 5 zu bleiben.

Ben und die anderen hatten nach dem Vorfall einfach nur lächelnd beieinandergesessen, als sei nichts geschehen, obwohl sie alle wussten, dass einer von ihnen absichtlich verletzt worden war. Trotzdem schien es nicht so, als hätte es ihnen nichts ausgemacht. Ben hat mir schließlich geholfen, oder etwa nicht? Aber das Ganze war offenkundig nicht genug, um in ihren glücklichen, kleinen geslateten Gehirnen eine wirkliche Reaktion hervorzurufen.

Ich bin nicht wie sie.

Ich kann es nicht verstehen.

Unten wird die Haustür geöffnet. Ich höre Stimmen.

Laute Stimmen.

Minuten vergehen, dann nähern sich Schritte. Die Tür öffnet sich: Amy.

»Geht's dir gut?« Sie durchquert den Raum und hebt mein Kinn nach oben, um sich meine aufgeplatzte Lippe anzusehen. »Das tut bestimmt weh.«

Ich zucke mit den Schultern. »Ein bisschen.«

»Gut.«

Amy nimmt ihr Buch vom freien Bett, ihren Bademantel vom Haken an der Tür – ihren ganzen Kram, der im Zimmer herumfliegt, seit sie bei mir übernachtet, damit ich nachts nicht allein bin. Sie geht durch den Flur in ihr eigenes Zimmer und schmeißt die Tür mit einem lauten Knall hinter sich ins Schloss.

Als würde er durch eine Art katzeneigene Empathie spüren, dass er gebraucht wird, schaut Sebastian in den Raum, miaut und springt neben mich aufs Bett. Er reibt seinen Kopf an meinem Arm, bis ich ihn streichle. Eine Träne rollt meine Wange hinab und bleibt auf meiner Lippe hängen. Es brennt, deswegen lecke ich sie ab.

Grüne Bäume, blauer Himmel, weiße Wolken, grüne Bäume, blauer Himmel, weiße Wolken …

»Abendessen!«, ruft Mum die Treppe hinauf.

Ich hebe den schlafenden Sebastian von meinen Knien aufs Bett und gehe in die Küche hinunter.

»Ich habe Suppe für dich gemacht. Isst sich leichter mit deiner Lippe.«

»Danke.«

Ich setze mich.

Mum stellt meine Suppenschüssel und zwei Teller mit Pasta auf den Tisch und läuft dann noch einmal zur Treppe.

»Abendessen, Amy!«, ruft sie und kommt dann zurück in die Küche. »Also gut, wenn Madame keine Lust hat, sich zu uns zu gesellen, bekommt sie eben nichts.« Sie lässt sich auf den Stuhl sinken.

Ich starre auf meine Suppe.

»Na los, probier mal. Ich habe sie extra für dich gemacht.«

Ich nehme den Löffel in die Hand.

»Ist mit dir alles in Ordnung, Kyla?« Mum fasst mir ans Handgelenk – genau in dem Augenblick, als mein Levo vibriert: 4,3. Sie seufzt. »Du bist im Bus nicht einfach nur gestolpert, oder?«

Sie ist ein Gedankenlesedrachen.

»Antworte mir.«

»Das ist es nicht.«

»Was ist es dann?«

Ich sage nichts, sondern rühre nur in der Suppe.

»Es hat etwas mit Amy zu tun, oder? Was hat sie gesagt?«

Ich lasse den Löffel sinken und lehne mich zurück. »Sie ist sauer auf mich und ich verstehe nicht, warum.«

»Mädchen im Teenageralter sind ein Albtraum! Jungs sind so viel einfacher. Warte hier.«

Sie stürmt die Treppe hinauf und zieht wenige Augenblicke später Amy hinter sich her in die Küche.

»Setz dich! Und nun hör mir mal zu, Madame. Kyla hat mir überhaupt nichts erzählt, okay? Weder etwas über deinen dummen kleinen Freund oder dass du in seinem bescheuerten Auto mitfährst oder irgendetwas anderes. Ich habe mir das alles selbst zusammengereimt. Den Rest könnt ihr jetzt untereinander klären. Ich esse vor dem Fernseher.« Und damit nimmt sie ihren Teller, stürmt ins andere Zimmer und schließt die Tür mit dem Fuß.

Amy sieht mich schuldbewusst an. »Tut mir leid. Ich dachte, du hast es ihr gesagt.«

»Sie kann Gedanken lesen.«

»Irgendwie hat sie mich dazu bekommen, alles zuzugeben. Und du kannst auch keine Geheimnisse bewahren – dein Gesicht ist ein offenes Buch, ganz egal, wie sehr du dich bemühst. Ich hätte es wissen sollen. Tut mir leid.«

Sie beginnt zu essen und sagt sonst nicht mehr viel. Aber ich kann es in ihren Augen sehen – sie wird keine Geheimnisse mehr mit mir teilen.

Mir kann man nicht trauen.

Diese Nacht bleibt sie in ihrem Zimmer und ich schlafe allein ein.

Der Fahrer hupt. Warum, weiß ich nicht. Die Autos bewegen sich nicht – totaler Stillstand. Die Straße ist zum Parkplatz geworden, direkt vor dem schweren Steingebäude mit dem Schild: »London Lorder Offices«. Gefangen wie die Ratten in ihrem eigenen Nest.

Ich schreie den Fahrer an: »Tun Sie doch was! Öffnen Sie die Türen! Lassen Sie sie raus!«

Aber er weiß nicht, was geschehen wird. Er kann mich nicht hören.

Erst kommt ein Pfeifen, dann gibt es einen Lichtblitz und schließlich ist da ein markerschütternder Knall, der durch meinen Schädel fährt und in meinen Ohren dröhnt. Und dann setzen die Schreie ein.

Dichter Rauch überall, blutige Hände schlagen gegen Fenster, die nicht aufgehen, dann noch mehr Schreie. Wieder ein Pfeifen, ein Blitz, eine Explosion. Ein klaffendes Loch im Bus, aber um mich herum ist plötzlich alles still.

Ich huste vom Rauch und ätzende Gase von brennendem Benzin, Metall oder Schlimmerem lassen mich würgen. Ich stopfe mir die Finger in die Ohren, aber die Schreie hören nicht auf.

Dann ist es vorbei.

Und ich bin nicht mehr dort. Ich bin irgendwo – irgendjemand – anders. Der Terror und der Rauch und das Blut, alles ist verschwunden. Keine einzige Erinnerung an ein vergangenes Ereignis, überhaupt nichts mehr ist da … alles weg. Es war ein Traum. Nicht mehr.

Nicht weniger.

Ich lache und spiele Verstecken mit anderen Kindern irgendwo im Grünen. Große Bäume über hohem Gras, leuchtend pinkfarbene und gelbe Wildblumen. Ich kauere hinter ein paar Büschen und sehe meine Hände und meine Füße. Sie sind klein. Ich bin klein. Mein Herz klopft schnell von dem Spiel. Werden sie mich finden?

Als sich meine Augen wieder öffnen, kann ich nichts sehen. Ich reiße sie auf, weit und weiter, steige aus dem Bett und taste mich an der Wand entlang zum Fenster, ziehe die Vorhänge auf und blicke nach draußen. Heute ist kein Mond zu sehen.

Es hat funktioniert. Ich habe mitten in einem Albtraum meinen *Happy Place* gefunden. Es hat tatsächlich funktioniert. Ich habe nicht das Haus zusammengeschrien und bin nicht ohnmächtig geworden. Mein Levo zeigt relativ akzeptable 4,8.

Aber der *Happy Place* hat sich in meinem Schlaf verändert. Die

Bäume, das Gras und die Wolken waren da. Doch ich war diesmal nicht allein – ich spielte mit anderen Kindern Verstecken. Und ich war jünger. Viel jünger.

Der Schrecken des ersten Traums lässt langsam nach, die Einzelheiten beginnen sich aufzulösen wie Rauch, der in den Himmel steigt. Trotzdem fühlt es sich so *real* an – als ob ich dort gewesen wäre, als ob ich an diesem Tag zugesehen hätte, wie all diese Schüler starben.

Wahnsinn.

KAPITEL 17

Mein Magen rebelliert, als ich am nächsten Tag in den Bus steige. Aber ich habe Amy als Schutz im Rücken.

Und da ist sie, auf ihrem üblichen Platz: die Slater-Hasserin, die mir gestern das Bein gestellt hat. Sie sitzt betont aufrecht und starrt aus dem Fenster. Im Vorbeigehen beobachte ich sie genau. Die erwischt mich nicht noch mal.

Amy folgt meinem Blick. »Die da?«, flüstert sie, aber ich sage nichts.

Als ich mich hinten im Bus neben Ben setze, werden seine Augen groß. »Du Arme«, sagt er und berührt meine Lippen sanft mit den Fingerspitzen. Über Nacht hat sich eine Kruste gebildet und sie sieht noch schlimmer aus als gestern. »Tut's weh?«

»Nur wenn ich lächle«, sage ich.

Er nimmt meine kalte Hand in seine warme. »Dann wird heute nicht gelächelt«, sagt er streng und wischt sich seines aus dem Gesicht.

Er sieht anders aus, wenn er ernst ist. Die Gleichförmigkeit – der glückliche Ausdruck aller Slater – ist verschwunden. Aber seine Augen lächeln immer noch. Ich habe wieder dieses Gefühl, dass ich ihn schon immer gekannt habe, dass ich in seiner Nähe sicher bin. Mein Magen hüpft, aber nicht unangenehm.

Mrs Ali erwartet mich in der Unit. Sie sieht mich an und runzelt dann die Stirn. »Was ist mit deinem Gesicht passiert?«

»Ich bin im Bus gestürzt.«

»Tatsächlich?«

»Ja.«

»Hör mal, Kyla: Wenn dich jemand schikaniert, dann sag es mir. Ich werde mich darum kümmern. Was ist wirklich passiert?«

Ich schaue ihr in die Augen und erkenne nur Sorge. Aber gerade, als ich denke, ich könnte ihr alles erzählen, warnt mich eine Stimme in meinem Innern: *schlechte Idee.*

»Ich bin gestolpert und gefallen.«

Sie runzelt erneut die Stirn. »Na gut. Falls dir noch irgendetwas dazu einfällt, dann sprich mit mir. Jedenfalls haben wir mittlerweile deine Testergebnisse. Du bist ein sehr kluges Mädchen: Ab heute gehst du direkt in den normalen Unterricht. Stufe 11 – also bist du kaum älter als die anderen Schüler. Nicht, dass das irgendjemand merken würde, wenn du es ihnen nicht sagst. Die meisten werden eh größer sein als du.«

Sie reicht mir einen Stundenplan. »Also komm, als Erstes hast du eine Betreuungsklasse, wo du dich täglich registrierst und das Treue-Gelöbnis ablegst. Sie findet im Englisch-Block statt.«

Ich schaue mir den Stundenplan an, zuerst nur flüchtig, dann noch mal genauer. Betreuungsklasse, Englisch, Mathe, Geschichte, Bio, Freistunde, Naturwissenschaften, Landwirtschaft und dreimal die Woche »Unit«, was auch immer das heißen soll. Es steht nicht dabei.

»Aber was ist mit Kunst?«

»Wie bitte, Kyla?«

»Kunst steht nicht in meinem Stundenplan.«

»Nein, du hast kein Wahlfach wie die anderen Schüler. Wir müssen für Neuzugänge wie dich zusätzliche Stunden an der Unit im Stundenplan einbauen. Für alles andere ist kein Platz mehr.«

Ich starre sie an. Das kann einfach nicht wahr sein. Es ist das einzige Fach, das ich unbedingt belegen will, und einer der Gründe, warum ich so schnell zur Schule gehen wollte.

»Aber ...«

»Kein Aber, dafür ist jetzt keine Zeit. Du kommst zu spät zur Betreuungsklasse. Wenn du ein Problem mit deinem Stundenplan hast, dann sprich mit Dr. Winston«, erwidert Mrs Ali und schwebt aus der Unit.

Ich folge ihr wie betäubt. Das kann nicht stimmen. Sogar Penny hat gesagt, dass ich Kunst belegen kann, wenn sie mich für gut genug halten. Aber diese Dr. Winston hatte absolut kein Interesse an mir oder daran, was ich will – das hat sie mehr als deutlich gemacht. Es wäre völlig sinnlos, mit ihr darüber zu sprechen.

Mrs Ali schleppt mich endlose Wege entlang und durch Gebäude hindurch. Sie weicht dabei Schülern aus, die sich in alle Richtungen zerstreuen. Als wir am Klassenraum ankommen, erinnert sie mich daran, dass ich meine Karte einscannen muss, und stellt mich dann Mr Goodman vor, der nicht nur mein Klassenlehrer ist, sondern auch Englisch unterrichtet. Andere Schüler kommen allmählich in das Zimmer herein und setzen sich auf ihre Plätze. Mrs Ali verlässt den Raum und sagt mir, dass sie zurück sein wird, um mich zu meiner ersten Unterrichtsstunde zu bringen, sobald die Betreuungsklasse vorbei ist.

Ich stehe unsicher vorn am Lehrerpult und weiß nicht, wohin mit mir.

Mr Goodman lächelt. »Warte kurz hier, Kyla.«

Der Raum füllt sich und es läutet noch einmal. Ein Mädchen kommt als Letzte herein und geht durch den Raum.

»Wieder zu spät, Phoebe?«

»Tut mir leid, Sir«, erwidert sie, aber sie sieht nicht so aus, als würde sie das wirklich so meinen. Sie setzt sich an den hintersten Zweiertisch. Neben ihr steht der einzige freie Stuhl in der Klasse.

Es ist das Mädchen, das mir das Bein gestellt hat.

Phoebe schaut auf meine geschwollene Lippe und lächelt. Ich sehe sie an und lächle nicht. Überall ist Geflüster zu hören – wissen die anderen Bescheid?

»Ruhe jetzt«, sagt Mr Goodman. »Das ist Kyla, sie kommt ab heute zu uns. Ich möchte, dass ihr sie alle willkommen heißt.«

Sämtliche Augen sind auf mich gerichtet. Manche sind nur neugierig, andere offen feindselig, wieder andere unsicher. Aber jeder Einzelne hier starrt mich an. Und das Levo an meinem Handgelenk.

»Setz dich dort neben Phoebe«, sagt Mr Goodman.

Blicke durchbohren mich und verfolgen meine Schritte. Sie machen es mir schwer, mich zu bewegen. Ich ziehe den Stuhl so weit wie möglich von Phoebe weg und nehme Platz. Mr Goodman dreht sich um und schreibt etwas an die Tafel. Alle beobachten Phoebe.

Mein Levo vibriert: 4,4. Phoebe grinst höhnisch. Es vibriert stärker: 4,2.

Sie hebt die Hand. »Sir? Ich glaube, unsere neue Schülerin rastet gleich aus.«

Die anderen kichern und starren. So viele Augen, überall sind Augen.

3,9 …

Ich schließe die Lider. *Grüne Bäume, blauer Himmel, weiße Wolken, grüne Bäume, blauer Himmel, weiße Wolken …*

Schwere Schritte nähern sich und ich spüre eine Hand auf meiner Schulter. »Alles in Ordnung, Kyla?«, fragt Mr Goodman.

Grüne Bäume, blauer Himmel, weiße Wolken, grüne Bäume, blauer Himmel, weiße Wolken …

Ich öffne die Augen. »Ja.«

»Sehr gut. Schreib bitte dein Treue-Gelöbnis von der Tafel ab.«

Ich schlage mein Heft auf.

Die letzte Stunde des Vormittags bringt eine angenehme Überraschung mit sich: Ben ist in meiner Bio-Klasse.

Er winkt, als ich mich an der Tür einlogge, flüstert mit ein paar anderen Jungs, die ein wenig murren, aber dann aufrutschen und einen Platz neben ihm frei machen.

»Wie geht's?«

Ich zucke mit den Schultern und sage nichts, aber es muss mir ins Gesicht geschrieben stehen.

»Es wird besser«, sagt er ernst. »Wirklich. Mein erster Tag hier war auch echt übel.«

Ich starre Ben an und wundere mich. Manchmal wirkt er wie jeder andere Slater mit leerem Kopf und einem Idiotenlächeln auf den Lippen. Aber ich kann sehen, dass Ben auch eigene Gedanken hat. Vielleicht, wirklich nur vielleicht, bin ich doch nicht so anders als die anderen. Oder womöglich liegt es auch nur an Ben, der mir das Gefühl gibt, dass ich hier nicht ganz allein bin.

Er verzieht das Gesicht. »Nicht vergessen: auf keinen Fall lächeln. Tut weh.«

»Oh ja, klar.« Ich verscheuche ein aufsteigendes Grinsen und lächle ihn stattdessen mit den Augen an.

Unsere Bio-Lehrerin, Miss Fern, ist ein bisschen durchgeknallt, aber lustig. Wir sollen uns überlegen, welcher Vogel wir am liebsten wären, und dann alle Infos zu seiner Art in Büchern und auf Webseiten nachschlagen, um ihn schließlich zu zeichnen.

Zu Beginn blättere ich durch ein Buch und habe keine Ahnung, welchen Vogel ich nehmen soll. Bis ich schwarze Augen sehe, weiße Federn und ein feierliches, herzförmiges Gesicht, das so flach ist, dass es wie eine Maske mit dunklen Augenschlitzen wirkt. *Die Schleiereule.* Irgendetwas an dem Vogel sagt mir: *Das bin ich.*

Schnell verzichte ich auf die taxonomischen Beschreibungen und Essgewohnheiten und beginne mit der Zeichnung. Anfangs skizziere ich meine Eule in verschiedenen Positionen, dann im Flug mit weit ausgebreiteten Flügeln. Völlig vertieft ins Zeichnen, fällt mir gerade noch rechtzeitig ein, dass ich nicht meine linke Hand benutzen darf. Mit der rechten Hand fällt mir das Zeichnen zwar schwerer, aber es macht trotzdem noch Spaß.

Miss Fern steht hinter mir und blickt mir über die Schulter. »Kyla, das ist ja fantastisch! Du bist wirklich begabt.«

Andere Schüler scharen sich um mich und loben mich ebenfalls. Diese Klasse hat wohl kein so großes Problem damit, dass ich hier bin. Vielleicht weil sie vorher schon Ben kennengelernt haben. Er zieht die Blicke der Mädchen auf sich und scheint sich schnell mit den Jungs anzufreunden. Er ist einfach einer von ihnen – sie akzeptieren ihn, also akzeptieren sie auch mich. Wie bekommt er das bloß hin?

Es läutet. Ich kann durch das Fenster in der Tür erkennen, dass Mrs Ali im Flur auf mich wartet.

»Kommst du mit zum Essen?«, fragt Ben.

Ich lächle. »Gern, gib mir eine Minute.« Ich lasse mir Zeit, um meine Sachen zu packen. Ben schaut mich fragend an. Soll ich mich trauen? Ich gehe zum Pult der Lehrerin.

»Miss Fern? Ich hab mich gefragt … Ich meine, ich hoffe, vielleicht können Sie mir helfen …«

»Worum geht's denn, Kyla? Raus mit der Sprache.«

»Ich möchte in den Kunstunterricht, aber sie lassen mich nicht. Mir wurde gesagt, ich darf kein Wahlfach belegen.«

»Wirklich? Na ja, ich schaue mal, was ich machen kann«, sagt sie. »Leihst du mir das aus?« Sie zeigt auf meine Eulen-Zeichnung und ich reiche sie ihr.

Ich drehe mich um und erschrecke. Mrs Ali steht direkt hinter mir, die Lippen zu einer schmalen Linie zusammengepresst. Ich habe nicht bemerkt, dass sie hereingekommen ist. Ich habe nicht mal die Tür gehört.

»Kann ich mit Ben zum Essen gehen?«, erkundige ich mich.

»Nein. Im Stundenplan steht, dass du deine Mittagspause in der Unit verbringst, und daran musst du dich halten.« Sie wendet sich an Ben, der immer noch an der Tür wartet.

»Tut mir leid, Ben. Kyla muss jetzt zur Unit.«

Er winkt und ist verschwunden.

In der Unit führt mich Mrs Ali in ein Büro anstatt in den Speisesaal.

»Auf meinem Stundenplan steht aber doch Mittagessen«, wage ich zu protestieren.

Sie schließt die Tür.

»Kyla, hör mir mal gut zu. Deine Zukunft hängt am seidenen Faden. Wenn er reißt, droht dir ein sehr tiefer Fall.«

Ist das eine Drohung? Aber sie lächelt ihr besorgtes, sanftes Lächeln. Es passt nicht zu ihren Worten.

»Das verstehe ich nicht.«

»Kyla, ich bin hier, um dir so gut wie möglich dabei zu helfen, ein glückliches, integriertes Mitglied unserer Gesellschaft zu werden. Dazu musst du jedoch lernen, dich an Regeln zu halten. Dein Stundenplan ist eine Form von Regeln. Du hast einen Vertrag unterzeichnet, als du das Krankenhaus verlassen hast, in dem du eingewilligt hast, bestimmte Vorschriften zu befolgen: die deiner Familie, deiner Schule, deiner Gruppe und der Gemeinschaft.« Sie berührt meine Wange, und ihre Hand ist so warm wie ihre Augen, doch ihre Worte sind kalt. »Wenn du gegen die Vorschriften verstößt oder versuchst, sie zu umgehen oder sie auch nur ein wenig zu dehnen, wird das Folgen haben. So, und jetzt geh essen.«

KAPITEL 18

»Guten Abend, zusammen.« Unsere Betreuerin Penny trägt wieder einen hellen Pulli, der zu ihrer Stimme passt: diesmal in Orange.

Donnerstagabend, 19 Uhr: Zeit für die Gruppe. Keine Spur von Ben oder Tori. Die anderen lächeln auf ihren Plätzen, und ich versuche, sie nachzuahmen. Nach einem weiteren Tag ist meine Lippe immer noch deutlich angeschwollen, obwohl sie nicht mehr so stark wehtut.

»Vielleicht beginnen wir damit, dass jeder ein wenig erzählt, was er gemacht hat, seit wir uns zum letzten Mal getroffen haben.«

Penny fordert ihre Schützlinge auf der anderen Seite des Raumes als Erste zu sprechen auf und wirft während der Berichte immer mal wieder einen kurzen Blick auf die Uhr. Einer hat sich im Reiten versucht, eine hat einen Sehtest gemacht, eine Dritte hat einen Hund bekommen. Wahnsinnig spannend.

Ich bin gerade an der Reihe, als die Tür hinten auffliegt und Ben – völlig durchnässt – hereinstürmt. Sein langärmeliges Shirt und die Shorts kleben an ihm und bringen seinen Körper noch besser als sonst zur Geltung.

»Tut mir wirklich leid, dass ich zu spät bin«, sagt er und schnappt sich einen Stuhl. Er schiebt ihn neben meinen, und ich versuche, ihn nicht anzustarren.

Penny tut so, als würde sie die Stirn in Falten legen, aber es funktioniert nicht ganz. »Du warst doch bei diesem Wetter nicht etwa laufen, Ben, oder?«

Er zuckt mit den Schultern. »Ist ja nur ein bisschen Wasser, ich bin nicht aus Zucker.«

»Kyla wollte uns gerade erzählen, was sie diese Woche gemacht hat.«

Alle Augen ruhen auf mir.

»Hm, ich habe Montag mit der Schule angefangen. Und seit gestern bin ich im Unterricht. Ben ist in meiner Bio-Klasse.«

Penny sieht überrascht aus. »Du bist jetzt schon im normalen Unterricht? Läuft es denn gut?«

Ich zucke mit den Schultern. »Größtenteils. Aber …« Ich unterbreche mich. Ist es wieder ein Regelverstoß, wenn ich erwähne, dass ich keinen Kunstunterricht habe?

»Was aber …?«, fragt Penny.

»Nichts. Alles in Ordnung.«

»Vergiss nicht, von Sonntag zu erzählen«, sagt Ben.

Penny sieht ihn fragend an und er legt los: »Wir haben uns auf der Thame Show getroffen.« Dann beschreibt er ausführlich die Schaf-Show, bis alle kichern. Es ist aber auch sehr lustig gewesen, selbst Tori hat über die dummen Namen der Tiere gelacht und darüber, wie die Schafe auf der Bühne präsentiert wurden.

»Moment mal«, sage ich. »Wo *ist* denn eigentlich Tori?«

Ben sieht mich an, dann wieder Penny, mit einem großen Fragezeichen im Gesicht.

»Tori ist nicht mehr in unserer Gruppe«, sagt Penny knapp und geht weiter zum Nächsten in der Runde, der gelernt hat, wie man Schokokekse backt. Er präsentiert stolz seine Schachtel mit dem Gebäck, und die Unterhaltung verstummt, während sie herumgeht.

Ben mampft eine Handvoll Kekse und Krümel bleiben auf seinem nassen T-Shirt kleben. Ich widerstehe dem Drang, sie wegzuwischen.

»Ben«, flüstere ich, »warum ist Tori nicht mehr in unserer Gruppe? Hat sie es dir erzählt? Warum war sie diese Woche nicht in der Schule?«

Er zuckt mit den Schultern. »Sie hat nichts gesagt. Ich weiß es nicht.«

»Machst du dir keine Sorgen? Womöglich ist ihr etwas passiert.«

Er überlegt kurz. »Vielleicht hat sie Grippe oder so was. Ich hab, um ehrlich zu sein, nicht darüber nachgedacht.« Aber an seinem Gesicht sehe ich, dass er es jetzt tut. »Weißt du, was – ich fahre nachher bei ihr vorbei und sehe nach, ob alles in Ordnung ist.«

Die Gruppe geht weiter, doch ich muss immer noch an Tori denken und an Bens Reaktion auf ihr grundloses Verschwinden. Sie ist seine Freundin – dachte ich zumindest. Trotzdem habe ich das Gefühl, dass er, wenn ich nicht nachgefragt hätte, von sich aus nie auf die Idee gekommen wäre, sich Sorgen um sie zu machen. Doch es ist nicht so, als ob sie ihm egal wäre – er hat einfach nicht drüber nachgedacht. Allerdings bin ich auch keine Spur besser. Mir ist zwar aufgefallen, dass sie nicht in der Schule war, aber ich habe nichts gesagt. Es gab einfach so viele andere Dinge, über die ich mir den Kopf zerbrechen musste.

Würde es Ben wohl auffallen, wenn ich eines Tages gegen zu

viele Regeln verstoßen hätte und plötzlich nicht mehr da wäre? Würde er dann in Bio neben einem anderen Mädchen sitzen und sich gar nicht weiter darüber wundern?

Penny hält mich am Ende der Stunde zurück. »Was ist mit deinem Gesicht passiert, Liebes?«, fragt sie besorgt.

»Ich bin im Bus gestolpert und gefallen.«

»Verstehe. War es ein Unfall?«

Ich zögere.

»Erzähl mir alles, Kyla. Ich werde es für mich behalten.«

Ich schüttle den Kopf. »Es war kein Unfall. Jemand hat mir ein Bein gestellt.«

»Oh, wie schrecklich. Es tut mir sehr leid, dass das passiert ist. Du musst aufpassen. Manche Menschen sind nicht besonders nett. Und wie geht es dir jetzt?«

»Ganz okay. Ich weiß, auf wen ich ein Auge haben muss.«

»Es ist ein großer Schritt zu verstehen, dass du bei manchen Menschen vorsichtig sein musst. Gib mir Bescheid, wenn ich dir irgendwie helfen kann«, sagt sie und drückt meine Hand.

Ich sehe sie an und muss denken, dass ich alle falsch eingeschätzt habe. Mrs Ali hat am Anfang so nett gewirkt und war es dann überhaupt nicht. Und Penny hat mich zu Beginn schrecklich genervt, doch jetzt habe ich das Gefühl, dass sie auf meiner Seite ist.

»Danke.« Ich lächle sie an – und zwar mit einem echten Lächeln.

Dann stehe ich auf.

»Warte mal, Kyla«, stoppt sie mich. »Ich habe deine Mum gebeten, noch kurz reinzukommen.«

Wie aufs Stichwort erscheint Mum hinten im Flur und schüttelt ihren Schirm aus. »Was für ein Mistwetter!«, sagt sie mürrisch und stapft in den Gruppenraum.

Mum ist noch so jemand, der mich verwirrt. Ist sie auf meiner Seite oder nicht? Ist sie ein Drachen oder eine richtige Mutter, die mir Suppe kocht, wenn ich verletzt bin? Ich weiß es einfach nicht.

Mum spricht mit Penny über mich, aber diesmal unterbreche ich nicht ihre Unterhaltung. Penny sagt, dass ich bereit sei, ein klein wenig mehr Freiraum zu bekommen und eigenständig Dinge zu unternehmen, um etwas unabhängiger zu werden. Mum ist anderer Meinung, aber irgendwann lenkt sie ein.

Ein Abend voller Überraschungen.

KAPITEL 19

Ich drehe mein Gesicht zum Himmel. Winzige Tröpfchen fallen herab, die so klein sind, dass man sie nicht einzeln wahrnimmt. Aber die Tropfen finden sich und ein paar kleine Rinnsale laufen kalt mein Gesicht hinab. Sie fühlen sich nicht an wie Tränen.

»Du solltest deine Kapuze aufsetzen, anstatt sie auszubreiten wie einen Regenfänger«, schimpft Ben, greift mit den Händen an meinem Gesicht vorbei und zieht meine Kapuze hoch. Dann steckt er mir an den Seiten meine Haare rein. Seine Hände sind warm.

Unsere Blicke treffen sich und er hält inne, seine Hände liegen immer noch an meinen Wangen. Der Regen und der Wald verblassen. Seine goldgefleckten Augen sind viel tiefer, als man denkt, und halten meinen Blick.

Aber dann lässt er seine Hände fallen und schaut sich um. Es ist niemand zu sehen, aber nicht weit hinter uns sind Stimmen zu hören.

»Los, komm«, sagt er und läuft in die andere Richtung. Dann kommt er zu mir zurück. Soll ich folgen? Er hält seine rechte Hand hoch, den kleinen Finger ausgestreckt, die anderen sind geschlossen.

Ich schaue ihn an und er blickt kurz auf meine linke Hand, dann wieder in meine Augen. Ich hebe meine Hand und er hakt meinen kleinen Finger in seinen ein. Er dreht sich um, geht tiefer ins Dickicht und zieht mich mit. Seinen Arm hält er dabei die ganze Zeit hoch. Es ist so dämlich, dass ich anfange zu kichern.

Zuerst fällt mir gar nicht auf, dass Ben mich immer weiter von den anderen wegführt. Was hat er vor? Trotz der Kälte spüre ich, wie meine Wangen brennen. Unser Bio-Kurs ist im Wald unterwegs. Wir sollen Wasserproben aus einem Bach entnehmen und Blätter von Büschen und Bäumen suchen, um sie später zu bestimmen. Die Gespräche der anderen scheinen weit entfernt zu sein und die Stimmen werden immer leiser.

Ben hält an und dreht sich zu mir um. Ich bin plötzlich nervös und mache einen Schritt zurück. »Sollten wir nicht ein paar Blätter sammeln? Wie wäre es mit denen …«

»Ich muss mit dir reden.« Bens Lächeln verblasst. Heute Morgen im Bus hat er ziemlich abwesend gewirkt. Ich habe ihn fragend angesehen und er hat *später* geantwortet.

Jetzt ist offenbar *später*. Er wollte also nur mit mir allein sein, um offen sprechen zu können. Ein Teil von mir ist durcheinander. Erleichtert, dann ärgerlich. Und verwirrt.

»Über was?«

»Tori.«

Ich drehe mein Gesicht weg, damit er nicht merkt, wie eifersüchtig ich bin, als er ihren Namen ausspricht. Ich hätte es wissen müssen.

»Nach unserem Gespräch habe ich mir Sorgen gemacht, dass ihr etwas zugestoßen sein könnte, also bin ich gestern nach der Gruppe zu ihr gegangen.« Er zögert. Der Regen wird stärker und

Ben lehnt sich an einen Baum. Aus den Nebeltröpfchen ist ein schweres Platschen geworden, das Platschen der größeren Regentropfen, die sich ihren Weg durch die Blätter bahnen.

Ben nimmt meine Hand und zieht mich näher zu sich unter einen dicken Ast.

»Sie ist nicht mehr da.« Er flüstert beinahe, als wären die Bäume um uns Spione.

»Was meinst du damit?«

»Ich habe mit ihrer Mutter gesprochen. Es war wirklich seltsam. Zuerst hat sie gesagt, dass Tori nicht mehr bei ihr wohnt. Ich habe nach dem Grund gefragt und ob sie stattdessen bei ihrem Vater in London sei. Da wurde sie irgendwie merkwürdig. Sie meinte, dass es nicht geklappt habe und dass Tori *zurückgegeben* worden sei. Sie hatte dabei so einen merkwürdigen Ausdruck in den Augen, schüttelte ihn dann aber ab und meinte, dass ich gar nicht dort sein sollte und keine weiteren Fragen stellen dürfe. Sie hat mich mehr oder weniger rausgeworfen.«

»Zurückgegeben?« Ich reiße ungläubig die Augen auf, als ich versuche, das zu verstehen. »So was können die machen?«

Er nickt. » Dieses Wort hat sie benutzt. Als würde sie über ein Paar Stiefel sprechen, die zu klein sind und die man umtauschen muss.«

»Aber zurückgegeben – wohin?«, frage ich, doch im selben Augenblick trifft mich die Erkenntnis wie ein Schlag. Tori ist 17 – und man kann nur bis 16 geslated werden. Also konnten sie es nicht einfach *noch einmal* mit ihr machen. Haben sie Tori in eine andere Familie gesteckt? Und wenn nicht, was haben sie dann mit ihr gemacht?

Ich höre ein Geräusch und bemerke eine kleine Vibration.

»Lass mal sehen«, sage ich und greife nach seiner Hand. Ich schiebe den Ärmel hoch und schaue auf sein Levo: 4,3. »Was kann ich tun?«

Er zuckt ein wenig hilflos mit den Schultern. »Ich sollte laufen gehen«, sagt er, bewegt sich aber nicht. Seine andere Hand fasst meine Schulter fester und sein Levo vibriert wieder: 4,1.

Ich lege meine Arme um ihn und er drückt sich an mich. Der Regen wird immer stärker, doch Ben ist viel größer als ich und beugt sich vor, sodass ich geschützt bin. Selbst durch seine Schuluniform und die dicke Jacke kann ich das Pochen seines Herzens hören. Mein eigener Puls rast, und Wärme steigt in mir auf, als ich mein Gesicht in seiner feuchten Jacke vergrabe. Doch er ist allein wegen Tori so aufgebracht und durcheinander. Ich bin nicht diejenige, die er im Arm halten will.

Ein Pfiff ertönt und wir beide schießen auseinander.

»Das ist Miss Fern, die alle zusammenruft. Wahrscheinlich regnet es zu stark«, sagt Ben.

»Wollen wir laufen?«, frage ich.

Also rennen wir los, gleiten über nasses Laub den Pfad entlang, bis wir nach ein paar Minuten die Gruppe erreichen, gerade als Miss Fern anfängt durchzuzählen.

Da unsere Exkursion buchstäblich ins Wasser gefallen ist, verteilt Miss Fern Fragebögen.

Aber ich kann mich nicht konzentrieren. Was ist mit Tori geschehen? In meinem Bauch breitet sich ein schlimmes Gefühl aus, das deutlich sagt *Nichts Gutes*. Ich kannte Tori nicht lang, doch sie hat sich getraut, Dinge laut auszusprechen, die ich nur zu denken wage. Mum hat sie bei der Ausstellung zurechtgewiesen, sie solle besser aufpassen, was sie sagt. Vielleicht hat Mum es, entgegen allem Anschein, nur gut gemeint. Vielleicht hat sie versucht, Tori zu warnen.

Bens Levo legt einen derartigen Zickzackkurs hin, dass Miss Fern ihn schließlich vom Unterricht befreit und mit dem Betreuungslehrer losschickt, damit er seine Runden laufen kann.

Als es endlich läutet, kommt Miss Fern zu mir, blickt mir über die Schulter und sieht, wie wenig ich gearbeitet habe. »Ist das der Dank?«, murmelt sie vor sich hin. Aber dann lächelt sie, und ich weiß, dass sie es nicht so meint.

»Der Dank wofür?«

Sie setzt sich auf Bens leeren Stuhl. »Ich habe mit Mr Gianelli, dem Kunstlehrer, gesprochen und ihm deine Eulen-Zeichnung gezeigt. Und ich habe auch nicht unerwähnt gelassen, dass du Künstlerin werden willst.« Sie zwinkert.

»Und?«

»Er legt sich ins Zeug, damit er dich in seinen Unterricht holen kann. Wir werden sehen, was passiert, aber ich gehe davon aus, dass er sich durchsetzt. Er ist viel zu nervig, als dass man ihm lange etwas abschlagen könnte.«

Ben sehe ich erst wieder bei der Versammlung.

Er sitzt mit den anderen Schülern seiner Betreuungsklasse ein paar Reihen weiter vorn. Seine Haare kleben an seinem Kopf – vom Regen oder vom Schweiß? – und sein Gesicht hat wieder eine gesündere Farbe angenommen. Als wir reinkommen, dreht er sich um und entdeckt mich.

Okay?, forme ich mit den Lippen. Er nickt und lächelt schwach.

Jeder Jahrgang muss einmal pro Woche in der Aula zusammenkommen: Jahrgang 11 ist freitagnachmittags dran, also ist das heute meine erste Versammlung. Mein Platz ist am Rand unserer Reihe, und Phoebe ist weit genug weg von mir, dass ich sie ignorieren kann. Neben meiner Sitznachbarin Julie saß ich schon gestern in Englisch. Sie war zwar nicht wahnsinnig freundlich, aber eigentlich okay. Jedenfalls hat sie mir gezeigt, wo wir bei Romeo und Julia stehen geblieben waren, und mir ein paar Sachen erklärt.

Alle gehen langsam an ihre Plätze, und ein dröhnendes Stimmengewirr erfüllt den Raum, verstummt aber abrupt, als die Vordertür aufgeht.

»Das ist der Direktor: Mr Rickson«, zischt mir Julie ins Ohr.

Er trägt einen blauen Anzug, der am Bauch nicht ganz zugeht, und steht sehr gerade, um es zu kompensieren. Sein Blick wandert kalt durch den Raum und bleibt immer wieder an einzelnen Schülern hängen, als wollte er sagen: *Ich behalte euch alle im Auge.* Trotzdem bin ich mir nicht ganz sicher, ob alle *seinetwegen* so still und stocksteif dasitzen oder wegen der beiden Männer und der Frau, die hinter ihm den Raum betreten.

Ihre Gesichter geben nichts preis und sie tragen alle graue Jacken und Hosen.

»Lorder«, sagt Julie im leisesten Flüsterton, so zaghaft, dass ich mir nicht sicher bin, ob ich das Wort höre oder es mir einbilde.

Es sind dieselben Wachleute, die wir bei der Landwirtschaftsausstellung gesehen haben und die allein durch ihre Anwesenheit die Menge zum Schweigen gebracht haben – genau wie jetzt. Und genau wie an diesem Tag verkrampft sich mein Magen zu einem kalten Knoten der Furcht.

Wer oder was sind Lorder? Irgendwie weiß ich es, aber gleichzeitig auch nicht. Und dann fällt mir mein Traum wieder ein. Der explodierende Schulbus, überall tote Schüler und das Schild an dem Gebäude neben dem Bus: *London Lorder Office.* Aber wenn es nur ein Traum war, etwas, das mein Unterbewusstsein erfunden hat, nachdem ich das Mahnmal gesehen habe – was haben dann die *Lorder* dort zu suchen, wenn ich zu dem Zeitpunkt noch gar nicht wusste, dass sie existieren? Vielleicht war es also doch nicht nur ein Traum. Vielleicht waren Lorder das wahre Ziel der Bombe, die den Schulbus zerstört und die Schüler getötet hat. Aber wenn es kein Traum war … Warum war ich dann dort? Vor sechs Jahren war ich erst zehn. Das Ganze ergibt einfach keinen Sinn.

Die Lorder stellen sich an die Seite der Bühne und haben keine eigentliche Funktion: Aber sie hören und sehen alles.

Rickson spricht zur Versammlung, und ich zwinge mich, meinen Blick von den drei Gestalten abzuwenden, um mich auf ihn zu konzentrieren. Ich gebe mir alle Mühe, ihm zumindest mit einem Teil meines Hirns zuzuhören, während der Rest immer noch vom Schock wie gelähmt ist. Mr Rickson spricht über die akademischen und sportlichen Leistungen der Schüler. Er erwähnt, dass das Geländelauftraining am Sonntag weitergeht, und er hofft, dass viele von uns teilnehmen werden. Dann nennt er die Namen der Schüler, die sich im letzten Jahr für das Landesfinale qualifiziert haben. Probetrainings für die Teams werden nächsten Monat abgehalten. Zum Abschluss lässt er uns mit besorgter Stimme wissen, dass manche Schüler noch immer nicht ihr Potenzial ausschöpfen und dass wir uns alle mehr anstrengen sollen.

Julie stupst mich an, damit ich mich mit allen anderen erhebe. Wir gehen langsam an den Lordern vorbei und verlassen die Aula. Ich kann kaum atmen, schaffe es aber irgendwie, einen Fuß vor den anderen zu setzen und meinen Blick gerade nach vorn zu richten. Die ganze Zeit über rechne ich damit, dass sich eine kalte Hand ausstreckt und mich an der Schulter berührt.

Am Ausgang halten die Lorder ein paar Schüler auf und nehmen sie beiseite. Den Jugendlichen weicht jegliche Farbe aus dem Gesicht, aber alle anderen meiden augenblicklich ihren Blick.

Vielleicht haben sie ihr Potenzial nicht ausgeschöpft.

Vielleicht hat Tori das auch nicht getan.

KAPITEL 20

Er verteilt weißes Zeug – Zement? – mit einem Metallteil, das aussieht wie ein Tortenheber, auf der obersten Reihe und legt dann einen Ziegelstein nach dem anderen darauf. Er wischt den Zement ab, der zwischen den Ziegeln hervorquillt, und streicht ihn glatt. Dann beginnt er mit der nächsten Reihe.

Ich starre ihn an. Er sieht ein paarmal hoch, arbeitet aber weiter und mauert langsam in die Höhe.

Ich weiß, dass ich starre und dass man Leute nicht anstarren soll – das mag niemand gern. Aber ich kann nicht anders.

Ziegel um Ziegel. Jetzt sind es schon fünf Reihen.

Wenn ich hier noch länger stehe, wird es Ärger geben. Mum stoppt wahrscheinlich die Zeit, die ich brauche, um den Brief, den ich immer noch in der Hand halte, in den Briefkasten an der Ecke einzuwerfen. Es ist das erste Mal, dass ich allein irgendwo hingehen darf. Und es wird das letzte Mal sein, wenn ich nicht bald von hier wegkomme.

Er blickt wieder hoch und setzt sich. Ich schätze ihn auf etwa 30 Jahre. Er trägt einen blauen Overall voller Farbspritzer, Zement und Schmutz und hat fettiges Haar. Er spuckt auf den Boden.

»Und?«, sagt er.

Ich fahre auf.

»Was gibt's, Schätzchen?« Er grinst, als er das Levo an meinem Handgelenk sieht, und blickt mir dann wieder ins Gesicht.

»Tut mir leid«, stammle ich und laufe schnell weiter, die Straße runter und um die Ecke, während ich ihn hinter mir lachen höre.

Ich werfe den Brief ein und mache mich auf den Weg zurück. Wo der Mann arbeitet, ist ein weißer Van geparkt, auf dem *Best Builders* steht. Er legt immer noch einen Ziegel auf den anderen und baut eine Gartenmauer.

Er pfeift, als er mich bemerkt, und ich gehe mit glühenden Wangen nach Hause.

»Warum hast du so lange gebraucht?«, fragt Mum wartend auf der Vordertreppe. Sie hat Ausschau nach mir gehalten und sofort gewinkt, als ich endlich um die Ecke in unsere Straße gebogen bin.

»Ich war zu Fuß unterwegs, das dauert eben.«

»Ist mit dir alles in Ordnung?«

»Ja, alles bestens.« Ich gehe zur Treppe.

»Was willst du oben?«

Ich drehe mich zu ihr um. »Hausaufgaben machen«, lüge ich.

»Also gut. Dann sei mal fleißig. Essen gibt's in einer Stunde.«

Ich schließe meine Zimmertür und schnappe mir mit zitternden Händen meinen Skizzenblock. Mein Levo fällt auf 4,4 … 4,2 …

Ich beginne, die Mauer zu zeichnen. Ziegel um Ziegel vom Boden an. Mein Stift bewegt sich immer schneller. Mein Levo fällt nicht weiter und klettert allmählich zurück auf 5. Ich muss die

Mauer fertig zeichnen, und ich muss meine rechte Hand benutzen, damit es richtig wird. Nach allem, was heute passiert ist: Tori zurückgegeben, Lorder bei der Versammlung, Lorder in meinem Traum. Irgendwie weiß ich, dass alles gut wird, wenn ich die Wand baue.

Grüne Bäume, blauer Himmel, weiße Wolken, grüne Bäume, blauer Himmel, weiße Wolken …

»Nicht unbedingt das spannendste Motiv.«

Ich fahre hoch: Amy. Irgendwie muss sie die Tür geöffnet, den Raum betreten und mir über die Schulter geschaut haben, ohne dass ich irgendetwas gehört habe.

Ich klappe meinen Block zu und zucke mit den Achseln. Jetzt bin ich wieder ruhiger, weil die Zeichnung fertig ist: Die Steine bedecken die ganze Seite. Aus irgendeinem Grund ist das für mich sehr wichtig.

Warum bloß?

Während des Essens vergesse ich die Mauer fast, weil Mum die überraschende Ankündigung macht, dass sie und Dad beschlossen haben, Amy mehr Freiraum zu geben. Geslated hin oder her, sie sei langsam alt genug, um sich mit Jazz zu treffen, wann sie wolle. Ich spüle ab, was ich mit wachsender Routine zu hassen beginne. Dann mache ich mich an die Hausaufgaben – diesmal wirklich.

Aber ehe ich schlafen gehe, ziehe ich die Zeichnung noch einmal hervor und kontrolliere, ob auch ganz sicher keine Lücken in der Wand sind, keine Hohlräume, wo etwas durchdringen könnte. Was genau dieses *Etwas* sein sollte, weiß ich nicht. Ich schattiere noch an den Kanten, lege das Bild schließlich weg und schließe meine Augen. Ich sehne mich nach Leere, nach dem Nichts, nach Schlaf.

Doch alles, was ich sehe, sind Ziegel, die nacheinander hochgemauert werden.

Ziegel … Zement …

Mauer.

Der Schmerz pocht in meinen Beinen und in meiner Brust. Es gibt kein Weiter, nicht für mich. Ich breche im Sand zusammen.

Es macht keinen Unterschied, wie laut er ruft, wie sehr er droht oder bittet – nichts, was er tun kann, zählt bald noch.

Es kommt näher.

Er kniet sich hin, hält mich fest und sieht mir in die Augen. »Vergiss niemals, wer du bist. Es ist Zeit. Schnell jetzt. Bau die Wand auf.«

Näher.

Also baue ich sie, Stein um Stein. Reihe um Reihe. Ein hoher Turm um mich herum.

Keine Hoffnung auf Rettung.

»Vergiss nie, wer du bist!«, ruft er und schüttelt mich fest, als ich den letzten Ziegel – klick – einsetze. Er nimmt alles Licht.

Jetzt gibt es nichts mehr, außer Dunkelheit und Lärm.

Schreckliche Schreie spalten meinen Schädel. Panik und Schmerz, wie ein in die Ecke gedrängtes Tier, das dem Tod ins Auge sieht.

Oder etwas Schlimmerem.

Es dauert eine Weile, bis ich verstehe.

Ich bin es selbst.

Dann kommt es mir vor, als ob ich durch ein Kaleidoskop trete – alles verschiebt und verändert sich. Gras kitzelt unter meinen nackten Füßen. Kinderstimmen wehen zu mir herüber, aber ich lege mich hin, verstecke mich im hohen Gras zwischen den Bäumen und beobachte, wie die Wolken über den Himmel ziehen. Ich will heute nicht spielen.

Langsam treiben die Wolken davon und das Gras unter mir verschwindet. Ich öffne die Augen: Für heute ist das Träumen vorbei. Ich werde nicht weiterschlafen.

Es hat wieder funktioniert – ich konnte zu meinem *Happy Place* fliehen, mitten in einem Albtraum.

Aber diesmal hätte ich den Albtraum lieber bis zum Ende durchgestanden, ganz egal, wie grauenhaft er war. Ich war mir sicher, dass ich etwas herausfinden würde, etwas Entscheidendes. Als ob das Beobachten des Maurers heute etwas Wichtiges in meinem Innern aufgewühlt hätte. Ein Wiedererkennen, eine Spur, der ich folgen kann, um endlich zu verstehen, wer oder was ich bin und was mit mir nicht stimmt.

Was hat mich verfolgt? Wer war der Mann? *Vergiss nie, wer du bist!*, hat er gesagt.

Aber das habe ich.

Also warum – und wie – habe ich eine Mauer gebaut?

KAPITEL 21

Es fühlt sich seltsam an, wieder zurück ins Krankenhaus zu fahren, denn es ist das allererste Mal, seit ich entlassen wurde. Am Tag meiner Abreise habe ich mich so davor gefürchtet, die Klinikmauern zu verlassen und in die weite Welt hinauszuziehen – doch es kommt mir inzwischen vor, als wäre seither eine Ewigkeit vergangen, ein ganzes Leben. Dabei sind es eigentlich nur ein paar Tage.

Aber wie es aussieht, kommen wir gar nicht pünktlich zu meinem Termin um 11 Uhr bei Dr. Lysander. Möglicherweise schaffen wir es auch überhaupt nicht. Amy studiert die Karte, um nach Umgehungsstraßen zu suchen, und Mum flucht leise vor sich hin und wechselt durch die Radiosender auf der Suche nach Staumeldungen.

»Für die letzte Meile haben wir 20 Minuten gebraucht. Wir könnten genauso gut umkehren«, stöhnt Mum.

»Oder die nächste Ausfahrt nehmen?«, schlägt Amy vor. Sie wollte heute unbedingt mitkommen und hat Mum irgendwie davon überzeugt, dass sie sich die Chance, Dr. Lysander zu treffen, einfach nicht entgehen lassen könne.

Mum schaltet das Radio aus. »Keine Meldungen.« Sie runzelt die Stirn. »Das gefällt mir nicht. Irgendetwas ist da doch los. Amy, hol mein Telefon raus und ruf Dad an.«

Amy zieht das Gerät aus Mums Tasche und beginnt zu wählen. Ich beobachte sie erstaunt. Mobiltelefone sind für alle unter 21 Jahren verboten. Vielleicht ist es aber erlaubt, weil Mum neben ihr sitzt und es ihr aufgetragen hat?

»Es geht niemand dran. Soll ich eine Nachricht hinterlassen?«

»Ja, sag ihm, dass wir im Stau stecken und dass er zurückrufen soll.«

Wir schleichen eine kleine Steigung hinauf. Hubschrauber kreisen über uns. Kurz vor dem Hügelkamm kommen wir wieder zum Stehen. Sirenen werden laut und schwarze Vans schießen auf dem Standstreifen an uns vorbei.

Das Handy klingelt. Mum geht dran.

»Verstehe … alles klar … Gut. Tschüss.«

Sie legt auf. »Vor uns sind irgendwelche Verkehrskontrollen. Nichts, worüber man sich Sorgen machen müsste.«

Die Autos vor uns setzen sich langsam wieder in Bewegung. Wir erreichen den Kamm. Auf der Gegenfahrbahn der M25 steht der Verkehr. Wir quälen uns vorwärts und halten wieder. Ein Schwarm von schwarz gekleideten Männern hält auf beiden Seiten Autos an und durchsucht sie. Wir werden durchgewinkt.

»Wer sind die?«

»Lorder«, sagt Amy.

Ich schaue durch die Heckscheibe, um noch einen Blick auf sie zu werfen. Sie tragen keine grauen Anzüge wie die Lorder auf der Landwirtschaftsausstellung und in der Aula, sondern schwarze Hosen und lange schwarze Hemden mit einer Art Weste darüber.

Sie sind genauso gekleidet wie die Krankenhauswachen. Bedeutet das also, dass auch sie Lorder sind?

»Was sind Lorder eigentlich?«

Mum dreht sich mit gehobenen Augenbrauen zu mir um. »Na ja, du weißt schon, das ist die Abkürzung für *Law and Order Agents* – sie sorgen für Recht und Ordnung und verfolgen Gangs und Terroristen. Sie suchen offenbar gerade jemanden.«

Den müssen sie aber wirklich dringend finden wollen, wenn sie jedes Auto auf der Autobahn anhalten und durchsuchen …

»Das sind die Gleichen wie die Männer mit den grauen Anzügen bei der Show und in der Schule?«, will ich wissen.

»Ja, ich habe zwar keine Ahnung warum, doch sie waren bei der Show. Normalerweise tragen sie graue Anzüge, nur ihre Einsatzkleidung ist schwarz. Heutzutage sind das in erster Linie Einsätze zur Terrorismusbekämpfung. Früher waren es die Gangs. Aber sind wirklich Lorder bei euch an der Schule gewesen?«, fragt Mum und runzelt besorgt die Stirn. »Amy, stimmt das?«

Amy nickt. »Manchmal kommen sie zu den Versammlungen. Sie sind nicht immer da, nur hin und wieder. In letzter Zeit häufiger.«

Zu unserer Linken erstrecken sich Felder, dahinter sehe ich bewaldete Hügel. Ich nehme eine Bewegung in der Ferne wahr – ein leichter Blitz, als ob sich die Sonne in Glas oder Metall gebrochen hätte.

»Da oben ist jemand«, sage ich.

»Wo?«, fragt Mum.

»In diesem Waldstück.« Ich deute nach links. »Ich habe etwas aufblitzen sehen.«

»Bist du dir sicher?«

»Ja.«

Mum holt wieder ihr Mobiltelefon hervor, aber im selben Moment erscheint ein Hubschrauber über der Stelle, auf die ich gezeigt habe, und Männer rennen über die Felder zu der Baumgruppe.

Mum schaut hoch und legt ihr Handy weg.

Rat-a-tat-tat dröhnt es bis zu uns herüber.

»Was tun sie da?« Meine Augen weiten sich. »Schießen die auf jemanden?«

»Eine blitzende Zielscheibe.« Amy schnieft. »Sie wollen Freiheit oder sterben? Dann heißt es jetzt wohl sterben.«

Der Stau löst sich bald danach auf und Mum ruft im Krankenhaus an, um Bescheid zu geben, dass wir uns verspäten.

Wir nehmen den gleichen Weg zum New London Hospital, auf dem wir schon vor fast zwei Wochen gefahren sind – alles baut sich in umgekehrter Reihenfolge vor meinen Augen auf. Die Randbezirke versinken wieder im Verkehrschaos und den Menschenmassen. Büros und Wohnungen wimmeln vor Leben. Je näher wir unserem Ziel kommen, desto mehr Wachen stehen schwarz gekleidet an den Ecken: Lorder. Die Massen scheinen sich vor ihnen zu teilen, als wären sie umgeben von einer unsichtbaren Blase, die nicht berührt werden darf.

Gerade als die Wachtürme des Krankenhauses in Sichtweite kommen, erreichen wir eine Straßensperre, an der noch mehr Lorder warten. Wir stehen in der Schlange zwischen einem LKW und einem Bus und ich muss immer an meinen Traum denken: ein Pfeifen, ein Blitz, eine Explosion. Mein Blick schießt nach links und rechts, findet aber nichts Verdächtiges. Die Männer durchsuchen sämtliche Autos. Wir arbeiten uns zentimeterweise vorwärts. Aber dann winken sie uns – genau wie auf der Autobahn – einfach weiter, ohne dass wir anhalten müssen. Diesmal merke ich, dass die Lorder zu Mum schauen, dann ihre linke Schulter mit ihrer rechten Hand berühren und uns daraufhin die Handfläche zeigen.

»Warum halten sie uns nicht auf wie alle anderen auch?«, frage ich.

»Manchmal ist es ziemlich praktisch, die Tochter meines Vaters zu sein«, sagt Mum, und ich erinnere mich an *Wam the Man*, der die Gangs zerschlagen hat, die das Land vor fast 30 Jahren terrorisiert haben. »Manchmal auch nicht«, fügt Mum noch hinzu, aber so leise, dass ich es kaum hören kann.

»Was meinst du damit?«

»Musst du so viele Fragen stellen?« Dann seufzt sie. »Sorry, Kyla. Wir können ein andermal darüber sprechen, okay?«

»Warum spielst du in deinen Träumen Verstecken?« Dr. Lysander lehnt sich zurück und verschränkt die Arme vor der Brust. Sie beobachtet mich und wartet ab.

Ich habe schon ziemlich früh kapiert, dass ich Dr. Lysander etwas geben muss, kleine Brocken der Wahrheit, um sie bei der Stange zu halten. Ich habe ihr nie vom Strand, von der Angst, vom Laufen erzählt: In verschiedenen Variationen kehrt dieser Traum immer wieder, seit ich zum ersten Mal im Krankenhaus erwacht bin. Aber würde ich ihr nur Lügen auftischen, würde sie es merken.

Es ist nicht allein die Tatsache, dass sie Gesichter lesen kann: unbewusste Gesten, Augenbewegungen, Blinzeln – all die kleinen Dinge, auf die man achten muss, wenn man jemanden beobachtet.

Aber mit dem Levo an meinem Handgelenk, das meine Gefühle überwacht, liegt alles offen und wird dokumentiert. Dr. Lysander muss das Gerät lediglich scannen und kann so sehen, ob ich die Wahrheit sage oder lüge. Obwohl sie normalerweise darauf vertraut, dass sie alles herausbekommen kann, ohne auf technische Hilfsmittel zurückgreifen zu müssen.

Und ihr Selbstvertrauen ist durchaus berechtigt.

Trotzdem ist eine Täuschung nicht unmöglich, nur eben schwierig. Ich mache es wie ein Zauberer, der ihre Aufmerksamkeit von dem ablenkt, was sie untersuchen und herausfinden will. Allerdings muss ich dabei die ganze Zeit aufpassen, es nicht zu auffällig zu tun.

»Darf ich Sie etwas fragen?«

Dr. Lysander lehnt sich zurück. Sie beantwortet häufig Fragen, wenn man sich traut, welche zu stellen. Aber man tastet sich besser vorsichtig heran, denn oft ist sie nicht in der richtigen Stimmung.

Sie neigt den Kopf nach vorn. Genehmigt.

»Warum sind Sie so fasziniert von dem Versteckspiel? Es ist ein glücklicher Traum – ich spiele einfach nur. Daran ist doch nichts verkehrt.«

»Wofür könnte es deiner Meinung nach stehen?«

»Ich weiß nicht, was Sie meinen.«

»Du versteckst dich vor anderen – du spielst ein Spiel, verstehst du? Warum versteckst du dich? Was versteckst du?«

Oh. Ich denke kurz darüber nach. Verstecke ich etwas? Nicht dass ich wüsste.

Das Krankenhaus zu verlassen ist ganz ähnlich wie beim letzten Mal, als ich meine Familie kennengelernt habe. Wir fahren aus dem unterirdischen Parkhaus zum Tor hoch. Amys und mein Levo werden gescannt, die Wachen werfen einen kurzen Blick in den Wagen und öffnen schließlich die Schranke. Erleichterung spüre ich erst, als wir die Zäune und Wachmänner hinter uns lassen. Der ganze Krankenhauskomplex hat mir heute ein Gefühl gegeben, als würde er mir die Luft aus den Lungen saugen. Wie konnte ich dort nur so lange leben?

Und die Wachen – auch sie sind Lorder. Als ich hier gewohnt habe, habe ich einfach die Türme mit ihren Scharfschützen akzeptiert, ebenso wie die vergitterten Fenster, die Wachmänner, die draußen mit ihren Hunden patrouillieren, und die hohen Zäune.

Ist das alles nötig, um die Leute in der Klinik festzuhalten oder die Leute von außen abzuschrecken?

Ich starre aus dem Fenster, den ganzen Weg vom Krankenhaus zurück. Mum ist mit ihren eigenen Gedanken beschäftigt, und Amy schmollt, weil ihre Heldin Dr. Lysander sich keine Zeit genommen hat, mit ihr zu sprechen, sondern sie einfach ignoriert hat.

Wir fahren *nach Hause*. Ist es mein Zuhause? Es wird mir allmählich vertraut und ich fühle mich dort wohl – meistens zumindest. Ich wache nicht mehr morgens auf, ohne zu wissen, wo ich bin, und ich finde im Dunkeln den Weg ins Bad. Heute ins Krankenhaus zu gehen, vorbei an den Sicherheitsleuten, Gitterfenstern und Wachtürmen, fühlte sich nicht gerade beruhigend an, sondern klaustrophobisch: Ich wollte aus dem Auto springen und den ganzen Weg aufs Land zurücklaufen. Weg von den Straßen mit den Wachmännern und den allgegenwärtigen Menschenmassen. Weg von den Autobahnen und Straßensperren mit den schwarzen Vans und den Lordern.

Zumindest war Dr. Lysander mit Penny einer Meinung und hat Mum vorgeschlagen, mich mehr eigenständig unternehmen zu lassen. Sie meinte, ich könnte auf Erkundungstour gehen und Spaziergänge unternehmen, wenn ich wollte.

Aber Mum war überhaupt nicht begeistert, als Dr. Lysander ihr sagte, dass sie mich von jetzt an jede Woche anstatt zweimal im Monat sehen wolle.

Ab sofort müssen wir also jeden Samstag diese Tour machen.

Wir sind fast schon zu Hause, als mir ein Gedanke kommt. Warum hat Mum Dad angerufen, um zu fragen, was auf der Straße los war? Es wurde ja noch nicht einmal im Verkehrsfunk erwähnt.

Woher sollte er es dann wissen?

KAPITEL 22

Am Sonntagmorgen ist der Himmel strahlend blau, aber es ist so kalt, dass der Atem um mein Gesicht einen weißen Nebel bildet. Ich schlinge zitternd meine Arme um mich, als ich auf den Bus warte, der mich zum Geländetraining bringen soll. Immer mehr Schüler versammeln sich und auch ein Lehrer mit einem Klemmbrett in der Hand gesellt sich zu uns.

Der Bus kommt vor der Schule zum Stehen und dahinter entdecke ich ein Auto: Es ist Ben. Ich warte auf ihn, während die anderen in den Bus steigen.

Ben lächelt überrascht. »Ich wusste gar nicht, dass du auch läufst«, sagt er.

Es war das schreckliche Gefühl gestern, im Krankenhaus eingeschlossen zu sein, das den letzten Ausschlag gegeben hat, heute joggen zu gehen. Ich weiß, warum Ben läuft. Ich bin auch gerannt, auf den Laufbändern im Trainingsraum des Krankenhauses. Endorphine werden massenhaft ausgeschüttet, wenn man bis zur Erschöpfung läuft, bis die Muskeln schmerzen. Dann kommt man in eine Zone, in der man nicht mehr fühlt, was man seinem Körper antut, sondern nur noch von einem Hochgefühl durchströmt wird und nie mehr aufhören möchte. Alles in einem wird ruhig und klar, kühl und konzentriert.

Und ein kleines bisschen will ich vielleicht auch wegen meines Traums laufen, bei dem ich nicht mehr weiterkomme und zusammenbreche. Ich will vor dem, was mich verfolgt, wegrennen können.

Mum musste ich erst davon überzeugen, dass es mir ernst ist und dass ich wirklich zum Training will. Und ich habe sie an Dr. Lysanders Rat erinnert, dass sie mich auch Dinge allein unternehmen lassen soll. Amy hat während meines Monologs nur verschmitzt gegrinst und eine Bemerkung zu Ben gemacht, als Mum gerade nicht hinhörte.

Der Leichtathletik-Trainer, Mr Ferguson, sieht mich seltsam an, als wir in den Bus einsteigen. »Nicht noch ein Groupie«, sagt er und verdreht die Augen in Bens Richtung. Ein paar der älteren Jungs grinsen, und ich verstehe langsam, was er meint.

»Ich kann laufen«, stoße ich ärgerlich hervor – auch um von der Röte abzulenken, die in meine Wangen steigt.

»Na, davon lassen wir uns gleich gern überzeugen, Kleine«, lacht er.

Ein Dutzend Jungen und fast ebenso viele Mädchen sitzen im Bus. Sie scheinen sich alle zu kennen. Bei ihrem Anblick wird mir klar, dass ich tatsächlich »klein« bin – kleiner als alle anderen.

Ich schlüpfe auf einen Fensterplatz und Ben setzt sich neben mich. Als der Bus abfährt, beugt er sich zu mir und flüstert mir ins Ohr: »Stimmt das denn?«

»Was?«

»Bist du nur hier, weil ich hier bin?«

»Nein!«, erwidere ich wütend und puffe ihn in den Arm.

»Au!« Er reibt sich theatralisch über die Haut. »Ich hatte irgendwie gehofft, dass es so ist.«

Verwirrt sehe ich weg. Meint er das wirklich? Was ist mit Tori? Ich weiß nicht, was ich sagen soll, also schweige ich.

Die 10-Kilometer-Laufstrecke ist ein Geländelauf durch die Umgebung von Chiltern: Sie folgt einer Reihe von Fußwegen über Felder und durch Wälder und hat ein paar Hügel, Gräben und Bäche, die man überwinden muss. Es ist völlig anders als auf dem Laufband, und ich beginne, mich zu fragen, wie ich wohl mit dem Parcours klarkommen werde. Alle anderen sind diese Strecke schon vorher gelaufen. Ferguson zeigt mir eine Karte und sagt, dass es Streckenkennzeichnungen gibt – kleine orangefarbene Flaggen –, den ganzen Weg entlang. Ich überfliege die Karte: Ich brauche nur Augenblicke, um mir alles einzuprägen.

Die Jungs starten zuerst: Ich sehe ihnen zu, wie sie quer über die Felder lossprinten. Wir Mädchen müssen zehn Minuten warten. Ich dehne mich ein wenig und wärme mich auf.

Ferguson kommt zu mir herüber. »Du hast an keiner der anderen Trainingsstunden teilgenommen.«

»Nein. Ich bin erst seit letzter Woche an der Schule, ich konnte nicht.«

»Na gut. Dann pass auf, wohin du trittst, und sieh zu, dass du deinen Rhythmus findest. Zehn Kilometer sind nicht gerade eine kurze Strecke. Ich bekomme jedes Mal mächtig Ärger, wenn ich einen Krankenwagen rufen muss.«

»Ihre Sorge rührt mich«, sage ich.

Überraschung blitzt in seinen Augen auf und er lacht. »Ha! Du bist in Ordnung. Also, dann zeig mal, was du kannst, okay?«

Ein paar der Mädchen sehen weniger erfreut aus.

Mr Ferguson gibt uns den Startschuss.

Anfangs laufen wir über die Felder. Weil ich nicht an den unebenen Boden gewöhnt bin, gehe ich es langsam an und finde schnell meinen Rhythmus. Wir verteilen uns und ich lande irgendwo im hinteren Mittelfeld. Von den Jungen ist nichts mehr zu sehen.

Die Sonne, das *Poch-Poch* meiner Schritte auf dem Boden, das schnellere *Poch-Poch* meines Herzens – es fühlt sich alles gut an. Ich beschließe, das Tempo anzuziehen. Ich steigere meine Geschwindigkeit, als der Weg in den Wald hineinführt.

Hinter einer Biegung taucht plötzlich ein Ast auf dem Boden auf. Es bleibt keine Zeit, um zu springen oder auszuweichen, und ich kann nicht verhindern, dass ich mich mit dem Fuß verfange und falle. Mit ausgestreckten Armen fliege ich durch die Luft. Als ich auf den Boden stürze, lassen zwei Mädchen am Wegrand den Ast fallen und laufen lachend davon.

Ich kann kaum atmen und liege auf dem Boden, keuchend wie ein Fisch, der an den Strand gespült wurde. Langsam normalisiert sich mein Atem wieder und ich setze mich auf.

Ein paar Mädchen laufen vorbei, dann kommt eine Nachzüglerin, die anhält. »Alles okay bei dir?«, fragt sie. Ich winke nur mit der Hand und sie rennt weiter.

Jetzt haben mich alle überholt.

Mein linker Arm ist voller Kratzer und mein Knie ist aufgeschlagen. Ich stehe vorsichtig auf und prüfe meine Beine: nichts gebrochen. Zumindest bekommt Ferguson heute keinen Ärger, weil er einen Krankenwagen rufen muss. Wut steigt in mir auf. Scheiß auf die! Ich atme tief ein, wieder und wieder, um mich zu beruhigen, und schaue auf mein Levo: 5,8. Der Wert muss immer noch vom Laufen so hoch sein.

Es ist eine lange Strecke, erinnert mich eine kleine Stimme in mir.

Eine *sehr* lange Strecke.

Ich renne wieder los.

Ich bin schnell und werde schneller. Es gibt Streckenkennzeichnungen, wie Ferguson gesagt hat: kleine orangefarbene Markierungen am Weg. Aber als sich der Pfad gabelt, sehe ich links eine Flagge – doch ist sie nicht auf der falschen Seite? Ich bleibe stehen und schließe die Augen, um mir die Karte ins Gedächtnis zu rufen. *Definitiv* auf der falschen Seite.

Will mich jemand reinlegen? Egal. Ich habe die Karte exakt im Kopf. Also ignoriere ich die Markierung und laufe weiter.

Bald komme ich an dem Mädchen vorbei, das mich gefragt hat, ob alles okay sei, und an den anderen, die einfach weitergelaufen sind. Ich habe den Punkt erreicht, an dem das Laufen und Atmen mein ganzes Denken ausfüllen und meine Schritte nur noch so dahinfliegen. Ich bin schlammverschmiert vom Durchqueren des Bachlaufs, mein Arm und mein Knie bluten, aber das ist mir egal.

Ich lächle, als ich die beiden Mädchen überhole, die mich mit dem Ast zu Fall gebracht haben. Ich sehe ihre Überraschung, dann ihre Anstrengung, als sie versuchen aufzuholen, aber es nicht schaffen. Ich lasse sie im großen Bogen hinter mir.

Und so überhole ich noch ein paar andere Läuferinnen. Irgendwann zähle ich nicht mehr mit – war das eben das letzte Mädchen? Mittlerweile bin ich nicht mehr damit zufrieden, *ganz gut* abzuschneiden: Ich will Erste werden.

Ich werde noch einmal schneller.

Bald überhole ich ein paar der Jungs, dann noch ein paar mehr, ehe ich die Ziellinie in der Ferne erahnen kann – den Startpunkt.

Ferguson, Ben und ein halbes Dutzend anderer Jungs, die schon ins Ziel eingelaufen sind, beginnen zu jubeln, als sie mich oben am Hügel auftauchen sehen.

Als ich über die Linie renne, schielt Ferguson auf seine Stoppuhr. »Donnerwetter. Bist du die ganze Zeit gesprintet?«

Ich halte an und versuche zu antworten, kann aber nicht sprechen. Die Welt beginnt sich zu drehen.

»Antworte nicht! Lauf aus«, befiehlt Ferguson.

Laut schnaufend und mit flauem Magen umkreise ich den Parkplatz, bis ich schließlich anhalten kann, ohne das Gefühl zu haben, dass ich mich gleich übergeben muss.

Immer mehr Jungs laufen ins Ziel ein und wenig später folgen die ersten Mädchen.

»Was ist passiert?«, fragt Ferguson, als er das Blut an meinem Arm und meinem Knie sieht.

Ich zucke mit den Schultern. »Alles in Ordnung, ich bin gefallen. Ich brauche keinen Krankenwagen.«

Ferguson lacht, holt den Erste-Hilfe-Kasten und verbindet mein Knie.

»Wir sind ein gutes Paar, du und ich«, sagt Ben, als wir in den Bus steigen.

»Ja?«

»Ich war Erster bei den Jungen, du warst Erste bei den Mädchen.«

»Wie lange vor mir bist du denn ins Ziel gekommen?«

Ben denkt kurz nach. »Fünf Minuten oder so. Warum?«

»Na ja, wir sind zehn Minuten nach euch gestartet. Das heißt, ich war schneller als du.«

Ich sehe die Überraschung auf seinem Gesicht, aber er grinst. »Gut. Mir ist jeder Grund recht, um mehr zu trainieren.«

Er schaut auf mein Levo – 8,1 – und zeigt mir seines: 7,9. »Auch hier schlägst du mich«, sagt er lachend. Der Bus fährt ab und er lehnt sich zu mir. »Jetzt ist ein guter Zeitpunkt«, flüstert er so leise, dass ich mich noch näher zu ihm beugen muss, was mir sehr gelegen kommt: Sein Körper strahlt Wärme aus und meiner wird mit jeder Sekunde kälter.

»Ein guter Zeitpunkt wofür?«

Sein Lächeln erstirbt. »Ich hab mich ein wenig umgehört, ein paar Fragen gestellt.«

»Worüber?«

»Tori ist nicht die Erste, die verschwunden ist. Es gab auch schon andere Slater an unserer Schule, die eines Tages einfach nicht mehr aufgetaucht sind. Ohne Erklärung.«

»Zurückgegeben«, flüstere ich und ein kalter Schauder läuft mir über den Rücken. Ben legt einen Arm um meine Schulter.

»Das ist nicht alles. Es betrifft auch noch andere, die nicht geslated wurden. Wie die drei, die am Freitag aus der Versammlung gezogen wurden. Auch sie sind seitdem nicht mehr aufgetaucht. Und so etwas passiert nicht zum ersten Mal.«

Normale Schüler verschwinden auch? Bei der Versammlung wurden drei von Lordern aus der Menge herausgegriffen. Sie müssen sie mitgenommen haben. Mein Magen dreht sich.

»Aber warum?«

»Bei den Jungen kann ich es verstehen. Ich habe gehört, dass einer mit einem Mobiltelefon erwischt worden ist. Und der andere war ein richtiger Idiot, der immer in Schlägereien und Schwierigkeiten geraten ist. Vielleicht war er sogar in einer Gang?«

»Und das Mädchen?«

Ben zuckt mit den Schultern. »Sie hat nie irgendetwas falsch gemacht. Aber sie war ziemlich schlau, hat die Lehrer komische Sachen gefragt, in Geschichte zum Beispiel. Warum bestimmte Dinge getan wurden oder eben nicht.«

Sie hat komische Fragen gestellt. Wie Ben.

»Ben! Du darfst nicht versuchen, noch mehr herauszufinden. Sonst bist du der Nächste.«

»Aber was ist mit Tori? Wenn niemand nach ihr fragt, wird sich keiner um ihr Verschwinden kümmern. Verstehst du denn nicht? Es hätte genauso gut dich treffen können oder mich. Ich muss wissen, was mit ihr geschehen ist.«

»Ich will nicht, dass dir etwas zustößt«, flüstere ich und er zieht mich näher an sich heran. Schlamm und Schweiß vermischen sich, sein Herz schlägt unter meinem Ohr.

Ein paar der Jungen machen Knutsch-Geräusche und Ferguson dreht sich um. »Im Bus wird nicht rumgemacht!«, brüllt er und ich setze mich gerade hin. Doch Ben hält immer noch meine Hand. Genau wie er immer noch an Tori festhält.

Eine Überraschung: Nicht nur Mum, sondern auch Dad wartet auf mich, als der Bus wieder an der Schule ankommt. Ich winke Ben und den anderen zum Abschied und gehe zum Auto, schmutzig, erschöpft und mit verbundenem Knie. Alles an meinem Körper tut so weh, dass es mich größte Mühe kostet, einen Fuß vor den anderen zu setzen.

Mum springt aus dem Wagen. »Was, um Himmels willen, ist mit dir passiert?«

»Mir geht's gut. Schau!« Ich zeige ihr mein Levo: 6,6. Selbst nach dem aufwühlenden Gespräch im Bus hält mich der Endorphinschub vom Laufen offenbar noch bei Laune.

»Aber wie du aussiehst!« Mum marschiert aufgebracht zu Ferguson hinüber.

Dad steigt ebenfalls aus dem Auto und mustert mich von oben bis unten. »Dann hattest du also Spaß?« Er grinst.

»Und ob!« Ich lächle zurück und lehne mich ans Auto, weil ich fürchte umzukippen, wenn ich es nicht tue. Ich habe Dad seit unserem Zwischenfall in der Küche nicht mehr gesehen, weil er danach praktisch durchgängig beruflich unterwegs war. Aber jetzt sieht er glücklich und entspannt aus und hat überhaupt keine Ähnlichkeit mehr mit dieser düsteren Gestalt, die mich ausgefragt hat, weil ich vor Schreck beinahe gestorben wäre, als ich mitten in der Nacht überrascht wurde.

»Wie ist es gelaufen?«

»Ich war die Schnellste.«

Er johlt und hebt die Hand. »High five?«

»Was?«

»Heb die Hand, so wie ich.« Das tue ich und er schlägt mit seiner Hand ein. Dann deutet er auf Mum und zwinkert. »Es wird ihr nicht gefallen, wenn du so weitermachst. Sie hat wenig übrig für Schmutz und Blut.«

An diesem Abend ist Jazz zum Essen eingeladen. Amy lächelt ihn die ganze Zeit ziemlich dämlich an, Mum spielt den perfekten Drachen und Dad erzählt einen schlechten Witz nach dem anderen. Jazz reagiert sogar auf »Jason«, sieht insgesamt aus, als hätte er sich in sein Schicksal ergeben, und antwortet wenig, außer »ja bitte« und »danke«. Ich konzentriere mich einfach aufs Essen.

»Du bist aber hungrig heute«, kann sich Mum nicht verkneifen, als ich mir eine zweite Portion Braten und Kartoffeln auf den Teller schaufele.

Ich zucke mit den Schultern. »Ich hab einen 10-Kilometer-Lauf hinter mir.«

»Iss auch Gemüse«, erinnert sie mich und füllt meinen Teller mit grünen kleinen Zweigchen, die wie winzige Bäume aussehen. Bisher wollte ich sie nicht probieren.

»Was ist das?«

»Brokkoli. Hast du den noch nie gegessen?«, fragt Mum überrascht.

»Ich glaube, nicht.« Alle Augen sind auf mich gerichtet, und mir bleibt nichts anderes übrig, als zu kosten. Ich spieße eines der Bäumchen auf die Gabel kaue und kaue weiter. Das Zeug ist irgendwie elastisch und ekelhaft. Ich versuche, es zu schlucken, aber meine Kehle rebelliert: Es geht nicht. Ich beginne zu würgen.

»Alles in Ordnung?« Mum steht halb auf, aber ich hebe eine Hand, und irgendwie schaffe ich es, das Zeug zu schlucken. Als gerade niemand hinsieht, schiebe ich meinen restlichen Brokkoli in eine Serviette und schmeiße sie später in den Mülleimer. *Das* war einfach nur ekelhaft.

KAPITEL 23

»Du sollst die Betreuungsklasse ausfallen lassen und dich bei Dr. Winston melden«, sagt Mrs Ali. »Jetzt sofort.«

»Was? Warum?« Ich starre sie an, aber ihr Gesicht ist ausdruckslos.

»Ich gehe davon aus, dass sie es dir sagen wird. Geh hoch und warte.« Sie lächelt, aber das beruhigt mich nicht.

Was soll das? Ich steige die Treppe hoch und setze mich mit gefalteten Händen vor ihr Büro. Vielleicht haben sie irgendwie erfahren, dass Ben und ich über die verschwundenen Schüler gesprochen haben. Vielleicht war der Bus verwanzt und die Lorder ziehen auch Ben in diesem Moment aus seiner Klasse. Vielleicht werden sie …

Dr. Winstons Tür geht auf. Ein Junge tritt aus dem Raum.

»Nächster!«, ruft eine Stimme.

Ich stehe auf und gehe in ihr Büro. Ich scanne meine Karte, schließe die Tür und nehme Platz.

»Guten Morgen, Kyla!« Dr. Winston lächelt ihr aufgemaltes Lippenstiftlächeln.

»Hi.«

»Ein Lehrer hat deinetwegen mit mir gesprochen. Weißt du worüber?« Sie schürzt ihre Lippen. Ich krame in meiner Erinnerung – ein Lehrer? Habe ich irgendetwas falsch gemacht?

»Einer meiner Lehrer? Ich … ich weiß nicht.«

»Nun schau doch nicht gleich so panisch. Es ist einer deiner Lehrer, aber du kennst ihn noch nicht: Mr Gianelli. Er ist für den Kunstunterricht zuständig. Anscheinend hat er eines deiner Bilder gesehen, und nun besteht er sehr hartnäckig darauf, dass du seinen Unterricht besuchst.«

»Wirklich?« Ich spüre, wie sich ein Lächeln auf meinem Gesicht breitmacht.

Sie runzelt die Stirn. »Er war *äußerst* nervig.«

»Das tut mir sehr leid, aber … Also, kann ich in seinen Unterricht gehen?«

»Ja. Hier ist dein neuer Stundenplan.« Sie schiebt ihn mir rüber. »Wir mussten deine Mathestunden verschieben, um alles unterzubringen. Du hast zweimal Unit während der Mittagspause, um die zusätzlichen Stunden auszugleichen, aber du kannst von jetzt an während der anderen Pausen machen, was du möchtest.«

»Vielen, vielen Dank. Ich danke …«

»Geh einfach.«

Ich springe von meinem Platz auf und scanne meine Karte.

»Oh, und Kyla?«

Ich drehe mich um. »Ja?«

»Mach nicht so ein selbstzufriedenes Gesicht. Ich möchte in nächster Zeit nicht noch einmal wegen dir oder von dir mit irgendetwas belästigt werden. Haben wir uns verstanden?«

Sie lächelt freundlich, als sie das sagt, doch das macht es irgendwie noch schlimmer.

Ich wische das Grinsen aus meinem Gesicht. »Ja«, sage ich und stürme aus dem Zimmer die Treppen hinunter.

Mr Gianelli, mein Held, ist überhaupt nicht so, wie ich ihn mir vorgestellt hatte.

»Wer bist du?«, will er in einem unfreundlichen Ton wissen, als ich direkt nach dem Läuten in den Raum schlüpfe.

»Kyla Davis.«

»Wer?«

»Die Neue. Sie haben das mit Dr. Winston arrangiert?«

Bei der Erwähnung ihres Namens wird seine Miene noch finsterer. »Aha! Das Eulen-Mädchen. Ich musste deinetwegen drei Treffen mit dieser unerträglichen Frau durchstehen.«

Ich schaue mich nervös um, aber die Tür ist zu – Mrs Ali ist verschwunden. Als ich mich wieder umdrehe und einen Blick auf die Schüler werfe, sinkt mein Mut: Phoebe. Fantastisch. Sie ist auch noch in meiner Kunstklasse.

Mr Gianelli zieht meine Skizze von der Eule aus einem Stapel auf seinem Tisch, hält sie hoch und zeigt sie den anderen, ehe er mich Platz nehmen lässt. Dann erklärt er allen detailliert, wie ich es hätte besser machen können. Und er hat recht.

Aber heute malen wir.

Was soll ich malen?

Meinen *Happy Place.* Vielleicht hilft mir das, um dorthin zu gelangen. Ich beginne mit dem Himmel. Schon bald bin ich vertieft in die unterschiedlichen Blautöne, mische sie auf der Palette und füge mit dem Spachtel in weißen Wirbeln Wolkenfetzen hinzu. Ich bin so in meine Arbeit versunken, dass ich die leisen Stimmen hinter mir fast nicht wahrgenommen hätte.

»Ich frage mich, was sie angestellt hat, um geslated zu werden.«

»War sicher total übel.«

»Kann nicht so übel gewesen sein bei so einem mageren, kleinen Schwächling wie ihr.«

»Vielleicht hat sie Kinder gequält, weil die als Einzige kleiner sind als sie.«

»Vielleicht hat sie ihr Haus angezündet und ihre Eltern bei lebendigem Leib verbrennen lassen. Eine Art Mum- und Dad-Barbecue. Die haben sicher geschrien.«

Ich fahre herum. »Vielleicht habe ich auch jemandem mit einem Spachtel die Kehle aufgeschlitzt?« Ich wiege ihn in einer Hand, als würde ich sein Gewicht messen.

Das andere Mädchen weicht zurück, aber Phoebe lacht. »Du weißt doch, dass sie jetzt niemanden mehr verletzen kann, egal, was sie vorher getan hat. Sie stirbt, wenn sie's versucht. Ihr Gehirn wird gegrillt – und dann: gute Nacht!«

Ich wende mich wieder meinem Bild zu.

Grüne Bäume, blauer Himmel, weiße Wolken, grüne Bäume, blauer Himmel, weiße Wolken …

»Zufrieden mit dem neuen Stundenplan?«, fragt Mrs Ali in der Pause und lächelt mich freundlich an.

Ich weiß nicht, ob ich das Offensichtliche aussprechen soll, denn trotz Phoebe und ihrer Hetze gegen mich liebe ich den Kunstunterricht schon jetzt. Aber vielleicht hat Mrs Ali dann das Gefühl, dass ich sie auch noch verhöhne, nach all dem Ärger, den ich ihr gemacht habe?

Sie lacht. »Dein Gesicht – du müsstest dich mal sehen.«

Offenbar hat sie heute gute Laune.

Ich lächle vorsichtig. »Ich liebe meinen Kunstunterricht. Er wird mir wirklich helfen ...« – ich suche nach den Worten des Direktors bei der Versammlung – »... mein volles Potenzial auszuschöpfen.«

Sie wirkt amüsiert. »Plapper die Worte nicht einfach nur nach, Kyla. Du musst immer dein Bestes geben, um deinen Teil des Vertrags zu erfüllen.«

»Kann ich Sie etwas fragen?«

»Natürlich.«

»Was geschieht, wenn jemand wie ich seine Pflichten nicht erfüllt? Kann man ... zurückgegeben werden?«

Mrs Ali starrt mich an. Irgendetwas huscht über ihr Gesicht, aber so schnell, dass ich es nicht benennen kann – dann ist es weg. Sie lächelt. »Halt einfach mal für eine Weile den Ball flach, Kyla, bis Dr. Winston vergessen hat, dass du ihr so auf die Nerven gegangen bist.«

Dann bringt sie mich zu meiner nächsten Stunde, und ich denke über das nach, was sie gesagt hat. Sie hat meine Frage nicht beantwortet. Und das ist auch eine Antwort.

KAPITEL 24

Poch-poch, poch-poch. Meine Füße rennen die Laufbahn entlang.

Vielleicht hat sie kleine Kinder gequält … Vielleicht hat sie ihr Haus angezündet und ihre Eltern bei lebendigem Leib verbrennen lassen … Vielleicht jemandem mit einem Spachtel die Kehle aufgeschlitzt.

Ich laufe immer schneller.

Ich kann meine Hände sehen, die ein Messer halten. Vielleicht ein scharfes aus der Küche anstelle des stumpfen Spachtels. Oder ich träume stattdessen, wie ich ein Haus in Brand setze: Ich vergieße Benzin oder werfe ein glühendes Streichholz. Oder ich habe eine brennbare Flüssigkeit in eine Glasflasche gefüllt und mit einem angezündeten Tuch durch ein Fenster geworfen. Wäre ich geblieben, um die Schreie zu hören? Nein. Wie hätte ich sonst sicher sein können, nicht erwischt zu werden?

Aber ich bin erwischt worden, denn ich wurde geslated.

Die Laufbahn verschwimmt vor meinen Augen, aber ich laufe weiter, um meinen Levo-Level zu halten. Doch die Gedanken und Bilder in meinem Kopf kann ich nicht aufhalten.

Was ist mit *kleine Kinder quälen*? Das hätte ich niemals getan.

Oder doch? Dann fällt mir mein Traum wieder ein: Schüler, die im Bus in die Luft gesprengt werden. Sie waren kaum älter als Kinder.

Wäre ich tatsächlich in der Lage, so schreckliche Dinge zu tun?

Jemand nähert sich von hinten. Ich gebe Gas, aber der andere schließt sofort wieder auf. Ich schaue nach rechts: Es ist Ben.

»Hey«, sagt er. »Du legst ja ein ganz schönes Tempo vor.«

Ich nicke – sprechen kann ich nicht mehr, denn meine Lungen sind voll und ganz damit beschäftigt, meinen Körper mit Sauerstoff zu versorgen.

Ich renne noch ein paar weitere Runden, Ben ist jetzt direkt neben mir.

Sobald ich den Pinsel nach der Kunststunde aus der Hand gelegt hatte, spulten sich Phoebes Worte wieder und wieder in meinem Kopf ab. Also bin ich direkt nach dem Ende der letzten Vormittagsstunde zur Laufbahn gegangen.

Heute ist der erste Tag, an dem ich mittags nicht in die Unit muss. Bens Gegenwart empfinde ich als beruhigend, obwohl er es aufgegeben hat, eine Unterhaltung in Gang zu bringen. Nach einer Weile wird er langsamer. Ich will ihn nicht abhängen, also passe ich mich seinem Tempo an.

»Genug?«, fragt er schließlich und ich nicke. Wir laufen noch ein paar Meter aus und halten dann an. Er hakt mich unter und führt mich über das Schulgelände. Andere Schüler sind ebenfalls unterwegs, aber sie ignorieren uns.

»Willst du mir erzählen, was los ist?«

Ich zucke mit den Schultern.

»Irgendetwas hat dich dazu gebracht, dass du rennst wie eine Verrückte.«

»Nur ein paar Sachen, die ein Mädchen zu mir gesagt hat, das ist alles. Dummes Zeug.«

»Was meinst du damit?«

Ich antworte nicht, ziehe aber an seiner Hand, um die Richtung zu ändern. Wir gehen am Verwaltungsgebäude entlang, bis wir zu dem Mahnmal kommen und ich stehen bleibe.

So viele Namen in Stein gemeißelt und alle sind tot. Das Attentat ist sechs Jahre her. Meine Fantasie geht mit mir durch. Ich war damals erst zehn, ich *kann* nicht dabei gewesen sein.

»Kyla, was ist los?«

»Hast du dich das nie gefragt? Was du getan hast, um geslated zu werden? Was, wenn ich eine Terroristin war? Was, wenn ich Menschen wie diese Schüler getötet habe – was, wenn ich eine Bombe auf ihren Bus geworfen habe?«

Ben schüttelt den Kopf. »Ich weiß nicht, was ich getan haben könnte. Ich kann mir nicht vorstellen, dass ich jemals etwas so Grauenhaftes hätte tun können. Und du auch nicht. Aber wir werden es nie erfahren. Wir können nur unser Leben leben, wie es jetzt ist: die sein, die wir jetzt sind.«

Ich denke über seine Worte nach. Tatsache ist: Ich kann mir auch nicht vorstellen, dass Ben jemals etwas wirklich Schlechtes getan haben könnte, genauso wenig wie Amy. Doch bei mir selbst bin ich mir da nicht so sicher.

»Aber wie kann ich wissen, wer ich jetzt bin, wenn ich nicht weiß, wer ich war?«

»Ich weiß, wer du bist: Kyla, die verrückte Läuferin und meine Freundin.« Ben legt seine Arme um mich. »Kyla mit dem schüchternen Lächeln und dem Gesicht, auf dem sich alle ihre Gefühle spiegeln. Was gibt es sonst noch zu wissen?«

Ich blicke hoch in Bens warme Augen, die aussehen wie geschmolzene Schokolade und nun eine Frage stellen: *Wer bist du, Kyla?*

»Ich zeichne und male gern«, sage ich langsam. »Und ich bin darin auch ganz gut.«

»Kyla, die Künstlerin. Gut. Was noch?«

Ich krame in meinem Hirn nach Antworten. »Ich hasse Brokkoli. Ich mag Katzen.« Immerhin ein Anfang.

Ben lächelt und sein Griff wird fester. Ich habe Schmetterlinge im Bauch. *Sweet sixteen and never been kissed.* Irgendetwas in seinem Blick sagt mir, dass es *jetzt* passieren wird. Meine Kleider kleben an meiner Haut, meine Haare sind feucht vom Laufen und jeder kann uns hier draußen sehen. Toris Anwesenheit hängt immer noch zwischen uns, aber in diesem Moment scheint ihn das nicht zu kümmern und mich auch nicht.

Plötzlich lenkt etwas anderes meine Aufmerksamkeit auf sich, lässt mich den Kopf zum Mahnmal mit den eingemeißelten Namen drehen. Der Name ganz oben springt mich regelrecht an, als ob ihn jemand laut ausgerufen hätte.

Robert Armstrong.

Ich keuche und drehe mich weg.

Ben lässt mich los. »Was ist?«

Ich trete näher an das Mahnmal heran und streiche über die Buchstaben. Amy hat mir gesagt, dass Mum einen Sohn mit dem Namen Robert hatte, der gestorben ist. Und bevor sie Dad geheiratet hat, hieß sie Armstrong.

Robert Armstrong.

Ist das ihr Sohn? Mein … Bruder?

»Kyla, was ist los?«

Aber ich schüttle den Kopf – ich kann es ihm nicht erzählen, obwohl ich seine Enttäuschung sehe. Sein Gesicht sagt: *Vertraust du mir nicht?* Doch ich musste Amy versprechen, Robert nie zu erwähnen – wie könnte ich dieses Versprechen brechen?

Der Nachmittag geht irgendwie vorüber. Mein Levo bleibt über 5, wahrscheinlich kommt das immer noch vom Laufen, aber meine Gedanken sind durcheinander. Wie kann Mum mich bei sich aufnehmen – und auch Amy adoptieren –, wenn ihr Sohn von Terroristen umgebracht worden ist? Und Jahre zuvor auch ihre Eltern? Um geslated zu werden, muss man etwas wirklich Schlimmes getan haben. Was, wenn ich eine Terroristin gewesen bin?

Beim Abendessen herrscht eine seltsame Stimmung. Mum scheint mich die ganze Zeit anzustarren und bei etwas ertappen zu wollen. Ich soll aufrechter sitzen, meinen Brokkoli essen (der mich, egal, wie sehr ich mich bemühe, würgen lässt) und eine endlose Reihe dämlicher Fragen über die Schule beantworten. Vielleicht will sie mich dazu bringen, einen Fehler zu machen, damit sie mich wieder loswerden kann. Damit sie mich zurückgeben kann, so wie Tori.

Amy muss für einen Mathe-Test büffeln, und ich springe auf, um den Abwasch zu erledigen. Ich werde alles genau richtig machen. Ich konzentriere mich: die Teller stapeln, die Arbeitsfläche wischen. Jedes Geschirrteil besonders sorgfältig abspülen und …

»Was ist heute Abend mit dir los?«

Ich erschrecke mich und stoße dabei ein Glas vom Küchentresen. Es zersplittert auf dem Boden. Die Scherben verteilen sich überall. Mum seufzt und ich hole schnell Kehrschaufel und Besen aus dem Regal.

»Tut mir leid.« Ich gehe auf die Knie, um die Scherben zusammenzufegen.

»Kyla, es ist nur ein Glas. Keine große Sache. Und sagst du mir jetzt bitte, was du hast?«

Ich sehe Mum an, dieses Mal richtig. Sie ist kein Drache, zumindest nicht in diesem Moment. Sie wirkt besorgt, nicht wütend, und sie streckt die Hand aus, um mir aufzuhelfen. »Was ist los, hm?«

Ich spüre, wie es hinter meinen Augen zu kribbeln beginnt, und blinzle wie wild, aber es hilft nicht.

»Also?«

»Ich hasse Brokkoli«, sage ich und breche in Tränen aus. Aber das ist nicht der Grund, warum ich heule. Es ist vielmehr so, dass ich Brokkoli schon gehasst habe, als ich ihn zum ersten Mal probiert habe, hier, vor ein paar Tagen. Sobald er in meinem Mund war, musste ich würgen. Denn mein Körper hat den Geschmack wiedererkannt. Wenn ich Brokkoli also schon immer gehasst habe – auch bevor ich geslated wurde –, dann bin ich kein neuer Mensch, selbst wenn alle anderen das behaupten. Und wenn ich gar kein neuer Mensch bin, ist das, was ich getan habe, immer noch da. Es ist immer noch ein Teil von mir, irgendwo tief in mir versteckt.

Während mein Gehirn darüber nachdenkt, ist mein Körper mit Heulen beschäftigt, in großen, ruckartigen Schluchzern – fast so, als ob mein Körper und mein Kopf nicht miteinander verbunden wären, als ob sie nicht zusammengehörten. Und ich verstehe nicht, warum.

Mein Levo vibriert. Mum flucht leise. Sie zieht mich ins Wohnzimmer aufs Sofa, holt Sebastian und macht mir heiße Schokolade. Sie setzt sich neben mich und reibt meine Schultern, während Sebastian auf meinem Schoß schnurrt. Ihr Gesicht ist ein einziges Fragezeichen, aber sie sagt nichts.

»Ich mache zu viel Ärger, du willst mich bestimmt zurückgeben«, sage ich schließlich in die Stille hinein.

»Was? Natürlich nicht. Wie kommst du darauf?«

Ich erzähle ihr, dass Tori zurückgegeben worden ist, und auf ihrem Gesicht zeigt sich keine Überraschung.

»Tori war das hübsche Mädchen, das mit Ben bei der Show war, oder?«

Ich nicke. »Was ist mit ihr passiert?«

Mum zögert.

»Bitte sag's mir.«

»Ich weiß es wirklich nicht«, antwortet sie, doch ein Teil von mir spürt deutlich, dass sie die gleiche Vermutung hat wie Ben und ich. »Aber Toris Mum muss nicht unbedingt etwas damit zu tun gehabt haben.«

»Wie meinst du das?«

»Tori war ziemlich frech. Vielleicht hat sonst noch jemand mitbekommen, was sie gesagt hat, und beschlossen, dass sie ihren Vertrag nicht erfüllt, verstehst du? Sie war nicht *dankbar* genug, eine zweite Chance zu bekommen.«

»Jemand wie wer? Überwachen mich alle in meiner Umgebung die ganze Zeit über?« Ich sehe nach links und rechts, als hätten die Wände Augen und Ohren.

»So schlimm ist es nicht, Kyla«, sagt Mum sanft. »Manche geben regelmäßig Berichte ab: deine Lehrer und deine Betreuerin Penny. Und Dr. Lysander, nehme ich an.«

»Tust du das auch? Und Dad?«

»Natürlich. Wir haben diesem Teil des Vertrags zugestimmt, als wir Amy und dich aufgenommen haben. Aber mach dir keine Sorgen: Ich würde niemals etwas sagen, das bei irgendjemandem Bedenken wecken könnte. Verstanden?«

Habe ich mir das nur eingebildet oder hat sie das Wort »ich« im letzten Satz betont?

»Kyla, hör mal. Ich werde dich nicht zurückgeben. Klar? Das würde ich nicht tun.«

»Egal, was passiert?«

»Egal, was passiert, ja. Und Brokkoli musst du auch nie mehr essen.«

Später in dieser Nacht liege ich im Bett, und Sebastian wärmt mich, indem er sich wie ein langes, schnurrendes Band an meinem Rücken ausstreckt. In diesem Moment fällt es mir schwer, mich daran zu erinnern, was mich so aufgeregt hat, dass ich zu heulen anfing. Aber ich wusste schon, dass ich Brokkoli nicht mag und dass ich Auto fahren kann. Dass ich besser mit der linken Hand zeichnen kann. Die Art, wie ich weine, hingegen, in großen, schweren Schluchzern, sagt mir ganz deutlich, dass ich nicht gut darin bin – dass ich es vorher nicht oft getan habe.

Wer Kyla auch ist, es gibt noch eine andere Person, die sich in ihr versteckt. Und vor ihr fürchte ich mich am allermeisten.

Zuerst ist da das Geräusch.

Schaben, Klatschen, Schaben, Klatschen. Wie etwas Metallisches, das über eine raue Oberfläche gezogen wird, oder eine Schaufel, die in Sand gestoßen, angehoben und dann entleert wird. Immer wieder.

Ich öffne die Augen.

Es ist keine Schaufel, sondern eine Kelle – sie schöpft groben Mörtel und klatscht ihn auf die oberste Reihe der Ziegelsteine weit über mir.

Schaben, Klatschen, Schaben, Klatschen.

Hunderte Ziegelsteine ergeben ein Muster, eine Mauer um mich herum. Wenn ich meine Hand nur ein paar Zentimeter zur Seite oder nach hinten und vorn ausstrecke, kann ich nichts als die grob gemauerte Wand spüren. Und sie wird immer höher, Reihe um Reihe. Das einzige Licht kommt von einem trüben Kreis weit oben und wird immer schwächer.

Ich bin in einem Turm ohne Fenster, ohne Türen. Das Ende der Mauer ist weit über mir und strebt – Scharren, Klatschen, Scharren, Klatschen – mit jeder Sekunde weiter in die Höhe.

Plötzlich verschwindet der Lichtkreis. Alle Geräusche verstummen.

Panik steigt in mir auf und wird zu Wut. Ich schlage gegen die Wände und trete um mich – bis ich erschöpft gegen die Steine falle. In dem beengten Raum kann ich mich nicht setzen, meine nackten Füße, Hände und Knie sind aufgeschlagen und blutig.

»Lasst mich raus!«, brülle ich heulend.

Ich reiße die Augen auf. Zwei Kreise aus reflektierendem Licht starren mich an. Sie zwinkern. Sebastian?

Ich setze mich auf und schalte die Nachttischlampe an. Sebastian sitzt neben mir auf dem Bett, sein Fell ist aufgestellt, ebenso wie sein Schwanz. Auf meinem Arm leuchten rote Kratzspuren.

»Hast du mich aufgeweckt?«, flüstere ich und strecke vorsichtig die Hand aus, um Sebastian zu streicheln. Vielleicht hat er mich vor einem Blackout gerettet. Wusste er es irgendwie oder hat er mich nur gekratzt, weil ich ihn im Schlaf versehentlich geschlagen habe?

Bald legt sich sein Fell wieder und er streckt sich neben mir aus. Mein Puls beruhigt sich, mein Levo-Wert steigt von 3 auf 5, aber ich schließe meine Augen nicht. Das Licht bleibt an.

Ich fürchte mich vor der Dunkelheit.

KAPITEL 25

»Ihr Wagen, Ladys«, sagt Jazz und verbeugt sich.

Zu der Abmachung, dass Amy und Jazz sich sehen dürfen, gehört auch, dass sie nicht mit ihm allein sein darf, und es sieht sehr danach aus, dass ich nach der Schule kaum mehr den Bus mit Ben nehmen kann. Seufzend klettere ich auf die hintere Sitzbank.

Kein Gurt. Amy und Jazz steigen vorn ein, und ich mache mich auf das Schlimmste gefasst, als Jazz vom Schulgelände auf die Hauptstraße zockelt und dann in eine kleinere Straße abbiegt. Fahren wir nicht direkt nach Hause?

»Ich hab eine Überraschung für dich, Kyla«, sagt Jazz und schaut dabei mehr in den Rückspiegel zu mir als auf die Fahrbahn.

»Pass auf!«, schreit Amy, und er steigt auf die Bremse – gerade noch rechtzeitig, um einer Herde Schafe auszuweichen, die die Straße überquert. Ein Bauer glotzt und selbst sein Hund scheint uns anzugaffen. Nur die Schafe traben mit gleichgültiger Miene weiter.

»Ups.« Jazz winkt und formt im Vorbeifahren mit den Lippen das Wort »sorry«.

»Was für eine Überraschung?«, fragt Amy, als wir wieder losfahren.

»Mac hat einen gebrauchten Sicherheitsgurt gefunden, den wir auf der Rückbank anbringen können.«

»Hurra!«, rufe ich ehrlich erfreut.

Versuch in der Zwischenzeit, auf der Straße zu bleiben, denke ich, spreche es aber nicht laut aus.

Nach dem Schafvorfall passt Jazz ein bisschen besser auf, wohin er fährt, und ich entspanne mich ein klein wenig. Meine Augenlider fallen von allein zu, weil ich von der letzten Nacht so müde bin. Ich habe nach dem Albtraum versucht, um jeden Preis wach zu bleiben, denn jedes Mal, wenn meine Augen zufielen, habe ich Ziegelwände um mich herum gespürt. Jetzt sinkt meine Stirn vorn an Amys Rückenlehne und Bilder schweben durch meinen Kopf: das Mahnmal, *Robert Armstrong* darin eingemeißelt, der Turm …

»Du schläfst doch wohl nicht gerade ein?«, fragt Amy und ich schrecke auf.

»Siehst du, so schlecht fahre ich offenbar gar nicht, wenn meine Mitfahrer sich sogar trauen, ein Nickerchen zu machen«, witzelt Jazz.

Mac demontiert die Rückbank.

»Sollen wir spazieren gehen?«, fragt Jazz und zwinkert Amy zu. »Aber du bist wahrscheinlich zu müde dafür, oder?«, wendet er sich mit Nachdruck an mich.

»Ja, du siehst wirklich müde aus«, stimmt Amy ihm zu. »Wir bleiben nicht lang weg.« Sie gehen die Straße hinab, in Richtung Fußweg.

»Wenn ihr nicht wollt, dass ich mitkomme, warum sagt ihr das dann nicht einfach?«, murmle ich.

Mac späht hinter dem Auto hervor und lacht. »Hol dir was zu trinken, wenn du willst.«

»Nein danke.« Ich muss an das selbst gebraute Bier vom letzten Mal denken.

»Im Kühlschrank ist auch Limo«, sagt Mac mit einem Grinsen, das mir verrät, dass er genau weiß, was ich gerade gedacht habe. »Nimm dir auch was zu essen, wenn du magst. Oder mach den Fernseher an. Bei den beiden dauert es sicher ein bisschen.« Er lacht wieder.

Übersetzung: Steh hier nicht blöd rum und sieh mir dabei zu, wie ich an diesem Schrotthaufen herumschraube.

Na gut. Ich gehe ins Haus. Tatsächlich stehen im Kühlschrank Getränke, die harmloser aussehen als die braunen Flaschen im Schrank. Ich bin hungrig nach den hunderttausend Runden, die ich heute während der Mittagspause gerannt bin, um meinen Level oben zu halten. Ben ist dazugekommen, aber er hat diesmal nicht gefragt, warum ich laufe. Vielleicht hört er auf, mich zu löchern, wenn ich ihm auf bestimmte Dinge nicht antworte.

Ich finde Käse und ungleich dick geschnittenes Brot: selbst gebacken? Ich strecke meinen Kopf zur Tür hinaus und rufe: »Willst du ein belegtes Brot?«

»Klar«, antwortet Mac. »Bin gleich fertig.«

Also belege ich für uns ein paar Brote. Ich stehe nicht besonders auf Fernsehen, aber ich schalte das Gerät ein und zappe mich durch alle drei Kanäle. BBC 1 zeigt irgendeine dämliche Comedy-Show mit einer Lachnummer, die ich nicht verstehe. Auf BBC 2 läuft eine Gartensendung darüber, wie man den Ertrag seines Schrebergartens optimieren kann, und auf BBC 3 laufen die Nachrichten und der Wetterbericht, die ich mir ansehe, während ich esse. Die nächsten Tage soll es Regen geben. In diesem Herbst fällt die Ernte gut aus. Dann wird irgendetwas über die Umgebung von London berichtet. Sie zeigen Bildmaterial von Straßen, die wir auf dem Weg vom und zum Krankenhaus entlanggefahren sind, aber hier sehen sie völlig anders aus. Die ausgebrannten Gebäude sind nicht mehr da und auch die Wachen sind verschwunden.

»Worüber denkst du nach?« Mac steht in der Tür.

»Na ja, ich kenne diese Straße, aber sie wirkt im Fernsehen ganz anders, viel sauberer und ordentlicher.«

Mac zieht eine Augenbraue hoch und setzt sich. »In den Nachrichten zeigen sie in erster Linie schöne Orte und glückliche Menschen.«

Ich runzle die Stirn. »Aber dann sind es ja gar keine richtigen Nachrichten, oder? Die Menschen sind schließlich nicht immer glücklich. Dieses Gebäude – das dort hinten, schau mal –, das war nur noch ein Gerippe, als wir vor einer Woche daran vorbeigefahren sind. So schnell kann das nicht repariert worden sein.«

Mac nimmt sich ein Brot. »Aber so macht es doch einen viel schöneren Eindruck, oder etwa nicht?«

»Das ist dämlich.«

»Da kannst du einen drauf lassen.« Er lacht wieder.

Ich schaue zu Mac, der in aller Seelenruhe kaut. Er verhält sich nicht wie ein Erwachsener und spricht auch nicht so. Andererseits ist er vielleicht auch noch nicht so alt, schätze ich.

»Was? Spuck aus, was immer dir da gerade durchs Hirn schwirrt«, sagt er mit amüsiertem Gesicht.

»Hast du dieses Brot selbst gebacken?«

»Ja.«

»Schneidest du dir deine Haare selbst?«

»Ja.«

»Wie alt bist du?«

»22.«

Also ist er tatsächlich noch nicht so alt oder jedenfalls jünger, als ich dachte. Sechs Jahre älter als ich. Und da schießt mir etwas durch den Kopf: *sechs Jahre älter als ich.* Das Mahnmal an der Schule ist vor sechs Jahren errichtet worden.

»Warst du auf der Lord William's Schule?«, frage ich, ohne darüber nachzudenken. Das muss der Schlafmangel sein.

»Ja, war ich.«

»Kanntest du Robert Armstrong?«

Er blickt ruhig zu mir herüber und etwas huscht über sein Gesicht. Das Lächeln verschwindet aus seinen Augen. Er steht auf und holt sich eine der braunen Flaschen aus dem Kühlschrank, dann setzt er sich wieder.

»Ja, ich kannte ihn. Er war ein Freund von mir«, antwortet er tonlos, während er die Flasche öffnet.

»War er mein … Bruder?«

Mac zuckt mit den Schultern und nimmt einen Schluck aus seiner Flasche.

»Kommt darauf an, wie man es betrachtet, schätze ich. Er war der Sohn der Mutter, die du jetzt hast.«

Die Mutter, die ich jetzt habe. Nicht meine wirkliche. Interessante Sichtweise, aber alle anderen bestehen darauf, dass sie meine *Mum* ist.

Ich öffne den Mund, um ihn nach Robert zu fragen, aber er hebt die Hand. »Das sind erst mal genug Fragen von dir. Jetzt musst du *mir* mal ein paar Dinge erklären. Warum hast du dich nach Robby erkundigt?«

Ich sehe ihn an, plötzlich überhaupt nicht mehr müde, sondern ängstlich. Robby, nicht Robert: Es gab ihn *wirklich*, er war ein echter Mensch. Irgendwie weiß ich, dass all das gefährliche Themen sind. Warum habe ich damit angefangen?

»Es ist in Ordnung«, sagt er. »Erzähl's mir.«

Mac hat irgendetwas an sich, das mich denken lässt *Ich vertraue dir*. Also beginne ich zu sprechen und wundere mich selbst über meine Offenheit. Ich berichte ihm, wie sehr ich von dem Mahnmal angezogen wurde und nicht aufhören konnte, an alle diese Schüler zu denken, die erst 15 oder 16 waren und in dem Bus gestorben sind. Und dass ich einen Albtraum hatte deswegen und dann den Namen entdeckt habe, aber nicht genau wusste, wer er war: Robert Armstrong.

»Du, junge Dame, bist ein äußerst interessantes Wesen«, sagt Mac.

»Ich bin kein Wesen!«

Er lacht. »Sorry, du bist geslated, aber im Gegensatz zu dem hirnlosen Häschen, das Jazz gerade auf irgendeinem Feld einzufangen versucht, scheinst du durchaus deinen eigenen Kopf zu haben.«

»Amy ist nicht hirnlos! Und sie ist nicht … äh …« Ich weiß nicht, was ich sagen soll, weil ich keine Ahnung habe, was sie und Jazz gerade treiben. Allerdings habe ich das ungute Gefühl, dass ich jetzt gerade eigentlich auf sie aufpassen sollte.

Mac lacht noch einmal. »Okay, sie ist nicht *dumm*, das meine ich nicht. Sie stellt nur einfach nichts infrage.«

Oh. Da wären wir also wieder bei *Kyla ist anders*.

Mac beugt sich auf seinem Stuhl vor, das Lächeln ist verschwunden und er wird todernst. »Aber es gibt etwas sehr Wichtiges, das ich von dir wissen will.«

»Was?«

»Fragen zu stellen, ist die eine Sache. Aber was fängst du mit den Antworten an?«

»Ich schätze mal, ich versuche, mir einige Dinge zusammenzureimen, sie zu verstehen. Nur für mich.«

Er nickt. »Nur für dich – das ist das Allerwichtigste, Kyla. Du musst deine Neugier die meiste Zeit unterdrücken – sei vorsichtig mit deinen Fragen. Und die Antworten darfst du niemals unbedacht mit jemandem teilen. Schaffst du das? Kannst du etwas für dich behalten?«

»Ja, das kann ich.«

Mac lehnt sich in seinem Stuhl zurück, nimmt einen Schluck von seinem Bier. »Dann legen wir mal los. Was willst du wissen?«

Ich schlucke. Einerseits will ich unbedingt wissen, was an jenem Tag geschehen ist, aber andererseits auch wieder nicht. Ich wechsle das Thema.

»Wie war er? Robby, meine ich.«

»Einfach ein Typ wie wir anderen auch, schätze ich. Ernst, ein bisschen schüchtern. Und schlau: Er hat sich für Wissenschaft und so ein Zeug interessiert. Das Erstaunlichste an ihm war, dass er mit dem hübschesten Mädchen der ganzen Schule zusammen war. Hab ich nie kapiert.«

»Haben sie in den Nachrichten gezeigt, was passiert ist? Es war ja sicher nicht besonders *schön.*«

»Stimmt. Aber über solche Dinge berichten sie schon. Sie haben es so dargestellt, dass die unmenschlichen und abgrundtief bösen Terroristen unschuldige Schüler als Teil ihrer andauernden Terrorwelle abgeschlachtet haben.«

»Ist das denn so passiert?«

»Nicht wirklich. Die RT haben versucht, das Büro der Lorder zu bombardieren – der Bus war im Weg und alle darin starben. Ich kann mir allerdings nicht vorstellen, dass das Absicht war.«

»Aber es ist trotzdem passiert. Sie haben Robert umgebracht und all die anderen Schüler«, sage ich aufgebracht. Es ist doch egal, was ihre Absicht war. Die RT wollten andere Menschen töten, die es vielleicht, vielleicht aber auch nicht, verdient haben. Auch wenn ihr eigentliches Ziel nicht der Bus voller Schüler war: Sie haben es trotzdem zu verantworten.

»Ja und nein.«

»Was meinst du damit?«

»Robby ist nicht im Bus gestorben.«

»Was? Aber sein Name steht doch auf dem Mahnmal. Woher willst du wissen, dass er nicht bei dem Anschlag getötet wurde?«

»Ich war dort.«

Ich starre Mac entsetzt an. Die wichtigste Frage habe ich die ganze Zeit nicht gestellt. Ich war gar nicht auf die Idee gekommen, obwohl ich eigentlich darauf hätte stoßen müssen.

Mein Levo vibriert.

»Geht's dir gut, Kyla?«

Ich blicke hinab – 4,3 – und zucke mit den Schultern. »Im Moment noch. Hast du Schokolade?«

»Ist das alles, was du brauchst?«

Er holt eine Tafel, und ich konzentriere mich auf die Süße, aufs Atmen und versuche, mich zu beruhigen. Mein Levo steigt wieder Richtung 5.

»Tut mir leid. Ich kann es nicht ändern.«

»Das muss richtig übel sein.«

»Ja, aber wenn ich mich darüber ärgere, macht es das Ganze nur noch schlimmer.«

»Das kann ich mir vorstellen.«

Ich atme tief ein. »Kannst du mir sagen, was wirklich passiert ist?«

»Stehst du das durch?«

»Ich denke, schon.«

Also beginnt Mac zu erzählen: Er saß relativ weit vorn im Bus – der hintere Teil hatte am meisten abgekriegt. Er erinnert sich an die Geräusche, den Rauch, daran, dass Leute geschrien haben und dann plötzlich alles still war, ziemlich genau wie in meinem Traum. Er erzählt, dass er nur leicht am Kopf verletzt war und aus dem Wrack gezogen wurde. Robert stand auch da und wurde von jemandem zurückgehalten, er schrie nur immer wieder *Cassie, Cassie*: den Namen seiner Freundin. Er sah unverletzt aus. Dann wurde Mac ohnmächtig.

Später im Krankenhaus wurde er befragt, was er an diesem Tag gesehen hatte. Er sagte ihnen, dass er sich an nichts mehr erinnern könne. Dass er sofort ohnmächtig geworden sei, obwohl er in Wirklichkeit erst später das Bewusstsein verloren hatte. Sie schienen ihm zu glauben. Als er aus dem Krankenhaus kam, erfuhr er, wer den Anschlag nicht überlebt hatte: Cassie und Robert befanden sich auf der Liste.

»Aber wenn Robert unverletzt war, was ist dann mit ihm passiert?«

»Ich weiß es nicht. Ich habe mich nicht getraut zu fragen.«

Und an der Art, wie er den Blick abwendet, an dem Schatten,

der über sein Gesicht huscht, erkenne ich seine Schuldgefühle. Er schämt sich, dass er lebt. Dass er der Welt nie von Robert erzählt hat. Und noch etwas anderes: Er *weiß* etwas. Einen Teil seiner Geschichte hält er auch vor mir weiter zurück.

Mac steht auf und öffnet eine Schublade, dann reicht er mir ein Foto.

»Das sind sie: Robby und Cassie.«

Ich kann eine Ähnlichkeit mit Mum erkennen – er hat das gleiche kantige Kinn, die gleichen Locken. Trotzdem war Robby eher ein durchschnittlicher Junge, der seinen Arm um ein Mädchen gelegt hat, das anders war: wunderschön. Makellose Haut, ein herzförmiges Gesicht, seidiges, honigfarbenes Haar. Alles an ihr scheint perfekt zu sein. Bis auf die Tatsache, dass sie am falschen Tag im falschen Bus war.

»Was könnte mit Robby geschehen sein? Sag mir, was du denkst.«

»Ich habe versucht, ihn vor einiger Zeit auf Webseiten mit Vermissten zu finden, jedoch ohne Erfolg. Wahrscheinlich meldet einen niemand als vermisst, wenn alle denken, dass man tot ist.«

»Aber du denkst, dass du weißt, was mit ihm passiert ist.«

»Wahrscheinlich.«

»Was?«

Er zögert. »Ich glaube, er wurde geslated.«

Ich starre ihn an und kann es kaum fassen. »Geslated? Das kann nicht sein. Das machen sie nur mit Kriminellen.«

»Und warum werden dann so viele Kinder vermisst? Was geschieht wirklich mit ihnen? Robby war so traumatisiert von dem Anschlag, dass sie wahrscheinlich dachten, er *müsse* geslated werden, damit aus ihm wieder ein vernünftiger Bürger werden kann.

Dass er anders nicht darüber hinwegkommen würde. Sie haben vielleicht versucht, ihm zu helfen.«

Aber Macs Gesicht verrät, dass er das selbst nicht glaubt. Ich weiß nicht, was ich denken soll. Vermisste Kinder? Ich kann nicht glauben, was er mir erzählt hat. Würden sie wirklich auch unschuldige Kinder slaten?

»Was sind das für Webseiten mit Vermissten? Davon habe ich noch nie etwas gehört.«

»Hör mal, Kyla – die stehen ganz oben auf der Tabu-Liste: Das muss ein Geheimnis bleiben.«

»Was?«

»Komm mit.«

Ich folge ihm ins Hinterzimmer. Hier herrscht ein totales Chaos, überall liegen Abfall und Klamotten, aber als er ein paar Sachen wegräumt, sehe ich, dass das Ganze nur Tarnung ist, um einen Computer zu verstecken.

»Das hier ist ein bisschen – also ziemlich – illegal«, sagt Mac. »Nicht regierungskompatibel – also pst.«

»Oh.«

Dann zeigt er mir alles. Es gibt jede Menge Untergrund-Webseiten, die die Lorder nicht kontrollieren können, weil sie außerhalb von Großbritannien betrieben werden: in Europa und den USA. Vermissten-Webseiten machen nur einen kleinen Teil davon aus, aber es gibt unzählige Listen mit vermissten Menschen in jedem Alter. Vor allem jedoch sind es Kinder.

»Wie alt bist du?«, will Mac wissen.

»16.«

Er tippt ein: 16 – weiblich – blond – grüne Augen.

»Was tust du da?«

»Ich will dir einfach nur das Ausmaß der Sache begreiflich machen.«

Bilder erscheinen auf der Seite, mit Daten, wann die betreffenden Personen zuletzt gesehen wurden, ihrem Namen und Alter: insgesamt sind es 36 Treffer. Ich überfliege die Seite. So viele Mädchen – die meisten waren Teenager, als sie verschwanden. Was kann nur mit ihnen allen geschehen sein?

»Heilige Scheiße«, brummt Mac plötzlich.

»Was?«

»Schau dir mal die Nummer 31 an«, sagt er und klickt auf ein Foto, um es zu vergrößern: ein hübsches Kind mit Zahnlückengrinsen. Das Mädchen hat große grüne Augen, dünnes blondes Haar, trägt Jeans und ein pinkfarbenes T-Shirt. Auf dem Arm hat das Mädchen eine graue Katze. Darunter steht *Lucy Connor, aus der Schule in Keswick, Cumbria, verschwunden. Alter: 10.*

»Sie sieht ein bisschen aus wie ich«, sage ich langsam.

»Sie sieht ziemlich genau aus wie du«, erwidert Mac. Er klickt auf einen Link mit der Überschrift »Wahrscheinliches heutiges Aussehen«. Auf dem Bildschirm erscheint eine Teenager-Version von Lucy. Dieses Gesicht, diese Augen … *Nein.* Das kann nicht sein. Ich sehe Mac an und dann wieder zum Bildschirm und erwarte fast, dass sie verschwunden ist und dass ich sie mir nur eingebildet habe. Aber das Mädchen ist immer noch da und starrt mich an. Ich bin etwas dünner, ihre Haare sind länger. Aber ansonsten ist es, als würde ich in einen Spiegel schauen.

»Sie sieht nicht nur aus wie du. Das *bist* du.«

Wahrscheinlich ist es der Schock. Mein Levo sinkt nicht, sondern bleibt etwa bei 5 stehen, aber ich starre auf das Mädchen auf dem

Bildschirm. Ich starre und versuche zu begreifen, schaffe es allerdings nicht. Ich fange an zu zittern.

Vermisst?

Wo bin ich gewesen, seit ich zehn war?

Wie in Trance nehme ich wahr, wie Mac den Computer runterfährt, meine Hand nimmt und mich zurück ins Wohnzimmer führt.

»Setz dich«, sagt er. »Trink das.« Er drückt mir ein kleines Glas in die Hand. Ich trinke es in einem Zug leer – es brennt.

»Was ist das?«, frage ich hustend.

»Whiskey. Gut gegen den Schock.«

Langsam fließt Wärme durch meinen Körper. Wir hören Stimmen den Pfad heraufkommen.

Mac kniet sich vor mich und hält einen Finger an die Lippen. »Kein Wort, Kyla. Wir reden ein andermal weiter. Versprochen?«

»Kein Wort. Versprochen.«

»Braves Mädchen«, sagt er und nimmt mir wieder das Glas aus der Hand.

Amy und Jazz kommen zur Vordertür herein. Sie sieht ganz glücklich aus, soweit ich es beurteilen kann. Keiner der beiden hat Gras in den Haaren – sie halten einfach nur Händchen.

»Sorry, dass wir so lang weg waren«, meint Amy auf dem Weg zum Auto. »Hoffentlich hast du dich nicht gelangweilt.«

»Anschnallen«, sagt Jazz und ich schnalle den neu eingebauten Gurt um.

Mac tritt aus der Tür und winkt, dann schwenkt das Auto auf die Straße und er ist nicht mehr zu sehen.

Grüne Bäume, blauer Himmel, weiße Wolken, grüne Bäume, blauer Himmel, weiße Wolken ...

An diesem Abend schütze ich Hausaufgaben vor und verkrieche mich früh in meinem Zimmer.

Sebastian kommt normalerweise nach dem Essen mit mir hoch, aber heute ist er nirgendwo zu sehen und mir fehlt seine Gesellschaft.

Lucy hatte eine Katze.

Es schmerzt mich, wenn ich mir ihr Bild zu genau ins Gedächtnis rufe. Sie sah so glücklich aus auf diesem Foto, die Arme um ihre Katze geschmiegt. Was hat sie aus diesem Leben herausgerissen?

Lucy ist eine *Sie*, kein *Ich*: Ich kann nur in der dritten Person an sie denken, als etwas Separates, nicht als Teil von mir. Aber vielleicht ist das alles nur ein dummer Zufall. Sie kann nicht *ich* sein – sie ähnelt mir nur. Die vom Computer berechnete Version von Lucy mit 16 ist ohnehin nur eine Annäherung. In Wahrheit sieht sie heute vielleicht vollkommen anders aus.

Aber ihre lächelnden Augen sind wie in mein Gehirn eingebrannt und verschwinden einfach nicht. Sie wollen *raus*. Ich springe auf und hole meinen Zeichenblock. Mit dem Stift in der linken Hand beginne ich zu zeichnen, doch ich schenke der Skizze nur meine halbe Aufmerksamkeit, während mein Kopf die Möglichkeit einer *Lucy* durchspielt.

Vielleicht hat Lucy Brokkoli gehasst und Katzen gemocht.

Sie wurde als vermisst gemeldet. Irgendjemand da draußen will wissen, wo sie sich befindet und was mit ihr geschehen ist. Vielleicht ihre Eltern – vielleicht lieben sie sie und wollen verzweifelt wissen, ob es ihr gut geht.

In diesem Fall hätte es keinen Sinn, falls ich Lucy bin – falls ich Lucy war –, Kontakt mit ihnen aufzunehmen, oder? Lucy geht es nicht gut, sie ist mehr oder weniger tot. Sie existiert nicht mehr. Sie ist geslated worden.

Sie starrt mich von meiner Zeichnung an. Ich habe sie ohne die Katze gemalt, aber ihre Augen sind dieselben. Ich stehe auf, um in den Spiegel zu sehen, dann wieder auf das Bild. Meine Augen. Sie sehen jünger, aber auch glücklicher aus, selbst ohne Katze.

Diese Zeichnung habe ich mit der linken Hand gemalt, ohne mich groß darauf zu konzentrieren. Sie ist gut, sogar besser als gut. Lucy sieht aus, als könnte sie jeden Augenblick aus der Seite steigen und in mein Zimmer treten oder sich umdrehen und auf diesen … Berg steigen?

Ein Schauer läuft mir über den Rücken. Hinter Lucy habe ich einen langen Abhang gezeichnet, der sich zu ihrer Linken erstreckt – ein Panorama, das ich noch nie mit eigenen Augen gesehen habe: Berge. Auf dem Foto waren keine zu sehen gewesen.

KAPITEL 26

Am nächsten Morgen ist Sebastian immer noch verschwunden.

Normalerweise liegt er jeden Morgen auf meinem Bett. Aber das ist jetzt schon der zweite Tag, an dem ich aufwache und ihn nicht neben mir finde oder zumindest die warme Stelle, auf der er gerade noch lag.

Er ist auch nirgendwo zu sehen, als Amy und ich die Treppe hinuntergehen. Doch wir sind überrascht, als wir Dad Zeitung lesend im Esszimmer antreffen, während Mum in der Küche hantiert und in Windeseile das Frühstück vorbereitet. Sebastians Fressen vom Vorabend liegt immer noch unberührt in seiner Schale.

»Wo ist Sebastian?«, frage ich Mum.

»Keine Ahnung. Ich hab genug zu tun, da kann ich nicht auch noch diesen dummen Kater suchen. Wahrscheinlich jagt er gerade eine Maus oder besucht einen Freund.«

Amy sieht von ihrem Müsli auf. »Ich hab ihn auch schon seit ein paar Tagen nicht mehr gesehen. Dad, warst du bereits im Schuppen?«

Dad schaut von seiner Zeitung auf. »Ich suche nach ihm, wenn ich aufgegessen habe«, sagt er und verschwindet wieder hinter seiner Lektüre.

»Manchmal versteckt sich Sebastian dort und wird dann versehentlich eingesperrt«, erklärt mir Amy.

Aber ich werde mein ungutes Gefühl nicht los. Wenn Kinder verschwinden können und nichts dagegen unternommen wird, was passiert dann erst mit Katzen?

Ich mache mich besonders schnell für die Schule fertig und suche dann im Garten nach Sebastian. Der Schuppen hinter dem Haus ist abgeschlossen und es gibt kein Fenster. Ich rufe nach ihm und lausche an der Tür – keine Reaktion.

Ein *Tuut-tuut* ertönt von der Straße: Jazz ist da.

Ich laufe ums Haus herum und sehe, dass Amy schon eingestiegen ist.

»Los, beeil dich. Wenn wir zu spät zur Schule kommen, will Mum bestimmt, dass wir wieder den Bus nehmen.«

Während der Fahrt suche ich mit den Augen die Gärten und Gehsteige nach Sebastian ab, entdecke aber nichts. Allmählich bekomme ich Angst um ihn, weil hier so viele Autos unterwegs sind.

Amy dreht sich um und bemerkt meinen suchenden Blick. »Mach dir keine Sorgen! Ich bin mir sicher, dass er wieder zu Hause ist, wenn wir heimkommen.«

»Was ist denn los?«, erkundigt sich Jazz.

»Sebastian ist verschwunden«, erkläre ich ihm.

»Katzen sind Entdecker, genau wie ich. Sie wollen die Welt erkunden.«

Amy rollt genervt mit den Augen. »Du musst es ja wissen, Kolumbus.«

»Was ist mit dem Schuppen im Garten?«, erkundige ich mich.

»Was meinst du?«, fragt Amy.

»Es gibt keinen Schlüssel dazu, ich hab überall nachgesehen. Jedenfalls konnte ich ihn nicht bei den Hausschlüsseln finden, die im Flur hängen.«

Amy zuckt gelangweilt mit den Schultern. »Keine Ahnung. Nur Dad benutzt den Schuppen.«

»Wahrscheinlich ist er voller Männerkram«, meint Jazz. »Gartengeräte und Rasenmäher und so.«

»Nein. Die sind in einem anderen Schuppen«, entgegne ich. Ich weiß das, weil ich vor ein paar Tagen Laub zusammenkehren musste. Mir ist nicht wohl bei der Sache. Seit ich hier wohne, ist mir Sebastian wie ein Schatten gefolgt. Wo steckt er bloß?

Jazz drückt aufs Gas und wir kommen sogar noch vor dem Schulbus an. Weil ich noch Zeit habe, gehe ich vor dem Unterricht in die Lernabteilung, um etwas anderes, das mir ständig durch den Kopf geht, zu recherchieren: Ich möchte mehr über Keswick herausfinden, wo Lucy gelebt hat, ehe sie verschwunden ist. Ich muss einfach wissen, ob es diese Berge auf meiner Zeichnung wirklich gibt.

Während ich mich einlogge, vergleiche ich den Schulcomputer mit Macs Gerät. Dieser hier ist wie alle anderen Rechner, die ich je gesehen habe – bis gestern. Zu Hause haben wir den gleichen, und ich bin mir sicher, dass die Computer, die Dad installiert und wartet, ähnliche Modelle sind. Auf der Such-Oberfläche stehen oben links die beiden verschlungenen Buchstaben. Sie fallen mir erst jetzt auf: ZK für Zentralkoalition. Doch auf Macs Bildschirm war dieses Logo nicht zu sehen.

Ich will gerade *Keswick* eintippen, als mich ein Gedanke innehalten lässt. Gestern hat mich Mac davor gewarnt, auf anderen Computern nach Vermissten oder etwas, das mit ihnen in Zusammenhang stehen könnte, zu suchen, denn alle Geräte werden von der Regierung überwacht. Ich logge mich wieder aus. Plötzlich wird mir mulmig, und ich überlege, was passiert wäre, wenn eine Kyla Davis *Keswick* eingetippt hätte – wo vor sechs Jahren eine Lucy Connor verschwunden ist. Ich hätte sicherlich irgendwo einen Alarm ausgelöst.

Minuten später schlage ich in einem staubigen, alten, bebilderten Atlas des Vereinigten Königreichs nach, den ich im Sachbuchregal gefunden habe. Ich habe Lucy doch mit einer Katze gesehen: *Catbells: ein bei Wanderern beliebter Gebirgskamm, der leicht von Keswick aus zu erreichen ist und entlang des Ufers von Derwentwater verläuft.* Das Foto sieht genau aus wie meine Zeichnung vom Vorabend.

Vielleicht habe ich irgendwo ein Bild von Catbells gesehen und es einfach unbewusst in meines eingebaut. Oder vielleicht erinnert sich ein Teil von mir daran, ein Teil von *Lucy*.

Ich versuche, mir die Fotografie im Buch einzuprägen, und schließe dann die Augen. Ich möchte in Gedanken dorthin gelangen. Aber es funktioniert nicht, denn das Bild, das vor meinem geistigen Auge erscheint, ist zweidimensional. Ich habe keine *Erinnerung* an den Ort. Meine linke Hand scheint mehr zu wissen als mein Gehirn.

Eine Bibliothekarin sieht neugierig durch den Raum zu mir herüber und stellt ihre Teetasse auf den Tisch. Ich schließe das Buch, stelle es wieder ins Regal zurück und verschwinde schnell.

Mr Gianelli möchte, dass wir heute mit unseren Zeichenblöcken ins Freie gehen. Der Wetterbericht, den ich gestern bei Mac gesehen habe, war wohl falsch: keine Spur vom *Regen, Regen, Regen*, den sie für heute angekündigt haben.

Unser Kunstlehrer läuft mit uns den kurzen Weg herunter zu dem Wald um Cuttle Brook und lässt sich mit seiner Thermoskanne voller Tee auf einer Bank nieder. »Los! Husch, husch! Zeichnet etwas. Wir treffen uns in einer Stunde wieder hier und ihr überrascht mich mit euren Werken.«

Alle laufen los, die meisten in Zweier- oder Dreiergruppen. Verschlungene Pfade führen in alle möglichen Richtungen. Ich beobachte, in welche Richtung Phoebe läuft, und gehe dann in die entgegengesetzte.

Pfade kreuzen sich, und ich wähle den aus, der in den dichtesten Teil des Waldes führt. Ich laufe eine ganze Weile, um so viel Abstand wie möglich zwischen mich und die anderen zu bringen. Als ich zu einem großen Stein gelange, setze ich mich und beginne, die Bäume zu skizzieren, die jetzt im Herbst fast kahl sind. Das Gras entlang des Baches ist vertrocknet und verwelkte Blätter liegen überall auf dem Waldboden.

Ich bin völlig allein und wechsle den Stift in die linke Hand. Was passiert, wenn ich zeichne und mich nicht darauf konzentriere, sondern meinen Geist frei wandern lasse?

Ich denke an Lucys Kätzchen. Es war grau gefleckt und hatte kurzes Fell, wie ein kleiner Ball, der jederzeit sprungbereit ist. Ich zeichne das Kätzchen, wie es einem Stück Faden hinterherspringt. Die Kleine stellt sich unsicher auf die Hinterbeine, richtet sich auf und springt. *Die Kleine?* Ja, irgendwie bin ich mir sicher, dass es eine Katze ist und kein Kater.

Aber heute gelingt es mir nicht, mich in meiner Zeichnung zu verlieren. Statt eines grauen Kätzchens erscheint Sebastian auf meinem Blatt. Besorgt und nervös klappe ich meinen Zeichenblock zu und laufe den Pfad zurück.

Laut unserer Biologielehrerin wurden die Bäume in diesem Wald vor über 50 Jahren im Rahmen eines Naturschutzprojekts gepflanzt. Ein Teil davon wurde während der Aufstände in den 20er-Jahren abgebrannt, konnte aber inzwischen wieder aufgeforstet werden. Allerdings wachsen die Bäume und Pflanzen nun unkontrolliert und wuchern wild.

Im Unterholz raschelt und knistert es und Vögel hüpfen durch die Büsche. Vom Weg zweigt ein kaum vorhandener schmaler Trampelpfad ab, der sich in die Richtung schlängelt, aus der ich vor einer Stunde gekommen bin.

Als ich um eine Kurve biege, bemerke ich sie erst gar nicht, weil sie so still ist: Phoebe. Sie sitzt allein auf dem Boden an einen Baum gelehnt, mit dem Skizzenblock auf den Knien und völlig in ihre Zeichnung vertieft. Ein Rotkehlchen hüpft über den Boden – vermutlich ihr Motiv. Es zwitschert, und Phoebe scheint sich mit ihm zu unterhalten, indem sie leise vor sich hin murmelt. Das Vögelchen kommt immer näher zu ihr und springt schließlich auf ihren Schuh.

Ein Lächeln verwandelt Phoebes Gesicht. Ihre Augen sind schmal und stehen weit auseinander. Ihre Haare haben ganz offensichtlich seit einiger Zeit keine Bürste mehr gesehen und sie hat viele Sommersprossen. Doch als sie das Rotkehlchen anlächelt, sieht sie irgendwie anders aus – süß. *Nicht wie Phoebe.*

Mir ist klar, dass Phoebe nicht lächeln würde, wenn sie wüsste, dass ich hier bin. Ich trete leise zurück, um mich nicht zu verraten, aber sie muss die Bewegung wahrgenommen haben und erschrickt. Das Rotkehlchen fliegt sofort davon.

»Verdammt!«, flucht Phoebe leise. Sie dreht sich um, weil sie wissen will, wer sie gestört hat. Als sie mich entdeckt, verzieht sie das Gesicht. »Wieso hast du dich angeschlichen?«

Ich zögere und bin hin und her gerissen zwischen Antworten und Wegrennen.

»Angeschlichen? Ich hab mich nicht angeschlichen«, verteidige ich mich. »Ich bin den Weg zurückgelaufen, und dabei habe ich zufällig mitbekommen, wie du mit dem Rotkehlchen gesprochen hast. Wie machst du das?« Wieder hat meine Neugier die Oberhand gewonnen.

»Ich habe mit keinem Rotkehlchen geredet«, antwortet Phoebe abwehrend. »Und du hast dich angeschlichen, sonst hätte ich dich ja gehört.«

Und ich merke, dass sie recht hat. Ich habe mich *angeschlichen,* wie sie es ausdrückt, allerdings nicht absichtlich. Ich habe – ohne darüber nachzudenken – versucht, nicht auf knackende Zweige zu treten und jedes Geräusch zu vermeiden.

»Kannst du mit Vögeln sprechen?«

»Sch.« Ich sehe, dass das Rotkehlchen zurück ist. Phoebe lächelt wieder, aber natürlich nicht wegen mir. Wenn ich mich bewege und der Vogel wieder wegfliegt, bekomme ich Ärger mit ihr, aber wenn ich bleibe, passt es ihr auch nicht. Was soll ich bloß tun?

Phoebe zeichnet weiter, und ich verrenke mir den Kopf, um das Bild erkennen zu können. Es ist ziemlich gut. Das überrascht mich, denn sie ist in der Klasse sonst eher Durchschnitt.

Wenig später legt das Vögelchen den Kopf zur Seite und fliegt davon. Phoebe schließt ihren Block.

»Hör mal zu: Du sagst niemandem ein Sterbenswörtchen, dass ich mit einem Rotkehlchen gesprochen habe, kapiert? Oder du wirst es bereuen.«

Ich zucke mit den Schultern. Warum sollte ich das ausplaudern und wen würde es überhaupt interessieren? Ich will gerade gehen, als ich mich doch noch einmal dazu entschließe, mich zu ihr umzudrehen und eine Sache zu klären, die mir keine Ruhe lässt und mich nervt. Es ist *die* Gelegenheit, hier sind wir unter uns.

»Was hast du eigentlich für ein Problem mit mir? Ich habe dir doch gar nichts getan.«

»Das *weißt* du nicht? Bist du wirklich so dumm, du Spitzel?«

Ich spüre, wie sich meine Hände zu Fäuste ballen, aber ich zwinge mich zu entspannen und atme tief ein. Ein flüchtiger Blick auf mein Levo sagt: 4,8 – also noch halbwegs okay.

»Hier ist niemand, der dir helfen kann, wenn du explodierst, Spitzel.« Sie lacht.

»Warum nennst du mich so?«

»Weil du einer bist. Völlig egal, wer du früher warst – jetzt bist du kein richtiger Mensch mehr. Mit dem Chip in deinem Kopf bist du ein wandelnder Regierungsspitzel, der alles registriert, was andere tun und sagen. Dir kann man nicht trauen. Wir anderen würden niemals einem Erwachsenen etwas verraten – aber ihr könnt gar nicht anders, stimmt doch, oder? Du und die anderen Slater, ihr spioniert Menschen aus und als Nächstes sind sie verschwunden. *Das ist deine Schuld.*«

Sie steht auf und stapft auf mich zu. Ich bin wie erstarrt, als sie mich beiseitestößt, um auf den Pfad zu gelangen.

Mein Levo vibriert. Ich bin kein *Spitzel.*

Oder doch?

Ich komme gerade noch rechtzeitig bei Mr Gianelli und der Gruppe an. Gianelli sammelt die besten Skizzen ein und hält sie hoch, damit alle sie sehen können. Phoebes Zeichnung von dem Rotkehlchen gehört auch dazu. Meine Arbeiten sind eher bescheiden ausgefallen, und ich versuche, mich hinter ein paar Mitschülern zu verstecken, allerdings ohne Erfolg. Gianelli nimmt mir meinen Zeichenblock aus den Händen und findet nur ein paar grobe Skizzen von Bäumen, Gräsern, Lucys Kätzchen und Sebastian.

Er schnaubt und gibt sie mir zurück. »Ich nehm mal an, dass du deine pelzigen Freunde nicht unter einem Baum gefunden hast.«

»Nein, ich …«

»Ich hole euch junge *Künstler* aus dem Klassenzimmer, damit ihr malen könnt, was ihr um euch herum in der freien Natur seht. Normalerweise muss ich *Phoebe* dafür rügen, dass sie ihre ganze Haustierschau malt.«

»Sorry«, sage ich.

Gianelli macht sich auf den Rückweg zur Schule und die anderen folgen ihm. Ich packe gerade meine Malutensilien in meine Tasche, als eine Hand nach meinem Zeichenblock greift: Phoebe.

»Gib ihn zurück!«

Sie hält den Block so weit hoch, dass ich nicht an ihn herankomme, und schlägt ihn auf. Ein seltsamer Ausdruck huscht über ihr Gesicht, als sie Sebastian sieht. Sie glättet die Seite und gibt mir meine Skizzen zurück.

Beim Abendessen klingelt das Telefon. »Lass doch den Anrufbeantworter drangehen«, sagt Mum genervt, aber Dad nimmt trotzdem ab.

Ich picke in meinem Essen herum, weil ich nicht hungrig bin.

Immer noch keine Spur von Sebastian. Nach zwei Tagen macht sich sogar Mum langsam Sorgen.

Dad kommt mit dem Mantel im Arm wieder herein. »Wer will mit mir die Katze abholen?«

Alles Weitere erzählt er mir im Auto: Sebastian wurde bei einem Tierarzt ein paar Meilen entfernt abgegeben. Er hat sich bei einem Kampf – vielleicht mit einem Fuchs? – verletzt. Aber es geht ihm zum Glück gut.

»Woher wusste die Praxis, dass er uns gehört?«

»Er trägt einen Chip, den man scannen kann. So kann man herausfinden, wie er heißt und wo er wohnt.«

Oh! Also hat Sebastian auch einen Chip, genau wie ich. »Hätten wir ihn orten lassen können, wenn ihn niemand gefunden hätte? Geht das?«

»Kommt auf die Art von Chip an«, sagt Dad und sieht mich von der Seite an, während er fährt. »Bei Sebastians Chip ist das nicht möglich. Aber es gibt auch Navi-Chips, die zum Beispiel die Hunde der Lorder aufspüren können. Warum fragst du?«

Ich zucke mit den Schultern.

»Sag mir bitte, was du auf dem Herzen hast.« Ein scharfer Unterton in Dads Stimme lässt mir keine andere Wahl, als ihm zu antworten.

»In der Schule hat jemand etwas Seltsames zu mir gesagt. Ein Mädchen meinte, ich sei ein Regierungsspitzel, weil ich einen Chip im Kopf habe, und dass man mir nicht trauen kann.«

»Ein Spitzel? Hoppla, dann passe ich wohl mal besser auf, was ich in deiner Gegenwart so daherrede.«

»Stimmt es denn? Nimmt der Chip Dinge auf, die ich tue oder sage?«

»Natürlich nicht«, lacht Dad, aber ich habe das Gefühl, dass das nicht die ganze Wahrheit ist.

Die Tierarztpraxis ist geschlossen, aber wir werden trotzdem eingelassen.

»Hey, Doppel-D, wie läuft's?«, begrüßt der Arzt meinen Dad. Doppel-D? Für *David Davis?*

»Ach, du weißt schon, alles wie immer.« Sie wechseln einen Blick.

Der Tierarzt stößt eine Schwingtür hinter der Theke auf. »Miss Best, können Sie den Kater bringen?«, ruft er.

»Geht's ihm gut?«, frage ich. »Wo haben Sie Sebastian denn gefunden?«

»Nicht ich. Das Mädchen, das hier aushilft, hat ihn bei sich zu Hause aufgenommen und ihn heute hergebracht. Sebastian geht es gut. Er wurde mit ein paar Stichen genäht und hat eine Spritze bekommen, für alle Fälle.«

»Was schulde ich dir?«, fragt Dad.

»Geht aufs Haus. Komm, schau dir das mal kurz an.« Sie verschwinden in seinem Büro.

Hinter der Theke geht die Schwingtür auf und Phoebe kommt mit Sebastian auf dem Arm heraus. Selbst von der anderen Seite des Zimmers aus kann ich sein Schnurren hören. Doch sein Fell ist an einer Seite rasiert und die Stiche sind deutlich zu sehen. Armer Sebastian.

Aber was macht Phoebe hier? Meine Augen werden vor Erstaunen groß, und mein Mund klappt auf, als ich kapiere, was passiert sein muss.

»Mund zu, es zieht, Slater«, sagt sie.

»Er war bei dir, und als du meine Zeichnung gesehen hast, wusstest du, dass Sebastian mir gehört. Deswegen hast du ihn hergebracht.«

Sie zuckt mit den Schultern. »Jemand hat ihn gestern verletzt auf der Straße gefunden und ihn mir gebracht, damit ich mich um ihn kümmere. Ich habe ihn heute mit in die Praxis genommen und dem Arzt gesagt, wem die Katze gehört. Aber er hat ihn trotzdem gescannt, nur um sicherzugehen, dass ihr wirklich die Besitzer seid.«

»Vielen, vielen Dank.«

Sie legt mir Sebastian in den Arm.

»Du brauchst dir deshalb nicht einzubilden, dass wir nun Freunde sind. Das ändert gar nichts, Chip-Kopf«, sagt sie, sieht mich finster an und verschwindet durch die Tür.

Ich drehe mich um. Dad ist wieder im Raum und hebt eine Augenbraue. Er sieht nachdenklich aus.

Er hält mir die Tür auf. »Komm, wir fahren heim.«

Wir steigen ins Auto und sind fast schon zu Hause, als Dad sagt: »Das war sie, oder.« Es ist eine Aussage, keine Frage.

»Wer?«

»Das Mädchen, das zu dir gesagt hat, du wärst ein Spitzel.«

Ich antworte nicht. Wenn ich Ja sage, bin ich tatsächlich ein Spitzel.

KAPITEL 27

Das Erste, was ich am nächsten Morgen neben mir höre, ist ein tiefes, gleichmäßiges Schnurren: Sebastian. Er scheint mein Kopfkissen zu seinem Schlafplatz auserkoren zu haben und hat es sich darauf bequem gemacht. Ich jedenfalls lasse ihn schlafen, wo er möchte.

Er wirkt unbeeindruckt von seinen Erlebnissen: erst ein Kampf mit einem Fuchs oder anderen Kreaturen, dann wurde er gerettet und zu Phoebe gebracht und daraufhin vom Tierarzt genäht. Von Mum hat er, als wir gestern nach Hause kamen, zur Feier des Tages sein Lieblings-Leckerli zum Abendessen bekommen. Pappsatt hat er es sich dann auf meinem Bett bequem gemacht und ist eingeschlafen.

Ich denke über Phoebe nach. Ich verstehe sie einfach nicht. Sie ist so ätzend, aber das Rotkehlchen hat ihr vertraut. Sebastian lag schnurrend in ihren Armen, und sie hat ihn mir zurückgegeben, obwohl sie mich nicht mag. Ich sehe noch genau ihren Gesichtsausdruck vor mir, als sie ihn mir gereicht hat: Sie wollte ihn nicht hergeben, hat es aber trotzdem getan. Sie muss Tiere viel lieber mögen als Menschen.

Aber mir bedeutet Sebastian auch mehr als die meisten Menschen, also kann ich mir wohl kaum ein Urteil erlauben.

Heute müssen Amy und ich den Bus nehmen, weil Jazz auf Klassenfahrt ist.

Als ich an Phoebes Platz vorbeilaufe, überlege ich einen Augenblick, ob ich anhalten und ihr sagen soll, dass es Sebastian gut geht. Aber sie blickt mich finster an und schüttelt leicht den Kopf. Also lautet die Antwort *nein.*

Ich setze mich hinten zu Ben.

»Hey«, sagt er. »Alles klar bei dir?«

»Sebastian ist wieder da.« Ich senke meine Stimme und erzähle ihm, was gestern Abend passiert ist und was Phoebe getan hat.

»Ist wohl 'ne Lehre für dich«, sagt er.

»Was meinst du?«

»Dass Menschen nicht immer so sind, wie es auf den ersten Blick den Anschein hat. Sie hat dir geholfen – wer hätte das gedacht?« Er lächelt.

Aber ich bin mir sicher, dass sie es für Sebastian getan hat, nicht für mich. *Das ändert gar nichts,* hat sie gestern gesagt.

Mrs Ali wartet vor meiner ersten Stunde auf mich.

»Können wir uns kurz unterhalten?«, fragt sie und zieht mich in ein leeres Büro auf der anderen Seite des Flurs, ohne meine Antwort abzuwarten. Sie schließt die Tür hinter uns.

»Stimmt etwas nicht?«, frage ich.

»Sieh mich nicht so besorgt an, Kyla. Du hast nichts verbrochen. Aber du weißt, dass ich hier bin, um dir zu helfen.«

»Äh, ja klar.«

»Hör mal. Wenn dich irgendjemand in der Schule belästigt oder dich ärgert, musst du es mir sagen. Ich möchte nicht über Dritte von solchen Dingen erfahren. Es sieht sonst so aus, als würde ich meinen Job nicht richtig machen.«

Ich starre sie verwirrt an. Die Einzige, auf die diese Beschreibung zutrifft, ist Phoebe, doch niemand außerhalb der Schule weiß, dass sie mich nicht mag. Und wir waren allein im Wald, als sie mich beschimpft hat. »Das verstehe ich nicht. Was haben Sie denn gehört?«

Mrs Ali lächelt und schüttelt leicht den Kopf. »Arme Kyla. Diese Welt muss verwirrend für dich sein. Deshalb bin ich für dich da: um dir zu helfen, wenn es Probleme gibt. Aber das kann ich nicht, wenn du mir nicht auch hilfst. Also, gibt es etwas, das du mir sagen willst, Kleine?«

»Nein. Ich weiß nicht, was Sie meinen«, antworte ich, aber ich bin mir sicher, dass sie von Phoebes Anschuldigungen weiß und nun will, dass ich ihr alles darüber erzähle.

Aber ganz egal, was Phoebe gesagt hat, ich bin kein Spitzel. Und wie könnte ich sie verraten, wo sie mir doch Sebastian zurückgegeben hat? Ohne sie wüssten wir nicht mal, ob er noch lebt.

Mrs Ali fixiert mich, und ich kann in ihren Augen erkennen, dass sie weiß, dass ich ihr etwas verschweige. Schließlich schüttelt sie wieder den Kopf. »Tut mir leid, Kyla. Du weißt vielleicht nicht, dass du meine Hilfe brauchst, aber es ist so. Ich bin alles, was zwischen dir und … sehr unangenehmen Konsequenzen steht. Pass auf dich auf. Und jetzt geh in den Unterricht.«

Sie dreht sich um, öffnet die Tür und verschwindet.

Meine Knie werden weich. Das war offensichtlich eine Drohung. Was für *unangenehme Konsequenzen* meint sie?

Ich bleibe noch einen Augenblick im Büro, ziehe die Tür zu und versuche, mich wieder zu beruhigen. Ich stelle mir meinen *Happy Place* vor und schwebe auf Wolken. Aber ich bekomme immer mehr das Gefühl, dass etwas nicht stimmt und ich mich falsch verhalten habe. Und dass ich dafür zahlen werde.

Zumindest werde ich jetzt einen Anpfiff kriegen, weil ich zu spät zum Unterricht erscheine. *Okay, Kyla, reiß dich zusammen.* Ich atme tief ein und greife nach der Klinke, als auf dem Gang energische Schritte laut werden.

Ich zögere und lasse meine Hand sinken. Das Licht im Büro ist aus, doch der Flur ist beleuchtet und die Tür hat ein kleines Fenster. Ich trete in den Schatten und luge vorsichtig nach draußen. Die Schritte nähern sich: Zwei Männer in grauen Anzügen erscheinen. *Lorder.*

Sie öffnen die Tür zu dem Raum, in dem gerade mein Englischunterricht stattfindet und in dem ich jetzt sitzen sollte.

Ist das eine *unangenehme Konsequenz*? Sind die Männer gekommen, um mich abzuholen?

Sie verschwinden in dem Raum und tauchen Augenblicke später wieder auf. Zwischen ihnen die bleiche Phoebe.

Als ich am Ende des Schultags in den Bus steige, sehe ich überall geschockte Gesichter, und es wird geflüstert. Augen durchbohren meinen Rücken, während ich den schmalen Gang entlanglaufe und mich neben Ben setze. Doch als ich mich umdrehe, weichen alle meinem Blick aus. Sicher denken sie, dass ich verantwortlich für Phoebes Bestrafung bin. Sie wissen, dass sie gemein zu mir war, und können die Verbindung zu den Lordern ziehen.

Phoebes Platz bleibt leer, als der Bus abfährt. Doch sie ist nicht zu spät. Ich bin mir sicher, dass sie nicht einfach nur mit ihr *gesprochen* und sie dann haben gehen lassen – oder?

Mir läuft ein kalter Schauder über den Rücken.

Ben nimmt meine Hand. »Alles klar bei dir?«, fragt er und sieht, dass mein Blick von Gesicht zu Gesicht durch den Bus schweift. Er merkt, wie mir alle ausweichen. »Was ist los?«

Ich schüttle den Kopf. Was kann ich bei so vielen lauschenden Schülern, die mir feindlich gesinnt sind, schon erzählen?

Ich möchte heute Abend laufen gehen. Nein, ich möchte *jetzt* laufen, aber ich sitze hier eingezwängt im Bus zwischen lauter Menschen. Ich konzentriere mich auf Bens warme Hand, schließe die Augen und wünsche mich woandershin.

»Sag mir, was los ist«, drängt Ben. »Vielleicht kann ich dir helfen.«

Ich öffne kurz die Augen. »Nicht jetzt. Trainierst du heute Abend vor der Gruppe?« Er nickt.

»Kann ich mitkommen?«

»Ja klar«, meint er grinsend.

»Lass uns dann reden.«

Ben drückt meine Hand. Er weiß, dass es etwas Ernstes ist, wenn ich laufen muss, um darüber sprechen zu können.

KAPITEL 28

Es braucht einiges an Überzeugungsarbeit, damit ich joggen gehen kann. Mum will es mir nicht erlauben, aber zum Glück ist Dad noch zu Hause. Er macht sich mit der Tasche in der Hand gerade wieder auf den Weg zu einer Dienstreise.

»Bitte. Ich muss laufen«, flehe ich ihn an. Er scheint mich zu verstehen und überredet Mum, ihr Okay zu geben.

Als Ben an die Tür klopft, ist er schon weg.

»Bist du dir sicher, dass du jetzt rauswillst, Kyla? Es sieht so aus, als würde es gleich regnen«, sagt Mum mit ängstlichem Blick zum dunklen Himmel.

»Kann sein. Aber die ist doch wasserdicht, oder?« Ich zupfe an meiner Jacke. Vor Autos brauche ich mich auch nicht zu fürchten, denn in der reflektierenden Weste, die mir Mum aufgezwungen hat, kann mich niemand übersehen.

»Ihr bleibt auf den Hauptstraßen?«

Ben verspricht, auf mich aufzupassen, und sieht Mum dabei fest an. Das scheint sie zu beruhigen und wir machen uns auf den Weg.

Wir laufen langsam los und steigern dann unser Tempo. Wir haben noch eine Stunde, bis die Gruppe anfängt, und fünf Meilen vor uns – easy.

Hin und wieder sieht mich Ben beim Laufen neugierig an. Er wartet ganz offensichtlich darauf, dass ich anfange zu reden, aber plötzlich bin ich mir unsicher, was ich sagen soll.

Ich gehe im Kopf die Fakten durch: Phoebe war gemein zu mir. Sie wurde von den Lordern aus der Schule geholt und war bei der Heimfahrt nicht im Bus. Aber das ist schon alles, was ich weiß.

Ich renne, so schnell ich kann. Ben hält mit mir Schritt, doch seine viel längeren Beine müssen nicht so hart arbeiten wie meine.

»Bei der Geschwindigkeit sind wir zu früh da«, bremst er mich. »Langsamer?«

Also werden wir langsamer und fallen in ein leichtes Joggen.

»Geht's um Phoebe?«, fragt er.

»Was weißt du?«

»Ich hab heute Nachmittag davon gehört, als ich aus dem Bus gestiegen bin. Es wurde getuschelt, dass sie am Morgen angeblich in einen Van der Lorder geschubst worden sei. Das sind alles nur Gerüchte. Keiner hat tatsächlich selbst etwas gesehen. Aber sie war heute nicht im Bus.«

»Es stimmt aber. Ich habe die Lorder gesehen. Zwei von ihnen sind in das Klassenzimmer gestürmt und kamen eine Minute später wieder raus. Einer hat Phoebe am Arm mitgeschleift. Sie sind mit ihr den Flur hinunter und aus dem Gebäude verschwunden.«

»Weiß irgendwer warum?«

»Das wollte ich dich fragen.«

Er zögert. »Ein paar Leute denken, du könntest sie verraten und in Schwierigkeiten gebracht haben.«

»Das stimmt nicht! Das würde ich niemals tun!«

»Ich weiß. Vor allem, nachdem sie dir deine Katze zurückgegeben hat«, sagt er, und ich kann sehen, dass er davon überzeugt ist. Aber ich bin mir selbst nicht so sicher. Ich könnte etwas damit zu tun gehabt haben, absichtlich oder nicht.

»Ist sonst noch was?«, fragt er.

Ich zucke mit den Schultern. »Phoebe hat mich als Regierungsspitzel beschimpft. Wegen des Chips in meinem Kopf.«

»Das ist nicht wahr.«

»Aber was, wenn es so ist und wir es einfach nicht wissen? Vielleicht habe ich sie verraten, ohne es überhaupt zu ahnen? Vielleicht hat einfach nur irgendjemand mein Hirn gescannt und – schwups – ist sie weg. Nur weil sie Dinge zu mir gesagt hat, die der Regierung nicht passen.«

Ben schüttelt den Kopf. »Das kann nicht sein.«

»Warum? Woher willst du das wissen?«

»Wenn es so wäre, dann wären wir als Erste verschwunden.«

Ich starre ihn entsetzt an. Aus Gewohnheit schaue ich auf mein Levo, doch der Wert ist vom Laufen immer noch oben, bei fast 7. Aber meine Haut reagiert auf das, was Ben gesagt hat, und prickelt, als würden mich Hunderte Nadeln stechen. Ich zittere. Er hat recht. Wir haben über Tori und die anderen gesprochen, die aus der Versammlung geholt wurden, und haben uns gefragt, was mit ihnen passiert ist. Das war viel schlimmer als alles, was Phoebe gesagt oder getan hat.

Trotzdem werde ich das schreckliche Gefühl nicht los, dass alles meine Schuld ist. Mrs Alis Drohung war deutlich genug. Sie hat mich gewarnt, dass es ihr nicht gefällt, wenn sie Dinge von anderen erfährt. Sie muss etwas über Phoebe gehört haben und irgendwie hatte es mit mir zu tun.

»Ich hab noch etwas anderes herausgefunden«, sagt Ben. »Nämlich warum jemand deine Katze zu Phoebe gebracht hat. Sie kümmert sich um viele verletzte Tiere, zum Beispiel, wenn sich die Besitzer den Arzt nicht leisten können. Sie kann gut mit Tieren umgehen.«

Doch wer kümmert sich jetzt um sie?

»Lass uns laufen«, sage ich und lege wieder los.

Wir rennen am Gemeindesaal vorbei, wo bald die Gruppe beginnt, und joggen weiter. Während ich auf das gleichmäßige Geräusch meiner Schritte lausche und mein Körper von Müdigkeit zu Erschöpfung wechselt, denke ich an all die Dinge, die ich Ben nicht erzählt habe. An Lucy Connor, das vermisst gemeldete Mädchen, und an Robert – Robby –, der die Bombe überlebt hat, aber trotzdem auf dem Mahnmal steht.

Schließlich kehren wir um, weil es Zeit für die Gruppe ist. »Wir kommen zu spät«, warne ich.

»Ja, und?« Ben zuckt nur mit den Schultern. Er ist immer zu spät. Aber ich bin mir sicher, dass sein Bonus bei Penny nicht für mich gilt.

Mit einer Verspätung von 15 Minuten stürmen wir in den Raum.

»Ich wollte gerade deine Mutter anrufen«, sagt Penny zu mir, die Hände in die Hüften gestemmt. Kein Wort zu Ben.

»Sorry! Das ist alles meine Schuld«, entschuldigt sich Ben. »Ich hab die lange Strecke genommen und wir hatten nicht mehr genug Zeit für den Rückweg.«

Sie schmilzt sofort dahin und lächelt Ben an. »Oh, na ja, dann … okay. Also setzt euch, ihr zwei. Wir waren gerade dabei, die jeweiligen Ziele für den nächsten Monat zu besprechen, stimmt's?«

Ich klinke mich aus dem Gespräch aus, während Penny alle nacheinander aufruft. Meine Ziele für den nächsten Monat sind klar: mich so weit wie möglich von den Lordern und jeglichem Ärger fernhalten. *Und herausfinden, was mit Phoebe passiert ist,* flüstert eine beharrliche Stimme in meinem Kopf.

Als Penny mich anspricht, bin ich so in Gedanken versunken, dass ich sie erst bemerke, als mich Ben anstupst.

Penny runzelt die Stirn. »Konzentrier dich, Kyla. Vielleicht war das Laufen zu viel für dich. Also, wie sieht es aus, hast du irgendwelche Ziele, die du uns nennen möchtest?«

Nicht viele; und die kann ich nicht laut aussprechen. Aber was ich schließlich sage, fasst ganz gut zusammen, was ich mir in Gedanken vorgenommen habe: *in der Schule gut achtgeben und mich von Ärger fernzuhalten.*

Endlich ist die Gruppe zu Ende.

»Pass auf dich auf«, sagt Ben zum Abschied, drückt meine Hand und läuft aus dem Raum. Ich sehe ihm hinterher und wünsche mir, ich könnte mit ihm gehen.

Die anderen machen sich ebenfalls auf den Weg. Ich folge ihnen, aber Penny ruft mich zurück. »Warte, Kyla. Ich würde gern noch mit dir sprechen.«

Ich drehe mich um. »Ja?«

»Ist alles in Ordnung mit dir?«

»Es wäre schön, wenn mich nicht dauernd alle fragen würden,

ob mit mir alles in Ordnung ist!«, fahre ich sie an, ohne nachzudenken, und werde direkt rot. »Tut mir leid, das hätte ich nicht sagen sollen.« Vielleicht ist Penny eine von denen, die über jedes meiner Worte und über jeden meiner Gedanken Buch führen.

Sie seufzt. »Setz dich, Kyla.«

Sie schließt ihr Netbook und nimmt neben mir Platz.

»Ich bin auf deiner Seite«, beginnt sie. Ihre Worte ähneln so sehr denen von Mrs Ali, dass ich unwillkürlich zurückweiche. Sie sieht mich bekümmert an. »Tu das nicht, Kyla. Schau mich nicht an, als ob du Angst vor mir hättest. Wir sprechen hier unter vier Augen, nicht offiziell, verstehst du? Ich renne nicht gleich los und gebe alles weiter, was du mir sagst. Du kannst mir vertrauen.«

Ich glaube ihr, dass sie das genauso meint. Aber wer weiß, was sie »zu meinem eigenen Wohl« zu tun bereit wäre?

»Also, was ist los? Es steht dir ins Gesicht geschrieben, dass irgendetwas nicht stimmt.«

Vielleicht bekomme ich wirklich ein paar Antworten von ihr. »Heute wurde ein Mädchen, das ich kannte, von Lordern aus der Schule geholt. Das ist alles.«

»O nein. Was ist denn passiert?«

»Zwei Lorder sind in den Unterricht gegangen und haben sie abgeführt. Dann wurde sie in einen schwarzen Van gestoßen.«

»Weißt du warum?«

»Ich bin mir nicht sicher. Vielleicht wegen ein paar Dingen, die sie gesagt hat.«

»Das ist noch nicht die ganze Geschichte, oder?«, hakt Penny nach, aber hebt dann die Hand. »Erzähl es mir besser nicht! Wie alt war dieses Mädchen?«

»Ich weiß es nicht genau. Sie war in meiner Klasse.«

»Jahrgang 11?«

Ich nicke.

»Kyla, es ist sehr wichtig, dass du keine Fragen stellst. Halte dich aus dieser Sache heraus.« Sie fasst mich fest an den Schultern und schaut mir direkt in die Augen. »Du musst dich selbst schützen, verstehst du mich?«

»J-j-jaa«, stammle ich.

Plötzlich lässt sie mich wieder los und lächelt. »Dann sehen wir uns nächsten Donnerstag. Eine schöne Woche, Kleines.«

Sie packt ihre Sachen und verschwindet. Ich drehe mich um und entdecke Mum, die hinten im Raum wartet. Als ich zu ihr gehe, hebt sie eine Augenbraue. »Ist alles in Ordnung?«

»Ja, alles prima«, sage ich und füge einer plötzlichen Eingebung folgend hinzu: »Wir waren ein bisschen zu spät wegen des Laufens. Sie hat deswegen mit mir geschimpft.«

Mum runzelt die Stirn. »Pünktlichkeit ist wichtig, Kyla.« Und den ganzen Heimweg über muss ich mir einen Vortrag dazu anhören.

Am nächsten Tag strömen, wie jeden Freitagnachmittag, sämtliche Schüler aus dem 11. Jahrgang zur Versammlung. Doch diese Woche ist alles anders.

Es wird wenig gesprochen, nicht gedrängelt und es werden keine Wochenendpläne diskutiert, obwohl der Direktor noch nicht mal hier ist. Aber alle haben von Phoebe gehört und sind verunsichert.

Niemand spricht in meiner Gegenwart, allerdings habe ich den ganzen Tag über Geflüster und Andeutungen gehört. Phoebes Verschwinden ist aufwühlender als das von Tori oder den anderen

Schülern bei der Versammlung letzte Woche, denn alle wussten, warum sie gehen mussten. Doch Phoebe hat ihr unfreundliches Wesen größtenteils für sich behalten und sich nicht irgendwelchen illegalen Versammlungen angeschlossen oder offen über die Regierung geschimpft wie die anderen, die abgeholt wurden.

Als Rickson mit zwei Lordern im Gefolge durch die Tür tritt, ist es im Saal bereits mucksmäuschenstill. Der Direktor blickt in die Menge: Alle Augen sind nach vorn gerichtet, jeder Rücken ist gerade.

»Guten Morgen, Jahrgang 11«, sagt Rickson und lächelt, offenbar sehr erfreut über das vorbildliche Benehmen seiner Schüler.

Die Versammlung ist kurz. Als wir gehen dürfen, stehen die Lorder wieder hinten am Ausgang. Sie beobachten uns und fixieren jedes Gesicht, während wir den Saal verlassen.

Aber keine Schultern werden berührt und niemand wird beiseitegenommen.

Zumindest dieses Mal.

Heute fährt uns Jazz nach Hause und ich bin noch vor Amy am Auto. Als sie im Ausgang erscheint und Jazz sie entdeckt, winkt er ihr zu. Dann dreht er sich zu mir. »Ein Wort, ehe Amy hier ist.«

»Was ist los?«

»Mac will dich sehen. Er sagt mir noch, an welchem Tag – irgendwann nächste Woche. Es ist wichtig, dass du davon *niemandem* erzählst. Klar?«

Amy ist bei uns, bevor ich antworten kann. Jazz dreht sich wieder um, umarmt sie und öffnet die Autotür. Ich versuche, nicht zu zittern, während ich hinten einsteige.

Mac und sein illegaler Computer. Seine Vermissten-Webseiten

mit Lucy – mir? – darauf. Er vertraut mir, dass ich schweige und nichts weitererzähle. Mac hat sich schon viel weiter aus dem Fenster gelehnt als Phoebe und die anderen Schüler, die *verschwunden* sind. Und er ist zu alt, um geslated zu werden. Was würde mit ihm geschehen, wenn die Lorder alles herausfänden?

Ich wünschte, er würde sich mir nicht anvertrauen. Weshalb auch immer er mich sehen will – ich will es nicht wissen.

KAPITEL 29

Ich will laufen.

Panik steigt in mir auf und wird immer stärker, je näher wir dem Krankenhaus kommen. Der Verkehr ist heute nicht so schlimm, Mum hat einen anderen Weg genommen. Sie meinte zwar, dass die Strecke länger sei, aber es so trotzdem vielleicht schneller ginge. Ein, aus, ein, aus: Ich konzentriere mich aufs Atmen und die Straßen. Ich präge mir alles in einem Raster ein und füge es in meinem Kopf zusammen, um nicht an Dr. Lysander und das bevorstehende Gespräch denken zu müssen.

Sie sieht alles. Wenn ich ihr nicht etwas anderes anbieten kann, etwas, das sie überzeugt, wird sie so lange bohren, bis sie einen wunden Punkt findet. Aber heute sind es nicht nur meine Gedanken, die ich schützen muss, sondern auch noch die von Mac, Ben und Lucy, die wie ein Schatten oder ein Geist in meinem Innern lauern.

Bald nähern wir uns der Klinik von einer Seite, die ich noch nicht kenne, die aber ähnlich aussieht wie die andere: überall hohe Zäune und Wachtürme in regelmäßigen Abständen. Ich erfasse automatisch die Dimensionen, die Anzahl der Eingänge und der Tore. Ein Lieferwagen fährt gerade durch das Klinikportal, als wir passieren, und wir gelangen wenige Minuten später zu dem Eingang, durch den wir bei den vorherigen Besuchen gekommen sind.

Wir warten wieder in einer Schlange, weil die Lorder mit Spiegeln unter die Autos schauen. Alle müssen aussteigen und sich scannen lassen, während die Fahrzeuge durchsucht werden.

»Es muss einen Alarm gegeben haben«, sagt Mum und ich schrecke aus meinen Gedanken auf. Sie hat heute den Großteil der Fahrt über geschwiegen und meine Gedanken hatten freien Lauf. Ich mustere Mum: Sie hat Ringe unter den Augen und sieht müde und abgespannt aus. Jetzt fällt mir wieder ein, dass letzten Abend das Telefon geklingelt hat. Es war schon sehr spät, aber ich war noch wach und konnte Mums Schritte und ein Murmeln über mir hören.

»Ist alles in Ordnung?«, frage ich.

Sie deutet ein Lächeln an. »Das sollte ich wohl eher dich fragen, oder?«

Wir rücken einen Platz auf, als ein Auto reingelassen wird. Noch zwei sind vor uns.

»Ich hab dich zuerst gefragt.«

»Ja, stimmt. Aber das hier ist nicht der richtige Ort, um darüber zu sprechen. Auf dem Heimweg, okay?«

Es geht noch einen Platz weiter vor. Also stimmt tatsächlich etwas nicht. Mum will mir erzählen, was los ist, aber nicht vor den Lordern.

»Verrate mir keine Geheimnisse«, entgegne ich hektisch. »Ich bin mir nicht sicher, ob ich sie für mich behalten kann.«

Mum lacht. »Das werde ich mir merken.«

Wir sind als Nächstes an der Reihe. Doch diesmal werden wir nicht einfach durchgewinkt. Eine ganze Armee an Lordern ist unterwegs. Sie sind wie bei Einsätzen schwarz gekleidet und tragen Westen und Waffen, keine grauen Anzüge. Anspannung ist zu spüren. Nicht, dass die Wachmänner jemals gelöst aussehen würden, aber heute vibriert die Luft regelrecht.

Wir steigen aus dem Auto und werden von Kopf bis Fuß gescannt, während ein paar andere Lorder schnell das Auto durchsuchen. Wieder kann ich meine Reaktion nicht kontrollieren, die *Angst,* die mich in ihrer Gegenwart erfasst. Aber sie scheinen das nicht wahrzunehmen. Als sie nichts finden, dürfen wir uns wieder ins Auto setzen und weiterfahren.

»Was soll das alles?«, frage ich Mum.

»Keine Sorge, Kyla. Wahrscheinlich fürchten sie einen Angriff, aber sie haben alles unter Kontrolle. Wie immer.«

Ich mustere ihr Gesicht. So wie sie es gesagt hat, klang es irgendwie nicht richtig. Als wäre es nicht gut, dass die Lorder immer alles unter Kontrolle haben, sondern ganz im Gegenteil.

Du bildest dir das ein, Kyla. Reiß dich zusammen.

»Komm rein!«, ruft Dr. Lysander. Ihre Stimme klingt vertraut. Sie ist klar, ohne laut zu sein. Dr. Lysander muss ihre Stimme nicht heben, denn sie ist es gewohnt, dass man ihr ohne Widerspruch gehorcht.

Wie üblich ist mein Platz der einzige in ihrem Wartezimmer, der besetzt ist. Mum ist mit einer befreundeten Krankenschwester Tee trinken gegangen. Ich stehe auf und trete durch die Tür. Ich bin froh, endlich zu entkommen: Zwei Lorder stehen im Raum.

»Guten Morgen, Kyla«, sagt Dr. Lysander. Sie sieht im Gegensatz zu Mum und den Lordern – und mir sowieso – gelassen und ruhig aus. Ihre dunklen Augen erfassen alles, aber sie sind nicht unfreundlich. Dr. Lysander ist distanziert, aber präsent.

Ich merke, wie ich sie anlächle und mich seltsamerweise etwas beruhige. Doch eine innere Stimme flüstert *Vorsicht, Gefahr.*

»Du siehst aus, als würdest du dich heute freuen, mich zu sehen.«

»Das tue ich auch«, sage ich und setze mich ihr gegenüber.

Ihr Gesicht entspannt sich. »Nun, das ist schön. Aber verrätst du mir auch warum?«

Ich zucke mit den Schultern. »Sie sind immer Sie selbst.«

Sie hebt erstaunt die Augenbrauen. »Ich bin mir nicht sicher, ob mir diese Beobachtung gefällt. Obwohl sie sicherlich größtenteils zutrifft.« Sie wirft einen Blick auf ihren Computer und tippt mit dem Zeigefinger auf den Bildschirm. »Also, lass uns beginnen. Gibt es denn Veränderungen oder mögliche bevorstehende Veränderungen, die dich verunsichern, wenn du Kontinuität heute als tröstlich empfindest?« Sie fixiert mich.

Ich kann mich nicht vor ihr verstecken. *Sag die Wahrheit, aber nicht zu viel davon,* flüstert die Stimme. Ich blinzle.

»Ich hatte heute Angst davor, ins Krankenhaus zu kommen«, gebe ich zu.

»Warum?«

»Wegen der ganzen Sicherheitsmaßnahmen. Letztes Mal, als wir hier waren, gab es Straßensperren, und heute wurde unser Auto durchsucht.«

Sie neigt ihren Kopf zur Seite und überlegt einen Augenblick lang. »Vielleicht ist es vernünftig, sich zu fürchten. Du weißt über den Terrorismus Bescheid? Es gab geheime Informationen, dass ein weiterer Anschlag auf das Krankenhaus geplant ist. Die Lorder sind deshalb sehr vorsichtig.«

Meine Augen werden größer. »Und Sie haben keine Angst?«

Dr. Lysander zuckt mit den Schultern. »Nein, ich habe zu viele Alarme hinter mir, um mich jedes Mal zu fürchten.« Sie lehnt sich zurück. »Trotzdem bin ich neugierig, warum sie dich so durcheinanderbringen.«

Terroristen, Bomben, Explosionen, Schreie und …

»Erzähl mir alles, Kyla.«

»An der Schule gibt es ein Mahnmal. Vor sechs Jahren kam ein Bus voller Schüler dem Ziel eines RT-Angriffs in die Quere. Die meisten von ihnen sind dabei gestorben.«

»Ah, verstehe. Also beginnst du Ursache und Wirkung zu verstehen – die Terroristen und den Tod der Schüler.«

»Wie konnten sie so etwas tun? Das waren doch Kinder! Sie haben nichts falsch gemacht.«

»Falscher Ort, falsche Zeit.« Dr. Lysander zuckt mit den Schultern.

»Aber richtige Menschen!«

Ihre Augenbrauen gehen wieder hoch. »Natürlich. Jeden Tag werden *richtige* Menschen verletzt und getötet und es bereitet den Angehörigen jedes Mal großen Kummer.«

»Sie klingen, als würden Sie sich selbst davon ausnehmen«, sage ich langsam. Ich sehe sie an und erkenne, dass auch ich Schlüsse ziehen kann.

In ihren Augen steht echte Überraschung. »Sehr gut, Kyla. Ja, das tue ich.«

»Warum?«

Sie überlegt. »Zum Teil gehört das zu meinem Beruf. Ich kann nicht jede Verletzung heilen, sondern konzentriere mich auf die, bei denen eine Heilungschance besteht.«

Zum Teil, hat sie gesagt. Da ist noch mehr. Aber ich bin nicht dumm genug, um an ihren Wunden zu kratzen. Es ist ihr Job, das bei mir zu tun.

Sie blickt auf ihren Bildschirm. »Ich sehe, dass du dich in der Schule und in der Gruppe gut entwickelst und dass du ein paar Freunde gefunden hast. Blackouts hattest du auch keine mehr. Das ist alles erfreulich. Hast du noch Albträume?« Ihr Blick ruht wieder auf mir.

In einem Turm eingemauert, gefangen gegen Wände schlagend …

Ich schalte um. Ich weiß nicht warum, es passiert einfach. Ich erzähle ihr von meinem Traum, bei dem der Bus bombardiert wird. Sie hört zu, während ich die Schreie und das Blut auf den Fenstern beschreibe. Den Geruch von brennendem Benzin und Fleisch.

Sie zuckt kurz zusammen – es ist eine winzige, unbeabsichtigte Bewegung. Sie ist wohl doch nicht so kontrolliert, wie ich dachte. Plötzlich hebt sie eine Hand und ich halte inne.

»Du hast mehr Fantasie, als dir guttut. Aber jetzt verstehe ich, warum der Alarm dir Angst macht. Hier bist du sicher, Kyla – das ist einer der sichersten Orte, an denen man sein kann.«

Sicher, eingeschlossen, gefangen – sie ist in einem so großen Turm gefangen, wie ich ihn mir nur in meinen Träumen vorstellen kann.

»Kommen Sie jemals hier raus?«, frage ich.

»Was meinst du?«

»Wie verbringen Sie Ihre Freizeit? Fahren Sie aufs Land, gehen Sie im Wald spazieren oder so was?«

»Du stellst mir heute lauter überraschende Fragen, Kyla! Alle paar Wochen habe ich frei – morgen zum Beispiel –, aber ich gehe nicht spazieren. Ich habe Heathcliff, mein Pferd. Ich mache Touren mit ihm und …« Sie unterbricht sich und schüttelt den Kopf.

»Ich weiß nicht, wie du mich dazu bringst, dir so etwas zu erzählen.« Sie lächelt leicht. »Du solltest Ärztin werden. Aber jetzt hör mal zu: Mach dir keine Sorgen über die Terroristen. Die Lorder kümmern sich darum – das ist ihr Job. Aber eines solltest *du* tun. Du brauchst etwas, das dir wichtig ist, ein Ziel, ein Hobby. Etwas, auf das du dich konzentrieren kannst. Wie sieht es damit aus?«

»Malen«, antworte ich, ohne zu zögern.

Sie lächelt. »Ich wusste, dass du das sagen würdest. Siehst du, auch du bist hin und wieder durchschaubar. Konzentrier dich auf das Zeichnen. Mach das zu deinem Fokus im Leben. Alles andere ist dann nicht mehr so wichtig.«

»Wie Ihr Pferd?«, frage ich.

»Genau«, antwortet sie sofort und ich wundere mich beim Hinausgehen – denn sollte die Antwort nicht eigentlich »Ihre Patienten« sein?

Auf dem Heimweg hat Mum entweder vergessen, dass sie mir erzählen wollte, worüber sie sich Sorgen macht, oder sie hat beschlossen, doch nicht mit mir darüber zu sprechen. Wie auch immer, ich frage nicht mehr nach.

Mich beschäftigen die Dinge, die Dr. Lysander zu mir gesagt hat. Mrs Alis Drohungen oder Phoebes Verschwinden hat sie nicht erwähnt, aber eigentlich ist sie niemand, der vor schwierigen Themen zurückschreckt. Also muss es daran liegen, dass sie gar nichts davon weiß. Zumindest bedeutet das, dass Mrs Ali keinen schlechten Bericht über mich abgeliefert hat. Und ich glaube nicht, dass ich Dr. Lysander ungewollt irgendetwas verraten habe, das jemandem Ärger einbringen könnte.

Vielleicht kann ich also doch Geheimnisse bewahren.

»Hilf mir.«

Lucy streckt die Hände aus. Die rechte ist schön, fünf weiße Finger, gerade Nägel. Meine Finger, aber kleiner. Die linke blutet, die Finger sind verbogen und stehen seltsam ab.

Ich weiche zurück.

Grüne Augen – meine Augen – leuchten, bis eine dicke Träne zwischen den Lidern hervordringt.

»Bitte. Hilf mir ...«

»Wach auf, Kyla.«

Ich erschrecke und öffne verwirrt die Augen. Mum schaltet den Motor aus und öffnet ihren Gurt. Wir sind zu Hause.

KAPITEL 30

Es ist kalt, und der Regen, der letzte Woche vom Wetterbericht vorhergesagt wurde, hat inzwischen eingesetzt. Es gießt unablässig, zwar eher beständig als stark, doch dringen große, dicke Tropfen durch das Blätterdach über uns.

Ben und ich laufen zusammen. Wir laufen ziemlich schnell, damit uns nicht kalt wird bei der Nässe. »Scheißwetter«, keuche ich.

»Ja. Typisch für Oktober«, antwortet Ben.

Woher soll ich das wissen? Es ist der erste Oktober, an den ich mich erinnern kann.

An diesem Morgen hat Ferguson nicht wie letztes Mal die Mädchen vor den Jungen starten lassen, sondern die schnellsten Läufer mussten mit einer Minute Vorsprung loslaufen. Also sind Ben und ich vor allen anderen. Wir lassen den Wald schnell hinter uns und gelangen an den Fuß eines Hügels. Im Freien ist der Regen noch stärker und der Grund uneben und voller Schlamm und glitschiger Blätter. Der Pfad schneidet sich in den Hügel und das Wasser läuft den steilen Weg herab. Wir müssen langsamer werden, um nicht auszurutschen.

»Ist das nicht fantastisch?«, fragt Ben klitschnass und von oben bis unten mit Schlamm bespritzt.

»Großartig«, antworte ich ironisch, aber lache dann. Denn es *ist fantastisch,* jedes Gefühl hinter mir zu lassen, in eine Zone einzutauchen, wo ich nur noch *am Leben* bin. Ich spüre jeden Tropfen, der auf meinem Kopf landet. Es kommt mir vor, als ob ich mitverfolgen könnte, wie die Tropfen vom Himmel fallen, sich vor meinen Augen verlangsamen und dann auf den Boden klatschen. Jeder meiner Sinne ist geschärft. Wenn ich mich beim Laufen genug anstrenge, kann ich sogar Tori und Phoebe fast vergessen. Und dass mich Lucy heimsucht. Sie ist da, sobald ich meine Augen schließe, streckt mir die Hände entgegen und fleht um Hilfe. Es ergibt aus so vielen Gründen keinen Sinn.

»Bleib mal 'ne Sekunde stehen«, sagt Ben, als wir oben auf dem Hügel ankommen. Wir stellen uns unter eine große Eiche, und er geht in die Knie, um seinen Schnürsenkel neu zu binden. Dann lehnt er sich an den Baum.

Wir können von hier aus das ganze Tal überblicken, während der Himmel immer dunkler wird. Von den anderen ist noch nichts zu sehen.

»Wetten, die sind umgekehrt«, lacht Ben. »Weicheier!«

»Sollen wir auch umdrehen?«

»Nee, wir haben schon fast die Hälfte der Strecke geschafft.«

»Also weiter«, sage ich. Ich will schneller werden, an den Punkt kommen, wo *Laufen alles ist.*

»Was ist?«

Ich zucke mit den Schultern und schlinge meine Arme um mich selbst.

»Sprich mit mir, Kyla«, sagt er. Als ich in seine sanften braunen

Augen blicke, merke ich, wie sehr ich ihm *vertraue*, wirklich vertraue. Doch ist das nicht gefährlich?

Er legt seinen Arm um mich.

»Ich will laufen«, sage ich.

»Nicht, bevor du mir nicht alles erzählt hast.«

Bens Blick nagelt mich regelrecht fest. Als mein Atem und mein Puls langsamer werden, beginne ich zu zittern, aber nicht vor Kälte. Ich vergrabe mein Gesicht an seiner Brust, sodass er mich nicht länger anschauen kann.

»Vielleicht kann ich dir helfen.«

Es gibt so viele Gründe, nichts zu sagen. Ich habe es Mac versprochen. Es könnte für Ben riskant sein, gefährliche Dinge zu wissen, und ich bin nicht sicher, ob Ben ein Geheimnis bewahren kann. Ich weiß nicht einmal, ob ich das selbst kann.

Ben dreht sich und setzt sich im strömenden Regen auf einen Stein. Dann zieht er mich auf seinen Schoß.

»Wir gehen nirgendwohin, bis du mir nicht erzählt hast, was los ist.«

Ich seufze, schließe die Augen und lehne mich an ihn. Hier zu bleiben, fände ich in diesem Augenblick gar nicht so schlecht. Seine Arme halten mich, und er legt eine Hand unter mein Kinn, um mein Gesicht anzuheben. Ich öffne die Augen, als er sich näher zu mir beugt. Mein Herz schlägt wieder schneller, obwohl ich nicht mehr laufe. Bens Augen fixieren mich wie neulich, als ich dachte, er würde mich küssen, aber dann nur über Tori sprechen wollte.

Tori, Phoebe und Lucy – so viele Geister stehen zwischen uns. Aber mit der Wahrheit kann ich zumindest einen von ihnen vertreiben. Ich rücke ein wenig von Ben ab und entscheide mich für *Worte*.

»Fragst du dich jemals, warum du geslated wurdest?«

»Fangen wir jetzt wieder damit an?« Er zuckt mit den Schultern. »Manchmal. Man kann ja kaum anders. Aber wir dürfen nicht wissen, wer wir waren, und …«

»Aber ich weiß es.«

Stille, in der ich nur noch den Regen höre und Zweifel in Bens Augen sehe.

»Wie meinst du das?«, fragt er schließlich vorsichtig.

Ich schlucke. Es hat keinen Sinn, sie zu ignorieren, oder? Lucy verschwindet nicht einfach von selbst.

»Mein Name war Lucy Connor. Ich wurde als vermisst gemeldet, als ich zehn Jahre alt war. Ich hatte ein graues Kätzchen und jemand hat meine Finger gebrochen. Und jemand vermisst mich.« Und bei jedem geflüsterten Satz zittere ich. Irgendetwas in mir windet sich und will zerbrechen. Ich fange an zu weinen und vergrabe mich in Bens Armen. Er hält mich fest und streicht mir übers Haar, während die ganze Zeit der Regen auf uns niederprasselt. Es windet stark, und es kommt mir vor, als tobte sowohl um mich herum als auch in meinem Innern ein Sturm.

»Wie kannst du das wissen?«, fragt Ben nach einer Weile.

Als die Tränen nachgelassen haben, erzähle ich ihm von dem illegalen Computer, der Webseite mit den Vermissten und von Lucy. Und langsam kann ich erkennen, dass er anfängt, mir zu glauben.

»Das verstehe ich nicht«, sagt er. »Was für Vermisste?«

»Viele Menschen verschwinden. Sie werden nicht verhaftet und verurteilt, sie verschwinden einfach so. Vielleicht sind wir nicht mal Kriminelle.«

Ben schüttelt den Kopf. »Das können sie nicht machen, das ist illegal. Wie kann die Regierung ihre eigenen Gesetze brechen?«

»Vielleicht haben wir nichts falsch gemacht, sondern die Regierung hat einfach nur beschlossen, dass ihnen irgendetwas, was wir gesagt oder getan haben, nicht gefällt. Willst du nicht wissen, ob du auch als vermisst gemeldet worden bist?«

Auf Bens Gesicht zeichnet sich Verwirrung ab. Er setzt zum Sprechen an, aber ich hebe eine Hand. »Warte«, sage ich und drehe den Kopf. Wegen des Windes und des Regens kann man kaum etwas hören, aber ich nehme plötzlich Schritte und keuchendes Atmen wahr. Kommt da jemand den Hügel hoch?

Eine Gestalt erscheint auf dem Plateau. Ich möchte aufspringen, aber Ben hält mich zurück. Es ist einer der Jungs aus dem Training – er grinst uns zu und rennt vorbei.

Ben lässt mich los und ich fahre auf. »Warum hast du mich festgehalten?«

»Er hätte uns sowieso gesehen. Besser, er denkt, dass wir kuscheln, als dass wir ein gefährliches Gespräch führen.«

Kuscheln. Haben wir das wirklich getan oder war es einfach nur eine Ausrede? Mein Gesicht brennt trotz der Kälte. Ich drehe mich um, weil ich wieder etwas höre – überholt uns noch jemand?

»Lass uns laufen«, sagt Ben, und ohne eine Antwort abzuwarten, rennt er mit vollem Tempo voraus.

Ich folge ihm und versuche, ihn einzuholen. Aber ich schaffe es nicht – er muss sich vorhin zurückgehalten haben. Seine Schritte werden länger und bald ist er außer Sichtweite. Es wirkt fast so, als ob ihn etwas jagt – etwas, dem er sich nicht stellen will.

Doch das bin nur ich.

KAPITEL 31

Phoebes Bild mit dem Rotkehlchen ist vorn an die Wand im Kunstraum gepinnt. Sonst hängt da nichts. Unsere Arbeiten werden immer an den Seitenwänden befestigt, aber niemals vorn. Phoebe hat ihr Werk nicht signiert, und niemand außer uns kann wissen, wer es gemalt hat. Anstatt uns direkt auf unsere Plätze zu scheuchen, ist Mr Gianelli dieses Mal mucksmäuschenstill, während wir den Raum betreten und unsere Karten scannen. Es ist unsere erste Stunde, seit Phoebe abgeholt wurde. Alle sehen beim Eintreten sofort Phoebes Bild und verstummen augenblicklich.

Mr Gianelli muss wissen, dass wir nicht allein sind. Ich schaue Richtung Tür: Mrs Ali wartet dort. Sie begleitet mich immer noch zwischen den Unterrichtsstunden, obwohl ich die Wege längst kenne, und behält mich die ganze Zeit im Auge. Ich frage mich, wie lange das noch so bleibt. Ben und Amy klebt doch auch nicht ständig jemand an den Fersen.

Mrs Ali lässt den Blick durch den Raum schweifen. Sie spürt, dass etwas im Gange ist, und mustert alle Gesichter. Sie bleibt.

»Heute möchte ich, dass ihr euch über etwas Gedanken macht: wie ihr eine Verbindung mit dem Objekt herstellt, das ihr zeichnet. Nehmen wir mal unseren rotbrüstigen Freund hier. Erkennt ihr die Sorgfalt, mit der er aufs Papier gebracht wurde, die Verbindung zwischen Objekt und Künstler? Ein normaler Augenblick wird erweitert, dringt ins Innere des Künstlers vor. Die *Kommunikation* zwischen dir und deinem Motiv ist wichtig. Es ist ein Geben und Nehmen. Die Art, wie man sein Objekt wahrnimmt, so wie es sonst niemand kann«, beginnt Mr Gianelli.

Er tritt zurück, damit wir das Bild betrachten können. Alle Augen ruhen jetzt auf Phoebes Zeichnung. Ich denke an das Rotkehlchen, das ihr vertraut hat und immer näher zu ihr gehüpft ist. An Phoebes Lächeln, während sie es gezeichnet und ihm etwas zugemurmelt hat. Sekunden vergehen und werden zu einer Minute des Schweigens, dann zu zwei.

Mr Gianelli schüttelt traurig den Kopf und stellt sich wieder vor die Klasse.

»Heute zeichnet ihr einen Menschen oder einen Gegenstand, der euch am Herzen liegt oder der euch etwas *fühlen* lässt. Es ist egal, ob es sich dabei um gute oder schlechte Gefühle handelt. Los, fangt an.«

Er lässt sich auf das Lehrerpult plumpsen. Alle machen sich an die Arbeit, aber langsam und unauffällig. Papier wird geglättet, Bleistifte und Kreiden ausgewählt. Als ob alle aus einem Traum oder aus Trance erwacht seien.

Ich beuge mich über meine weißen Blätter. Aus dem Augenwinkel beobachte ich Mrs Ali, die nachdenklich und verwirrt vor sich hin starrt. Dann geht sie.

Gianelli sieht heute älter aus als sonst, die Falten um seine Augen sind tiefer geworden. Seine Haut ist so grau wie sein Haar. Ein stiller Protest, weil eine seiner Schülerinnen weggebracht wurde –

aber wir alle wissen, was er gerade getan hat, und sind uns des Risikos bewusst, das er damit eingegangen ist. Ich sehe, wie er einen Flachmann aus der Tasche zieht und etwas Alkohol in seinen Tee gießt. Dann beginnt er selbst zu zeichnen.

Ohne eine Minute zu überlegen, greife ich meinen Stift mit der linken Hand und drehe mich ein wenig auf meinem Stuhl, damit ich die Tür im Blick habe, falls Mrs Ali zurückkommt.

Einen Menschen zeichnen, der mir am Herzen liegt, der mich etwas fühlen *lässt …*

Ich werfe schnelle, glatte Striche auf das Papier. Es entsteht ein Motiv, an dem ich mich noch nie zuvor versucht habe, aber mit meiner linken Hand muss ich auch nicht groß herumprobieren: Es stimmt von Anfang an. Seine nachdenklichen Augen, sein starkes Kinn, die dunklen Haare, die hinter den Ohren eher wellig als lockig sind: Ben.

Wo bist du? Heute Morgen war er nicht in Bio. Vor Sorge beiße ich mir so sehr auf die Lippen, dass es wehtut. Er hat doch hoffentlich nichts Dummes angestellt? Ich habe mich bei Miss Fern nach ihm erkundigt, aber sie wusste auch nicht mehr als ich. Ich bin sicher, dass sie mir nichts vorgespielt hat, denn sie war weder besorgt noch distanziert. Ich verstehe langsam, dass es verschiedene Arten von Lehrern gibt. Miss Fern, Gianelli und der Lauftrainer Ferguson: Sie sind authentisch. Ich werde ab und zu von ihnen zurechtgewiesen, sie sind nicht immer übermäßig nett, aber sie reden offen mit mir und nehmen mich wahr und ernst. Und dann gibt es diejenigen wie den Direktor Mr Rickson, Dr. Winston, die Schulpsychologin, und Mrs Ali, die trotz ihres Lächelns und des »Ich bin nur hier, um dir zu helfen«-Gelabers eigentlich nur darauf warten, dass ich einen Fehler mache oder die Regeln breche.

Als es klingelt, schrecke ich auf. Die Zeit ist wie im Flug vergangen. Ich lege meinen Stift weg, als Mrs Ali an die Tür klopft. Gianelli sammelt die Bilder ein und hängt sie um das Rotkehlchen herum auf. Als er bei mir ankommt, sage ich: »Tut mir leid. Ich bin noch nicht fertig.« Er blickt auf die Zeichnung und sieht, dass sie fertig ist. Aber er sagt nichts, sondern geht einfach zum Nächsten. Ich packe sie weg.

Dann schaue ich mir die anderen Entwürfe an. Es ist ein Meer von Gesichtern zu sehen: Gesichter, die uns wichtig sind. Manche zeigen wahrscheinlich Mütter, Väter, einen Bruder, eine Schwester oder Freunde. Eines ist von einem Hund.

Mrs Ali erscheint neben mir und beugt sich zu mir herunter. »Lass mal sehen«, fordert sie mich auf und ich öffne meine Mappe. Sie starrt auf meine Zeichnung von Ben, hebt eine Augenbraue und ich werde rot.

Sie betrachtet das Bild genau. »Es ist ein ziemlich gutes Porträt von Ben«, meint sie schließlich.

Es ist besser als gut. Es sieht nicht einfach nur aus wie er, ich habe ihn genau getroffen, besonders seine Augen. Sie spiegeln etwas von seiner Persönlichkeit, das ich nicht teilen möchte. Die Art, wie er mich gestern angesehen hat, gerade als ich dachte, dass er mich vielleicht küssen würde, und ich zurückgewichen bin. Ehe ich ihm von den Vermissten erzählt habe und von Lucy. Ehe er weggerannt ist.

Wir gehen zur Tür. Gianelli hängt gerade seine eigene Zeichnung auf. Das hat er noch nie getan – uns etwas gezeigt, das er selbst gemalt hat. Alle, die noch im Raum sind, betrachten das Bild und halten den Atem an: Es ist Phoebe. Er hat eine Seite von ihr eingefangen, die ich nicht kannte. Die Wut ist verschwunden.

Ihr Gesicht, die Art, wie sie allein dasteht – alles an ihr ist unglaublich traurig. Mrs Alis Augen werden kalt, während sie Gianelli ansieht.

Mittags gehe ich mit flauem Gefühl im Magen zur Laufbahn. Was hat es zu bedeuten, wenn ich Ben nicht dort treffe? Er ist mittags immer hier.

Ich suche die Bahn mit meinen Augen ab. Inzwischen hat es aufgehört zu regnen und ein paar Läufer trainieren. Die meisten kenne ich, aber der, nach dem ich suche, ist nicht dabei. Ich schlinge meine Arme um meinen Körper und beobachte die anderen eine Weile, während ich versuche, nicht zu viel zu überlegen. Wo könnte er nur sein?

Ich drehe mich um und will gerade wieder gehen, als ich direkt in Ben hineinlaufe.

»Vorsicht!«, ruft er und streckt beide Hände aus, um mich an den Schultern abzufangen.

»Wo bist du gewesen?«, frage ich.

Er zuckt mit den Schultern. »Hier. Wo sonst?«

»Du warst nicht in Bio.«

»Nein, ich bin zu spät zur Schule gekommen. Ich war beim Arzt und dann hatte meine Mum auf dem Rückweg einen Platten«, meint er und hebt verwirrt die Augenbrauen.

»Das hättest du mir sagen können!«, schnauze ich ihn an und lege meine Hände auf seine Brust, um ihn wegzuschieben. Ich habe mir solche Sorgen gemacht und er hatte nur einen dummen Arzttermin.

»Ich konnte ja wohl kaum ahnen, dass wir einen Platten haben würden«, entgegnet er in vernünftigem Ton, der mich nur noch wütender macht. Er folgt mir und nimmt meine Hand, verhakt seinen kleinen Finger in meinem und hält ihn fest. »Was ist los?«

Ich bin so wütend, dass sich meine Augen mit Tränen füllen. Ich blinzle. »Ich dachte, dir wäre etwas *passiert.*«

»Du hast dir Sorgen um mich gemacht?« Er lächelt und scheint sich darüber zu freuen. Aber bevor ich mich entscheiden kann, ob ich ihn schlagen oder in den Arm nehmen soll, passiert es.

Bzzzz macht das Levo an meinem Handgelenk. Ich seufze verärgert.

Ben nimmt meine Hand und wir schauen gemeinsam auf meinen Wert: 3,9. »Los, komm.« Er zieht mich zurück zur Bahn. »Mal sehen, ob du heute mithalten kannst. Du warst gestern ein bisschen langsam.«

Langsam?! Ich bin vor Ben auf der Bahn, lege alle Kraft in meine Beine, meine Füße. Wieder und wieder. Ben holt langsam auf, aber er überholt mich nicht. Vielleicht hält er sich noch zurück? Ich werde schneller, bis ich an meine Grenzen komme. Stück um Stück ziehe ich mit einem kühlen Gefühl der Befriedigung davon. *So soll es sein …*

Als das Laufen die Kontrolle übernimmt, muss ein kleiner Teil von mir schmunzeln. Warum bin ich so wütend auf Ben geworden? Meine Reaktion war nicht vernünftig, oder? Ich war verwirrt wegen gestern – weil er losgerannt ist, nachdem ich ihm von Lucy erzählt habe, und er später nicht mehr darüber gesprochen hat. Wenn er so tickt wie ich, hat er wohl etwas Zeit gebraucht, um alles zu verdauen. Und er war davon ausgegangen, dass er rechtzeitig zu Bio in der Schule sein würde, also hat es keinen Grund gegeben, mir Bescheid zu sagen, dass er einen Arzttermin hat. Fast muss ich über mich selbst lachen.

Aber nur fast, denn das Problem hier ist ernst. Und ich will mich ihm stellen.

Was ist Ben für mich?

Als wir anhalten, sehe ich Ferguson. Er steht mit der Stoppuhr in der Hand bei den Fitnessräumen und schüttelt leicht den Kopf. Wir gehen auf dem Rückweg an ihm vorbei.

»Verdammte Rekordzeit. Was für eine Schande«, murmelt er und schüttelt wieder den Kopf.

»Was meint er damit?«, frage ich und verhindere damit, dass Ben mich noch einmal auf gerade eben anspricht.

»Ich bin mir nicht sicher, aber wahrscheinlich meint er, dass wir den Bahnrekord gebrochen haben.«

»Aber das ist doch gut, oder?«

Ben zuckt mit den Schultern. »Klar, wenn du gerne Rekorde brichst.«

»Aber er hat gesagt, es sei eine Schande.«

»Natürlich. Weil wir nicht an Wettkämpfen teilnehmen dürfen.«

Ich bleibe stehen. »Was meinst du damit?«

»Slater können nicht in Schulteams aufgenommen werden, das weißt du doch.«

Er hat recht. Zumindest habe ich so etwas Ähnliches schon gehört. Doch ich hatte die Verbindung nicht gezogen und nicht an den Geländelauf gedacht.

»Aber warum dürfen wir dann hier trainieren? Was hat das für einen Sinn?« Ärger durchströmt mich, aber mein Wert ist immer noch weit oben vom Laufen.

Ben schaut mich an. »Ich habe letztes Jahr gefragt, ob ich mit ihnen trainieren kann. Als Ferguson gesehen hat, wie schnell ich laufe, hat er eingewilligt. Ich schätze, bei dir war es ganz ähnlich. Ich gehe davon aus, dass ich mit dem Team trainieren darf, um sie zu motivieren.«

»Aber macht dich das nicht wütend? Du bist mit Abstand der Beste im Team und darfst trotzdem nicht antreten. Das ist doch nicht fair.«

»Vielleicht bin ich der Schnellste, vielleicht bist du es. Vielleicht habe ich dich heute aber auch einfach nur gewinnen lassen«, hänselt mich Ben. Mir wird in diesem Moment bewusst, dass ihn das alles nicht wirklich juckt.

Aber anstatt noch wütender zu werden, resigniere ich innerlich. Ich fühle mich wie Phoebe auf Gianellis Zeichnung: isoliert und verzweifelt. Selbst Ben scheint, trotz seiner Sorge um Tori, nicht zu merken, wie die Dinge hier laufen und wie unfair das alles ist.

Ben fragt, ob ich vor der Gruppe am Donnerstag noch mal laufen will, doch wofür trainieren wir überhaupt? Aber ich sage zu, gerade als es zur nächsten Stunde läutet. Ich biete wohl einen ziemlich üblen Anblick: Meine Haare sind klatschnass, meine Kleider kleben an meinem Rücken und ich habe keine Zeit mehr zu duschen. Niemand wird in Englisch neben mir sitzen wollen.

Aber das ist ja nichts Neues.

Mrs Ali nimmt mich am Ende des Tages beiseite.

Sie lächelt ihr freundliches Lächeln und hat einen warmen Blick aufgesetzt. Ein kalter Schauder läuft mir über den Rücken.

»Kyla, Darling, wir müssen uns mal unterhalten.« Wir bleiben im Klassenzimmer, nachdem die anderen Schüler gegangen sind.

Als mein Englischlehrer Mrs Ali entdeckt, murmelt er etwas von einer Tasse Tee und flieht schnell aus dem Raum.

»Wie geht es dir, Liebes?«

»Gut«, sage ich und winde mich unbehaglich in meinen feuchten Klamotten, die mittlerweile eiskalt sind.

»Gut. Macht dir irgendetwas Sorgen?«

»Nein«, lüge ich.

»Hör mir mal zu. Ich sehe da ein mögliches Problem. Es betrifft dich und deinen Freund Ben.«

Ich rutsche auf meinem Stuhl hin und her. »Was meinen Sie?«

»Nun, Liebes, du bist erst seit – drei Wochen? – aus dem Krankenhaus.«

»Seit zweiundzwanzig Tagen.«

»Also ein bisschen länger als drei Wochen. Ich weiß ja, dass Ben ein gut aussehender Junge ist und auch ein anständiger, soweit ich das beurteilen kann.«

Ich werde rot und kapiere langsam, worauf dieses Gespräch hinausläuft.

»Aber du weißt, Liebes, dass du dich auf die Schule konzentrieren musst, auf deine Familie und darauf, dich in die Gemeinschaft zu integrieren. Nicht auf einen Jungen.«

»Klar«, sage ich. »Kann ich jetzt gehen?«

Sie seufzt. »Kyla, mir ist auch bewusst, dass dein exzessives Training ein Weg ist, um die Überwachungsmöglichkeiten deines Levos auszutricksen. In Zukunft solltest du nicht mehr mittags mit Ben laufen. Ist das klar?«

»Ja«, antworte ich.

»Gut, dann kannst du gehen.«

Ich fühle mich wie vor den Kopf gestoßen, als ich zu Jazz' Auto laufe. Das Gespräch mit Mrs Ali verwirrt mich mehr als alles andere. *Ben.* Ich spüre einen Stich. Das heißt wohl, dass ich ihn in der Schule kaum mehr zu Gesicht bekommen werde. Dass ich nicht mehr laufen darf, ist nicht so schlimm, wenn ich eh nicht ins Schulteam komme. Warum sollte ich mir also darüber Gedanken machen? Obwohl Mrs Ali nichts vom Sonntagstraining gesagt hat. Aber vielleicht weiß sie davon nichts.

Hat Mrs Ali ein Problem damit, dass ich Ben treffe? Oder nur mit dem »exzessiven Training«? Im Krankenhaus haben mir die Schwestern gesagt, dass ich aufs Laufband gehen soll, um mein Levo-Level oben zu halten. Will Mrs Ali, dass mein Wert fällt und ich zusammenbreche?

Jazz' Auto steht nicht an der üblichen Stelle auf dem Parkplatz, aber ich entdecke es weiter vorn. Jazz hat sich bereits in die Schlange bei der Ausfahrt eingereiht, aber die Autos bewegen sich nicht. Was ist da los? Er und Amy steigen aus, als sie mich kommen sehen.

»Wo bist du gewesen?«, fragt Amy.

»Mrs Ali wollte mit mir sprechen.«

Sie schaudert. »Ist alles in Ordnung?«

»Alles rosig«, sage ich und will gerade weitersprechen, als ich Jazz' Blick bemerke.

Er hört uns nicht zu. Seine Augen sind auf etwas hinter uns gerichtet, das Lächeln ist aus seinem Gesicht gefallen. Als ich mich gerade umdrehen will, legt er eine Hand auf meine Schulter und schiebt Amy und mich schnell in Richtung Auto.

»Steigt ein. Sofort«, sagt er und reißt die Tür auf.

Ich klettere auf die Rückbank und schaue aus dem Rückfenster.

Gianelli läuft über den Parkplatz an uns vorbei, links und rechts flankiert von Lordern. Ein dritter folgt ihnen. Sie steuern auf einen schwarzen Van zu, der in zweiter Reihe bei den Schulbussen steht und die Ausfahrt blockiert. Gianelli stolpert, ein Lorder greift ihn am Arm und zieht ihn auf die Beine. Dann gehen sie weiter.

Die Busse sind noch nicht abgefahren, obwohl es bereits spät ist. Die Schüler stehen davor, aber die Türen sind geschlossen.

Ungefähr ein Dutzend schwarz gekleidete, bewaffnete Lorder haben sich an der Bushaltestelle versammelt. Um sie herum harrt fast die ganze Schule aus.

Wir alle sehen dabei zu, wie Gianelli – ein alter Mann, ein Künstler, der sich auf seine Art erhoben und protestiert hat – zur Tür des Vans geschoben wird. Sein Kopf schlägt gegen den Türrahmen, er stolpert und der Lorder versetzt ihm einen Tritt, um ihn in den Wagen zu befördern. Dann wird die Tür zugezogen.

Niemand tut etwas, niemand sagt etwas. Auch ich nicht.

KAPITEL 32

»Was hat er nur angestellt? Muss was Schlimmes gewesen sein.« Amy wirkt fasziniert und überhaupt nicht aufgebracht. »War das nicht dein Kunstlehrer?«

»Er *ist* mein Kunstlehrer«, sage ich.

»Na ja, jetzt wahrscheinlich nicht mehr. Sie haben noch nie jemanden vor den Augen aller Schüler abgeführt wie gerade eben.«

»Ich will nicht darüber reden«, erwidere ich, aber Amy ist hartnäckig.

»Komm schon, du musst doch irgendetwas mitbekommen haben. Raus mit der Sprache.«

»Es reicht, Amy«, sagt Jazz.

Amy sieht verblüfft aus. »Was hast *du* denn damit zu tun?«

Ich seile mich von ihnen ab. Irgendwie bin ich in diesen Spaziergang hineingeraten, obwohl ich viel lieber in mein Zimmer gegangen wäre, als wir zu Hause waren. Aber Mum war der Meinung, dass die beiden einen Anstandswauwau brauchen.

Allerdings hat niemand davon gesprochen, dass wir nicht ein Stück getrennt gehen können, oder? Ich renne voraus, denn ich brauche die Geschwindigkeit und das Gefühl zu laufen. Es ist derselbe Weg, den wir heute vor drei Wochen bei meinem ersten Spaziergang mit Amy und Jazz genommen haben. Kann das wirklich so lange her sein? An diesem Tag war alles neu für mich: die Wälder, die Bäume, die frischen Gerüche der Natur. Damals wusste ich noch nichts von irgendwelchen Lordern, noch nichts von Ben. Ich wusste nicht, dass es Vermisste gibt. Die Liste der Dinge, von denen ich nichts geahnt habe, ist so wahnsinnig lang. Was hat sich sonst inzwischen geändert?

Ich habe immer noch vor Augen, wie Gianellis Kopf gegen den Türrahmen gestoßen und er fast zu Boden gegangen ist. Wie ihn diese Lorder wie einen Sack Kartoffeln in den Van geschubst haben – nur weil er ein Bild von Phoebe gezeichnet hat. Jetzt ist er verschwunden, genau wie sie und Tori. Wo ist er jetzt? Wo sind sie alle?

Ich renne zum Aussichtspunkt hoch und wieder halb zurück, um dann erneut den Hügel hinaufzulaufen. Trotz meiner düsteren Gedanken ist mein Levo-Level stabil.

Ich verstehe nicht, warum sie Gianelli mitgenommen haben. Er hat doch nur Phoebe gezeichnet. Es ist ja kein Geheimnis, dass die Lorder sie mitgenommen haben. Sie wurde schließlich vor aller Augen aus dem Unterricht geholt.

Auch Mr Gianelli hätten sie nicht öffentlicher abführen können – jetzt wissen alle, was mit ihm geschehen ist.

In mir sagt eine Stimme: *Vielleicht geht es genau darum.*

Gianellis Schweigeminute für Phoebe, seine Bitte, *einen Gegenstand oder einen Menschen zu zeichnen, der uns etwas fühlen lässt,* und seine Zeichnung von ihr. Mit alldem hat er zu verstehen gegeben, dass es falsch war, dass sie weggebracht wurde. Er musste bestraft werden, weil er sich gegen die Regierung gestellt hat. Es war eine deutliche Botschaft, ihn vor der gesamten Schule abzuführen: *Wir haben die Kontrolle. Wir können tun, was wir wollen.* Wenn sie es heimlich getan hätten – was hätte es ihnen dann genützt?

»Hallo, Slater.«

Ich schrecke hoch. Ich war so in Gedanken versunken, dass ich meine Umgebung überhaupt nicht wahrgenommen habe. Meine Füße haben mich wieder zum Aussichtspunkt gebracht, aber diesmal bin ich nicht allein.

Ein Mann lehnt an einem Baum, von dem aus man den Weg überblicken kann. Er steht im Schatten, aber ich hätte ihn sehen können, wenn ich aufmerksamer gewesen wäre. Ich werde rot, als mir klar wird, dass er meinen Aufstieg beobachten konnte und dass ich an ihm vorbeigegangen sein muss, ohne ihn zu bemerken. So wie er steht, schneidet er mir den Weg zurück zu Jazz und Amy ab.

»Sagst du nicht mal Hallo?« Er lächelt, aber es ist kein freundliches Lächeln. Er hat fettiges Haar, eine ungesunde Blässe und rote Flecken auf Wangen und Nase. Er sieht nicht wie jemand aus, der Spaziergänge unternimmt. Sein Gesicht kommt mir irgendwie bekannt vor, aber woher? Ach ja, der Maurer. Ich habe ihn angestarrt, als er im Dorf die Gartenmauer hochgezogen hat. Danach hatte ich Albträume von endlosen Steinwänden.

»Ist das nicht ein glücklicher Zufall? Ich wollte sowieso mit dir sprechen. Komm und setz dich.« Die Art, wie er *Zufall* sagt, klingt so, als hätte es damit rein gar nichts zu tun. Hat er mich abgepasst, ist er mir gefolgt?

Er geht zu dem Baumstamm, auf dem Amy und Jazz beim letzten Mal saßen. Ich bewege mich nicht, sondern schaue zurück zum Weg. Sollten Amy und Jazz nicht bald hier ankommen?

»Ich beiße nicht.« Er grinst wieder. »Ich will einfach nur mit dir über meine Nichte reden. Ich glaube, du hast sie gekannt – Phoebe Best.«

»Phoebe? Wissen Sie, wo sie ist?« Ich mache einen Schritt auf ihn zu.

»Komm, setz dich, dann sage ich es dir.« Er klopft mit der Hand auf den Stamm.

Ich zögere und setze mich dann, so weit wie möglich von ihm weg.

»Also, du musst schon näher kommen, wenn du über solche Sachen reden willst. Ich kann ja nicht durch den ganzen Wald schreien. Die Bäume könnten Ohren haben.« Er lacht und spuckt auf den Boden.

Ich rutsche ein wenig näher.

»So ist es besser.«

»Geht es Phoebe gut?«

»Gleich. Ich will erst über was anderes mit dir reden.«

»Über was?«

»Das war deine Katze, oder?«

»Was meinen Sie?«

»An dem Tag, bevor sie verschwunden ist, habe ich Phoebe mit einer zugelaufenen Katze zum Tierarzt gefahren. Sie hat sich immer um streunende Tiere gekümmert. Dummes Ding.«

Ich antworte nicht und werfe wieder einen Blick Richtung Weg. Wo stecken sie bloß?

»Phoebe hat mir jedenfalls erzählt, dass die Katze einer Slater-Schlampe gehört, einer, mit der sie sich gestritten hat, obwohl ich ihr gesagt habe, dass das gefährlich sein kann. Aus irgendeinem dämlichen Grund wollte sie ihr die Katze zurückgeben. Und dann kommt Phoebe am nächsten Tag nicht von der Schule nach Hause. Was weißt du darüber?«

Ich springe auf.

»Wo willst du hin? Willst du nicht über Phoebe reden?«

Jeder meiner Instinkte schreit: *lauf!* Aber ein anderer Teil von mir wartet ab und will wissen, was er zu sagen hat.

»Phoebe war ein nettes Mädchen. Jetzt ist sie verschwunden – und das ist deine Schuld. Du hast den Lordern irgendwas gesteckt und sie …«

»Nein! Das habe ich nicht!«, schreie ich. *Lauf!* Ich drehe mich um und stürze zum Weg. Ich höre und spüre eine Bewegung hinter meinem Rücken, die verrät, dass er mir folgt.

Ich komme gerade bei der ersten Kurve an, als ich Stimmen höre. Amy und Jazz sind in der Nähe. *Endlich!*

Sie tauchen Arm in Arm hinter der Kurve auf. Ich pralle fast in sie hinein, doch Jazz fängt mich auf. Meine Augen sind weit aufgerissen.

Jazz schaut mich verwirrt an und blickt dann den Weg hoch. »Ist alles okay bei dir, Kyla?«

Ich fahre herum, aber es ist niemand zu sehen.

Amy hakt sich bei mir unter. »Tut mir leid, dass ich wegen Gianelli keine Ruhe gegeben habe. Jazz meinte, dass dich das Ganze vermutlich ziemlich mitgenommen hat.« Doch ich bin nicht überzeugt, dass sie ihre Entschuldigung wirklich so meint.

Jazz sieht mich neugierig an. Er ahnt, dass etwas vorgefallen ist, aber er fragt nicht weiter nach, sondern lässt Amy plappern. Wir folgen dem Weg hinab zurück ins Dorf.

Ein Kleinbus mit der Aufschrift *Best Builders* steht unten am Straßenrand. Auf dem Fahrersitz: Phoebes Onkel. Er hat das

Fenster runtergekurbelt und pfeift, als wir vorbeigehen. Jazz' Blick verfinstert sich.

»Wer ist das?«, frage ich.

»Dieser Nichtsnutz heißt Wayne Best«, sagt Jazz. »Halt dich von ihm fern, das ist ein Spinner.« Na, den Rat werde ich künftig befolgen …

Als wir endlich wieder zu Hause sind, stürmt Amy durch die Tür, um Mum zu fragen, ob ihr Freund zum Abendessen bleiben kann. Als ich ihr folgen will, hält mich Jazz an der Schulter zurück.

»Was ist?« Bestimmt will er hören, was gerade passiert ist. Allerdings weiß ich nicht, was ich ihm antworten soll.

Er wartet, bis Amy im Haus verschwunden ist. »Mac will dich sehen«, sagt er leise. »Nächsten Montag. Wir fahren nach der Schule hin und ich gehe wieder mit Amy spazieren. Okay?«

Aber bevor ich über eine Antwort nachdenken kann, kommt Amy zurück. Sie schüttelt den Kopf. »Mum sagt, heute nicht. Ein andermal vielleicht.«

Jazz sieht erleichtert aus, dass er nicht zum Essen bleiben muss, aber Amy scheint das nicht zu bemerken. Wie kann es sein, dass sie Dinge, die direkt vor ihren Augen vorgehen, einfach nicht wahrnimmt? Ich gehe ins Haus, damit sich die beiden voneinander verabschieden können.

»Na, wie war's heute in der Schule?«, fragt Mum, während sie in der Küche das Essen auf die Teller verteilt. Da Dad nicht zur Schule geht, nehme ich an, dass sie von Amy oder mir eine Antwort erwartet.

Ich sehe Amy an, in der Hoffnung, dass sie einspringt, aber sie zuckt nur mit den Schultern. Wahrscheinlich ist sie beleidigt, weil Jazz nicht zum Essen bleiben durfte.

Dad steht auf, um die Teller zum Tisch zu tragen. »Gibt es nichts zu erzählen? Hattet ihr einen guten oder ein schlechten Tag? Ist was Interessantes passiert, irgendwas Ungewöhnliches?«

Er stellt einen Teller vor mir ab, und ich habe das seltsame Gefühl, dass er ahnt, was heute Nachmittag geschehen ist.

Ich versuche, Amy mit Blicken dazu zu bringen, etwas zu erzählen – irgendetwas. Aber nichts kommt.

Ich seufze. »Mein Kunstlehrer ist von den Lordern abgeholt worden.«

Mum keucht erschrocken auf und setzt sich. »Bruno Gianelli?«, fragt sie.

»Ja.« Ich sehe sie überrascht an. »Kennst du ihn?«

»Er ist älter, als er aussieht. Gianelli war auch schon mein Kunstlehrer, als ich zur Schule ging. Ein großartiger Maler und ein guter …« Sie unterbricht sich mitten im Satz. »Nun, das ist alles lange her. Wer weiß, wie er heute ist.«

War, korrigiere ich im Kopf. Und erschrecke selbst darüber, dass ich an ihn in der Vergangenheitsform denke.

»Was passiert jetzt mit ihm?«, will ich wissen.

Mum und Dad wechseln einen Blick. Mum steht auf und ist plötzlich sehr damit beschäftigt, auf dem Herd die Suppe umzurühren.

»Das hängt wohl davon ab, was er getan hat, schätze ich. Mach dir darüber nicht allzu viele Gedanken«, sagt Dad.

Später an diesem Abend bin ich endlich allein in meinem Zimmer. Die Tür ist geschlossen, und ich schmiege mich auf dem

Bett an Sebastian, der genüsslich schnurrt. Ich versuche, alles, was heute passiert ist, so zu verarbeiten, dass es einen Sinn ergibt, aber es gelingt mir nicht. Und ich kann auch nicht aufhören, daran zu denken.

Die einzige Lösung ist Stift und Papier. »*Zeichnet einen Gegenstand oder einen Menschen, der euch am Herzen liegt oder der euch etwas fühlen lässt – egal, ob es gut oder schlecht ist.*«

Mit der linken Hand entwerfe ich fieberhaft Skizzen, bis in die frühen Morgenstunden hinein. Ich zeichne die Vermissten: Tori. Phoebe. Lucy. Gianelli. Und Robert – der Fast-Bruder, den ich nie getroffen habe und der vor so vielen Jahren verschwunden ist.

Der Busfahrer drückt wie wild auf die Hupe, obwohl es nichts bringen wird. Sie fahren nirgendwohin – es herrscht absoluter Stillstand.

Ein hübsches, junges Mädchen weiter hinten im Bus legt ihren Kopf auf die Schulter eines Jungen. Er umarmt sie. Ihnen ist die Verspätung egal. Andere werden unruhig. Manche lesen Bücher, ein paar ältere Jungs ärgern einen jüngeren. Mädchen reden über Jungs, Jungs reden über Mädchen und die ohne Freunde starren aus dem Fenster.

Ich schreie den Fahrer an. »Tun Sie doch irgendetwas! Öffnen Sie die Türen. Lassen Sie sie raus!«

Aber der Busfahrer weiß nicht, was passieren wird. Er kann mich nicht hören.

Dem hübschen Mädchen ist kalt. Der Junge steht von seinem Platz auf, um ihr seine Jacke oben von der Ablage zu holen.

Und in dem Augenblick passiert es: ein Pfeifen, ein Blitz und ein Knall. Und das Schreien beginnt.

Beißender Rauch, blutige Hände, die gegen Fenster schlagen, die sich nicht öffnen. Noch mehr Schreie. Doch der Junge mit dem hübschen Mädchen gibt keinen Laut von sich. Er schlingt die Arme um sie, aber es ist zu spät, um ihr zu sagen, dass er sie liebt. Sie ist tot.

Noch ein Pfiff, ein Blitz, eine Explosion. Ein klaffendes Loch an der Seite des Busses, aber jetzt sind die meisten leise. Der Junge wird in Sicherheit gebracht, weg von dem Mädchen. Er kommt zu ein paar anderen Überlebenden.

Ich stopfe mir die Finger in die Ohren, aber das Schreien hört nicht auf.

Es dauert eine Weile, ehe ich begreife.

Ich bin es.

»Ruhig. Es ist nur ein Traum.«

Ich schlage um mich, bis ich merke, wo ich bin. Im Bett, zu Hause – zumindest in der aktuellen Version von zu Hause – und es sind nicht Amys Arme, sondern die von Mum, die mich festhalten. Amy erscheint gähnend in der Tür und dreht dann wieder um. Mum muss wach gewesen sein, wenn sie schneller war als Amy.

Mein Levo vibriert: 4,4. Gar nicht so niedrig, trotzdem kann ich die Angst spüren und das Blut schmecken. Ich habe immer noch alles vor Augen. Das waren Robert und Cassie – das hübsche Mädchen. Mein Unterbewusstsein muss ihre Gesichter von den Fotos gespeichert haben, die mir Mac gezeigt hat.

Blätter mit meinen Zeichnungen liegen überall auf dem Bett verstreut. Mum glättet sie kommentarlos und beginnt, sie aufeinanderzustapeln. Bis sie zu dem von Gianelli kommt.

Ich habe ihn so gemalt, wie er herausfordernd unter dem Bild von Phoebe stand. Ihr Porträt ist eine Zeichnung in der Zeichnung. Phoebe ist Phoebe, das einsame Mädchen, das ich nie wirklich kennengelernt habe.

Mum wirkt traurig, als sie Gianelli ansieht. Ich bin gerade noch geistesgegenwärtig genug, um die anderen Zeichnungen einzusammeln, ehe sie die von Robert und Cassie entdeckt. Sie berührt Gianellis Gesicht. »Was hast du getan?«, flüstert sie der Zeichnung zu. Sie dreht sich zu mir. »Wir sind jetzt allein und das alles bleibt unter uns. Was ist mit Gianelli passiert? Du weißt es, das sehe ich dir an. Dein Gesicht ist wie ein offenes Buch. Du musst lernen, die Dinge besser zu verstecken, genauso wie wir anderen das machen. Aber bitte sag es mir.«

Und das tue ich: Ich erzähle von Phoebes Rotkehlchen und was Gianelli gesagt hat. Dass wir eine Schweigeminute abgehalten haben und er Phoebe so gezeichnet hat, wie ich es nun auch getan habe.

»Dummer, lieber Mensch. Aber dass es schon so schlimm ist, dass sie ihn nur aus diesem Grund mitnehmen ...«, sagt sie. »Doch jetzt hör mal zu, Kyla. Ich weiß – und das kannst du mir glauben –, wie sehr dich das alles beschäftigt und ängstigt. Wie schwer es ist, das zu verstehen. Aber du musst lernen, Dinge in deinem Innern zu verbergen. Oder du wirst nicht bestehen. Ich will nicht, dass du weggebracht wirst. Versprich mir, dass du es versuchen wirst.«

Also verspreche ich es ihr. Was bleibt mir schon übrig? Doch ich meine jedes Wort so, wie ich es sage.

»Ich werde das verschwinden lassen.« Sie deutet auf das Bild von Gianelli. »Gibt es noch mehr davon?« Sie wendet sich dem Stapel Zeichnungen zu. Was wird sie tun, wenn sie Roberts Gesicht entdeckt? Auch wenn das hier »unter uns« bleibt – wie sie es ausdrückt –, bin ich mir nicht sicher, was sie sagen würde, wenn ich ihr von Mac erzähle.

»Lass mich sehen«, fordert sie und streckt die Hand nach den Skizzen aus.

Doch plötzlich sind schwere Schritte auf der Treppe zu hören – sie kommen von oben. Mum schiebt die Blätter schnell unter meine Decke, bevor die Tür aufgeht.

Dad lächelt. »Alles klar bei euch?«

Mum dreht sich um. »Alles gut. Nur ein kleiner Albtraum, nichts weiter. Nicht wahr, Kyla?«

»Ja, jetzt geht's mir wieder gut«, sage ich. Dad bleibt im Türrahmen stehen – wartet er auf Mum?

Sebastian schleicht ins Zimmer, springt aufs Bett und dreht sich auf der Decke direkt über den versteckten Zeichnungen. Ein leises Knistern ist zu hören. Als er sich hinlegt, streichle ich ihn, und er beginnt zu schnurren. *Wo warst du, als ich dich gebraucht habe, Katze?* Mum knipst die Nachttischlampe aus, steht auf und geht. An der Tür dreht sie sich noch mal um.

»Versuch jetzt, ein wenig zu schlafen«, sagt sie. Aber ihre Augen sagen etwas anderes: *Wirf diese Zeichnungen weg.*

Ich denke eine Weile darüber nach, dann verstecke ich den Stapel. Der Teppich unterhalb des Fensters ist lose. Ich ziehe daran und verstecke die Bilder darunter.

KAPITEL 33

»Das ist nicht fair«, beharrt Amy, die Hände in die Hüften gestemmt.

Ich binde meine Schuhe zu, denn Ben holt mich bald ab.

»Wahrscheinlich hast du recht und es ist nicht fair«, sagt Mum und mich beschleicht Angst. *Sei still,* versuche ich Amy zu signalisieren, aber sie ignoriert mich.

»Jazz und ich dürfen nicht allein spazieren gehen. Warum kann dann Kyla mit Ben losziehen?«

»Wir ziehen nicht los, wir gehen laufen und danach in die Gruppe«, betone ich. »Und er ist nur ein Freund.« *Ist er das?,* frage ich mich innerlich.

»Nun, Amy hat schon nicht unrecht«, sagt Mum, wendet sich dann von ihr ab und zwinkert mir verschmitzt zu, ehe sie sich wieder zu Amy dreht. »Weißt du, was? Warum gehst du nicht mit ihnen laufen?«

Amy schaut sie ungläubig an »*Laufen?* Ist das dein *Ernst?*« Sie stürmt die Treppe hoch.

»Ihr seid doch vorsichtig, oder?«, fragt Mum und zieht den Reißverschluss meiner Jacke weiter zu.

»Natürlich.«

»In deinem Gesicht steht eine Frage.«

»Ach, echt?«

»Du solltest bald mal vor dem Spiegel ein Pokerface üben, Kyla.«

»Was ist denn ein Pokerface?« Ich stelle eine Frage, um von einer anderen abzulenken.

»Poker ist ein Kartenspiel. Man versucht dabei, ein neutrales Gesicht aufzusetzen, damit die anderen Spieler nicht einschätzen können, ob man ein gutes Blatt hat.«

Ich ziehe den Vorhang beiseite, um aus dem Fenster zu sehen. Komm schon, Ben, sei einmal pünktlich.

»Und um deine unausgesprochene Frage zu beantworten: Du bist anders als Amy. Es ist seltsam, aber ich vertraue dir, dass du mit Ben nur laufen gehst. Doch ich kann mich nicht auf Amys Urteilsfähigkeit, was Jazz betrifft, verlassen. Kapiert?« Das Telefon klingelt und sie nimmt ab.

Mum sieht manchmal mehr, als ich vermute, und mehr, als Amy versteht. Es stimmt, dass sich Amy und Jazz ständig berühren, sich unterhaken und küssen, und dass Ben und ich das nicht machen. Aber sie tun es ja nicht vor Mums Augen – woher weiß sie dann davon?

Doch Mrs Ali sieht Bens und meine Freundschaft anders als Mum. Seit sie mir verboten hat, mittags mit Ben laufen zu gehen, habe ich ihn kaum gesprochen. Und jeder Tag, an dem wir nicht ein wenig Zeit miteinander verbringen können, fühlt sich verkehrt an. Natürlich hat Mrs Ali meine Zeichnung von Ben gesehen. Mum nicht, und das wird sie auch nicht, weil ich sie mit den anderen unter dem Teppich versteckt habe.

Ich linse durch die Vorhänge und endlich kommt Ben die Straße heraufgerannt.

»Tschüss, Mum!«, rufe ich und öffne die Tür.

Wie immer legen wir zu Beginn richtig los. Wir sagen uns nur kurz Hallo. Exzessives Training – nennt man das so? Ich liebe das *Poch-poch* meiner Schritte auf dem Asphalt, die Flucht an einen anderen Ort, wo nur Schnelligkeit zählt. Bens längere Beine laufen einen langsameren Rhythmus, um sich meiner Geschwindigkeit anzupassen, und so verschmelzen mein *Poch-poch* und sein *Poch-poch* zu einer vertrauten, jagenden Musik, die nach der Aufregung in den letzten Tagen beruhigend auf mich wirkt.

Es ist seltsam in der Schule, jetzt wo Gianelli weg ist. Ich habe noch nicht mal Geflüster gehört wie an dem Tag, als Phoebe verschwunden ist und alle darüber getuschelt haben. Diesmal herrschte Schweigen. Vielleicht weil jeder gesehen hat, was mit ihm passiert ist, also muss man keine Gerüchte über sein Verschwinden verbreiten. Gianelli ist nicht ersetzt worden und der Kunstunterricht ist bis auf Weiteres gestrichen. Die Stunden sind für mich durch die Unit ausgetauscht worden, in der ich Hausaufgaben erledigen muss.

Ich beginne, langsamer zu werden. Normalerweise reduziert immer Ben das Tempo, wenn wir sprechen wollen. Aber heute habe ich ein paar Dinge auf dem Herzen.

Ben bleibt stumm, er wird nur ebenfalls langsamer. Eigentlich hat er die ganze Woche über kaum mit mir gesprochen. Während ich überlege, wie ich beginnen soll, blicke ich zu ihm, und all meine anderen Gedanken sind wie verflogen.

»Bist du sauer auf mich?«

»Was?«

»Du hast mich schon richtig verstanden. Du warst die ganze Woche über so komisch. Eigentlich schon seit Sonntag.«

»Sei nicht albern. Natürlich bin ich nicht sauer«, sagt er, aber er sieht wütend aus.

Ich halte an. »Was ist los? Hab ich etwas falsch gemacht?«

Ben fährt sich mit der Hand durch die Haare. »Kyla, es dreht sich nicht immer alles nur um dich, okay?«

Ich erschrecke und mache einen Schritt rückwärts. Das war wie eine Ohrfeige. »Was ist dann los?«

»Schhhh«, zischt er, und ich merke, dass ich laut geworden bin. Er nimmt meine Hand und verschränkt seine Finger in meinen. Ein Auto fährt vorbei. Ben schaut in beide Richtungen, doch es ist niemand zu sehen. »Komm, weiter«, sagt er und zieht mich in den Schatten eines Baumes am Straßenrand.

Im Dunkeln liegt ein Weg, der nur schwer zu erkennen ist und zu einer Mauer mit einem Metalltor führt, das leicht im Mondlicht schimmert. Auf der anderen Seite sind Felder. Die Straße ist nur ein paar Minuten entfernt, man hört leise Geräusche und sieht ab und zu Lichter, wenn ein Auto vorbeifährt.

Ben hält an und lehnt sich an die Steine, sein Gesicht liegt im Schatten. »Sprich leise in der Nacht«, flüstert er. Er legt seine Hände um meine Hüfte und hebt mich hoch, sodass ich oben auf die Mauer sitze und wir auf Augenhöhe sind. Einen Arm hat er um mich gelegt. Meine Augen gewöhnen sich allmählich an die Dunkelheit, und ich kann erkennen, dass er wieder diesen Blick hat. Wie vor ein paar Tagen, als wir im Regen standen und ich dachte, er würde mich küssen. Den Blick, den ich in Gianellis letzter Kunststunde gezeichnet und dann versteckt habe.

Er beugt sich schnell vor – so schnell, dass ich nicht reagieren kann – und küsst mich sanft auf die Wange.

»Ich bin nicht böse auf dich, Kyla«, flüstert er mir ins Ohr und mir läuft ein Schauer über den Rücken. Mein Magen schlägt Purzelbäume, und meine Hand geht wie von selbst zu seinem Gesicht, um seine Lippen zu berühren …

Er schüttelt bedauernd den Kopf und tritt einen Schritt zurück. »Wir müssen reden. Wir haben nicht viel Zeit.«

Meine Hand sinkt wieder nach unten.

Er lehnt sich im Schatten an die Mauer, doch er spricht nicht. Die Blätter rascheln im Wind, der Stein unter mir fühlt sich eiskalt an, und jetzt, da wir nicht mehr laufen, bildet sich eine Gänsehaut auf meinen Armen und Beinen, und ich schaudere.

Er kommt näher und nimmt meine Hand.

»Mir hat das Laufen mit dir gefehlt«, beginnt er. Ich konnte ihm eine Nachricht zukommen lassen, dass ich nicht mehr auf die Laufbahn der Schule darf.

»Mir auch.«

»Du hast mich vermisst?«

»Das Laufen«, sage ich und er hebt eine Augenbraue. »Und dich«, gebe ich zu. Ben grinst: Er wusste es die ganze Zeit. Er wollte nur, dass ich es sage.

»Na ja. Das mit dem Laufen kann ich verstehen. Nur wenn ich Gas gebe, kann ich mich auf Dinge konzentrieren und nachdenken.« Er runzelt die Stirn. »Aber die ganzen Sachen, die du mir am Samstag erzählt hast – das bekomme ich nicht mal beim Joggen aus dem Kopf.«

In meinen Ohren hallen Mrs Alis Worte wider. *Exzessives Training trickst die Überwachungsmöglichkeiten deines Levos aus.* Und ich merke, dass ich Ben nur so sehen kann, wie er wirklich ist, wenn er läuft – und nicht als den lächelnden Slater wie bei unserem ersten Treffen. Als würde es ihn *befreien.*

Er lässt meine Hände los und macht einen Schritt zurück. »Ich kann nicht aufhören, darüber nachzudenken, was mit Tori passiert ist.«

Ich schlinge meine Arme um meinen Körper, um den Schmerz zu verstecken. Tori ist der Geist, der immer zwischen uns steht. Dann schüttle ich den Kopf, um den Gedanken zu vertreiben. Nein, kein Geist! Das kann sie nicht sein. Oder doch?

»… und mit Phoebe, deinem Kunstlehrer und all den anderen, die verschwunden sind. Was ist mit all den Vermissten auf der Webseite geschehen, von der du mir erzählt hast? Nach allem, was ich herausgefunden habe, wird es immer schlimmer. Immer mehr Menschen verschwinden.«

»Komm mit mir mit. Montag nach der Schule, dann siehst du es selbst. Lass uns nachschauen, ob du auf der Webseite stehst.« Ich habe das Versprechen gebrochen, niemandem davon zu erzählen. Doch es ist nicht irgendjemand, es ist Ben und ich vertraue ihm. Trotzdem liegt mir die Schuld schwer im Magen.

»Aber die Sache ist die, Kyla: Ich will nicht. Ich will es nicht wissen.«

»Das verstehe ich nicht.«

»*Du* bist vermisst gemeldet. Jemand sorgt sich um dich, sie wollen dich zurückhaben. Was, wenn mich niemand will und ich deshalb hier bin? Wie bei Tori – ihre neue Mutter hat einfach beschlossen, dass sie sie nicht mehr haben will. Was, wenn mich meine echten Eltern loswerden wollten?«

»Aber so läuft es nicht. Du musst wegen irgendetwas verhaftet und verurteilt worden sein, du musst etwas angestellt haben, um geslated zu werden.« Doch ich höre, wie die Worte aus meinem Mund kommen und falsch klingen. Langsam verstehe ich die Tragweite der Verschwörung um diese vermissten Kinder. Es sollte so sein, dass sie eines Verbrechens schuldig sind, aber so ist es nicht immer – nicht wenn diese Webseiten echt sind. Man kann sich ja nicht darüber beschweren, dass man geslated wurde. Wenn es passiert ist, erinnert man sich an gar nichts mehr. Und Leute, die zu Recht verurteilt wurden, werden nicht vermisst. Die Eltern verurteilter Straftäter würden wissen, was mit ihren Kindern geschehen ist.

»Jetzt kapierst du's, oder?«, fragt Ben.

Ich nicke. »So weit habe ich nicht gedacht.«

»Also, warum sollte ich es herausfinden wollen? Was soll das bringen? Ich erinnere mich sowieso an nichts aus meinem früheren Leben. Ich bin nicht mehr derselbe Mensch und meine jetzige Familie ist in Ordnung, sogar mehr als das.«

Da fällt mir auf, dass ich fast gar nichts über Bens Familie weiß. »Erzähl mir von ihnen«, bitte ich ihn. Wir laufen wieder Richtung Straße und zur Gruppe. Ben erzählt mir von seinem Vater, einem Grundschullehrer, der gern Klavier spielt, und seiner Mutter, die das Milchgeschäft führt, Metallskulpturen herstellt und keinen Ton halten kann. Seine Eltern konnten keine eigenen Kinder bekommen und nach drei Jahren bei ihnen sind sie ihm ans Herz gewachsen – warum also alles durcheinanderbringen?

Ich höre ihm zu, aber ein Teil von mir denkt an das, was er vorhin gesagt hat: *Was, wenn mich niemand will?*

Und ich denke: *Ich will dich.*

Aber das sage ich nicht laut.

KAPITEL 34

Die Lorder kontrollieren auch heute wieder die Autos am Krankenhauseingang. Zwei weitere halten Wache im Flur vor Dr. Lysanders Büro, und mir läuft ein eiskalter Schauder über den Rücken, als ich an ihnen vorbeigehe. Ich beobachte sie unablässig von meinem Platz im Wartezimmer aus. Sie sind in Alarmbereitschaft und nehmen jedes Geräusch und jede Bewegung wahr. Aber sie schenken mir weniger Aufmerksamkeit als einer kleinen Spinne an der Wand. Ich bin geslated und der Mühe nicht wert. Ich stelle keine Bedrohung dar.

»Komm rein«, ruft Dr. Lysander schließlich, und ich bin froh, von den Lordern wegzukommen und eine geschlossene Tür zwischen uns zu bringen.

»Wirst du verfolgt?« Sie lächelt.

»Natürlich nicht.«

Dr. Lysander hebt eine Augenbraue.

Ich seufze. »Wenn Sie es genau wissen wollen: Die Lorder machen mir Angst.«

»Ich verrate dir ein Geheimnis, Kyla: mir auch.«

Meine Augen werden groß. »Ehrlich?«

»Ja, aber ich ignoriere sie einfach und tue so, als wären sie gar nicht da. Wenn ich sie nicht zur Kenntnis nehme, existieren sie nicht.«

Sie sagt das ruhig und fest, als ob sie Menschen einfach ausblenden könnte. *Verschwinden lassen könnte.*

Ich schaudere unwillkürlich und blicke dann schnell hoch, um zu sehen, ob Dr. Lysander es bemerkt hat, aber sie tippt auf ihrem Bildschirm herum. Dann blickt sie wieder auf.

»Letzte Woche hatten wir besprochen, dass du dich auf das Zeichnen konzentrieren sollst, um einen Mittelpunkt in deinem Leben zu finden. Wie kommst du voran?«

»Nicht besonders gut.«

»Oh, und warum nicht?«

»Der Kunstunterricht ist gestrichen. Der Lehrer wurde von den Lordern abgeführt, vor den Augen der ganzen Schule.«

Der Schock huscht so schnell über ihr Gesicht, dass man ihn leicht hätte übersehen können – die Augen weiten sich einen Atemzug lang –, und schon ist ihr Gesicht wieder distanziert und neutral.

»Wie geht es dir damit?«

»Ich habe zu Hause gezeichnet, aber es ist nicht dasselbe.«

»Das hast du falsch verstanden. Wie geht es dir wegen deines Lehrers?«

Das ist eine interessante Frage. Ich sehe an den Reaktionen der anderen Schüler, dass es ein Tabu ist, über das zu sprechen, was die Lorder mit Mr Gianelli getan haben. Aber Dr. Lysander fragt mich geradeheraus, wie ich darüber denke. *Vorsicht, Kyla*: Sie stehen direkt vor der Tür. Wer weiß, was sie hören können?

»Sicher hatten sie ihre Gründe.«

»Nun, Kyla, es ist offensichtlich, dass dich dieses Thema sehr bewegt.«

»So?«

»Deine Augen sind die Fenster zu deiner Seele.«

Wie ärgerlich. Ich habe daheim vor dem Spiegel mein Pokerface geübt, wie Mum es mir geraten hat. Aber sobald ich an etwas gedacht habe, das mich bewegt – egal, ob gut oder schlecht –, konnte ich es im Spiegel sehen. *Konzentrier dich auf Sebastian.* Das schien zu helfen.

»Habe ich denn eine Seele?«

»Du lernst zu schnell, mich abzulenken. Das ist nur eine alte Weisheit, ein Sprichwort.«

»Aber kann jemand, der geslated wurde, eine Seele haben?«

Dr. Lysander lehnt sich mit einem amüsierten Lächeln auf dem Gesicht in ihrem Stuhl zurück. »Nun, ich wüsste nicht, was die Tatsache, ob jemand eine Seele hat, mit dem Slaten zu tun haben sollte.«

»Glauben Sie an die Seele?«

Sie schüttelt leicht den Kopf. »Du vergisst, wer hier die Fragen stellt, Kyla. Beantworte meine«, sagt sie mit warnendem Unterton.

Also versuche ich, etwas über Gianelli zu sagen, das nicht gefährlich ist. Aber dann denke ich: *nein.* Er hat mehr verdient. Er verdient die Wahrheit.

»Er war ein guter Mensch. Er hat sich um uns gekümmert und jetzt ist er verschwunden. Was denken Sie, wie es mir geht?«

Sie runzelt die Stirn. »Eine Frage mit einer Frage beantworten? Das kannst du besser …«

BUMM!

Ein lautes Geräusch hallt durch das Krankenhaus. Das Gebäude erbebt und ich werde stocksteif vor Angst. Schreie sind zu hören, entfernt und leise, aber nicht weit genug weg.

Terroristen?

Die Tür hinter mir springt auf und ich fahre im Stuhl herum: die Lorder aus dem Flur. Zum ersten Mal bin ich erleichtert, sie zu sehen. Einer spricht in ein Headset. »Kommen Sie sofort mit«, sagt der andere und sieht Dr. Lysander an, aber sie bewegt sich nicht. Sie sitzt wie erstarrt mit leerem Gesicht hinter dem Schreibtisch. »Jetzt!«, schreit der Lorder. Sie schreckt hoch und steht auf. Die Männer schieben sie aus dem Zimmer. Soll ich mitkommen?

Dr. Lysander dreht sich halb um. »Kyla, geh zur Schwesternstation. Mach dir keine Sorgen, alles wird …«

Dann packt der Lorder sie an der Schulter und drängt sie hinaus.

Da war er wieder, der erschrockene Blick. Sie kann die Lorder nicht mehr einfach verschwinden lassen.

In der Ferne hört man es knallen. Jemand schreit. Die Schüsse klingen wie Gewehrsalven in alten Filmen. *Woher kommen sie?* Ich drehe den Kopf: irgendwo von unten oder draußen. Ich laufe zu Dr. Lysanders Fenster.

Es ist nicht vergittert und gibt den Blick auf einen Innenhof etliche Stockwerke weiter unten frei, der mit Pflanzen, Bäumen und Bänken gesäumt ist. Schwestern drängen sich dort zusammen, doch keine Spur von Waffen oder jemandem, der sie abfeuert.

Dr. Lysander hat gesagt: *Geh zur Schwesternstation.* Ich wende mich Richtung Tür, bleibe dann aber abrupt stehen. Ihr Computer auf dem Tisch ist noch an.

BUMM!

Das ganze Gebäude bebt. Diesmal kam die Erschütterung ganz aus der Nähe.

Ich bleibe stehen: Die Panik in mir sagt: *lauf*, aber ich ringe mit der Neugierde. *Wann bekomme ich je wieder so eine Chance?*

Ich zitterte, und mein Magen verkrampft sich, als wäre mein Frühstück auf dem Weg nach oben. Was soll ich tun? Ich starre auf die Tür, meine Füße machen einen Schritt darauf zu und wieder einen zurück. *Wer sagt denn, dass es da draußen sicherer ist als hier drinnen?*

Ich setze mich auf Dr. Lysanders Stuhl.

Mein Foto ist auf dem Bildschirm zu sehen: *Kyla 19418*. Das ist die Nummer auf meinem Levo. Links von dem Foto stehen Dr. Lysanders Notizen: eine sehr kurze Zusammenfassung unseres heutigen Gesprächs, in der Gianelli nicht erwähnt wird. Eine Reihe von Datumsangaben verläuft am Rand. Ich zögere, dann klicke ich auf das Datum von letzter Woche. Ihre Beobachtungen und alles, was wir an diesem Tag besprochen haben, sind hier vermerkt.

Unter meinem Namen ganz oben gibt es eine Menüleiste mit Überschriften: Aufnahme, Operation, Nachbereitung, Empfehlungen.

Ich klicke auf *Aufnahme*. Und da bin ich: Ein farbiges Foto von mir erscheint auf dem Schirm. Ich bin es, aber irgendwie auch wieder nicht. Ich liege auf einem Krankenhausbett, doch es ist anders als die Betten, die ich kenne. Es hat an allen Seiten Gurte und meine Hände und Füße sind gefesselt. Meine Haare sind länger und verstrubbelt und ich bin noch dünner als jetzt. Mein Gesicht ist leer, genau wie meine Augen: Es gibt keine Fenster zu meiner Seele oder irgendwo sonst hin.

Während ich auf den Computer starre, hört ein anderer Teil von mir immer noch Rufe, Schüsse, einen Schrei, der jäh abbricht. Aber ich bin wie hypnotisiert. Ich überfliege schnell meine Aufnahme und die Operationsnotizen. Ich suche nach irgendeinem Hinweis, warum ich hier bin, doch ich kann nichts finden außer einem Durcheinander an Scans und Aufnahmen meines Gehirns.

Schritte, Rufe. Sie kommen näher.

Aber was ist das? Ich klicke auf *Empfehlungen.*

Es wird lauter. Ich blicke zur Tür.

Los, versteck dich, jetzt sofort! Aber wo? Ich schaue mich im Raum um und will die offenen Fenster auf dem Bildschirm schließen, doch dann öffnet sich der letzte Link: Empfehlungen. Eine Tabelle mit Maßnahmen und Daten.

Gremium plädiert für Abbruch. Dr. Lysander lehnt ab. Erneute Operation. Anzeichen für Rückfälle nach Behandlung beobachten. Zusätzliche Überwacher beantragt. Bei Rückfall empfiehlt Gremium Abbruch.

Der letzte Eintrag ist aus der Woche, bevor ich das Krankenhaus verlassen habe.

Los, versteck dich, jetzt sofort!

Die Tür springt auf.

Zu spät.

Ein Mann starrt mich an. Er ist kein Lorder – seine Haare sind strähnig, sein Blick wild und seine schwarze Kleidung soll wahrscheinlich wie die Einsatzkleidung der Lorder aussehen, aber von Nahem verrät sie ihn. Ein Teil von mir registriert diese Details, während sich der Rest nur auf eines konzentriert: Er hält eine Waffe in seiner Hand, die er nun hebt und auf mich richtet.

Ein anderes Gesicht erscheint hinter seiner Schulter.

»Lass sie! Sie hat ein Levo, sie ist geslated.«

Er zielt immer noch mit der Waffe auf mich. »Es wäre menschlicher, sie zu erschießen, oder?«

Ich schüttle den Kopf und weiche an die Wand zurück. Ich versuche zu sprechen, *nein, bitte nicht,* aber die Worte bleiben in meiner Kehle stecken.

»Vergeude keine Kugeln«, schreit der andere und reißt an seinem Arm. Sie rennen den Flur hinab.

Ich lasse mich auf den Boden sinken. Ich zittere schrecklich. Mein Levo zeigt 5,1. *Das soll mir mal einer erklären.*

Ich kann es nicht.

Dann schaltet sich mein Selbsterhaltungstrieb ein und lässt mich aufstehen. Ich schließe alle offenen Fenster auf dem Bildschirm und spähe dann vorsichtig zur Tür hinaus. Der Flur ist leer, doch es kommen Schreie aus der Richtung, in die die beiden Männer gerannt sind. Ich laufe in die andere Richtung.

Die Lichter flackern ein paar Mal und gehen dann aus. Jetzt ist es stockdunkel. Ich reiße meine Augen auf, doch ich kann in dem fensterlosen Flur trotzdem nichts erkennen. Ich möchte schreien, aber eine innere Stimme warnt mich: *Beruhige dich; du kennst den Weg – denk nach!* Ich atme langsam und tief ein und versuche mit aller Macht, mir den Krankenhausplan in Erinnerung zu rufen. 8. Stock. *Geh zur Schwesternstation,* hat Dr. Lysander gesagt.

Mit einer Hand an der Wand und sehr vorsichtigen Schritten, um kein Geräusch zu machen, tapse ich bis zum Ende des Flurs. Doppeltür, links abbiegen: Sie haben Ihr Ziel erreicht.

Alles ist still. Ich laufe mit ausgestreckten Händen vorwärts, um die Kante des Schreibtisches zu finden, aber ich rutsche auf etwas aus und falle hin.

Der Boden ist nass. Klebrig. Ein seltsamer, metallischer Geruch hängt in der Luft, steigt meine Kehle hinauf und lässt mich würgen. *Blut.*

Ich weiche blind auf Händen und Füßen zurück und stoße an etwas – nein, jemanden – auf dem Boden: eine Hand, ein Arm. Ein Mensch, eine Frau in Schwesternkleidung. Kein Geräusch, keine Bewegung, eine große klebrige Pfütze … Ich zwinge mich, ihrem Arm bis zum Hals zu folgen. Sie ist noch warm, aber ziemlich sicher tot. Dieser letzte Schrei, den ich gehört habe, ehe die beiden Männer mit der Waffe kamen – sie haben sie erschossen. Es muss so gewesen sein.

Tot.

Ich rapple mich wieder auf und renne, ohne etwas zu sehen, zurück in den dunklen Flur.

Stopp – viel zu laut! Versteck dich.

Ein Instinkt zwingt mich, langsamer zu werden und vorsichtig weiterzulaufen. Ich versuche, mich zu erinnern, ob mir die Schwester vorhin am Empfang aufgefallen ist, als ich aus dem Lift gestiegen bin. Ich bin direkt an ihr vorbeigegangen, aber ich weiß nicht mehr, wie sie aussah. Wenn ich sie gekannt hätte, könnte ich mich sicherlich erinnern. Aber ich war abgelenkt, weil ich mich von Mum verabschiedet habe und dann …

Mum! Sie hat sich mit einer Freundin zum Kaffeetrinken verabredet, wie letztes Mal. Wo sind sie hingegangen? Ich weiß es nicht! Mum, wo bist du?

Kontrolle behalten. Ruhig bleiben. JETZT.

Ich atme ein und aus, bis mein Herzschlag langsamer wird und die Panik nachlässt. *Bleib stehen und lausche.* Aber ich kann nichts hören, keinen Mucks. Das Krankenhaus ist so gespenstisch still wie noch nie zuvor.

Meine Füße tragen mich zum Treppenhaus mit dem Notausgang und führen mich automatisch zu dem Ort, den ich am besten kenne: den 10. Stock. Mein altes Zimmer.

Vorsichtig und leise steige ich, mit einer Hand an der Wand, eine Stufe nach der anderen hoch. Immer wieder halte ich an, um auf Geräusche zu lauschen, aber ich höre nichts.

Schließlich erreiche ich die Tür zur 10. Etage und habe plötzlich Angst, dass sie verschlossen sein könnte. Doch sie lässt sich öffnen.

Ich trete durch die Tür in den Flur. Hier brennt trübe Notfallbeleuchtung. Stimmen sind zu hören und Menschen bewegen sich durch die Etage. Niemand schreit oder ruft nach Hilfe.

Ein Licht leuchtet mir ins Gesicht.

»Ist das Kyla? Ja, das ist sie!« Das Licht wird gesenkt und ich erkenne Schwester Sally – eine der Schwestern, die auf meiner Abteilung gearbeitet haben, als ich hier war. Ich bin unglaublich froh, ein Gesicht zu sehen, das ich kenne. Ich lächle und Schwester Sally legt ihre Hand auf meine Schulter.

»Du *bist* es. Oh, Liebling, du bist heute zur Kontrolle hier, oder? Komm mit. Wir müssen alle in die Cafeteria. Kannst du uns mit ein paar Neuzugängen helfen? Sie sind völlig verwirrt.«

Sie gibt mir zwei Slater an die Hand. Sie sind noch unsicher auf den Beinen, aber sie tragen ihr großes, glückseliges Lächeln im Gesicht, als wäre das der großartigste Tag ihres Lebens.

Schwester Sally schiebt einen Rollstuhl vor sich her: eine ganz neue Patientin, die noch nicht laufen kann.

Wir gehen den Flur hinab, der sich bereits mit Schwestern und Patienten füllt.

»Schnell!« Eine ungeduldige Stimme drängt von hinten. Einer von mehreren Lordern, die uns vorwärtsscheuchen.

Unser Ziel ist die Cafeteria im 10. Stock – der einzige Ort, an dem alle Platz haben. Sie schieben die Letzten von uns hinein und verbarrikadieren dann die Tür.

Hier dringt Tageslicht durch die hohen, vergitterten Fenster. Nach der Notbeleuchtung blendet es mich. Ich blinzle.

»Kyla, du bist verletzt! Was ist passiert?« Schwester Sally drückt mich auf einen Stuhl und untersucht meinen Arm und meine Schulter.

»Verletzt? Ich bin nicht … Oh, das ist nicht mein Blut. Ich bin über jemanden gestolpert, der …« Ich kann nicht daran denken oder auch nur den Satz zu Ende bringen, also wechsle ich das Thema. »Was geht hier vor?«

»Keine Sorge. Ich bin mir sicher, alles wird gut.«

»Sie erschießen Menschen, sie bringen sie um! Das ist nicht gut.«

Sallys Mund klappt auf. Sie schüttelt den Kopf. »Ich habe ganz vergessen, wie direkt du sein kannst. Es gab einen RT-Angriff, doch er ist vorbei. Sie verhaften gerade die letzten Terroristen, und wir werden so lange bewacht, bis sie alle gefunden haben.«

»Geht's dir gut, Schätzchen?« Eine andere Schwester strahlt mich an. Sie hat mehrere Spritzen mit *Happy Juice* bei sich und dreht gerade eine Runde in der Cafeteria.

»Ja«, antworte ich und denke an Sebastian. Mein Pokerface funktioniert wohl, denn sie geht weiter. Sally folgt ihr, und sie schauen nach den anderen Slatern, bevor sie sich ebenfalls setzen.

Neben mir ist ein Mädchen an einen Rollstuhl geschnallt, ihr braunes Haar fällt ihr ins Gesicht. Ihr Levo vibriert. Ich suche nach einer Schwester und winke Sally zu, damit sie herkommt, aber sie sieht mich nicht. Das Mädchen ist in ihrem Rollstuhl in sich zusammengesackt und versucht, nach etwas zu greifen …

Ah, dort auf dem Boden. Ich hebe das Kuscheltier auf, das sie fallen gelassen hat: ein Hase mit Schlappohren.

»Hier ist er«, sage ich und lege ihn in ihre Hände. Sie sieht auf und lächelt. Ein breites Lächeln von vollkommener Freude.

Ich fahre zurück. Nein, das kann nicht sein. Dieses Lächeln gehört nicht auf dieses Gesicht. Sie sieht hübsch aus, es steht ihr, aber es ist völlig *falsch.*

»Phoebe?«, flüstere ich.

KAPITEL 35

Etwas Spitzes sticht in meine Schulter.

Wärme strömt durch meine Adern. Fast sofort wird mein Herzschlag langsamer, meine Fäuste entkrampfen sich. Das ist kein normaler *Happy Juice*, das Zeug hier ist stärker.

Ich wache auf, bin aber gleich wieder weg.

Ich bin bei Bewusstsein, aber irgendwie auch nicht.

Die Lichter sind wieder an. Ich sitze in einem Rollstuhl und werde den Flur hinabgefahren, doch ich weiß nicht, wo ich mich befinde, denn ich sehe nur den Boden. Ich kann den Kopf nicht heben, um mich zu orientieren.

Ich spüre warmes Wasser. Eine Schwester hält mich fest, während eine andere meine Haut schrubbt. Blut lässt sich so einfach abwaschen, wenn es jemand anderem gehört. Ich sehe zu, wie meine Haut wieder sauber und weiß wird.

Die Schwestern wickeln mich in flauschige Handtücher und ziehen mir saubere Kleider an.

Krankenhauskleidung. Etwas stimmt hier nicht. Ich möchte mich darauf konzentrieren, aber es gelingt mir nicht.

Ich werde in ein Bett gesteckt, aber es ist nicht meines. Die Laken sind kühl und mein Körper glüht darin. Ich versuche, meine Augen offen zu halten. Die Lider flattern, dann schließen sie sich.

»Kyla, komm schon. Wach auf …«

Mir ist warm, ich bin glücklich und schwebe. Ich will nicht zurück. *Lasst mich in Ruhe.* Ich gleite durch Schichten der Dunkelheit, die Stimmen werden leiser …

Überall um mich herum sind Steine. Auch über mir, soweit ich sehen kann. Ich kratze am Mörtel. Er beginnt zu bröckeln. Stück für Stück. Jetzt dauert es nicht mehr lang …

Bald bin ich frei.

Ich nehme eine andere Stimme wahr: »Na komm, Kyla. Es ist Zeit, nach Hause zu fahren.«

Mum?

Meine Lider klappen auf.

Wir fahren durch das Klinikparkhaus nach oben zum Ausgang.

Mum wirkt völlig gelassen. Sie hat mir auf dem Weg zum Auto erzählt, dass sie beim ersten Einschlag im Büro ihrer Freundin waren. Sie haben sich eingeschlossen und unter dem Tisch versteckt.

Als es vorbei war, konnte sie mich nicht finden. Niemand wusste, wo ich war. Das Stockwerk, in dem ich meinen Termin gehabt hatte, und das darunter – mit den Ärztezimmern und Versammlungsräumen – waren die Hauptziele der Terroristen gewesen. Aber niemand von den wichtigsten Angestellten ist verletzt worden, sondern sie sind in Sicherheit gebracht worden, so wie Dr. Lysander. Aber als ich noch einmal nachhake, gibt Mum zu, dass einige Schwestern und ein paar Lorder gestorben sind. Und alle Terroristen.

Als Mum mich endlich gefunden hatte, schwebte ich in einem geistigen Niemandsland. Der Schock hatte mein Levo-Level mit Verzögerung sinken lassen – das nahmen zumindest die Schwestern an. Sie konnten mir gerade noch eine Spritze geben, bevor ich ohnmächtig wurde. Weil ich ruhiggestellt worden war, wollten sie mich nicht gehen lassen, ohne eine Komplettuntersuchung und Scans meines Gehirns vorzunehmen.

Mum sagte, sie hätte irgendwelche Fäden gezogen. Ein paar wichtige Freunde in höheren Stellen angerufen, damit sie mich mit nach Hause nehmen konnte. Alle in der Klinik waren anscheinend so unter Strom, dass sie schließlich einwilligten und mich entließen.

Nach Hause.

Ich nicke im Auto ein und stelle mich nach dem Aufwachen schlafend. Die Wirkung der Spritze klingt ab. Langsam fallen mir die Ereignisse wieder ein – in Bruchstücken zuerst, dann alles auf einmal.

Ich kann nicht glauben, dass die Terroristen es ins Krankenhaus geschafft haben – ganz zu schweigen davon, was sie dort anrichten konnten, bevor sie gestoppt wurden: Sie haben Menschen getötet. *Vergeude keine Kugeln.* Wenn sie mehr Munition gehabt hätten, wäre ich jetzt vielleicht auch tot. Das ganze Blut. Die Schwester, an deren Gesicht ich mich nicht erinnere …

Ich zwinge meine Gedanken weg von ihr und bin wieder in Dr. Lysanders Büro. Ihr Computer sagte: *Gremium stimmt für Abbruch, Dr. Lysander lehnt ab.* Was bedeutet das?

Und am seltsamsten ist: Trotz allem blieb mein Levo-Wert die ganze Zeit im grünen Bereich. Das ergibt einfach keinen Sinn.

Erst als ich Phoebe gesehen habe, kippte alles.

Mum zeigt Nerven wie Drahtseile, bis wir zu Hause angekommen sind, dann bricht sie zusammen. Sie rollt sich auf dem Sofa wie ein Baby zusammen und heult hemmungslos.

»Was sollen wir machen?«, frage ich.

»Dad anrufen«, schlägt Amy vor. Mum schüttelt vom Sofa aus abwehrend den Kopf.

»Wie wär's mit Tante Stacey?« Das scheint für Mum in Ordnung zu sein, also ruft Amy sie an, damit sie vorbeikommt.

Stacey kann einen Teil der Geschichte aus Mum herausbekommen. Ich selbst habe ihr nichts Genaueres erzählt – und auch sonst niemandem: Dass mich zwei der Terroristen in Dr. Lysanders Büro gefunden haben und dass mich einer der beiden beinahe erschossen hätte, behalte ich für mich. Auch die tote Krankenschwester habe ich mit keinem Wort erwähnt. Amy ist völlig fasziniert von Mums Bericht und will auch von mir jedes Detail wissen – doch damit bewirkt sie nur, dass ich umso beharrlicher schweige.

Am Abend wird der Angriff in den Nachrichten erwähnt – ganze fünf Sekunden lang: *Heute haben bewaffnete RT versucht, einen brutalen Anschlag auf das Personal eines der führenden Londoner Krankenhäuser zu verüben. Die Tat misslang.*

Das sollten sie mal der Krankenschwester sagen, die in ihrem eigenen Blut gestorben ist.

KAPITEL 36

»Da hast du ja gestern ein ganz schönes Abenteuer erlebt«, sagt Dad, während er mit einem Auge auf die Straße achtet und mit dem anderen auf mich.

»Ja, scheint so.«

»Hattest du Angst?«

»Ja.«

»Gut.«

Ich sehe ihn überrascht an. »Du müsstest vollkommen verrückt sein, wenn du dich in dieser Situation nicht gefürchtet hättest«, meint er. »Konntest du trotzdem gut schlafen?«

»Ja.«

»Keine Albträume?«

»Nein.« Ich hatte zwar Angst, meine Augen zu schließen, aber falls ich geträumt habe, kann ich mich an nichts mehr erinnern.

»Interessant. Da passiert tatsächlich mal etwas, vor dem man Angst haben könnte, und du schläfst wie ein Baby.« Er sieht fasziniert aus, als wäre ich ein Rätsel, das er zu lösen versucht. Ich habe das Gefühl, es gefällt ihm gar nicht, wenn er Menschen und Situationen nicht versteht.

»Vielleicht hat die Spritze aus dem Krankenhaus noch gewirkt«, schlage ich vor.

»Vielleicht«, sagt er, aber ich habe das Gefühl, dass er weiß, dass die Wirkung des Happy Juice nicht so lang anhält. »Was empfindest du im Hinblick auf die Terroristen?«

Kann er irgendwoher wissen, dass ich zwei von ihnen gesehen habe, dass sie mir direkt gegenüberstanden? Nein. Wie auch? Dad konzentriert sich jetzt voll auf die kurvenreiche, enge Straße.

»Nun?«

Was fühle ich gegenüber den Terroristen ... Ich konnte nicht aufhören, an sie zu denken. Sie haben vor sechs Jahren einen Bus voller Schüler in die Luft gesprengt und gestern eine Krankenschwester getötet ... »Sie sind böse«, sage ich.

»Manche denken, dass sie nicht ganz unrecht haben. Dass die Lorder zu weit gehen, dass sie die eigentlich Bösen sind. Dass das, was in diesem und anderen Krankenhäusern geschieht, falsch ist.«

Meine Augen werden groß vor Schreck darüber, dass er es wagt, so etwas auszusprechen, auch wenn er nur von *manchen* – unpersönlich und gesichtslos – spricht. »Aber die RT töten Menschen, unschuldige Menschen, die mit all dem *nichts* zu tun haben. Es ist doch egal warum, es ist immer noch falsch.«

Er neigt den Kopf von links nach rechts, als würde er meine Antwort abwägen. »Also sind es ihre Methoden, an denen du Anstoß nimmst, weniger an ihrer Haltung? Interessant.«

Er biegt zur Schule ab. Ich wollte ihn eigentlich fragen, ob er noch kurz warten kann, weil ich mir nicht sicher bin, ob Ferguson von Mrs Ali die Anweisung bekommen hat, mich auch vom Sonntagstraining auszuschließen. Aber plötzlich will ich nur noch raus aus dem Auto, weg von Dad und seinen Fragen. Die Art, wie er *interessant* sagt, verrät, dass viel mehr hinter jedem einzelnen seiner Worte steckt.

Heute ist Ferguson schon vor den meisten Schülern da. Er begrüßt mich mit einem Nicken, als ich aus dem Auto steige, und scheint nicht überrascht zu sein, dass ich hier bin. Dad winkt kurz und fährt wieder.

Mum hat darauf bestanden, dass ich heute zu Hause bleibe, aber Dad meinte, dass sie mich ohnehin nicht die ganze Zeit im Auge behalten kann und dass ich genauso gut zum Training gehen könnte. Heute Morgen war sie wieder ganz sie selbst, auch gestern Abend schon. Nachdem Tante Stacey gegangen war und wir zu Abend gegessen hatten, war Mum wieder völlig gefasst gewesen. Als Dad nach Hause kam, hätte man nicht mehr ahnen können, wie aufgelöst sie Stunden zuvor noch gewesen war.

»Ich weiß, was mit Phoebe passiert ist.«

»Was? Ich meine, woher kannst du das wissen?« Ben lehnt sich an einen Baum und atmet schwer. Ich bin gerannt, als wären die Lorder hinter mir her, vom ersten Schritt bis auf den Hügel hinauf, und Ben konnte kaum mithalten. Ich bin gelaufen, bis ich vor Erschöpfung anhalten musste. Aber ich wusste, dass unser Levo-Wert nun hoch genug sein würde, um über Phoebe und die Ereignisse in der Klinik sprechen zu können.

»Ich habe sie gesehen.«

»Wo?«

»Im Krankenhaus. Sie ist geslated worden.«

Schnell erzähle ich Ben, was gestern passiert ist. Die schlimmsten Details lasse ich allerdings aus – nicht, weil ich sie ihm nicht erzählen will, sondern weil ich sie mir nicht so genau ins Gedächtnis rufen will, um sie beschreiben zu können. Es ist, als wären sie hinter einer kleinen Tür verborgen und in meinem Kopf weggeschlossen. Vielleicht ist das der eigentliche Grund dafür, dass ich keine Albträume hatte?

»Es sind tatsächlich Terroristen ins Krankenhaus eingedrungen? Das will mir überhaupt nicht in den Kopf«, sagt Ben und sieht aus, als würde er weiterrennen und fliehen wollen. Ich greife nach seiner Hand, um ihn festzuhalten, und er hält sie in seiner.

»Und vergiss Phoebe nicht«, sage ich.

»Bist du dir ganz sicher, dass sie es war?«

»Ja.« Sie war es. Denn abgesehen von dem freudigen Grinsen, das ich auf ihrem Gesicht noch nie zuvor gesehen habe, habe ich keinerlei Zweifel.

»Also ist sie geslated worden. Aber sie ist von den Lordern erst vor – wann, einer Woche und ein paar Tagen? – geholt worden. Es kann keinen Prozess für eine rechtsgültige Verurteilung gegeben haben.«

»Nein.«

Wir laufen weiter. Eigentlich sollten wir genug Vorsprung haben, damit uns so bald niemand einholt, denn wir waren heute richtig schnell – kein Regen hat uns behindert und der Schlamm von letzter Woche ist ziemlich gut getrocknet. Als wir an dem Stein ankommen, auf dem wir letztes Mal saßen, hält Ben an, lässt sich daraufsinken und zieht mich auf seinen Schoß. Er schlingt seine Arme um mich und flüstert in meine Haare: »Ich bin so froh, dass es dir gut geht. Ich weiß nicht, was ich tun sollte, wenn du auch noch verschwinden würdest.«

Auch noch verschwinden … *wie Tori.* Obwohl es nicht ganz das Gleiche ist, ob man von Terroristen in die Luft gesprengt wird oder von den Lordern abgeholt wird. Aber zumindest ist eindeutig, was passiert, wenn man in die Luft fliegt. *Nicht, wenn niemand von deinem Schicksal erfährt.*

Wir bleiben einfach so sitzen und bewegen uns nicht. Es ist ein kalter Oktobermorgen, aber die Sonne wärmt meinen Rücken. Alles andere wärmt Ben durch seine Nähe. Mein Gesicht liegt an seiner Brust, ich atme feuchte Luft und Schweiß ein und noch etwas, das einfach nur *Ben* ist. Ich spüre seinen Atem auf meinem Haar, sein Herz schlägt im Einklang mit meinem, und in diesem Augenblick wünsche ich mir nichts mehr, als für immer hierbleiben zu können.

Schließlich rückt Ben mit ernstem Gesicht ein Stück von mir ab.

»Phoebe war 15 – ich habe eine ihrer Freundinnen gefragt. Nachdem sie abgeholt wurde, hat man sie geslated. Aber was ist mit Tori? Sie war 17. Und Gianelli – er war Jahrzehnte älter. Was ist mit ihnen geschehen?«

»Ich weiß es nicht.«

»Wir müssen etwas dagegen unternehmen«, sagt Ben. Angst steigt in meinem Magen auf. »Und was?«

»Wir müssen es weitererzählen – zumindest was mit Phoebe passiert ist. Was man mit ihr gemacht hat, ist nicht legal. Andere ahnen vielleicht, dass so etwas geschieht, aber sie *wissen* es nicht, oder?«

Ich schüttle den Kopf. »Du kannst das nicht weitererzählen! Sonst bist du der Nächste, der verschwindet.«

»Aber wie soll sich etwas ändern, wenn niemand Bescheid weiß?«

»Nein«, sage ich.

»Aber …«

»Nein!« Ich springe auf und laufe zurück zum Pfad.

Ben folgt mir. »Kyla, ich …«

»Nein. Versprich mir, dass du das nicht tust.«

Wir diskutieren hin und her, doch ich kann Ben letztlich nur das Versprechen abringen, dass er nichts weitererzählen wird, ohne vorher mit mir darüber zu sprechen. Dann laufen wir wieder los, ehe uns jemand einholen kann. Ich renne, bis die Bewegung das Einzige ist, was zählt, und ich über alles oder nichts nachdenken kann – beides ist okay. Als das Ziel mit unserem Bus und Ferguson davor in Sichtweite ist, nehme ich Bens Hand.

»Hör mal. Komm morgen nach der Schule mit mir mit. Schau dir die Webseiten an, von denen ich dir erzählt habe. Dort reden die Leute über solche Dinge.«

Er grinst.

KAPITEL 37

Jazz sieht wirklich sauer aus.

»Welchen Teil von *Erzähl niemandem davon* hast du nicht kapiert?«, knurrt er mit düsterer Miene.

»Ben hält dicht.«

Jazz schnaubt. »Das glaube ich, aber darum geht es nicht.«

»Tut mir leid.«

»Jetzt bin ich echt nicht mehr sicher, ob ich dich überhaupt noch mit zu Mac nehmen soll oder nicht.«

Ich zucke mit den Schultern. Meinetwegen muss ich nicht unbedingt zu Mac. Wenn ich es mir genau überlege, kann ich auch gut ohne die Informationen aus seinem illegalen Computer leben. Obwohl ich oft übe, funktioniert mein Pokerface immer noch nicht auf Abruf, wenn mir jemand Fragen stellt. Und ich weiß nicht, ob Ben überhaupt eines hat.

Amy kommt aus der einen Richtung auf uns zu, Ben aus der anderen. Ich habe Ben gebeten, sich Zeit zu lassen, und bin, so schnell ich konnte, zum Auto gerannt, um Jazz alles zu erklären.

»Okay. Du entscheidest«, sage ich.

Jazz seufzt. »Okay, er kann mitkommen. Mac kann sich ja immer noch überlegen, worüber er mit euch sprechen will oder eben nicht.«

Ich winke Ben zu, um ihm zu signalisieren, dass er zu uns kommen kann. Er erreicht uns gleichzeitig mit Amy.

Amy schaut ihn erstaunt an. »Na, wenn das nicht Ben ist.«

Er grinst, und sie grinst zurück, und ich frage mich, ob das nicht der wahre Grund ist, warum Jazz nicht wollte, dass Ben mitkommt. Jetzt, wo sie nebeneinanderstehen, sehe ich, dass Ben ein ganzes Stück größer als Jazz ist. Jazz ist nett, aber er kommt mir ein bisschen wie ein großer Bruder vor. Doch Bens Lächeln und seine Ausstrahlung schlagen alles, was Jazz zu bieten hat, um Längen.

Jazz legt einen Arm um Amy und küsst sie auf die Wange. »Alle rein!«, ruft er, reißt die Tür auf und schiebt uns Richtung Rücksitz. Ben klettert nach hinten und ich folge ihm. Ich setze mich an die Seite, an der es einen Gurt gibt.

»Halt dich gut fest«, sage ich zu Ben, als ich ihn verschließe. »Es gibt nur einen.«

Als wir ankommen und aus dem Auto steigen, blickt Mac fragend zu Ben, doch als er dessen Levo entdeckt, scheint ihm seine Anwesenheit weniger Sorgen zu bereiten als Jazz.

Jazz stellt sie einander vor, sieht mich an und zuckt schließlich mit den Schultern. Die übliche Männerkommunikation.

»Wollen wir spazieren gehen, Amy?«, fragt Jazz und streckt ihr die Hand hin. Er sieht Ben an, dann Mac. Noch mehr unausgesprochene Worte. Die Frage auf seinem Gesicht lautet: Sollen wir ihn mitnehmen?

Mac schüttelt den Kopf. »Ab mit euch zwei Turteltäubchen.

Genießt die Sonne. Es gibt wahrscheinlich nicht mehr so viele schöne Tage bis zum Frühling.«

Sie laufen den Weg Richtung Straße hinab und verschwinden.

»Kommt rein. Wollt ihr was trinken?«, fragt Mac.

Ben und ich schütteln beide den Kopf.

»Also, was verschafft mir die Ehre?«, will Mac wissen.

»Ich dachte, du wolltest, dass ich vorbeikomme«, sage ich verwirrt.

Mac hebt eine Augenbraue, und ich verstehe, dass er erst wissen möchte, wer Ben ist.

»Oh, natürlich.« Ich laufe rot an. »Ben ist in Ordnung. Du erzählst niemandem von unserem Treffen, Ben, okay?«

»Natürlich nicht«, sagt Ben. »Wir machen uns beide Sorgen um Menschen, die verschwunden sind, und …«

Mac hebt die Hand. »Nicht mein Problem. Ich weiß nichts darüber.«

Ben und ich wechseln einen Blick.

»Wie wäre es, wenn ihr zwei auf dem Sofa fernseht oder irgendetwas macht, worauf ihr Lust habt. Ich muss hinten an einem Auto arbeiten.« Er geht zur Hintertür raus, die mit einem Knall ins Schloss fällt.

Ich sehe Ben an und zucke mit den Schultern, um so etwas wie *Ich habe keine Ahnung, was das soll* auszudrücken, als hinter uns die Tür zum Flur aufgeht.

Wir fahren herum. Auf der Schwelle steht ein junger Mann: Er ist um die zwanzig und hat rote Haare. Sein ernstes Gesicht ist übersät mit Sommersprossen. Ich habe ihn noch nie gesehen.

»Hallo, Lucy«, sagt er und lächelt.

Er kommt auf uns zu.

»Ich bin Aiden«, stellt er sich vor und blickt dann mit gehobener Augenbraue zu Ben.

»Das ist Ben. Aber nenn mich nicht Lucy, ich bin Kyla.«

»Du bist Lucy. Ich habe Fotos gesehen, und jetzt, wo du vor mir stehst, weiß ich, dass Mac recht hat. Du bist sie und sie ist du.«

»Vielleicht war ich einmal Lucy. Aber jetzt bin ich es nicht mehr. Und was hast du überhaupt damit zu tun?«

»Ja, wer zum Teufel bist du eigentlich?«, will Ben wissen.

Das ist genau das, was ich auch gedacht habe, aber meine Augen weiten sich vor Überraschung, als Ben es so direkt ausspricht.

Aiden lacht. »Ben, ich merke schon: Du bist jemand, mit dem ich mich unterhalten muss. Gut, dass du mitgekommen bist.«

Wir sehen beide Aiden an, aber niemand sagt etwas.

»Ah, sorry. Wer bin ich oder wer sollte ich sein?« Er lacht. »Tagsüber und offiziell bin ich Telefontechniker, aber ich arbeite auch für MIA.«

»MIA?«, wiederholt Ben. Verwirrung spiegelt sich auf seinem Gesicht, doch mir sagt die Abkürzung etwas.

»M-I-A: Missing in Action, oder?«, frage ich. »Wie auf der Webseite. Ihr versucht rauszukriegen, was mit Leuten … wie mir passiert ist.«

»Ja, genau«, antwortet Aiden und grinst. »Komm, wir zeigen Ben alles.«

Wir gehen den Flur hinab zu Macs Gästezimmer, wo der Computer bereits aus seinem Versteck geholt und eingeschaltet ist. »Zeig mir Lucy«, sagt Ben.

Aiden sucht ihren Namen und da ist sie. Ich kann sehen, wie Ben das glückliche Gesicht auf dem Bildschirm betrachtet: Lucy Connor, 10 Jahre. Dann blickt er zwischen dem Foto und mir hin und her. »Ja, das bist eindeutig du«, sagt er schließlich. Mein Mut sinkt. Es ist nicht so, dass ich mir nicht selbst ziemlich sicher gewesen wäre. Aber wenn jemand, den ich so gut kenne wie Ben, ebenfalls überzeugt davon ist, dann gibt es keinen Zweifel mehr. Aus einem »Vielleicht« wird eine Tatsache.

Aiden grinst wieder. »Also, was machen wir als Nächstes, Lucy?« Er dreht meinen Stuhl herum, legt einen Arm auf jede Lehne und sieht mir direkt in die Augen. Seine sind blau, tiefblau, und sein Blick ist forschend. »Die Frage, die ich dir stellen will, Lucy – oder Kyla, wenn du dich damit wohler fühlst –, ist diese: Was willst *du* mit deinem neuen Wissen anfangen?«

»Wie meinst du das?«

Er nimmt die Maus und fährt mit dem Cursor auf einen Button unterhalb von Lucys Foto, auf dem *Gefunden* steht. »Soll ich draufklicken?«

»Das verstehe ich nicht. Was bedeutet das?«

»Ganz einfach: Ich sage demjenigen, der dich vermisst gemeldet hat, dass es dir gut geht. Dann gibt man Informationen ein, um in Kontakt zu treten.«

»Nein«, sage ich.

Aiden sieht mich wieder direkt an. Enttäuschung spiegelt sich in seinem Blick.

»Denk mal an die Menschen, die sich Sorgen um dich machen und sich fragen, was mit dir passiert ist. An deine Mutter oder deinen Vater, die nie darüber hinweggekommen sind, dass sie dich verloren haben. Vielleicht hast du auch Brüder und Schwestern, die dich vermissen. Bestimmt ist dieses Kätzchen mittlerweile eine Katze, die vor der Tür eures Hauses sitzt und genau jetzt darauf wartet, dass du die Straße hochkommst.«

»NEIN! Das ist verrückt. Ich weiß nichts über Lucy oder woher sie kommt. Ich bin nicht mehr Lucy.«

Aidens Hand liegt immer noch auf der Maus und ich stoße sie weg.

Er seufzt. »Denk darüber nach, Lucy.«

Ich will wieder wegen des Namens protestieren, aber er fällt mir ins Wort.

»Ich werde dich Lucy nennen. Du bist Lucy, ganz egal, wie du jetzt darüber denkst«, sagt er und lehnt sich an den Tisch. Hinter seinem nachdenklichen Blick schimmert ein vorsichtiges Lächeln. »Was meinst du, worum es bei MIA geht?«

»Wie schon gesagt: Ich nehme an, dass ihr herausfinden wollt, was mit vermissten Menschen passiert ist.«

»Das ist richtig, aber es ist nur ein kleiner Teil dessen, was wir erreichen wollen. Wir suchen nach Menschen, die illegal verschwunden sind, und wollen die Regierung dazu bringen, sich dafür zu verantworten. Wir führen der Welt ihre Taten vor Augen. Wenn niemand aufsteht und ›Das ist falsch!‹ ruft, wird sich nie etwas ändern. So viele Menschen verschwinden und es passiert immer häufiger. Irgendjemand muss die Regierung aufhalten.«

Ich keuche. »Du gehörst zu den Terroristen!«

»Nein.«

»Aber so hört es sich für mich an.«

Er schüttelt den Kopf. »Nein, das tue ich nicht. Wir gehören nicht zur Regierung und wir gehören nicht zu den Terroristen. Wir suchen nach einem besseren Weg. *Ohne* Gewalt.«

Ben nimmt meine Hand. »Kyla, beruhige dich. Das hört sich alles genau nach dem an, worüber wir gestern gesprochen haben. Vielleicht können wir ja tatsächlich etwas tun?«

Ich fange an zu zittern und mein Wert fällt ruckartig.

»Lass uns mal kurz allein«, sagt Ben. Aiden geht und schließt die Tür hinter sich.

»Du weißt, dass er recht hat, oder?« Ich schüttle den Kopf, und mich beschleicht das grausame Gefühl, dass alles nur noch schlimmer wird, je mehr wir herausfinden. Dass ab jetzt nichts mehr gut sein wird. Ben nimmt mich fest in seine Arme und wiegt mich, bis das Zittern irgendwann aufhört. Mein Levo steigt wieder auf 5 und Ben ruft Aiden zurück.

Sein Gesicht ist besorgt. »Ist dein Level jetzt wieder okay?«

»Ich glaube, schon.«

»Es ist echt verdammt nervig, an dieses Ding gefesselt zu sein, oder? Aber vielleicht gibt es eine Möglichkeit, eure Levos loszuwerden, noch ehe ihr 21 seid.«

»Wie denn?«, fragt Ben sofort.

»Als wir angefangen haben, uns mit den Vermissten zu beschäftigen, haben wir schnell herausgefunden, dass manche von denen, die vermisst gemeldet wurden, Slater sind.«

»Wie Tori«, sagt Ben und wendet sich mit einer Erklärung an Aiden. »Sie war eine Freundin von uns, 17 Jahre alt. Wir glauben, dass die Lorder sie mitgenommen haben.«

»Manchmal holen die Lorder Kinder ab. Und hin und wieder gibt es beim Slating Probleme, die bei der Entlassung aus dem Krankenhaus noch nicht erkannt worden sind. Manche Erinnerungsspuren können nicht beseitigt werden.« *Rückfall*, flüstert eine Stimme in meinem Kopf.

»Die Slater mit unerwünschten Symptomen werden wieder ins Krankenhaus gebracht und neu behandelt. Oder bei ihnen wird der …«, Aiden zögert.

»Versuch abgebrochen«, sage ich, ehe ich merke, dass ich das laut ausgesprochen und nicht nur gedacht habe. Sofort bereue ich es.

Aiden schaut mich verblüfft an. »Ja, genau.«

Diese Worte waren in meiner Akte in Dr. Lysanders Computer vermerkt. Aiden sieht aus, als wollte er fragen, woher ich das weiß. Aber ganz egal, wie weit er und seine Gruppe von den Machenschaften der Lorder entfernt sind, ich werde es ihm nicht verraten.

»Du meinst, dass sie manchmal von den Lordern verschleppt werden«, sage ich schnell, ehe er nachhaken kann. »Was ist mit den anderen?«

»Manche werden von Terroristen geholt.«

»Warum? Was können die RT von ihnen wollen?«, hakt Ben nach.

»Sie versuchen herauszufinden, wie man die Levos abschalten oder entfernen kann. Wir kennen keine Details, aber sie konnten offenbar schon Erfolge verzeichnen.«

»Wirklich?«, fragt Ben aufgeregt.

Aber wenn ein Levo beschädigt oder zerstört wird, führt das unweigerlich zum Tod des Trägers: Wir wurden immer wieder davor gewarnt, bevor wir das Krankenhaus verließen. Was ist mit den Slatern passiert, an denen sie herumprobiert haben?

»Erfolge?«, sage ich skeptisch. »Wahrscheinlich auf Kosten unzähliger Fehlschläge.«

Aidens Miene wird grimmig. »Stimmt. Sie haben verschiedene Schmerzmittel und Methoden ausprobiert, zum Beispiel die Slater ins Koma versetzt, Happy Juice und ähnliche Mittel verwendet.« Er ergeht sich in einem Vortrag über unterschiedliche

Schmerz- und Betäubungsmittel und synthetische Gehirnstoffe, während ich mich ausklinke.

Ich schaue auf mein Levo. Selbst der leichteste Druck auf das Armband führt zu einem heftigen Stechen in meinem Kopf und sorgt dafür, dass mein Wert fällt. Es sitzt nicht eng, aber weil jede Manipulation daran so schmerzhaft ist, kann ich es kaum drehen.

»Die Schmerzen … die Todesfälle, die sie verursachen können«, flüstere ich.

Aiden widerspricht mir nicht, und ich weiß, dass ich recht habe.

»Aber denk doch mal an die Möglichkeiten, die du hättest, wenn du es los wärst«, sagt Ben mit aufgeregter Stimme. »Das Risiko lohnt sich!«

»Nicht wenn die, die es eingehen müssen, keine Wahl haben!«, fahre ich ihn an. »Warum willst du nicht einfach warten, bis du 21 bist? Das ist gar nicht so lange, wenn man sich sicher sein kann, dass man danach weiterlebt, oder?«

Aber Ben ist völlig begeistert von der Möglichkeit, sein Levo früher loszuwerden. Mein Magen dreht sich und mein Levo vibriert: 3,9 diesmal.

»Verdammt«, sagt Aiden. Ben hält mich wieder in seinen Armen und wiegt mich vor und zurück.

3,7.

»Kyla, es ist okay, alles wird gut«, flüstert er mir ins Ohr und streicht über mein Haar. Aber alles, woran ich denken kann, ist *Schmerz …*

Wie in Trance bekomme ich mit, dass Aiden den Raum verlässt und Sekunden später wieder zurück ist.

»Nimm eine von denen«, sagt er und hält mir eine Pille und ein

Glas Wasser hin. Ich schüttle den Kopf und im selben Moment brummt mein Levo wieder ziemlich laut. Der Wert fällt immer noch, mein Kopf dreht sich, mein Blick verschwimmt …

Aiden nimmt mein Gesicht in seine Hände, und bevor Ben oder ich reagieren können, schiebt er mit einer Hand meinen Kopf zurück und steckt mit der anderen die Pille hinten in meine Kehle. Ich würge und huste, aber sie rutscht runter.

»Warum hast du das getan?«, schreie ich.

»Ich wollte keinen Krankenwagen rufen. Denk an Mac.«

Ich huste wieder und würge immer noch an der Pille, die schmerzhaft auf ihrem Weg durch meine Speiseröhre stecken geblieben ist.

»Trink das, es hilft«, sagt Aiden und hält mir das Glas hin. Ich nehme es und schlucke das Wasser, aber noch bevor die Pille richtig unten ist, steigt mein Level wieder. Es hat also nichts mit der kleinen weißen Pille zu tun, sondern nur mit der Wut, die durch meine Adern fährt.

»Was ist das? Was musste ich da schlucken?«

Aiden schaut mich verwundert an: Ich sehe, wie er versucht, die Situation zu verstehen. Das Mädchen ist geslated, ihr Levo-Level ist gefallen. Jetzt ist sie wütend und der Wert sollte eigentlich weiter fallen. Warum ist sie nicht bewusstlos?

Kyla ist anders.

»Was hast du ihr gegeben?«, fragt Ben.

»Es war nur eine Happy Pill«, sagt Aiden. »Sie wirkt ähnlich wie die Spritzen aus dem Krankenhaus. Die RT haben den Wirkstoff in Pillenform gebracht.«

Ich ergänze den Rest im Kopf: Sie haben die Tabletten entwickelt, um an gekidnappten Slatern herumzuexperimentieren. Sie sind genauso schlimm wie die Regierung. Und obwohl Aiden sagt, dass er nicht zu den Terroristen gehört und nichts mit ihnen und ihren üblen Methoden zu tun hat, trägt er ihre Tabletten mit sich rum.

»Behalte sie. Falls du sie brauchst«, sagt er jetzt und hält mir ein Fläschchen mit Pillen hin.

»Ich will sie nicht«, antworte ich. »Und ich will nichts mit dir zu tun haben.«

Aiden seufzt. »Hör mal, Kyla – ich kann dich nicht zwingen, uns zu helfen, wenn du das nicht willst. Ich glaube, jetzt musst du erst mal über alles nachdenken, okay? Mac kann sich jederzeit bei mir melden, falls du mich noch mal treffen willst.«

Er dreht sich um und will gehen.

»Warte mal«, hält Ben ihn auf. »Vielleicht kann ich helfen. Bin ich auch auf dieser Webseite?«

»Willst du das wirklich wissen?«, fragt Aiden.

Ben nickt.

»Bist du dir sicher?«, frage ich. »Ich dachte, du …«

Er nimmt meine Hand. »Ja«, sagt er, obwohl er nicht mehr so überzeugt aussieht.

Aiden setzt sich wieder an den Computer und gibt ein: männlich, 17, braunes Haar, braune Augen. Sie sehen Seite um Seite durch: doch kein Treffer. Noch nicht mal annähernd.

»Schande«, sagt Aiden. In Bens Blick liegt eine Mischung aus Erleichterung und Enttäuschung: weil er MIA nicht helfen kann? Oder vielleicht, weil *ihn* niemand vermisst.

Aiden wendet sich zum Gehen. Ben folgt ihm, um sich zu verabschieden.

Ich starre auf den Bildschirm und drücke auf *Zurück*, bis Lucys Gesicht wieder erscheint und den Bildschirm mit einem breiten Grinsen erfüllt. Ein Klick auf *Gefunden* würde genügen, um alles zu ändern. Für immer.

Aber so viele Dinge hängen an meiner Entscheidung. Ich habe furchtbare Angst, dass dieser Klick nur dazu führen würde, dass mich die Lorder abholen und in einen ihrer schwarzen Vans werfen. Dass ich verschwinde und mit mir etwas gemacht wird, gegen das das Slating ein Kinderspiel ist. Und ich habe Angst, dass, wer auch immer nach Lucy sucht, enttäuscht ist, wenn er mich sieht, oder ich selbst denjenigen nicht mögen werde.

Aber hinter all diesen vernünftigen Argumenten steht etwas Dunkles, etwas Verborgenes. In meinem Bauch gibt es eine Gewissheit: Ich will nicht wissen, warum ich als vermisst gemeldet wurde, weil ich mir ziemlich sicher bin, dass die Regierung mich zu Recht geslatet hat. Irgendetwas stimmt nicht mit mir. Ich kann es tief in meinem Inneren spüren, und ich will nicht näher ergründen, warum das so ist.

Sch.

Dinge, die ich eigentlich nicht wissen kann, scheinen knapp außerhalb meiner Reichweite zu liegen, knapp jenseits meines Verständnisses. Das muss der Grund dafür sein, dass sie mich im Krankenhaus unter Beobachtung gestellt haben: Rückfälle. Dr. Lysander hat mich einmal gerettet, aber wenn erneut jemand etwas merkt, wird der Abbruch erfolgen.

Sei ruhig. Geduld.

Wenn Aiden jemanden sucht, der Aufmerksamkeit auf sich lenken möchte, ist er bei mir an der falschen Adresse.

Ich muss schweigen wie ein Grab.

Als wir uns verabschieden, hält Ben meine Hände fest. Er betrachtet mich mit einem Blick, dem ich immer zustimmen möchte. Und ich will in Bens Augen nie Enttäuschung über mich oder meine Taten sehen.

Jetzt gerade versucht Ben, mich zu überzeugen. »Kyla, ich weiß, das alles ist beängstigend. Aber wir könnten wirklich etwas bewirken, etwas ändern. Denk an Tori und an Phoebe. Und auch an Gianelli. Versprich mir, dass du es dir überlegen wirst.«

Ich verspreche es, denn ich kann sowieso an nichts anderes denken. Ben nimmt mich ganz fest in seine Arme und ich wünsche mir so viele Dinge: dass wir uns immer so festhalten und dass wir einen Ort ohne Lorder finden könnten, ohne Slating, ohne Levos. Oder dass ich zumindest Ja sagen und das machen könnte, was er von mir verlangt.

Aber das geht einfach nicht.

KAPITEL 38

Ich grüble tatsächlich über unser Gespräch nach, bis spät in die Nacht. Es lässt mich auch den ganzen nächsten Tag über in der Schule nicht los, und ich bin so in Gedanken versunken, dass ich meine Umgebung überhaupt nicht wahrnehme.

Aidens Worte beschäftigen mich besonders. Er könnte recht haben, dass derjenige, der Lucy bei der MIA gemeldet hat, mich in diesem Augenblick vermisst. Vielleicht ist es meine Mutter, mein Vater oder sogar meine Brüder und Schwestern? Sogar dieses graue Kätzchen könnte sich nach mir sehnen.

Aber im Gegensatz zu Lucy ist diese imaginäre Familie gesichtslos. Sie sind für mich nicht real und ihre Gefühle sind abstrakt und weit weg. Trotzdem kann ich mir den Schmerz vorstellen und wie es ist, nicht zu wissen, was mit jemandem geschehen ist, den man liebt. Selbst bei Tori und Phoebe, die ich kaum kannte, und Letztere mochte ich noch nicht mal besonders, geht es mir so: Es ist die Ungewissheit, wo sie sind und was mit ihnen passiert ist. Nein, mit Phoebe ging es mir *vorher* so – denn jetzt weiß ich ja über ihr Schicksal Bescheid.

Vielleicht kann ich zumindest für Phoebe etwas tun.

»Ich gehe laufen«, verkünde ich am nächsten Tag im Auto auf dem Heimweg von der Schule.

»Aber wir wollten doch zusammen Hausaufgaben machen«, protestiert Amy und sieht Jazz fragend an.

»Ja und? Macht das doch. Ich bin zurück, bevor Mum da ist«, versichere ich ihr. Ziemlich schnell willigen die beiden ein, obwohl es gegen die Regeln verstößt, dass sie allein sind. Jazz erkundigt sich nach meiner Strecke und rät mir, mich von den Seitenstraßen fernzuhalten, wenn ich allein unterwegs bin. Ich versichere ihm, dass ich auf den Hauptstraßen bleiben werde, und das habe ich auch wirklich vor. Allerdings nur, bis ich zu der Gasse gelange, die zu Phoebes Haus führt.

Heute Vormittag haben wir im Englischunterricht unsere korrigierten Schulhefte zurückbekommen. Sie wurden eingesammelt, als Phoebe noch da war, und als ich heute ihr Heft in dem Stapel entdeckt habe, habe ich es schnell in meines geschoben. Auf der Innenklappe stand alles, was ich wissen musste: Phoebe Best, Old Mill Farm. Auf einer Karte in der Bibliothek konnte ich schnell herausfinden, dass die Farm nur ein paar Kilometer von unserem Haus entfernt ist.

Poch-poch. Meine Füße tragen mich über den Asphalt, diesmal allerdings nicht mit meiner üblichen halsbrecherischen Geschwindigkeit, denn ich brauche Zeit, um mir zu überlegen, was ich sagen will. »Hallo, Ihre Tochter wurde geslated« ist zu direkt. *Sei vorsichtig,* warnt mich eine innere Stimme. Das Letzte, was ich will, ist, dass Phoebes Familie das Krankenhaus stürmt, um sie zurückzufordern. Die Lorder würden wahrscheinlich nicht lange brauchen, um die Verbindung zu mir herzustellen. Und dann gibt es da noch diesen gruseligen Onkel Wayne. Ich bin ihm seit dem Tag, als er mir am Wanderweg aufgelauert hat, nicht mehr begegnet. Ich schaudere. Wenn sein Van vor dem Haus parkt, kehre ich direkt um.

Um ein Haar wäre ich an der Gabelung vorbeigerannt und hätte das verblichene Schild »Old Mill Farm« übersehen. Es zeigt zu einer schmalen Gasse, die aber eher ein überwucherter Pfad als eine Straße ist. Ich biege ab und falle in normales Schritttempo. Die großen Bäume neben dem Weg neigen sich und bilden über mir ein grünes Dach. *Hier kann man sich nirgendwo verstecken.* Unbehagen steigt in mir auf. Ich verlasse den Pfad und laufe weiter durch das dichte Unterholz.

Laut der Karte ist es bis zu ihrem Haus eine halbe Meile, aber weil ich mich durch das Unterholz und die Bäume vorarbeiten muss, kommt mir die Strecke viel länger vor. Zweige zerren an meinem Haar, Dornen verfangen sich in meiner Kleidung, und ich schaue sehnsüchtig zurück zu der Straße, von der ich gekommen bin.

Als ich gerade unentschlossen stehen bleibe und überlege, ob ich weiterlaufen oder umkehren soll, ertönt ein Motorengeräusch aus der Richtung der Farm. Ein Wagen kommt ziemlich schnell herangefahren. Ich drücke mich in den Schatten eines nahe stehenden Baumes, als der weiße Van mit quietschenden Reifen an mir vorbeischießt. Ich erhasche einen Blick auf den Fahrer: Es ist Wayne Best.

Mein Herz klopft wie wild. Das war knapp. Was hätte er getan, wenn ich mitten auf dem Weg gestanden und er mich dabei erwischt hätte, wie ich mich gerade hinter einem Baum verstecke? Ich muss völlig verrückt sein. *Sei bloß vorsichtig.*

Nach einer weiteren Kurve kommen ein paar Gebäude in Sicht. Allerdings sehen sie mehr wie ausladende Schuppen und provisorische Anbauten aus, nicht wie Wohnhäuser, und manche von ihnen sind halb verfallen. Ein Zaun mit einem Tor umgibt das Grundstück. Davor befindet sich eine Art Schrottplatz, auf dem lauter verrostete Autoteile, Traktoren, Karosserien und andere Maschinen herumliegen, die ich nicht zuordnen kann. Keines der Autos sieht aus, als wäre es noch fahrtüchtig – vielleicht wohnt hier ja überhaupt niemand mehr? Ich überlege, ob ich besser wieder umkehren soll. *Jetzt bist du schon mal hier.*

Ein Haus rechts von den anderen Gebäuden wirkt weniger verfallen. Ein paar wild wuchernde Büsche stehen davor, und es hat eine richtige Tür anstatt eines Stück Holzes, das nur noch quietschend in den Angeln hängt.

Ich zögere, überquere dann die Zufahrt und öffne das Tor. Links führt ein Pfad hinter die Gebäude. Jenseits des Hofs liegt ein Hügel mit Feldern. Unebene, schlammverkrustete Betonplatten bilden einen Weg, der von Maschinenteilen gesäumt ist, bis man endlich zu einer Tür gelangt. *Erst lauschen.* Hinter mir rascheln die Blätter der Bäume im Wind, aber es sind keine Stimmen oder Radio zu hören.

Ich bin schon kurz vor dem Eingang, als ich ein leises Geräusch wahrnehme, eine Bewegung zu meiner Linken. Ich fahre herum.

Zwei Augen blitzen mir entgegen. Zähne, sehr scharfe Zähne. Ein tiefes, grollendes Knurren. Vor mir steht ein großer Hund, wahrscheinlich eine Mischung aus Schäferhund und etwas anderem, und er sieht überhaupt nicht glücklich aus.

Ich zittere und weiche langsam zurück. Soll ich rennen? Ich schätze die Entfernung zwischen mir und dem Tor. Doch dann fällt mir ein, dass der Wachhund mich jagen wird, wenn ich loslaufe. Ich bin schnell, aber nicht *so* schnell. Das Tor ist zu weit weg. Ich bleibe lieber in der Nähe der Tür. *Stellung halten.*

Der knurrende Hund macht ein paar Schritte auf mich zu und beginnt plötzlich zu bellen.

Ich zittere vor Angst und muss mich beherrschen, nicht loszustürmen. Mein Magen dreht sich um, und mir kommt die tolle Idee, auf den Hund zu kotzen. Das würde seine Stimmung sicherlich heben. Ich schlucke und laufe langsam rückwärts, wieder in Richtung des Eingangs, einen Schritt nach dem anderen. Vielleicht ist jemand im Haus. Oder die Tür könnte unverschlossen sein.

Der Hund knurrt tief und aus voller Kehle und kommt auf mich zu.

Lauf!

Ich stürze aufs Haus zu. Doch als ich nach der Klinke greife, lässt sie sich nicht hinunterdrücken – verschlossen!

Das war's dann.

Das knurrende Tier springt auf mich zu. Seine riesigen Pranken treffen meine Schultern. Er wirft mich um und ich falle in den Matsch. Mein Kopf schlägt hart am Boden auf und meine Augen füllen sich mit Tränen. Ich fühle mich wie festgenagelt. Kämpfen oder nicht kämpfen – ich habe keine Wahl. Gelähmt vor Angst schaue ich nach oben und blicke auf scharfe, gebleckte Zähne. Fauliger Atem schlägt mir ins Gesicht. Unsere Blicke treffen sich. Er knurrt.

»Ruhig!«, befiehlt eine Männerstimme.

Die Zähne verschwinden im Maul des Hundes, aber er bewegt sich nicht. Sein Gewicht lastet immer noch schwer auf meiner

Brust, und seine Pfoten liegen weiterhin auf meinen Schultern, während er bedrohlich weiterknurrt.

Schritte kommen auf uns zu.

»Lass mal sehen, Brutus, was du da gefangen hast. Hoch!«

Der Hund – *Brutus, was für ein passender Name!* – lässt von mir ab. Ich setze mich auf und will aufstehen.

»Nicht bewegen«, sagt der Mann grimmig.

Ich hocke im Matsch und starre in sein Gesicht. Seine Augen stehen eng beieinander und sein Haar ist fettig. Er gleicht Wayne so sehr, dass er eigentlich nur sein Bruder sein kann. Ist er Phoebes Vater?

»Wer zum Teufel bist du?«

»Ich bin Kyla. Eine F-f-f-f-freundin von Phoebe«, presse ich hervor. Brutus' Ohren richten sich auf, als ich ihren Namen ausspreche.

»Dieses wertlose Balg hatte keine Freunde mit weniger als vier Beinen.«

»Wir sind zusammen in die Schule gegangen.«

»Ach ja? Dann weißt du ja auch, dass sie nicht hier ist. Was willst du?«

»Ihre Mutter sprechen.«

»Die ist auch nicht da. Verzieh dich endlich.«

Ich starre ihn an, dann Brutus.

»Los, steh auf und hau ab, bevor ich es mir anders überlege.«

Ich rapple mich auf und Brutus knurrt sofort wieder lauter. In der Hoffnung, dass der Mann ihn zurückhält, renne ich zum Tor hinaus. Ich bin fast dort angelangt, als ich hinter mir ein Geräusch wahrnehme. Ohne mich umzudrehen, mache ich die letzten paar Schritte, reiße das Tor auf und knalle es hinter mir zu.

Es rastet genau in der Sekunde ein, als Brutus dagegenprallt. Er zittert vor Wut, aber bleibt stehen. Phoebes Vater steht lachend vor dem Haus. »Komm bloß nicht wieder!«, brüllt er.

Keine Chance. *Da sieht man, was passiert, wenn man versucht zu helfen.* Ich habe nach dieser Aktion die Schnauze voll. Das Thema Phoebe ist für mich abgeschlossen.

Mein Levo zeigt 4,8 an – wie ist das möglich? Es ist wie im Krankenhaus, als ich Angst hatte und aus dem Zimmer von Dr. Lysander gelaufen bin. Auch da hätte mein Level schlagartig fallen müssen. Ich gehe den Weg entlang, weil ich zu zittrig bin, um mich diesmal durch das Gestrüpp zu schlagen oder zu rennen. Plötzlich ist mir alles zu viel. Ich bleibe stehen und übergebe mich.

Großartig. Als würde es nicht genügen, dass ich von Kopf bis Fuß voller Schlamm bin und die Kopfschmerzen fast meinen Schädel sprengen.

Kopfschmerzen? Ich fahre mit der Hand über meinen Hinterkopf und zucke zusammen. An meinen Fingern ist Blut: Ich muss härter auf dem Boden aufgeschlagen sein, als ich dachte. Ich war wohl zu abgelenkt von diesem knurrenden Monster mit Mundgeruch und Riesenzähnen, um zu bemerken, dass ich mich verletzt habe.

Ich kann nicht mehr und möchte mich einfach fallen lassen, genau an dieser Stelle. Ganz egal, wo ich bin oder wer vorbeikommen könnte. Doch eine innere Stimme befiehlt mir: *Lauf weiter. Es sind nur ein paar Meilen bis nach Hause.*

Ich will gerade weitergehen, als ich Schritte hinter mir höre. Erschrocken fahre ich herum. Vielleicht habe ich mich nicht schnell genug vom Acker gemacht, und Phoebes Vater hat mir die Bestie Brutus hinterhergeschickt, um mir Beine zu machen?

Aber es ist eine Frau, die auf mich zurennt. Sie hebt eine Hand und ruft »Warte!«. Einen Moment später erreicht sie mich atemlos. »Wolltest du mich sprechen? Ich bin Phoebes Mutter.«

Ich starre sie an: Sie ist dünn und hat strähniges Haar. Tiefe Falten haben sich in ihre Haut um die Augen herum eingegraben und ihr Blick ruht voller Sorge und Angst auf mir. Sofort schwanke ich in meinem Entschluss, nichts mehr mit Phoebe und ihrer Familie zu tun haben zu wollen.

»Weißt du irgendetwas darüber, was mit ihr passiert ist? Bitte sag's mir, bitte.«

Sie nimmt meinen Arm und hält mich fest.

Ich nicke und zucke unter der Berührung zusammen.

»Bist du verletzt? Lass mal sehen.« Sie zieht ein Taschentuch hervor und säubert die blutende Stelle. »Es ist nur eine kleine Wunde, vielleicht musst du sie nähen lassen. Es tut mir leid wegen Brutus. Er ist ein Monster, seit Phoebe weg ist.«

»Dieser Hund hat ihr gehört?«

»Oh ja. Er ist ihr immer gefolgt wie ein schwanzwedelnder, zu groß geratener Welpe. Das hat Bob sehr geärgert, schließlich soll Brutus ein Wachhund sein.« Und als sie *Bob* sagt, zuckt Angst über ihr Gesicht. Wenn man sich vorstellt, mit diesem Mann verheiratet zu sein oder dass dieser Mann der eigene *Vater* ist … Phoebes Mutter blickt nervös in die Richtung, aus der sie gekommen ist, so als könnte ihr Mann jeden Augenblick auftauchen. Ich laufe wieder los, um schnell von hier zu verschwinden.

Sie folgt mir und legt wieder eine Hand auf meinen Arm. Die Geste wirkt auf mich wie eine stille Bitte. Ich höre Aidens Stimme in meinem Kopf: *Stell dir ihre Sorgen vor und die Ungewissheit, was mit dir geschehen ist.*

»Ich habe Phoebe letztes Wochenende gesehen«, sage ich schließlich. »Nur durch Zufall.«

»Wo ist sie?«

»In einem Krankenhaus in London.«

»Oh Gott. Ist sie verletzt?«

»Nein, nein! Es geht ihr gut.«

»Das verstehe ich nicht. Warum ist sie dann im Krankenhaus?«

»Sie ist geslated worden.«

Phoebes Mutter hält geschockt inne, und ich vergesse, dass ich eigentlich verschwinden möchte, und bleibe stattdessen bei ihr.

»Oh, Phoebe«, flüstert sie. »Jetzt habe ich dich verloren.« Ihre Augen füllen sich mit Tränen.

»Es tut mir leid.«

»Ist sie glücklich? Geht es ihr gut?«

»Ja.«

»Danke, dass du gekommen bist und es mir gesagt hast.«

Ich drehe mich um und laufe erneut los. Phoebes Mutter wendet sich in die andere Richtung, zum Haus zurück. Worte dringen leise und fern an mein Ohr. »Vielleicht ist es besser so für sie.«

Ja, vielleicht.

»Was, um Himmels willen, ist denn mit dir passiert?«, fragt Amy.

»Ich bin hingefallen.«

»Zieh die Klamotten aus, damit du den Matsch nicht durch das ganze Haus trägst. Du riechst auch nicht besonders …«

»Danke.«

Amy schiebt Jazz in die Küche, hilft mir im Flur mit dem Ausziehen der verdreckten Klamotten und wirft sie in die Waschmaschine, während ich mich unter die Dusche stelle. Die Wunde an meinem Hinterkopf blutet nicht mehr und wird zum Glück von meinen langen Haaren verdeckt.

Als Mum nach Hause kommt, sitzen wir drei gemeinsam am Küchentisch und machen Hausaufgaben.

»Ihr seht ja sehr beschäftigt aus«, sagt sie mit gehobener Augenbraue, als wüsste sie, dass mehr hinter dieser Szene steckt, als sie auf den ersten Blick erkennen kann.

In dieser Nacht schnurrt Sebastian, während ich einzuschlafen versuche. Mein Kopf tut immer noch weh, aber es ist mehr ein dumpfes Dröhnen als ein stechender Schmerz.

Trotz der Begegnung mit Brutus bin ich froh, dass ich Phoebes Mutter alles gesagt habe. Zumindest weiß sie jetzt, was mit ihrer Tochter passiert ist. Und es ist offensichtlich, dass sie deswegen nicht das Krankenhaus stürmen oder einen Aufstand veranstalten wird. Phoebes Vater interessiert es nicht, dass seine Tochter verschwunden ist, und ihre Mutter würde es niemals wagen, etwas gegen den Willen ihres Mannes zu unternehmen.

Vielleicht ist Phoebe jetzt tatsächlich besser dran – das hat selbst ihre eigene Mutter gesagt. Jede Familie, der Phoebe in den nächsten Monaten zugeteilt werden könnte, muss besser sein als die, aus der sie kam. Kein Wunder, dass sie sich allen anderen gegenüber so ätzend verhalten hat und nur zu ihren Tieren eine Beziehung aufbauen konnte, wie zu diesem grauenhaften Hund. Im Krankenhaus war ihr Gesicht voller Freude und sie hat gelacht. Fast könnte man sagen, dass man ihr mit dem Slating einen Gefallen getan hat.

Vielleicht war ja meine eigene Familie genauso schlimm.

Die Stimme verschwindet nicht, obwohl ich meine Augen fest geschlossen habe. Sie sagt Dinge, die ich nicht glaube und die ich nicht hören will. Jetzt in der Nacht, wo überall um mich Stille herrscht, ist sie sogar noch aufdringlicher als am Tag.

»Mummy and Daddy werden dich nicht holen, Lucy. Sie wollen dich nicht. Sie haben dich weggegeben und du wirst sie nie mehr wiedersehen.«

Weil ich friere, ziehe ich die Decke fester um meinen Körper. Der Stoff fühlt sich falsch an, ganz kratzig. Nichts ist so, wie es sein sollte, sogar die Luft ist merkwürdig – es riecht komisch. Salzig wie die Luft am Meer, das ich bislang nicht gesehen habe.

Ich umschlinge das Kissen und drücke mein Gesicht fest hinein, um die Stimme nicht mehr hören zu müssen. Aber sie verschwindet nicht.

»Sie haben dich weggegeben und du wirst sie nie mehr wiedersehen.«

KAPITEL 39

»Hey, wie läuft's?« Ben hat sein charmantestes Lächeln aufgesetzt, und ich will ihm erzählen, dass ich tatsächlich etwas unternommen und mit Phoebes Mutter gesprochen habe. Sogar von dem Traum gestern Nacht möchte ich ihm berichten. Er ist der Einzige, dem ich davon erzählen würde, aber wie würde er ihn interpretieren? Doch wenn mich meine Eltern weggegeben hätten und mich nicht mehr wollten, warum würden sie mich dann als vermisst melden?

»Ist alles in Ordnung?«, hakt Ben noch mal nach.

Ich zucke nur mit den Schultern und scanne meine Karte, bevor wir in den Biounterricht gehen. Was kann ich ihm bei so vielen Schülern um uns herum schon erzählen?

Wir setzen uns auf unsere Plätze hinten auf der mittleren Bank. Aber uns erwartet eine Überraschung: Miss Fern ist nicht da.

Stattdessen steht vor der Klasse ein Mann, den ich noch nie gesehen habe. Er sitzt der Klasse zugewandt auf dem Lehrerpult und beobachtet die Schüler dabei, wie sie zu ihren Plätzen gehen. Bald wird Geflüster unter den Mädchen laut – was nicht verwunderlich ist, denn er ist unheimlich attraktiv. Sein gelocktes blondes Haar, seine Größe und die Art, wie sich seine Klamotten an seinen muskulösen Körper schmiegen, fallen sofort auf.

Er lässt den Blick durch den Raum wandern, ganz beiläufig von Bank zu Bank. Seine Augen erreichen meine und etwas passiert, aber ich kann es nicht benennen. Als ginge etwas zwischen uns beiden vor. Als hätte er mich erkannt und etwas in mir darauf reagiert … aber das war nicht *ich*. Ich werde rot, und Hitze steigt in mir auf, während er meinen Blick, ohne ein Lächeln, viel länger hält, als es für einen Lehrer normal ist. Als er schließlich doch wegschaut, fühlt es sich an, als wäre ich aus der Höhe fallen gelassen worden. Mir ist schwindlig und gleichzeitig übel.

»Guten Morgen«, beginnt er. »Miss Fern wird euch in nächster Zeit nicht unterrichten. Sie hatte einen bedauerlichen Unfall. Ich bin Mr Hatten.« Er dreht sich um und schreibt seinen Namen an die Tafel.

Hat er eine Pause zwischen ›bedauerlich‹ und ›Unfall‹ gemacht? *Es war kein Unfall.* Nicht schon wieder die Lorder wie bei Gianelli, nicht schon wieder! Ich beiße mir auf die Zunge, um mich auf den Schmerz zu konzentrieren und auf nichts anderes. Haben sie sie mitgenommen? Und wenn ja – warum? Mir fällt kein einziger Grund ein. Sie war eine gute Lehrerin und ansonsten völlig unauffällig. Außerdem hat bei Gianelli niemand ein Geheimnis um sein Verschwinden gemacht, vielmehr war das Gegenteil der Fall. Warum sollten sie es jetzt tun?

Vielleicht gab es einen anderen Grund, sie zu ersetzen. Vielleicht ist Hatten einer von *ihnen*.

Ich beobachte ihn, während er durch die Klasse geht und jeder sich vorstellen muss, damit er sich einen Sitzplan machen kann. Er sieht nicht wie ein Lorder aus. Die Wachmänner tragen immer graue Anzüge oder – bei Einsätzen – schwarze Kleidung, aber es gehört noch mehr dazu. Lorder – egal wie aufmerksam sie sind – kümmern sich grundsätzlich nicht um Jugendliche, denn wir sind es nicht wert. Hatten ist anders: Er ist mehr als interessiert an uns und sich jeder einzelnen Person im Raum bewusst.

»Und du bist wer?«

Ben lächelt. »Ich bin Ben Nix. Geht es Miss Fern denn gut? Was ist passiert?«, fragt er.

Köpfe drehen sich, Ohren werden gespitzt. Manchmal ist es besser, keine Fragen zu stellen. Aber Hatten erwidert das Lächeln. »Sie wird wieder gesund. Sie war in einen Autounfall verwickelt und liegt im Krankenhaus.«

»Der Nächste«, sagt er dann und sein Blick ruht nun auf mir – wieder einmal. Selbst von Weitem konnte ich die seltsame Farbe seiner Augen erkennen. Blau, allerdings nur in einer schwachen Tönung. Hätten sie nicht einen dunklen Rand um die Iris, würden sie fast mit dem Weiß des Augapfels verschmelzen.

»Mein Name ist … Kyla«, antworte ich. Was ist mit mir los? Ich bin kurz davor gewesen, einen anderen Namen zu nennen, der sich nach vorn drängte und plötzlich wieder verschwand, ehe ich wusste, wie er lautete. Hatten hebt amüsiert eine Augenbraue, als ob er meinen Ausrutscher bemerkt hätte. *Reiß dich mal zusammen.* Diesmal schaffe ich es, meinen Blick abzuwenden, bevor er sich wegdreht. Ich balle unter dem Tisch meine Hände zu Fäusten, damit sie nicht zittern.

Hatten beendet die Vorstellungsrunde und fängt mit der Stunde an. Er leiht sich das Heft eines Schülers, um zu sehen, bei welchem Kapitel wir sind. Letztes Mal hatten wir mit einem neuen Abschnitt zum Thema biologische Klassifizierung begonnen.

Hatten klappt das Heft wieder zu und sagt: »Heute machen wir etwas anderes. Eine Konzentrationsübung.« Er zeigt auf Ben und mich. »Ihr beide helft mir bitte dabei. Holt die Gehirnmodelle und verteilt sie – eins pro Zweiertisch.« Ben springt auf und ich folge seinem Beispiel. Wir nehmen kleine Kästchen aus dem Schrank, auf den Hatten zeigt.

Darin sind dreidimensionale Modelle des Gehirns. Die einzelnen Teile der Modelle sind nummeriert und fügen sich ineinander wie ein Puzzle. Die Minuten vergehen, während jede Arbeitsgruppe ihr Gehirn auseinandernimmt, es wieder zusammensetzt und dabei den Namen jedes Teilstücks mit Nummer auf einem Arbeitsblatt notiert. Kleinhirn, Hirnstamm, frontaler Cortex, linke Hirnhälfte, rechte Hirnhälfte … Das Diagramm erinnert mich an den Scan meines Kopfes, den ich auf Dr. Lysanders Computer gesehen habe. Mit dem Unterschied, dass dieses Abbild echt war.

»Hört mal zu«, unterbricht uns Hatten. »Eine Sache noch: Haltet mal eure Hände so zusammen, dass sie einen kleinen Kreis ergeben, durch den ihr durchschauen könnt.« Er zeichnet ein X auf die Tafel. »Jetzt streckt eure Arme aus. Schaut mit beiden Augen durch den Kreis eurer Hände auf das X. Wenn ihr ein Auge schließt, sollte das X verschwinden. Wenn ihr das andere schließt, sollte es immer noch in der Mitte sein.«

Wir befolgen alle seine Anweisungen. Ich halte die Hände hoch und schaue auf das X. Und tatsächlich, wenn ich mein linkes Auge schließe und mit dem rechten durch den Kreis schaue, ist das X von meiner Hand verdeckt. Wenn ich mein rechtes Auge schließe und mit dem linken schaue, ist es genau in der Mitte.

Hattens Blick schweift durch den Raum und bleibt dann an mir hängen. »Kyla, welches Auge hat das X gesehen?«

»Das linke«, antworte ich.

Er lächelt. »Interessant. Du musst eine biologische Anomalie sein.«

Ich erwidere nichts. Er fährt fort: »Für gewöhnlich ist das dominante Auge auf der gleichen Seite wie die dominante Hand. Wenn du das X mit dem linken Auge gesehen hast, solltest du Linkshänderin sein. Und dennoch hältst du den Stift gerade in der rechten Hand, Kyla. Wie sieht es bei euch anderen aus? Stimmen bei euch das dominante Auge und die dominante Hand überein?« Gemurmel wird laut. Ich rutsche unbehaglich auf meinem Stuhl herum.

»Okay, die Stunde ist fast um«, sagt Hatten. »Aber ihr fragt euch vielleicht, was dieses letzte Experiment mit der Arbeit an den Gehirnmodellen zu tun hat.« Sein Blick ist immer noch auf mich gerichtet. Er spricht nicht zu allen Schülern, sondern nur zu mir.

»Dieser Versuch war eine der wichtigsten Entdeckungen in der Gehirnforschung – der Einfluss der Händigkeit auf die Entwicklung und Organisation des Erinnerungsspeichers und -zugangs. Wenn du Linkshänder bist, ist der Erinnerungszugriff in der rechten Gehirnhälfte dominant, wenn du Rechtshänder bist, verhält es sich genau anders herum. Doch bei ein paar wenigen Menschen gilt diese Regel nicht: Oft scheinen Menschen mit künstlerischen Fähigkeiten in der Lage zu sein, ihr Gehirn anders zu verwenden.« Endlich schaut er von mir weg, lässt seinen Blick durch den Raum schweifen, bis er wieder zu mir zurückwandert. »Das ist alles sehr wichtig bei einer Behandlung und einer Operation am Gehirn.«

Operation. *Geslated werden.*

Die Schulglocke läutet. Ende der Stunde.

»Gebt eure Arbeitsblätter auf dem Weg nach draußen ab!«, ruft Hatten noch.

Alle räumen ihre Sachen zusammen und legen die Bücher weg.

Rechtshänder … Linkshänder. Meine Linke ballt sich von allein zur Faust – meine linken Finger sind mit einem Stein zertrümmert worden. Aber das war nur ein Traum.

Oder doch nicht?

»Kyla?« Ben gibt mir einen Schubs. »Los, komm.« Ich schüttle mich innerlich und stehe auf. Mit Bleifüßen nähere ich mich dem Pult, so langsam, dass ich nach Ben die Letzte bin, die den Raum verlässt. Mrs Ali wartet bereits an der Tür auf mich.

Ich lege mein Blatt ganz oben auf den Stapel, den Mr Hatten in den Händen hält.

»Fandest du den Unterricht … interessant?«, fragt er und zwinkert mir zu.

Ich schrecke hoch, antworte nicht und stolpere zur Tür.

Mrs Ali runzelt die Stirn. »Ich will vor deiner nächsten Stunde noch kurz mit dir reden, Kyla. Komm bitte mit.«

Sie zerrt mich in ein leeres Klassenzimmer direkt nebenan.

»Es gab deinetwegen ein paar Beschwerden.« Sie lächelt ihr freundliches Lächeln. *Dann ist sie am gefährlichsten.* »Und nach dem, was ich gerade mitbekommen habe, muss ich sie leider ernst nehmen.«

Was genau kann sie gesehen haben? Panisch lasse ich die letzten Augenblicke im Klassenzimmer Revue passieren: War sie schon an der Tür, als Hatten gesagt hat, ich sei eine biologische Anomalie? Nein, da bin ich mir ziemlich sicher. Sie kam erst am Schluss der Stunde in den Raum. Und sie kann sein Zwinkern nicht bemerkt haben, denn Mr Hatten hatte ihr den Rücken zugewandt.

»Was genau meinen Sie?«

Sie runzelt wieder die Stirn. »Dieser reizende neue Lehrer hat dich gefragt, ob die Stunde interessant war, und du hast ihm nicht einmal geantwortet.«

Dieser reizende neue Lehrer: Aha! Da steckt mehr dahinter und das ist alles andere als reizend. Aber ich habe den Eindruck, dass Mrs Ali davon nicht den leisesten Schimmer hat.

»Und einige deiner anderen Lehrer sagen, dass du im Unterricht abwesend und unaufmerksam bist und nicht bereit zu lernen.«

»Das tut mir leid. Ich werde versuchen, mich zu bessern.«

»Versuch es nicht nur. Tu es. Das ist eine Warnung, Kyla. Wir sprechen darüber nicht zum ersten Mal. Vergiss nicht, dass du unter Aufsicht stehst, bis du 21 bist. Du hast in deinem Vertrag unterschrieben, dass du dein Bestes gibst, um dich in die Gesellschaft zu integrieren und gut in der Schule zu sein. Du bist über 16, und wenn du jetzt versagst, gibt es andere Behandlungsmethoden.« Sie lächelt mich warm an. »Und jetzt lauf schnell zu deiner nächsten Stunde. Ich wünsche dir einen schönen Tag.«

Sie verschwindet durch die Tür in den Flur. Wo ist Ben? Ich brauche ihn dringend. Alles stürzt in mir zusammen: Ich bin verwirrt wegen Hatten – ich grüble darüber, wer er ist und was er gesagt hat. Und dann noch der Schock und die Angst vor Mrs Alis direkten Drohungen. Augenblicklich fällt mein Wert.

Als ich in den Flur trete, kommt Hatten gerade aus dem Bio-Raum. Er zieht eine Grimasse hinter Mrs Alis Rücken und verdreht die Augen. »Was für eine Zicke«, flüstert er, zwinkert noch mal und grinst. So sieht er jünger aus, viel natürlicher – als ob das Lehrergesicht von vorhin nur eine Maske gewesen ist –, und ich kann nicht anders, als zurückzulächeln. Er kommt näher und hält einen Finger an seine Lippen. »Pst, das ist unser Geheimnis.« Dann läuft er in die andere Richtung.

Ich könnte schwören, dass er jedes Wort von Mrs Ali mitbekommen hat. Wie ist das möglich? Und was meint er mit ›unser Geheimnis'?

Das wird sich zeigen.

Ben steht draußen und wartet auf mich. »Ich hab gesehen, wie Mrs Ali dich beiseitegenommen hat. Alles in Ordnung?«

»Es könnte mir besser gehen«, antworte ich und bin überrascht, als ich auf mein Levo schaue. Der Wert ist wieder auf 5,1 geklettert – haben die Grimassen von Hatten das bewirkt? Oder lag es daran, dass er so nah bei mir stand? Mein Herz schlägt immer noch schnell.

»Willst du morgen mit mir laufen gehen?«, fragt Ben mit besorgtem Gesicht.

»Gerne. Lass uns dann reden.« Es klingelt zur nächsten Stunde und wir eilen in entgegengesetzte Richtungen davon.

Jetzt heißt es, aufmerksam und lernwillig zu sein. Oder zumindest besser darin zu werden, den Lehrern etwas vorzuspielen.

KAPITEL 40

Ich ziehe den Vorhang an der Haustür beiseite und werfe einen Blick auf die Straße: nichts. Beeil dich, Ben!

»Kyla?«, ruft Dad aus dem Vorderzimmer und ich gehe zu ihm. »Komm, unterhalt dich kurz mit mir, während du wartest.«

Ich zögere, weil ich bereits meine Laufschuhe anhabe.

»Keine Sorge, ich werde es ihr nicht verraten.«

Mum ist zwar gerade nicht zu Hause, aber ich bin mir sicher, dass sie einen siebten Sinn dafür hat, ob jemand mit schmutzigen Schuhen über den Teppich gelaufen ist. Ich streife meine sorgfältig auf der Fußmatte ab und bleibe dann unsicher in der Tür stehen.

»Setz dich«, fordert Dad mich lächelnd auf.

Ich lasse mich auf der Lehne eines Sessels nieder.

»Dein Freund ist nicht besonders pünktlich, oder?«

»Nein«, räume ich ein.

»Also ist er dein Freund?«

»Was?«

»*Dein Freund.* Du weißt schon, dein richtiger Freund.«

Ich werde rot. »Nein.«

»… oder vielleicht willst du, dass er dein Freund ist?«

»Nein! Wir sind nur Laufpartner.«

Er schaut mich stirnrunzelnd an und anscheinend versteht er meine gemischten Gefühle besser als ich selbst.

»Sei vorsichtig, Kyla. Nur weil wir Amy erlaubt haben, sich mit Jazz zu treffen, heißt das noch nicht, dass auch du schon für einen Freund bereit bist. Deine Entlassung aus dem Krankenhaus ist noch nicht lange her. Und du weißt, dass du, bis du 21 und frei bist, auf deine Mum und mich hören musst – auf alles, was wir sagen. Das betrifft auch das Thema Freund.«

»Ja.«

»Ich bin mir nicht sicher, ob es mir gefällt, dass du mit diesem Ben allein laufen gehst.«

Ich gebe ihm keine Antwort. Jeder Protest von mir würde ihn nur in seinen Vermutungen bestätigen. Doch ich muss Ben sehen und mit ihm sprechen, ich vermisse ihn so sehr. Nach allem, was in dieser Woche passiert ist, will ich einfach nur seine Hand halten.

»Allerdings denkt deine Mum offenbar, dass Ben in Ordnung ist, also mische ich mich nicht ein. Zumindest im Moment nicht. Aber sieh zu, dass es bei *nur Freunde* bleibt. Du verstehst schon warum, oder?«

»Hm, nicht so genau.«

»Wir machen uns ernsthaft Sorgen, dass du mit dieser Art von Gefühlen, so bald nach dem Slating, noch nicht zurechtkommst. Dass dein Levo so verrücktspielen könnte, dass du es nicht mehr kontrollieren kannst.«

Diese Warnungen habe ich auch schon im Krankenhaus gehört. Aber es stimmt nicht. Ben hilft mir, meinen Wert zu stabilisieren. Außer …

»Du willst, dass ich unter Kontrolle bleibe.« Ich bin völlig überrascht, dass die Worte so unüberlegt aus meinem Mund kommen.

Er sieht mich amüsiert an.

Es klopft an der Tür: Ben. Ich springe auf, aber Dad hebt die Hand. »Warte noch kurz.« Er geht zur Tür und öffnet sie. Ich höre, wie Dad sich Ben vorstellt und wie sie kurz über die Schule und das Laufen plaudern. Ben ist wie immer offen und höflich. Angenehm. Die Art von Junge, die Erwachsene mögen.

Dad streckt seinen Kopf durch die Tür herein. »Na dann los «, sagt er. »Aber denk an unser Gespräch.«

»Sorry wegen gerade eben«, sage ich, als ich die Tür zugezogen habe.

»Wegen was?«

»Wegen meinem Dad.«

»Was ist mit ihm? Er ist doch ganz nett.«

»Egal.«

Wir laufen die Straße hoch, werden immer schneller und bald habe ich mich an die kalte Luft und die Dunkelheit gewöhnt. Wir rennen im gewohnten Rhythmus unserer Füße die Straße entlang. Seite an Seite, in der gleichen Geschwindigkeit.

Wir werden langsamer, als wir zu der Stelle kommen, wo der Weg von der Straße abzweigt.

»Reden?«, frage ich.

Ben nimmt meine Hand und führt mich in die Schatten der Bäume. Die Nacht ist klar, der fast volle Mond wirft genug Licht, um den Weg erkennen zu können. Während wir zum Tor gehen, denke ich über das nach, was Dad zu mir gesagt hat und was ich auch schon im Krankenhaus gehört habe: Halte dich von Jungs fern. Sie bringen deine Levo-Werte durcheinander. Aber mein Level ist jetzt gerade auf dem höchsten Stand in der ganzen Woche. Die haben ja keine Ahnung!

Ben hebt mich wieder hoch, sodass ich mich auf die Mauer setzen kann. Er stellt sich vor mich und legt seine Arme um meine Hüften.

Er streicht mir die Haare aus dem Gesicht und beugt sich vor. »Über was willst du reden?« Er flüstert mir ins Ohr und sein Atem löst eine Gänsehaut bei mir aus.

Ich sage nichts, denn plötzlich ist mein Kopf leer. Mein Blut pulsiert vom Laufen immer noch schnell durch meine Adern. *Oder von etwas anderem.*

»Ich habe mir selbst etwas geschworen«, sagt Ben.

»Was denn?«

»Dass ich das tun werde, wenn wir wieder hierherkommen.« Er legt eine Hand unter mein Kinn – eine sanfte Berührung, bei der alles um mich herum verschwimmt. Panik steigt in mir auf, aber nicht die Art von Panik, vor der man weglaufen möchte. Ich spüre die kalte Mauer unter mir, Bens warmen Arm um meine Hüfte, seine Hand an meinem Kinn. Jeder meiner Sinne ist hellwach. Ben beugt sich vor und berührt meine Lippen ganz sanft. Er küsst mich zärtlich: Ich spüre nur ihn und seine Wärme. Er lehnt sich zurück und lächelt. Aber alles, was ich in diesem Moment will, ist, dass er mich an sich zieht und mich noch einmal küsst. Ganz *ruhig bleiben* … Vielleicht hat Dad doch recht und mein Level wird bei dem Gefühlsdurcheinander instabil?

»Also, worüber wolltest du sprechen?«, fragt Ben.

»Hmmm?«, mache ich und sehe in seine Augen. Ich fahre mit meiner Hand die Konturen seiner Lippen nach.

Er grinst, nimmt meine Hände in seine und verschränkt unsere Finger ineinander. »*Du* hast gesagt, dass du über etwas sprechen willst. Aber wenn du lieber …« Und er beugt sich wieder zu mir, um mich erneut zu küssen. Einmal. Zweimal …

Alles dreht sich um mich herum, und mir wird schwindlig, aber dann fällt mir wieder ein, worüber ich mit ihm sprechen wollte, und ich schiebe ihn sanft von mir weg.

»Können wir reden?«

»Wenn's unbedingt sein muss«, sagt er mit rauer, zittriger Stimme – und diesmal muss ich lachen.

Ich erzähle ihm von Phoebes Mutter und dass ich ihr gesagt habe, dass ihre Tochter geslated worden ist.

Bens Augen leuchten im Mondlicht. Er nimmt mich in seine Arme. »Ich wusste, dass du meinen Standpunkt verstehst, wenn du erst mal darüber nachgedacht hast. Du musstest einfach einsehen, dass wir Aiden und MIA helfen sollten.«

Ich schüttle den Kopf. »Nein. Das stimmt nicht. Ich wollte Phoebes Familie nur sagen, was mit ihr passiert ist, damit sie Bescheid wissen.«

»Was ist mit Lucy? Was ist mit *ihren* Eltern?«

»Überleg doch mal, Ben«, sage ich. »Wie alt war Phoebe?«

»15.«

»Eben. Sie konnte noch geslated werden – doch was würden sie mit mir machen, wenn ich aus der Reihe tanze?«

Dann berichte ich ihm, womit mir Mrs Ali gedroht hat: *andere Behandlungsmethoden* für über 16-Jährige. Ich wurde verwarnt und stehe unter Beobachtung. Ein falscher Schritt und ich bin verschwunden, genau wie Tori.

Ben wird blass. »Ich will nicht, dass dir etwas zustößt.«

»Hast du Tori auch so geküsst wie mich gerade?« Die Worte sind einfach so aus mir herausgepurzelt und ich würde sie am liebsten sofort wieder zurücknehmen.

Ben sieht mich erstaunt an. »Macht das einen Unterschied für dich?«

Doch dann fängt er plötzlich an zu lachen. »NEIN. Ich habe Tori nie geküsst. Sie war nur eine Freundin.«

»Aber ich dachte …«

»Da hast du falsch gedacht. Tori hatte es nicht leicht mit ihrer Familie. Sie hat jemanden gebraucht, mit dem sie reden konnte, und ich bin eben ein guter Zuhörer.«

Das ist mir bereits aufgefallen. Aber mir war auch aufgefallen, dass Tori Ben nicht nur für einen guten Freund hielt. Doch diesmal sage ich nichts.

Ben lächelt. »Kyla, glaub mir: Du bist die Einzige, die ich küssen will. Und ich will nicht, dass dir etwas passiert.« Er schüttelt den Kopf und reibt sich die Schläfen. »Ich verstehe einfach nicht, wie mein Gehirn funktioniert.«

»Was meinst du damit?«

»Wenn die Lehrer und Schwestern im Krankenhaus mit mir reden, sind sie sehr überzeugend. Alles klingt immer so vernünftig und nachvollziehbar. Aber als wir neulich mit Aiden sprachen, ist mir klargeworden, dass sie falschliegen und es stimmt, dass die Regierung für das, was sie tut, zur Verantwortung gezogen werden muss. Jetzt sprichst du von offensichtlichen Gefahren und Risiken, die ich aber bislang nicht erkannt habe. Es kommt mir vor, als wäre mein Gehirn blockiert. Es scheint nur richtig zu funktionieren, wenn ich laufe.«

Das liegt am Slating.

Ich denke wieder an das, was uns Aiden erzählt hat, und an die Art und Weise, wie er das getan hat. Er verfolgt eigene Absichten, denn er macht sich offenbar keine allzu großen Sorgen darum, was mit uns geschieht, wenn wir uns auf seine Pläne einlassen und entdeckt werden. Und er wusste genau, was er sagen musste, um Ben zu manipulieren. Eigentlich hätte das auch bei mir funktionieren müssen. *Kyla ist anders.*

»Was sollen wir jetzt tun?«, frage ich.

»Ich will nicht, dass dir etwas zustößt. Aber was denkst du?«

»Slating führt dazu, dass man sich anpassen und immer das Richtige tun will. Das, was von einem erwartet wird.«

»Noch ein Grund, warum es falsch ist und abgeschafft werden muss.« Seine Miene ist besorgt.

»Ben, hör mal zu. Wir müssen uns von Aiden fernhalten und dürfen in der Schule und zu Hause nicht auffallen. Lass uns warten, bis wir unsere Levos los sind. Es ist zu gefährlich, in unserer Situation etwas zu unternehmen und in den Fokus der Lorder zu geraten. Erst wenn wir 21 sind, können wir uns wehren.«

Während Ben zuhört, bemerke ich wieder, wie beeinflussbar er ist. Spricht man mit Nachdruck auf ihn ein, lässt er sich überzeugen. Das ist gefährlich für ihn, und ich wünsche mir in diesem Moment nichts mehr, als ihn zu beschützen. So wie Ben sollte auch ich sein. Aber irgendwie ist es nicht so, nicht auf die gleiche Art. Doch obwohl auch ich ein Slater bin, verhalte ich mich nicht so. *Kyla ist anders.*

»Du hast recht, Kyla«, sagt Ben jetzt. Er nimmt mich wieder fest in die Arme und küsst mich auf die Wange. Ich wünsche mir, dass er mich richtig küsst, aber vielleicht ist das auch etwas, zu dem nur ich ihn gebracht habe …

»Komm, wir müssen zur Gruppe«, sage ich.

Als wir zurück zur Straße laufen, frage ich Ben, was er von Hattens Behauptung hält, ich sei eine biologische Anomalie. Aber Ben scheint nicht darüber sprechen zu wollen und wechselt schnell das Thema.

Wir joggen den Rest des Weges, doch mir dreht sich dabei der Kopf. Ich habe mich in Bens Nähe immer sicher gefühlt, aber jetzt merke ich, dass ich falschlag. *Ich* muss ihn beschützen und auf uns beide aufpassen.

Warum kann ich über Dinge anders nachdenken als Ben? Ich verstehe das einfach nicht.

KAPITEL 41

Mum hat schlechte Laune. Sie fährt konzentriert und klammert sich so fest ans Lenkrad, dass ihre Knöchel weiß hervortreten. Aber der Verkehr schleicht weiter dahin. Die Straße hat eine leichte Steigung, und als wir am höchsten Punkt sind, können wir eine endlose Autoschlange sehen, die zum Krankenhaus führt. Uns wurde gestern mitgeteilt, dass wir heute einen anderen Eingang benutzen müssen, und ich überlege, ob der alte von der Bombe beschädigt wurde. Bald erreichen wir die Warteschlange und reihen uns ein.

»Ist alles in Ordnung?«, frage ich.

Mum schreckt auf und lächelt kurz. »Sollte nicht ich dich das fragen?«

»Ich habe meine Frage zuerst gestellt.«

»Na gut. Ich bin nur etwas angespannt, weil wir nach dem Anschlag letzte Woche wieder ins Krankenhaus müssen. Du etwa nicht?«

Seltsamerweise macht es mir nichts aus. Zumindest habe ich keine Angst wie Mum. Zweifellos werden die Lorder alles so gut abgesichert haben, dass Terroristen nicht die geringste Chance haben, sich dem Krankenhaus auch nur einen Zentimeter zu nähern. Aber Mum sieht aus, als wollte sie am liebsten umdrehen und so schnell wie möglich das Weite suchen.

»Nach letzter Woche werden sie wohl kaum zulassen, dass so etwas noch einmal passiert. Das Krankenhaus ist im Moment wahrscheinlich der sicherste Ort weit und breit.«

Mum überlegt einen Moment. »Bestimmt hast du recht. Ich will trotzdem nicht in die Klinik.«

Ich auch nicht, aber aus anderen Gründen. Ich bin mir nicht sicher, ob mein Pokerface heute schon Dr. Lysander standhalten kann. Es ist eine Sache, sich vorzunehmen, brav alles das zu tun, was von einem erwartet wird – eine andere, das dann auch durchzuziehen.

»Verstehe ich. Lass uns umkehren und wir holen uns irgendwo was zu essen«, schlage ich vor.

Mum lacht. »Gute Idee. Wäre es nicht toll, wenn wir das tun könnten?«

»Na ja, *du* kannst das doch. Setz mich ab und mach dir einen schönen Tag. Es ist ja sicherlich kein Vergnügen, mich jeden Samstag ins Krankenhaus zu fahren.«

»Wohl wahr. Aber ich kann auch nicht einfach tun, was ich will. Siehst du die Pfähle an jeder Ecke? Wie der dort links.« Ich blicke zum Autofenster hinaus zu einer Ampel, neben der ein Pfahl steht. Oben an der Spitze ist eine kleine schwarze Box angebracht – irgendein Gerät. *Eine Kamera.*

»Sie überwachen das Autokennzeichen und die Position von jedem Auto in London. Wenn ich einfach in der Stadt herumstreune, wer weiß, was dann mit mir geschieht? Aber vielleicht gelten für mich auch andere Regeln.«

»Hat das etwas mit deinem Vater zu tun?«

»Und meiner Mum. Sie war auch ziemlich wichtig.«

»Aber grundsätzlich können sich noch nicht mal Erwachsene frei bewegen?«

»Nein. Heutzutage ist das nicht mehr möglich.«

»Konnten sie es denn früher?«

»Alles hat sich sehr verändert, Kyla. Als ich so alt war wie du, konnte ich tun und lassen, was ich wollte.«

»War das vor den Terroranschlägen in den 20ern?«

Mum zuckt zusammen. »Sehe ich so alt aus? 2031 war ich 16 Jahre alt.«

»Aber dann erinnerst du dich doch sicherlich an die 20er-Jahre, oder? Als die ganzen Krawalle stattgefunden haben und sich alle aus Angst vor den Gangs im eigenen Haus verschanzt haben und es nicht mehr verlassen wollten.«

Sie lacht wieder. »Das ist eine Version der damaligen Ereignisse. Zu dieser Zeit wurden die Mobiltelefone für unter 21-Jährige verboten. Die Jugendlichen haben sie benutzt, um damit Demonstrationen zu organisieren, verstehst du? Aber so schlimm waren die Aufstände nicht, zumindest nicht zu Beginn. Doch das Leben *war* anders als heute: Man musste zum Beispiel sehr vorsichtig sein, wo man nachts hinging.« Ihre Augen schweifen zu den Lordern an der Ecke. Sie sind schwarz gekleidet und tragen Maschinengewehre.

»Jetzt muss man nur noch auf *die da* aufpassen.« Sie nickt leicht in Richtung der Wachmänner und ich bin überrascht.

»Du hast gerade gesagt, dass die Demonstrationen am Anfang gar nicht so schlimm waren. Was ist später passiert?«

»Habt ihr keinen Geschichtsunterricht in der Schule? Nach

dem Crash – du weißt schon, die Bankenkrise und der Zusammenbruch der Wirtschaft in ganz Europa – hat sich Großbritannien von der EU distanziert und alle Grenzen geschlossen. Von da an gab es eine Phase, in der alle ziemlich durchdrehten.«

»Ich habe Filme über die Krawalle gesehen.«

»Es werden immer nur die allerschlimmsten gezeigt. Zu Beginn waren die meisten Studentenproteste friedlich, aber die Frustration und die Wut über die Regierung wuchsen.«

Im Geschichtsunterricht zeigen sie immer nur einen unkontrollierbaren und durchgedrehten Mob: Teenager, die mit wildem Blick Läden verwüsten und unschuldige Menschen umbringen. Ich bin völlig erstaunt, dass Mum so offen mit mir spricht, und ich unterbreche sie nicht. Vielleicht will sie sich von dem bevorstehenden Besuch im Krankenhaus ablenken und redet deshalb so viel.

»Ich habe mich immer die Treppe hinuntergeschlichen und meine Eltern belauscht, als sie sich abends über die politische Situation gestritten haben.«

»Aber dein Dad war doch Premierminister. Also hat er den Streit gewonnen.«

»Nein, denn anfangs war er nur einer unter vielen Kandidaten bei einer Wahl. Meine Mum war damals schon eine erfolgreiche Anwältin, die sich für Bürgerrechte eingesetzt hat.«

»Was sind Bürgerrechte?«

Mum schüttelt den Kopf. »Dass du diese Frage überhaupt stellen musst … Was denkst du denn, was es bedeutet?«

»So was wie die Freiheit von Menschen?«

Sie nickt. »Genau. Meine Mutter hat sich mit Redefreiheit, Handlungsfreiheit und Versammlungsfreiheit beschäftigt. Sie hatte also ganz andere Vorstellungen davon als mein Vater, wie die Probleme gelöst werden sollten. Schließlich hat sie für eine neue politische Partei Wahlkampf geführt, für die Freedom UK.«

»Also standen deine Eltern auf unterschiedlichen Seiten?«

»Ja.«

»Aber dein Dad hat gewonnen.«

»Nicht wirklich. Es gab kein eindeutiges Ergebnis. Die beiden Parteien mussten eine Koalition bilden, obwohl Dads Partei mehr Stimmen bekommen hatte. Du kannst dir nicht vorstellen, wie unser Frühstück am Morgen nach dem Wahlergebnis ablief. Letztendlich hat keiner von beiden gewonnen, Kyla. Sie gingen einen Kompromiss ein. Und so haben wir dich bekommen.«

»Das verstehe ich nicht.«

Mum dreht das Radio etwas lauter, sieht mich an und sagt mit leiser Stimme: »Du musst Geheimnisse für dich behalten können, damit ich weitersprechen kann. Du hast mir mal gesagt, dass du das nicht schaffst, aber ich glaube, dass du durchaus dazu in der Lage bist. Willst du also, dass ich weitersprechen?«

Eigentlich sollte ich Nein sagen, um mich vor jeder Art von gefährlichem Wissen zu schützen. *Aber ich bin zu neugierig.* »Sprich weiter.«

»Auf der einen Seite standen mein Dad und die Law-and-Order-Bewegung, die das System der Lorder eingeführt haben. Ihre Maxime war, möglichst hart gegenüber Straftätern vorzugehen und keine Gewalt und keine Anzeichen eines Aufstands zu tolerieren. Die andere Seite vertrat die Meinung, dass die Jugendlichen – also die demonstrierenden Studenten und die Gangs – rehabilitiert werden sollten. Sie glaubten, dass der wahre Grund für ihre Straftaten ihre Herkunft und ihre Erziehung seien, möglicherweise in Kombination mit Misshandlungen in der Kindheit. Sie sollten Hilfe bekommen und nicht bestraft werden.«

»Was hat das alles mit mir zu tun?«

»Es gab zu dieser Zeit neue medizinische Erkenntnisse. Ich bin zwar kein Profi auf diesem Gebiet und verstehe nichts von den wissenschaftlichen Forschungen und wie die Erinnerungen im Gehirn funktionieren. Aber ich weiß, dass Ärzte versucht haben, Menschen mit Autismus und anderen Entwicklungsstörungen zu helfen. Dabei wurde zufällig festgestellt, dass eine bestimmte Operation die Erinnerungen eines Menschen auslöscht.«

»Das Slating.«

»Genau. Es war *die* perfekte Lösung für die Regierung. Anstatt die Verbrecher zu bestrafen, gab es nun wie bei Filmaufnahmen einfach eine neue Klappe, und die Jugendlichen konnten ihr Leben noch einmal neu beginnen. Sie bekamen eine zweite Chance.«

»Also war es für beide Seiten möglich, in der Öffentlichkeit zu behaupten, dass sie das bekommen hätten, was sie wollten. Ist das ein Kompromiss?«, überlege ich laut.

Mum lacht, aber ihre Miene bleibt ernst. »Ich würde eher sagen, dass niemand das bekommen hat, wofür er gekämpft hat. Jede Partei gab der anderen die Schuld an Problemen und Streitigkeiten. Und das hat sich seitdem nicht mehr geändert – auch die Zentralkoalition, die jetzt an der Macht ist, ist zerstritten. Von ihr stammt übrigens die Idee mit den Levos.«

Ich schaue auf das Gerät an meinem Handgelenk, das mein Leben dominiert: 5,2. Ich drehe daran und ein Schmerz zuckt durch meine Schläfen. Ich weiß, dass das passiert, aber hin und wieder kann ich es einfach nicht lassen, an der Kette zu spielen. »Wie ist es denn dazu gekommen?«

»Nun, Freedom UK vertrat die Meinung, dass man sicherstellen muss, dass die armen Slater immer glücklich sind. Den Lordern hingegen war es wichtig, dass die Jugendlichen nicht wieder auf die schiefe Bahn geraten konnten. Die Lösung waren die Levos. Wenn du eines trägst, musst du glücklich bleiben und kannst gleichzeitig nichts Verbotenes tun. Beide Parteien waren zufrieden, weil sie angeblich bekommen haben, was sie wollten.«

»Hm. Offensichtlich mussten die Politiker, die über den Gebrauch der Levos entschieden haben, nie selbst eines tragen.«

Mum lacht wieder. »So ist es.«

»Hast du dich auf die Seite deiner Mutter oder deines Vaters gestellt?«

»Meistens habe ich versucht, neutral zu sein, damit zu Hause Frieden herrschte. Ich habe mich dabei immer auf einem schmalen Grat bewegt. Aber das war damals.«

»Damals?«

Mum antwortet lange nicht, und ich denke schon, dass ich keine Antwort mehr bekomme. Doch dann dreht sie sich mit leuchtenden Augen zu mir. »Man könnte sagen, dass ich den Grat verlassen habe, als sie gestorben sind.«

Wir sind fast am Kontrollpunkt angekommen. Keiner von uns spricht. Mums Eltern sind bei einem Bombenanschlag auf ihr Auto ums Leben gekommen, und ich habe keinen Zweifel daran, auf welcher Seite sie nun steht: auf der der Lorder – egal welche Meinung sie davor vertreten hat. Es kann gar nicht anders sein, schließlich haben Terroristen ihre Eltern getötet.

Ich beobachte Mums Gesicht, während unser Auto durchsucht wird. In ihr gehen Dinge vor, die für andere schwer zu fassen sind. Wie jedes Mal erkennen die Lorder meine Mum und verhalten sich deswegen sehr respektvoll. Mum nimmt das hin, aber anscheinend gefällt es ihr nicht.

Ich frage mich, was sie mir noch nicht erzählt hat.

Dr. Lysander tippt auf ihren Bildschirm und blickt auf.

»Ich sehe, dass du während des Angriffs letzte Woche in den 10. Stock geflohen bist. Dann ist dein Levo so weit gefallen, dass man dich ruhigstellen musste. Erzähl mir davon.«

Gleich mittenrein.

»Ich habe versucht, zur Schwesternstation zu gelangen, wie Sie gesagt haben. Dann fielen die Lichter aus. Die Schwester …«

Ich unterbreche mich, denn ich möchte nicht an ihren toten Körper denken.

»Ich weiß, was mit der Schwester passiert ist«, sagt Dr. Lysander. »Das muss wirklich ein schlimmer Schock für dich gewesen sein. Trotzdem bist du nicht ohnmächtig geworden.«

»Nein. Ich bin über die Treppe zum 10. Stock gerannt. Ich weiß nicht, warum ich dieses Stockwerk ausgewählt habe.«

»Das ist der Ort, den du am besten kennst: Es ist absolut nachvollziehbar, dass du dorthin geflüchtet bist. Aber woran lag es deiner Meinung nach, dass du das alles durchgestanden hast und deine Werte erst fielen, als du in Sicherheit warst?«

Wegen Phoebe. Aber das kann ich nicht sagen.

Ich zucke mit den Schultern. »Vielleicht ist alles über mir zusammengebrochen, als ich zu laufen aufgehört habe.«

Dr. Lysander legt den Kopf leicht zur Seite und denkt einen Augenblick nach. »Vielleicht.« Sie wirkt nicht überzeugt, als ob sie ahnt, dass mehr dahintersteckt.

»Ist Ihnen denn etwas passiert?«, frage ich. »Ich hab mir Sorgen um Sie gemacht.« Das sind keine leeren Worte, denn ich hatte wirklich Angst um sie. Zweifellos war sie ein Ziel der Terroristen.

Sie schaut mich mit einem erstaunten Blick an und ihre Miene wird sanft. »Danke, Kyla, ich weiß deine Worte zu schätzen. Mir ging es gut. Man hat mich an einen sicheren Ort gebracht, zusammen mit ein paar anderen Leuten, die sich um uns gekümmert haben.«

»Warum haben Sie die Schwester, die getötet wurde, nicht auch mitgenommen? Kannten Sie sie?«

»Ja. Sie hieß Angela.« Dr. Lysander sieht traurig aus. »Aber in manchen Situationen muss man einfach Entscheidungen treffen.«

»Trotzdem …«

»Genug, Kyla. Ich muss dich etwas fragen. Hast du alles herausgefunden?«

»Was meinen Sie?«

»Hast du alles über dich herausgefunden, was du wissen wolltest?«

Mein Magen dreht sich. Sie weiß, dass ich in ihrem Computer nachgesehen habe. Ich schweige und in mir bricht Panik aus. Man stelle sich vor, was die Lorder *daraus* machen könnten.

»Ja, Kyla, ich fürchte, ich habe gesehen, was du getan hast. In meinem Büro ist eine kleine Kamera installiert, siehst du sie? Nur ich kann sie kontrollieren. Und auch der Computer speichert, welche Dateien geöffnet wurden. Also habe ich genau nachvollziehen können, was du getan hast.« Sie lehnt sich ruhig in ihrem Stuhl zurück. »Aber ich habe die Kamera jetzt ausgeschaltet und die Aufnahmen gelöscht. Niemand weiß davon. Komm, setz dich mal zu mir und wir schauen gemeinsam auf meinen Bildschirm.«

Ich kann es nicht glauben. Mir fällt beinahe die Kinnlade herunter.

»Beeil dich, Kyla.«

Ich ziehe meinen Stuhl auf die andere Seite des Tisches und nehme neben ihr Platz. Sie öffnet nacheinander die Dateien, die ich mir angesehen habe, und erklärt mir alles: die Aufnahme im Krankenhaus, meinen Gehirnscan und die Operation, die bei mir vorgenommen wurde. Dann klickt sie die Datei »Empfehlungen« an, die mich so durcheinandergebracht hat.

»Was bedeutet dieser Teil hier: ›Gremium stimmt für Abbruch. Dr. Lysander lehnt ab‹ ?«, frage ich.

»Das Krankenhaus-Gremium war wegen deiner Albträume und deines Kontrollverlusts besorgt. Sie haben geglaubt, dass es ein Risiko für dich selbst und andere darstellen würde, dich aus dem Krankenhaus zu entlassen.«

»Aber Sie haben den Vorschlag abgelehnt. Sie waren nicht ihrer Meinung.«

»Ja, so war es, aber sie hatten recht. Du warst zumindest für dich selbst ein Risiko.«

»Das verstehe ich nicht. Warum haben Sie mich dann entlassen?«

Sie zuckt leicht mit den Schultern. »Ich war überzeugt, dass du diese Chance verdient hast, und wohl auch neugierig, wie du dich entwickeln würdest. Aber in erster Linie wollte ich dich beobachten und herausfinden, was passieren würde.«

»Ich bin also eine Art Ratte im Käfig.«

Sie lächelt ein wenig. »Eher eine Ratte, die man aus dem Käfig lässt.«

»Aber warum wollten Sie mich beobachten?«

»Kyla, du bist anders. Und ich will herausfinden, was genau dich von den anderen Slatern unterscheidet. Bei dir ist nichts falsch gemacht worden – jedes Testergebnis und jeder Scan zeigt, dass alles ganz normal gelaufen ist. Aber irgendetwas stimmt nicht ... Kyla, wir sind hier unter uns, ganz allein. Kannst du es mir verraten?«

»Ich weiß nicht, was Sie meinen.«

Sie schaut mich zweifelnd an. »Gibt es sonst noch etwas, das du wissen willst? Wenn ich deine Neugierde stillen kann, kannst du vielleicht auch meine stillen.«

Ich fange an, mich zu winden. Es gibt so viele Fragen, die ich stellen könnte, aber ich sollte das besser lassen. *Frag!*

Es ist gefährlich. Ich muss das perfekte geslatete Mädchen spielen. Ich habe es Ben versprochen und für mich selbst beschlossen, mich unauffällig zu verhalten. *Frag.*

»Wer wird alles geslated? Ich weiß, dass die Operation bei verurteilten Verbrechern angewandt wird, aber bei wem wird sie noch durchgeführt?«

»Weshalb denkst du, dass sonst noch jemand geslated wird? Das wäre illegal.«

Ich antworte nicht.

Dr. Lysander nickt ein paarmal und scheint amüsiert zu sein. »Du bist sehr scharfsinnig. Das ist eine interessante Frage, sie überrascht mich sogar. Warum hast du sie gestellt?«

»Weil ich ein paar Leute kenne, die geslated worden sind, bei denen ich mir aber niemals vorstellen könnte, dass sie etwas Böses getan haben könnten.«

»Das Leben ist ab und zu sehr schmerzhaft, Kyla. Manchmal brauchen Menschen Hilfe, und diese Hilfe können wir ihnen hier geben.«

»Das verstehe ich nicht.«

Sie zögert. »Nehmen wir zum Beispiel deine Schwester. Wie heißt sie noch? Ich habe sie an dem Tag wiedererkannt, als sie mit dir hier war.«

»Amy? Warum erinnern Sie sich an sie?«

»Wenn ich mit dir über all das spreche, breche ich ein paar Dutzend Gesetze, Kyla.« Sie fährt über ihren Bildschirm. Amys Gesicht und eine Nummer erscheinen: Amy 9612. Dr. Lysander wechselt zu anderen Fotos. Wieder erscheint ein Bild, aber es sieht ganz anders aus als meines. Amy ist um Jahre jünger als heute und ihr Lächeln ist unmissverständlich: Sie freut sich darüber, geslated zu werden. Dr. Lysander gibt ein Passwort ein, um sich einzuloggen. Deshalb konnte ich also nicht rausfinden, warum ich geslated worden bin: Ich hätte ihr Kennwort gebraucht.

»Sieh mal hier: ›Patient 9612 hat sich im Krankenhaus vorgestellt und darum gebeten, geslated zu werden. Sie wurde untersucht und als geeignet für ein OS befunden.‹«

Ich schüttle den Kopf. »Das kann nicht stimmen. Warum sollte jemand geslated werden *wollen*? Warum will jemand freiwillig so ein Gerät tragen?« Ich reiße fest an meinem Levo, und diesmal fährt mir der Schmerz so stark in meine Schläfen, dass mir Tränen in die Augen schießen.

»OS bedeutet Opfer-Slating. Manche junge Menschen haben so ein furchtbares erstes Leben, dass es nur einen einzigen Weg gibt, dass sie doch noch zu nützlichen Mitgliedern der Gesellschaft werden können. Man muss die Kette der Gewalt durchbrechen und die Missbrauchsmuster zerstören, damit sie sie nicht an ihre eigenen Kinder weitergeben. Slating nimmt ihnen den Schmerz und sie können ein neues Leben ohne Erinnerungen beginnen.«

»Aber was ist so Schlimmes mit Amy passiert, dass sie geslated werden wollte?«

»Ich erinnere mich an sie, ich habe sie nämlich bewertet. Sie war völlig verzweifelt. Sie wurde mit 13 Jahren vergewaltigt und hat ein Baby bekommen. Die Behörden nahmen ihr das Kind weg, was unter diesen Umständen ganz richtig war. Aber Amy konnte mit der Situation nicht umgehen.«

Oh Amy! Ich kann das alles nicht fassen. Ich kann nicht glauben, dass ihr so etwas Schreckliches passiert ist.

Dr. Lysander erklärt mir mit ruhiger Stimme präzise die Fakten. Doch ich kann in ihrem Blick erkennen, dass sie selbst schockiert darüber ist, was Amy angetan wurde. Jetzt weiß ich auch, warum sie nicht mit Amy sprechen und an ihre Probleme erinnert werden wollte.

»Fast genau ein Jahr, bevor wir anfingen, systematisch nach Fällen wie ihrem zu suchen, kam Amy zu uns. Das Slating hat sich in ihrem Fall als wahrer Segen erwiesen, denn es kann solche Tragödien in zukünftigen Generationen vermeiden. Es dient der Gemeinschaft und dem Wohl des Betroffenen.«

»Warum haben Sie mir von Amy erzählt?«, flüstere ich.

»Weil ich weiß, dass du ihr Schicksal ertragen kannst. Es wird dir dabei helfen zu verstehen, was wir hier im Krankenhaus machen, und ich bin mir sicher, dass du diese Information für dich behalten wirst.«

»Wenn Amy erfahren würde …« Ich verstumme. Sie wollte nicht mit dem Wissen um ihre Vergewaltigung leben, warum sollte ich ihr also jetzt davon erzählen?

»Sie kann ihre Geschichte jederzeit erfragen. Wenn sie es wirklich will«, sagt Dr. Lysander.

»Ist das so? Können wir einfach nach dem Grund für unser Slating fragen und bekommen eine ehrliche Antwort?«

»Noch nicht jetzt. Aber wenn du 21 bist und das Levo entfernt wird, hast du das Recht, alles, was deinen Fall betrifft, zu erfahren. Vorausgesetzt, du willst das. Dir werden aber keine Namen und Orte genannt, nur der Grund, warum du geslated worden bist und wie es dazu kam. Aber in der Realität sieht es so aus, dass zu diesem Zeitpunkt fast niemand mehr Interesse an seiner Vorgeschichte hat. Die meisten wollen einfach nur ihr jetziges Leben in Ruhe weiterführen und die Vergangenheit hinter sich lassen. Was ist mir dir?«

»Was soll mit mir sein?«, frage ich, obwohl ich weiß, was sie meint.

»Willst du es denn wissen? Willst du, dass ich deine Datei öffne, das Passwort eingebe und nachsehe, was für ein Grund für dein Slating vermerkt ist?«

Ich weiche vor ihr zurück und schüttle den Kopf. Ich will es nicht wissen. *Doch, ich will es.*

»Kyla, das reicht für heute. Aber ich hoffe, dass du dir im Verlauf der nächsten Woche ein paar Gedanken machst. Ich hoffe, du revanchierst dich dafür, dass ich deine Fragen beantwortet habe, und gibst mir im Gegenzug Antworten auf ein paar von meinen Fragen. Und jetzt geh.«

Das war heute alles ein bisschen zu viel für mich. Erst Mum und das Gespräch über ihre Eltern, die Regierung und deren Kompromisse, dann Dr. Lysander, die irgendetwas von mir will. *Kyla ist anders.* Aber warum? Ich kann ihre Fragen nicht beantworten, wenn ich die Antworten selbst nicht kenne. Was geht hier vor?

Am wenigsten verstehe ich, warum sie mir von Amy erzählt hat. Ich will überhaupt nichts über ihre Vergangenheit wissen. Jetzt kann ich nicht aufhören, über ihr Schicksal nachzudenken. Allerdings weiß ich nun, dass ich recht hatte und sie nicht geslated wurde, weil sie ein Verbrechen begangen hat. Sie hat selbst darum gebeten.

Ich kann mich gerade noch beherrschen, nicht zu ihr zu rennen und sie fest in den Arm zu nehmen, als wir nach Hause kommen. Sie würde mich für völlig durchgeknallt halten.

Amy wollte geslated werden, um zu vergessen. Es geht ihr jetzt besser als damals und sie muss nicht mehr leiden.

Es war ihr eigener Entschluss.

Doch was ist mit mir? *Was ist mit Lucy?* Hat sie diese Entscheidung auch freiwillig getroffen?

Ich will es nicht wissen, aber ich höre die Stimmen aus meiner Vergangenheit in meinem Kopf. Und sie verschwinden nicht.

KAPITEL 42

Die Laufstunde findet diese Woche wegen der Trainingstests nicht statt. Slater dürfen nicht an Wettbewerben der Schulteams teilnehmen, also sind Ben und ich ausgeschlossen. Es ist völlig egal, dass wir die schnellsten Läufer der Schule sind oder dass jede Faser meines Körpers nach Erleichterung schreit. Aber ich kann mich nicht wehren: Ich bin ein braver kleiner Slater.

Und was den Tag noch viel wunderbarer macht, ist die Tatsache, dass Amy, ohne mich zu fragen, einfach meinen Sonntagnachmittag verplant hat. Und nach allem, was ich gestern über sie herausgefunden habe, kann ich sie nicht hängen lassen. Obwohl ich nicht übel Lust dazu hätte.

»Kyla? Kommst du endlich?« Amy und Jazz stehen an der Tür, während ich im Schrank nach meiner Jacke suche. Meine offiziellen Pflichten als Anstandsdame beginnen genau jetzt.

Amy schaut zum Himmel hoch. »Bei diesem Wetter bin ich mir überhaupt nicht sicher.«

Doch ich finde es perfekt. Der Himmel ist durchgehend grau und es ist kalt und feucht. Es regnet nicht, aber die Luft fühlt sich schwer und klamm an, als hingen tausend winzige Wasserpartikel darin, die sich nicht zu Tropfen formen können. Das Wetter ist also ziemlich miserabel, aber es passt zu meiner Stimmung.

»Keine Angst, ich bin auf alle Eventualitäten vorbereitet«, sagt Jazz. »Voilà!« Er verbeugt sich vor uns und führt mit seinem riesigen Regenschirm einen imaginären Schwertkampf mit einem Ast.

Wir gehen durchs Dorf bis zum Fußweg und halten dann an. Amy und Jazz lehnen sich an die Steinmauer neben dem Pfad. »Gehen wir nicht weiter?«, erkundige ich mich.

»Doch, gleich«, sagt Amy und schaut auf ihre Uhr. Sie erzählt von ihrem Praktikum, das sie am Dienstag in der Chirurgie beginnt, und aus »gleich« werden ein paar Minuten und dann noch ein paar mehr.

»Da ist er!«, ruft Jazz plötzlich. Ich drehe mich um und sehe, dass Ben auf uns zuläuft. Er winkt.

»Überraschung!«, meint Amy und grinst über das ganze Gesicht.

Gestern Abend hat Mum beim Abendessen erwähnt, dass Dad sie darauf angesprochen hat, dass Ben und ich immer allein laufen gehen. Gemeinsam hätten sie dann beschlossen, dass wir das zukünftig nicht mehr tun dürften. Ich habe mich nicht dagegen gewehrt. Warum auch? Jeder Streit, den ich anfangen würde, wäre für sie nur eine Bestätigung, dass zwischen uns etwas läuft, das sich für 16-jährige, frisch entlassene Slater nicht gehört.

»Wissen Mum und Dad, dass er mitkommt?«, frage ich, bevor Ben bei uns ist.

»Nein. Willst du die Strecke laufen? Geht doch schon mal voraus, wir kommen nach.«

»Danke.« Ich umarme Amy. Sie sieht überrascht aus, doch dann drückt sie mich ebenfalls.

»Ich weiß, wie sich das anfühlt.« Sie denkt anscheinend, dass Ben und ich, sobald wir außer Sichtweite sind, genau das Gleiche machen wie sie und Jazz. Aber heute will ich – *muss ich* – laufen.

Ben und ich joggen den Fußweg hinauf. »Nicht so schnell«, mahne ich ihn, obwohl mich meine Füße weiterziehen wollen, so schnell sie können. Doch ich kann nicht total verschwitzt nach Hause kommen – sonst wäre es zu offensichtlich, dass Amy und ich nicht zusammengeblieben sind.

»Warum?«, fragt er. »Normalerweise kannst du es doch kaum erwarten loszulegen.«

Ich zögere. »Ich darf nicht so aussehen, als sei ich gerannt. Ich soll eigentlich bei Amy bleiben«, erkläre ich, aber erwähne nicht, dass meine Eltern mir verboten haben, mit ihm zu laufen. Mir fällt die Entscheidung leichter, mich ihnen zu widersetzen, wenn ich sie nicht laut ausspreche.

Also joggen Ben und ich gemächlich den Weg hinauf, entlang der Hecke, der Stechpalmen und der Felder, bis wir den Baumwurzeln im Wald ausweichen müssen. Der graue Himmel scheint auf uns zu fallen, während wir immer höher laufen. Nebeltropfen kleben an meiner Kleidung und in meinen Haaren, und die Feuchtigkeit und Kälte lassen mich frieren, obwohl es nicht regnet. Weißer Nebel umschließt uns.

Ich halte oben bei einem Baumstamm an. »Von hier aus hat man eine tolle Aussicht«, sage ich. »Man kann das ganze Dorf sehen.«

Ben stoppt ebenfalls. »Jetzt musst du mir helfen. In welche Richtung muss ich schauen?«

Ich drehe ihn in die richtige Position und er blickt den Hügel hinab, doch es sind in dem Nebel nur ein paar größere Bäume als geisterhafte Schemen auszumachen. Die Felder und Häuser darunter sind nicht zu sehen.

»Äh ja, echt beeindruckend die Aussicht.«

Ich knuffe ihn in den Arm. »Also normalerweise ist es ganz schön. Man kann sogar unseren Garten von hier aus erkennen.«

»Und jetzt?«, fragt er und fängt langsam zu lächeln an, als hätte er schon ein paar Ideen. Ideen, die meinen Magen in Aufruhr versetzen.

»Wir warten hier, bis Amy und Jazz uns eingeholt haben. Oder sollen wir wieder hinuntergehen? Vielleicht blasen sie den Spaziergang bei dem Wetter ja auch ab.«

»Lass uns noch ein bisschen warten.« Er lächelt wieder und kommt näher zu mir.

Diesmal sitze ich nicht auf einer Mauer und Ben ist so viel größer als ich. Er beugt sich herab, aber anstatt hochzusehen, vergrabe ich mein Gesicht an seiner Brust. Seine Arme schließen sich um mich und vertreiben die klamme Kälte.

»Das ist der Grund, warum Mum und Dad nicht mehr wollen, dass ich mit dir allein bin«, sage ich und seufze.

»Was, wirklich?«

»Ja …«

»Aber sie sehen uns ja jetzt nicht.«

»Ich dachte, wir hätten uns darauf geeinigt, ab jetzt zu tun, was man uns sagt, und brav zu sein. Bis wir 21 sind.«

»Fünf ganze Jahre ohne einen einzigen Kuss? Das sehe ich anders.«

Ben, der Rebell. Zumindest was das Küssen angeht.

Ich gebe nach. »Okay. Nur einer.«

Um uns herum verstummt in dem Nebel die ganze Welt, als wäre sie verschwunden. *Was man nicht sehen kann, ist gefährlicher.*

Aber in dem Moment, als ich meinen Kopf nach oben strecke, Ben mich anlächelt und sich zu mir beugt, höre ich ein leises Geräusch. Ein Knacken.

»So, so, wen haben wir denn hier?«

Wir fahren herum. Wayne Best.

»Das ist doch Kyla«, sagt er und grinst.

Ich weiche einen Schritt zurück. »Woher kennen Sie meinen Namen?«

»Na ja, du warst ja bei meinem Bruder zu Besuch und hast seinen Hund Brutus kennengelernt, wie ich gehört habe.« Er lacht. »Willst du mich nicht deinem Freund vorstellen?«

»Ich bin Ben«, antwortet Ben. Er bemerkt den sarkastischen Unterton nicht.

»Hallo, Ben«, sagt Wayne und hält ihm seine Hand entgegen. *Nein, Ben!* Aber es ist zu spät. Ben streckt ebenfalls die Hand aus und Wayne sieht sein Levo. Er lässt seine Hand wieder fallen, ohne Bens zu schütteln.

»Noch ein Slater! Ihr wachst hier wohl auf den Bäumen.« Er spuckt auf den Boden. »Und ich wollte dich schon davor warnen, mit so einer kleinen Slater-Schlampe herumzuhängen.«

»Moment mal«, sagt Ben, als er endlich kapiert, dass Wayne nicht Mr Nice ist.

»Halt's Maul!«, knurrt Wayne und schiebt Ben rückwärts Richtung Stamm. »Setz dich und sei still. Ich will mit Kyla ein *Schwätzchen* halten.«

Ben steht wieder auf, sein Gesicht schwankt zwischen Verwirrung und Wut. Ich schüttle leicht den Kopf. »Alles okay, Ben.«

»Über was wollen Sie mit mir sprechen?«, frage ich Wayne.

»Ich glaube, mein Bruder hat dich zu früh gehen lassen. Warum wolltest du mit Phoebes Mutter sprechen?«

Also wissen sie nicht, dass ich mit ihr geredet habe. *Sie wissen nicht, dass Phoebe geslated worden ist.*

Ich antworte nicht. Mein Kopf ist leer, aber ich bin überzeugt, dass ich ihm Phoebes Schicksal nicht verraten sollte. Ihre Mutter hat sicher gute Gründe dafür, nicht darüber zu sprechen, und ich werde ihm auch nichts sagen. *Ben, sei still*, flehe ich im Stillen.

»Ich kenne Mittel, um dich zum Sprechen zu bringen. Vielleicht gefallen sie dir ja. Vielleicht aber auch nicht.« Er kommt auf mich zu.

Ben steht auf und stellt sich zwischen uns. Sein Levo vibriert laut. »Gehen Sie«, befiehlt er Wayne. Aber sein Gesicht ist weiß und schmerzverzerrt. *Nein, Ben!*

Wayne lacht. »Was willst du jetzt dagegen tun, Slater? Kannst dich genauso gut hinsetzen und zusehen.« Er schubst Ben, der in diesem Moment ausholt. Sein Levo vibriert stärker. Ben zuckt zusammen und fällt zu Boden.

»Lass ihn in Ruhe!«, schreie ich und will Wayne treten. Aber er weicht aus, ich verfehle mein Ziel und erwische ihn nur am Bein.

»Aua, Schlampe! Das wird ja lustiger, als ich dachte.« Er geht auf mich los, aber ich kann nicht weglaufen und Ben zurücklassen. Ich habe Angst und in mir brodelt die Wut. Irgendetwas in meinem Inneren zittert und will nur noch aus mir heraus.

Aber dann sieht Wayne über meine Schulter, weicht zurück und rennt weg.

»Kyla? Kyla!«

Jazz rennt den Pfad herauf, dicht gefolgt von Amy.

»Wir haben dich schreien gehört. Was ist passiert?«, ruft er atemlos.

Sag's ihnen nicht.

»Ben«, antworte ich nur und knie mich neben ihn. »Sein Levo. Ben? Ben, bist du in Ordnung?« Das Gerät vibriert wieder.

»Was ist mit ihm?«, fragt Amy keuchend.

Ich halte seine Hand und schaue auf sein Levo. »3,2.« Mir zittern vor Angst die Hände.

»Oh, Gott«, flüstert Amy.

Ben stöhnt. »In meinem Rucksack. Schnell. Die Pillen.«

Pillen? Ich krame in seinem Rucksack, aber ich finde nur eine Wasserflasche und Ersatzsocken. Doch dann stoße ich auf eine kleine Dose, die ich herausziehe. Auf dem Etikett steht ›Kopfschmerztabletten‹. Sind das die richtigen Pillen?

Ich sehe Amy an, aber sie zuckt nur mit den Schultern. »Kann nicht schaden.«

»Gib mir eine«, stößt Ben hervor.

Ich lege sie ihm in den Mund und er schluckt sie trocken. Ich nehme ihn in den Arm und flehe innerlich, dass es ihm gleich wieder besser geht. Amy sitzt auf dem Boden neben uns und streichelt abwechselnd Bens Hand und meine. Jazz sieht aus, als wolle er direkt losstürzen, um einen Sanitäter zu holen. Doch schnell hört Ben zu zittern auf und in sein Gesicht kommt wieder ein bisschen Farbe. Sein Wert steigt langsam, aber stetig.

Er flüstert mir zu, dass die Pillen von Aiden sind.

Aidens Happy Pills.

Es dauert ein bisschen, bis Ben wieder aufstehen kann. Er wäre wegen mir beinahe ohnmächtig geworden. Irgendwie kann ich Jazz und Amy überzeugen, ein Stück vorauszugehen, damit wir sprechen können. Aber ich achte darauf, dass sie in Sichtweite bleiben.

Bens Arm liegt auf meiner Schulter, er stützt sich ein wenig auf mich und geht sehr langsam. »Es tut mir leid«, flüstert er.

»Es muss dir doch nicht leidtun.«

»Doch, ich wollte dich beschützen. Ich habe versagt.«

»Das ist nicht deine Schuld.«

»Aber ich verstehe es nicht.« Ich spüre ein unangenehmes Ziehen in meinem Bauch: Ich wusste, dass diese Frage kommen würde. »Wie ist es möglich, dass dein Level in Ordnung ist?«

Ich zucke mit den Schultern. »Ich weiß es nicht. Aber verrate es niemandem, sonst holen sie mich.«

Ben hält an. Er lässt sich meine Antwort durch den Kopf gehen und nickt schließlich.

»Warum hast du Amy und Jazz nicht gesagt, was gerade passiert ist? Wir müssen irgendjemandem von diesem Mann erzählen. Er ist gefährlich.«

»Nein, das geht nicht. Die Spur würde zu Phoebe führen. Sie würden herausfinden, dass ich ihrer Mutter verraten habe, dass sie geslated wurde.«

»Und?«

»So verhält sich kein braver, kleiner Slater. Ich werde überwacht und beobachtet, hast du das vergessen? Wenn Amy und Jazz ausplaudern, was uns zugestoßen ist, und die Lorder davon erfahren, finden sie vielleicht etwas über mich heraus, das ihnen nicht gefällt.«

»Okay«, sagt Ben schließlich. »Aber versprich mir, dass du hier nie wieder allein hochgehst. Niemals. Versprochen?«

Und das tue ich.

Jazz fährt Ben nach Hause, er wohnt nur ein paar Meilen von uns entfernt in einem Einfamilienhaus mit einem großen Garten. Fahrräder lehnen an der Hausmauer und ein Hund begrüßt uns. Aber Skye ist überhaupt nicht wie Brutus, sondern ein schöner freundlicher Golden Retriever, der an uns hochspringt und mit dem Schwanz wedelt. Ben hat ihn als Welpen von seinen Eltern geschenkt bekommen, als er zu ihnen zog.

Bens Mum kommt in einem Arbeitsoverall aus der Garage. Sie ist jünger und hübscher, als ich sie mir vorgestellt habe: ungefähr Mitte dreißig, mit langen dunklen Haaren, die sie zu einem Pferdeschwanz zusammengebunden hat.

Als Ben uns vorstellt, verraten ihre Augen, dass sie schon von mir gehört hat. »Das ist Kyla? Ich freue mich, dich kennenzulernen.« Sie führt Jazz, Amy und mich in ihr Garagenatelier, das voller glänzender Maschinen, Alteisen und Skulpturen ist. Sie beendet gerade die Arbeit an einer Eule: Metallschlaufen als Klauen, Nüsse als Augen, ineinander verzahnte Ventilatorenblätter als Federn. Bens Mutter hat aus weggeworfenen Metallteilen, die niemand mehr braucht, eine wilde Kreatur geschaffen, die den Eindruck macht, als würde sie sich gleich in die Lüfte erheben. »Sie sieht aus wie die Eule auf meinem Bild«, sage ich und in diesem Moment entdecke ich sie: Meine Eulenzeichnung, die ich Ben geschenkt habe, hängt an der Wand. Seine Mutter hat nach meiner Skizze gearbeitet.

Wir verabschieden uns von Ben, und als ich mich im Auto umdrehe, sehe ich, dass er winkt und in der Garage verschwindet.

Bens Leben war glücklich und unkompliziert, bevor er mich kennengelernt hat. Die Zuneigung und Vertrautheit zwischen ihm, seiner Mutter und selbst dem Golden Retriever spricht Bände. Hier braucht man kein MIA und keine Happy Pills. Und es gibt keine abartigen Männer auf Wanderwegen, die einem auflauern.

Kein Ich.

An diesem Abend kommt Amy in mein Zimmer, um sich mit mir zu unterhalten. Das habe ich schon befürchtet.

»Hör mal, Kyla, ich hab nachgedacht. Vielleicht haben Mum und Dad doch recht.«

»Womit?«

»Mit dir und Ben. Ich schätze mal, ihr hattet Streit, und deswegen wäre er fast ohnmächtig geworden. Egal, was zwischen euch vorgefallen ist – wenn ihr damit nicht umgehen könnt, ist es vielleicht wirklich noch zu früh für eure Beziehung. Ich glaube nicht, dass du ihn weiterhin treffen solltest. Zumindest eine Zeit lang nicht.«

»Aber so war es nicht!«, protestiere ich.

»Wie war es dann?«

Ich will sie nicht anlügen, aber was soll ich sagen? »So ist das nicht«, wiederhole ich.

»Na ja. Wir werden dir jedenfalls nicht mehr helfen, Ben zu treffen. Also, was du auch tust oder lässt, es liegt ab jetzt in deiner Hand. Gute Nacht«, sagt sie und geht zurück in ihr Zimmer.

Sebastian springt auf mein Bett. »Sieht so aus, als wären nur noch wir beide übrig, Kater«, sage ich. Sebastian legt sich hin und schnurrt, offenbar völlig zufrieden damit, wie es ist.

Keine Küsse mehr, bis ich 21 bin.

Ich kann Amys Entscheidung nicht verurteilen, auch wenn ihre Gründe die falschen sind. Ben wäre ohne mich wirklich besser dran.

Ben *ist* ohne mich besser dran. Egal, wie sehr es wehtut, ich werde aus seinem Leben verschwinden, ehe ich noch mehr Schaden anrichte.

KAPITEL 43

Am nächsten Morgen bin ich vor Ben im Bio-Klassenzimmer und überlege mir, ob ich den Platz wechseln soll. Aber Hatten ist immer noch unser Vertretungslehrer und ich will nicht weiter nach vorn und näher bei ihm sitzen. Also gehe ich wie immer in die letzte Reihe.

»Ich muss heute Mittag mit dir reden«, flüstert Ben mir zu, als er ankommt.

»Ich kann nicht.«

Er schaut mich erstaunt an. »Warum nicht?«

»Hab was zu erledigen.«

»Ich bin mir aber sicher, dass du das unbedingt wissen willst. Und dann muss ich dir noch etwas über Miss Ferns Unfall erzählen. Wir treffen uns vor der Bibliothek, okay?«

»Aber …«

»Ruhe, bitte«, sagt Hatten. »Ich hoffe, ihr hattet alle so ein gutes Wochenende wie ich.« Er grinst übertrieben und ein paar der Mädchen kichern. Hatten lehnt sich an die vorderste Bank. Er trägt eine enge schwarze Hose und ein dunkles Hemd, das weit aufgeknöpft ist. Ist es aus Seide?

Ben pikst mich in die Rippen. »Hör auf, ihn so anzustarren.«

Ich zucke zusammen und schaue mich dann im Raum um. Jedes Mädchen in der Klasse und auch ein paar der Jungs scheinen von unserem neuen Lehrer fasziniert zu sein. Ich dagegen bin nur nervös.

»Heute fahren wir mit unseren Gehirnstudien fort«, sagt Hatten und ich werde noch nervöser.

Aber er geht nur unsere Arbeitsblätter von der letzten Stunde durch und korrigiert Fehler. Während er unzählige Abbildungen von Gehirnscans und Zeichnungen zeigt, tickt Minute um Minute vorbei und es passiert zum Glück nichts weiter. Doch als es endlich klingelt und wir den Raum verlassen, zwinkert Hatten mir zu.

Aber diesmal haben es ein paar Mädchen mitbekommen. Die eifersüchtigen Blicke, die ich einfange, bedeuten wohl, dass ich später dafür bezahlen werde.

Aus purer Neugier gehe ich zur Bibliothek, vor der bereits Ben auf mich wartet.

»Also, was gibt's?«

Ben sieht mich mit einem seltsamen Blick an. »Nicht hier. Komm, lass uns ein Stückchen gehen.«

Ich folge ihm über das Schulgelände. Wir schauen in alle Richtungen, ob uns jemand beobachtet, und nehmen dann das Tor in Richtung des Waldes von Cuttle Brook, wo Phoebe ihr Rotkehlchen gezeichnet hat. Es kommt mir vor, als wäre es eine Ewigkeit her, doch es liegt nicht einmal drei Wochen zurück. Wir laufen schweigend den Hauptweg entlang und zweigen dann auf einen überwachsenen Pfad in den dichteren Teil des Waldes ab. Doch

Ben sagt immer noch nichts und ist offensichtlich in Gedanken versunken. Seine Miene ist düster und verschlossen.

»Was ist mit Miss Fern?«, frage ich schließlich.

Er seufzt. »Also gut, dann sprechen wir zuerst über sie. Ich habe dir doch erzählt, dass mein Dad Grundschullehrer ist, oder? Ein anderer Lehrer an seiner Schule ist mit Ferny – so nennen sie sie – in dasselbe College gegangen und sie haben sie gestern Nachmittag im Krankenhaus besucht.«

»Geht's ihr gut?«

»Sie hat mehrere Knochenbrüche, aber sie wird wieder gesund werden. Sie ist in irgendein Traktionsteil eingebunden.«

»War es wirklich ein Autounfall?«

»Es passierte in einem Auto. Aber es war kein Unfall. Anscheinend hat sie jemand von der Autobahn abgedrängt.«

Ich keuche auf. »Waren es Lorder?«

Er schüttelt den Kopf. »Nein, die Sache wird gerade untersucht.«

»Aber wer wäre sonst zu so etwas fähig?«

Ben zuckt mit den Schultern. »Ich habe keine Ahnung. Ich dachte einfach nur, dass du das wissen willst.«

»Das war alles? Ich muss nämlich zurück und …«

»Kyla, hör mal. Ich habe dir versprochen, dass ich nichts tun werde, ohne vorher mit dir darüber zu sprechen. Deswegen wollte ich dich treffen.«

»Worauf willst du hinaus?«, frage ich unbehaglich. *Irgendetwas stimmt nicht.*

»Darauf.« Er zieht seinen Ärmel hoch und zeigt mir sein Levo – ein heller Metallring mit Digitalanzeige im grünen Bereich: 7,8. Warum ist sein Wert so hoch? So glücklich sieht er gar nicht aus.

Dann greift er mit seiner anderen Hand an das Armband und zerrt fest daran. Sein Gesicht verzieht sich vor Schmerz.

»Hör auf! Was tust du da?«

»Schau«, sagt er und hält mir sein Levo hin. Sein Wert ist weiterhin stabil: 7,6. Doch das Zerren hätte sein Level eigentlich im Sturzflug sinken lassen müssen.

»Das verstehe ich nicht. Wie hast du das gemacht?«

»Ich habe noch eine von Aidens Pillen genommen und – ganz egal, was ich tue – mein Level sinkt nicht. Ich habe alles Mögliche probiert, aber er bleibt immer oben.«

»Und?«

»Verstehst du das nicht? Die Pillen blockieren die Verbindung zwischen dem Levo und meinem Gehirn. Das Gerät kann entfernt werden, ohne dass ich einen Blackout bekomme.« Bens Gesicht glüht und seine Augen leuchten vor Aufregung. Wie bei jemandem mit hohem Fieber. *Oder wie bei jemandem, der auf Drogen ist.*

»Das weißt du nicht«, entgegne ich, aber ich spiele gedanklich diese Möglichkeit durch. Hat er recht? Das Levo liest Gefühle, indem es mit einem Chip kommuniziert, der ins Gehirn eingesetzt wurde. Ist man wütend oder traurig, sinkt der Level, und die Durchblutung des Gehirns wird kurzzeitig unterbrochen, was wiederum den Blackout verursacht. Wenn der Wert noch weiter sinkt, wird der Blutfluss dauerhaft gestoppt, und man bekommt Krampfanfälle und stirbt schließlich. Aber was passiert, wenn sich der Wert nicht ändert?

»Doch! Es passt alles zusammen: was Aiden über die RT gesagt hat und darüber, dass sie Levos entfernen. Die Pillen blockieren die Verbindung zwischen Hirn und Levo. Es muss so sein!« Während Ben meine Hände in seine nimmt, sucht er meinen Blick.

»Denk mal darüber nach, Kyla: Wie wäre es, wenn wir einfach nur wir selbst sein könnten? Und das fühlen, was wir wollen?«

Er zieht mich an sich und umarmt mich. Seine Nähe lässt mein Herz schneller schlagen, meine Haut prickelt, mein Körper will Dinge, von denen er noch gar nichts weiß. All die Dinge, die ich wegen meines Levos vermeiden soll. Wie wäre es, ohne das Gerät zu leben? Wir könnten frei sein und für immer zusammenbleiben. Niemand könnte behaupten, wir würden unseren Integrationsprozess gefährden. Es wäre für uns möglich, so glücklich oder traurig zu sein, wie wir wollen.

Aber das ist nur ein schöner Traum. Hier wäre kein Platz für uns – nicht in dieser Welt.

Ich löse mich von ihm. »Was hast du vor, Ben?«, flüstere ich.

»Ich werde ein paar von diesen Pillen nehmen, dann mein Levo abschneiden und es zerstören.«

Angst steigt in mir auf. *Nein, Ben.* »Was? Bist du wahnsinnig?«

»Nein. Ich war wahnsinnig, das zu glauben, was mir erzählt wurde. Jetzt bin ich vernünftiger als je zuvor. Aiden hatte recht, obwohl er nicht weit genug denkt. Es ist falsch, was sie mit uns gemacht haben. Sieh dir an, was gestern passiert ist. Wenn Jazz und Amy nicht da gewesen wären …«

Er bringt den Satz nicht zu Ende. Und auch ich möchte nicht daran denken, was alles hätte passieren können. Letzte Nacht habe ich diese Erinnerung zu einem kleinen Raum in meinem Gehirn geführt, sie hineingeschubst und die Tür fest verschlossen. Ich will nicht mehr daran denken.

»Nein, Ben, das darfst du nicht!«

»Aiden hat doch gesagt, dass die RT es bereits getan haben und dass es funktioniert.«

»Aber er hat auch eingeräumt, dass es viele Fehlschläge gegeben hat. Und du weißt nicht genau, wie sie das Levo entfernt haben. Denk an den heftigen Schmerz, Ben: Als du eben an deinem Levo gerissen hast, konntest du ihn trotz der Pille spüren. Ich habe es in deinem Gesicht gesehen. Nicht alle Verbindungen sind unterbrochen.«

»Das halte ich schon aus.«

»Wenn du es falsch machst, könntest du sterben.«

»Was hat es für einen Sinn, so weiterzuleben?«

»Das meinst du doch nicht ernst! Außerdem kannst du ein Levo nicht einfach mit einer Schere durchtrennen. Es ist fast unmöglich, es zu beschädigen.«

»In Mums Atelier gibt es genügend Werkzeuge, mit denen man Metall zerschneiden kann. Ich helfe ihr oft und weiß, wie man damit umgeht.«

Mein Kopf sucht fieberhaft nach einem Argument, mit dem ich zu ihm durchdringen kann. »Warte. Was soll *danach* aus dir werden? Was machst du, wenn es weg ist? Du kannst nicht bei deiner Familie bleiben oder weiter in die Schule gehen. Jeder würde auf dein Handgelenk schauen und wissen, was du getan hast. Die Lorder würden dich holen.«

»Ich habe einen Plan«, antwortet Ben, aber als ich ihn danach frage, sagt er nichts.

Er ist überzeugt, dass Aiden nicht weit genug denkt. *Er will sich den Terroristen anschließen.*

»Du planst doch nicht etwa … Nein. Das würdest du nicht tun. Nicht die RT.«

Doch in seinen schönen blauen Augen entdecke ich die Bestätigung. Meine Kehle schnürt sich zusammen. Er weiß nicht, was für Dinge sie tun – er kann es nicht wissen, sonst würde er gar nicht erst darüber nachdenken.

»Es ist die einzige Möglichkeit, die Regierung aufzurütteln, damit sich etwas ändert. Verstehst du das nicht?«

Ich schüttle den Kopf und weiche zurück. Ist das Ben, der da spricht, oder sind es die Pillen? Lassen sie ihn so denken?

»Sei doch mal ehrlich«, sagt er. »Du kannst mir seit dem Vorfall gestern kaum mehr in die Augen sehen. Du wolltest vorhin nicht mal mit mir sprechen. Ich war ganz und gar *unnütz.*«

»Das war nicht deine Schuld. Daran liegt es nicht.«

»Woran dann?«

»Du beweist mir gerade, dass ich recht habe.«

»Womit?«

»Dass es besser für dich wäre, wenn wir uns nie getroffen hätten.«

»Wie kannst du so etwas sagen? Kyla, weißt du denn nicht, was ich für dich empfinde?«

Ich will es nicht hören. Wenn ihn seine Gefühle so weit treiben, dass er sich umbringen will, wofür sind sie dann gut? Für nichts.

»Nein. Nein! Du darfst das nicht tun. Versprich es mir.«

Er schüttelt den Kopf. »Ich muss das selbst entscheiden, das kannst du nicht für mich übernehmen.«

Ich starre Ben geschockt an. Den lächelnden, unkomplizierten Ben, von dem ich dachte, dass er meinen Schutz brauchte. Jetzt lächelt er nicht mehr, und es interessiert ihn nicht, was ich denke oder was seine Handlungen mit mir machen.

Was bleibt noch zu sagen?

Ich drehe mich um und gehe zurück zur Schule. Mein Levo vibriert. Toll. Ich schaue darauf: 4,2.

Ben folgt mir. »Hier, nimm eine von denen.« Er hält mir seine Flasche mit den »Kopfschmerztabletten« hin.

»Nein danke, ich sehe ja, was sie aus dir machen«, sage ich und laufe weg.

Den Rest des Tages verbringe ich wie in Trance. Mein Wert hält sich mehr oder weniger bei 4, und ich schlinge einen Pulli um mein Handgelenk, damit niemand die Vibration bemerkt. Ich kann nur noch an Ben denken. Ich muss ihn aufhalten, aber wie?

Am Ende des Tages laufe ich zum Auto, bevor Amy kommt, und bitte Jazz darum, Mac zu sagen, dass ich ihn sehen will, weil ich hoffe, dass auch Aiden kommt. Ich habe geschworen, dass ich nicht mehr mit Aiden reden werde, aber womöglich kann er mir helfen, Ben von dieser wahnsinnigen Idee abzubringen oder ihm zumindest verraten, wie die RT die Levos entfernt haben. Wenn Aiden nicht dort ist, kann Mac vielleicht Ben überreden, mit seinem Plan zu warten, bis er Aiden gefunden hat. Es ist das Einzige, was mir einfällt, um Ben aufzuhalten.

Spätabends liegt ein weißes Blatt Papier vor mir und ich sitze reglos mit dem Bleistift in meiner Hand da. Selbst meine Zeichnungen haben mich verlassen.

»Die Frage, die wir uns stellen müssen, ist, wie man mit Schmerz umgeht. Schmerz allein kann töten: Der Körper verfällt in einen Schockzustand und schaltet sich aus, wenn der Schmerz unerträglich wird.«

Der Junge lächelt und hat noch weniger Ahnung als ich, was kommen wird. Er ist überhaupt nicht wie ich. Er setzt sich auf den ihm zugewiesenen Platz, antwortet brav auf alle Fragen und grinst die ganze Zeit über dämlich. Seit er am Tropf hängt und das leere

Whiskyglas in der Hand hält, ist das Grinsen noch breiter geworden. Seine Pupillen sind geweitet, und ein leichter Schweißfilm glänzt auf seiner Haut, obwohl der Raum so kalt ist, dass ich meinen Atem sehen kann.

»Eine normale Narkose funktioniert nicht: Sie müssen bei Bewusstsein bleiben. Ich habe nicht herausgefunden, warum. Noch nicht.«

Der Junge lächelt immer noch – entweder hört er nicht zu oder er versteht nicht, was wir sagen. Er ist älter als ich, vielleicht 15 oder 16.

»Diesmal versuchen wir es zusätzlich zu dem üblichen Schmerzmittel noch mit Kokain: altmodisch, aber gut. Es ist heutzutage schwer zu bekommen, doch wir haben welches aufgetrieben.«

»Streck deinen Arm aus«, befiehlt er dem Jungen, der gehorcht und seinen Arm auf den Tisch legt. In diesem Augenblick entdecke ich die Säge: Sie ist auf das Handgelenk des Jungen ausgerichtet.

»Sie wollen doch nicht …«, beginne ich zu protestieren. Ich hasse Blut. Ich hasse den metallischen Geruch, die Farbe, die Zähflüssigkeit … Mein Inneres beginnt sich zu drehen und ich halte mich mit einer Hand am Tisch fest. Mein Mageninhalt ist auf dem Weg nach oben.

Er schüttelt mich und brüllt los: »Wer bist du?« Plötzlich hört der Schwindel auf. Ich bin ruhig und beobachte alles. »Du musst an deiner Selbstkontrolle arbeiten. Du willst sie doch nicht rauslassen, oder?«, sagt er mit drohender Stimme.

»Nein, diese jämmerliche Heulsuse.« Ich stehe auf.

»Braves Mädchen. Und nein, ich schneide ihm nicht die Hand ab. Obwohl das ein interessantes Schmerzexperiment wäre.«

Er krempelt den Ärmel des Jungen hoch und ein dünnes Metallband wird sichtbar. Wie eine Uhr, aber sie zeigt nicht die Zeit an.

»Ist das … ist er …«

»Das ist ein Levo und er ist geslated worden.« Er dreht am Handgelenk des Jungen und richtet die Kette des Geräts so aus, dass sie im rechten Winkel zu einem Spalt auf dem Metalltisch liegt. »Die Säge hat eine Diamantspitze. Nur damit kann man durch dieses Metall schneiden. Glaub mir, wir haben alles ausprobiert: Kälte, Hitze, Chemikalien, alle möglichen Schneidegeräte. Aber eine altmodische Diamantsäge funktioniert am besten.«

Er zieht sich eine Schutzbrille über. »Tritt einen Schritt zurück, es könnten Splitter fliegen.« Er legt einen Schalter um, die Säge dreht sich und heult auf. Er drückt sie herunter, zum Levo.

Der Junge beobachtet alles mit großen, inzwischen unsicheren Augen. Dann blickt er mich an. Die Säge erreicht das Levo und fräst sich kreischend in das Metall, sodass Funken fliegen. Und in diesem Augenblick fängt der Junge an zu schreien …

Ein heftiger Schmerz fährt in meinen Arm. Ich schlage um mich, aber merke bald, dass es nur das verhedderte Bettzeug ist, das mich festhält. Das Einzige, was hier in der Dunkelheit glüht, sind Sebastians Augen.

Ich knipse die Nachttischlampe an. Sebastians Fell ist aufgestellt, steht von seiner Wirbelsäule bis zu seinem Schwanz steil nach oben. Auf meinem Arm entdecke ich eine Reihe von Kratzern: Sebastians Attacke hat mich aufgeweckt. Der Schmerz war gar nicht Teil meines Traums. Das ist das zweite Mal, dass mich Sebastian kurz vor einem Blackout ins Hier und Jetzt zurückgeholt hat.

»Danke fürs Wecken, mein Kätzchen«, flüstere ich. Als ich ihn streichle und sein Fell glatt streiche, lässt er sich wieder neben mir nieder. Er rollt sich zusammen, um zu schlafen, aber ich lasse das Licht an, weil ich mich vor der völligen Dunkelheit um mich herum fürchte.

Geht meine Fantasie mit mir durch, oder sind die Traumbilder Erinnerungsbruchstücke, die ich eigentlich gar nicht haben dürfte? Wohin gehe ich in meinen Träumen?

Irgendein Instinkt sagt mir, dass beides zutrifft. Mein Traum-Ich wusste nicht, was Levos sind, oder nur auf eine abstrakte Art. Und es hat auch nicht erkannt, dass der Junge geslated war, obwohl es offensichtlich war. Aber es gibt eine unmissverständliche Botschaft.

Ich muss Ben aufhalten.

KAPITEL 44

»Wir müssen los!«, ruft Mum die Treppe hoch.

Aber als ich unten ankomme, wartet sie an der Tür auf mich, ohne sie zu öffnen.

»Ist alles in Ordnung?«

Überhaupt nichts ist in Ordnung, und wenn ich ihr von meinen Problemen erzählen könnte, wüsste ich nicht einmal, wo ich anfangen sollte. Stattdessen werfe ich einen Blick auf die Uhr neben der Tür. »Ich komme zu spät zur Gruppe, wenn wir jetzt nicht fahren.«

Sie zögert noch einen Augenblick und greift dann nach der Klinke. »Weißt du, Kyla, vielleicht könnte ich dir helfen, wenn du mir sagen würdest, was los ist. So wie du hier in den letzten paar Tagen herumhängst, ist es offensichtlich, dass etwas nicht stimmt.«

Ein Teil von mir sehnt sich danach, ihr alles zu sagen. Vielleicht würde sie einen Weg aus dieser Sackgasse wissen.

Gefahr.

»Ist es wegen Ben?«, fragt sie, als wir ins Auto steigen.

Ich nicke. So viel kann ich verraten.

»Hattet ihr zwei Streit?«

Ich grummle. »Hat Amy das behauptet?«

»Nimm ihr das nicht übel. Sie hat sich Sorgen um euch gemacht.«

Ich starre zum Fenster hinaus. Amys gute Absichten verursachen immer nur Ärger.

»Kyla, du verstehst doch, warum dein Dad und ich beschlossen haben, dass es besser ist, wenn du nicht mehr allein mit Ben laufen gehst?«

Ich sehe sie an. »Weil wir tun müssen, was uns gesagt wird«, fahre ich sie an, ehe ich mich zurückhalten kann.

Mum lacht fast. »Weißt du, ich kann mich noch gut daran erinnern, wie das war – jung zu sein und mit jemandem zusammen sein zu wollen.«

»Warum kann ich dann nicht mit Ben zur Gruppe laufen?«

»Weil es nicht geht. Aber nur damit du es weißt: Ich stimme nicht immer mit deinem Vater überein. Ich habe eingewilligt, weil er offiziell recht hat und wir nicht zulassen können, dass du in Schwierigkeiten gerätst. Aber lass ein wenig Zeit verstreichen, und wir werden sehen, ob Ben ab und zu vorbeikommen kann und ihr euch treffen könnt. Allerdings mit Anstandswauwau, fürchte ich.« Sie lächelt, und ich weiß, dass sie versucht, mir zu helfen, und denkt, sie sei auf meiner Seite. Aber alles ist so viel komplizierter, als sie es sich vorstellen kann. Vielleicht ist Ben nicht mehr lang genug da, um ein wenig Zeit verstreichen zu lassen.

Wenn ich doch nur mit Ben allein sprechen könnte, um ihn zur Vernunft zu bringen.

Moment mal.

»Vielleicht gibt es tatsächlich etwas, womit du mir helfen könntest.«

»Was denn?«

»Könntest du mich heute vielleicht ein bisschen später abholen? Nicht lang – nur damit wir ein paar Minuten reden und das klar kriegen können.«

»Dein Dad würde mich köpfen, wenn er davon wüsste.«

»Ich werde es ihm nicht verraten!«

Sie seufzt. »Okay, dann halte ich auch dicht. Ich gebe dir zwanzig Minuten. Okay?«

»Danke«, sage ich erleichtert.

»Oh, gut, ein Lächeln. Hoffentlich bekomme ich noch eins, wenn ich dich abhole.«

Die Gruppe beginnt wie immer. Penny hat ihren hellen Pulli an und ist so fröhlich, dass es aufgesetzt wirkt. Ben kommt zu spät und sucht sich einen freien Stuhl möglichst weit weg von mir. Es versetzt mir einen Stich, aber ich versuche, das Gefühl zu ignorieren. Ist er wütend, weil ich einfach davongerannt bin?

In der Gruppe erzählt jeder dämliche Dinge, die völlig unwichtig sind. Ich beobachte die Uhr und sehe, wie jede einzelne Minute vorbeitickt. Wir überziehen ein wenig, und ich muss mir auf die Zunge beißen, um nicht laut zu protestieren. Als uns Penny schließlich gehen lässt, steht Ben sofort auf und läuft in Richtung Tür.

Aber ich bin schon aufgesprungen und fange ihn ab. »Warte!«

Er dreht sich um und schaut mir zum ersten Mal an diesem Abend in die Augen. Er erwidert nichts, aber sein Blick fühlt sich an wie ein Dolch, der sich in mein Inneres bohrt. Ich weiche beinahe zurück, doch ich will unbedingt mit ihm reden. Ich muss die richtigen Worte finden, um seinen Plänen ein Ende zu setzen.

»Ben, bitte. Können wir reden? Mum holt mich erst später ab. Wir haben ein bisschen Zeit.«

Er lässt den Blick durch den Raum schweifen. Penny sieht in die andere Richtung und spricht mit den Eltern von einem der Mädchen.

»Na, dann komm.« Ich folge Ben nach draußen und wir laufen über den Parkplatz in den Schatten des Gebäudes.

»Bist du sauer auf mich?« Sofort möchte ich die Frage wieder zurücknehmen. Das hätte warten können, es gibt so viel Wichtigeres zu besprechen.

Er schüttelt den Kopf. »Natürlich nicht, aber ich möchte mich von dir fernhalten. Ich will nicht, dass du mit mir in Verbindung gebracht wirst, falls etwas schiefgeht …« Er hält inne. »Ich will nicht, dass du Ärger bekommst.«

Ich seufze. »Heißt das, dass du immer noch nicht zur Vernunft gekommen bist? Willst du das weiterhin durchziehen?«

»Du hast doch nicht wirklich gedacht, dass ich meine Meinung ändern würde, oder?«

»Nein, obwohl ich es natürlich gehofft habe. Aber warte zumindest, bis wir Aiden noch mal getroffen haben. Er kann dir sagen, wie die RT vorgegangen sind – nur so hast du überhaupt eine Chance.« *Er wird es dir ausreden.*

Ben schüttelt den Kopf. »Ich werde meinen Entschluss nicht mehr ändern«, sagt er mit ruhiger Stimme. »Außerdem glaube ich nicht, dass Aiden wirklich weiß, wie die RT die Levos entfernt haben.«

»Bitte, Ben. Ich will nicht, dass dir was passiert.«

Sein Blick wird weich. »Am liebsten würde ich dich jetzt küssen.« Aber hier kann uns jeder sehen. Ben nimmt meine Hand und verschränkt unsere Finger ineinander. »Das muss erst einmal reichen.«

»Ben, bitte mach keinen Quatsch. Bitte.«

»Das haben wir doch schon alles durch, oder nicht?«

»Wie genau willst du es machen?«

»Ich habe mir die Werkzeuge in Mums Atelier angesehen. Ich werde mir dieses Wochenende etwas Passendes suchen.«

»So bald schon?«

»Ja. Mum fährt zu Dads Schwester, die gerade ein Baby bekommen hat. Dad ist schon dort. Ich hab sie überzeugt, dass ich allein hierbleiben kann.«

Ich sehe ihn unglücklich an. »Bitte, Ben …«

»Kyla, hör zu. Wenn das funktioniert, können wir auch dein Levo abschneiden und zusammen abhauen, irgendwohin. Ohne diese Dinger kann uns niemand mehr etwas vorschreiben.«

»Was ist mit den RT?«, flüstere ich, so leise ich kann. »Hast du wenigstens diese fixe Idee aufgegeben?«

Er schüttelt den Kopf.

»Also nur du und ich und eine mächtige Terrororganisation. Klingt himmlisch.«

»Denk darüber nach. Wir könnten die Welt verändern.«

Mum biegt auf den Parkplatz und winkt mir zu.

»Ich muss los.«

»Kein Lächeln, Kyla?«

Ich lasse mich auf den Sitz fallen.

»Tut mir leid«, sagt Mum.

Als wir zu Hause ankommen, flüchte ich so schnell wie möglich vor Mums Mitgefühl, aber meinen Gedanken kann ich nicht entkommen. Ich stelle mir vor, wie Ben sein Levo abschneidet und vor Schmerzen schreit. Und wenn er es trotz allem irgendwie überlebt, gehört Ben zu den RT.

Ich muss ihn aufhalten.

Alles ist verschwommen und undeutlich. Ich rücke die Schutzbrille zurecht.

»Hier ist der Schalter. Du führst die Säge an diesem Spalt entlang. Die Diamantsäge macht normalerweise schnellen Prozess mit dem Levo. Der Trick besteht darin, das Metall möglichst in einem Zug zu zerschneiden, ehe der Schmerz und der Schock zum Tod führen, aber nicht so schnell, dass auch die Hand dran glauben muss. Die meisten scheitern daran, dass sie aufhören, wenn der Schmerz einsetzt, anstatt es durchzuziehen. Kapiert?«

»Ja«, sage ich ruhig und aufmerksam, voller Interesse an dem Experiment. Der Kandidat schwitzt und hat erweiterte Pupillen. Seine Hand ist auf dem Tisch fixiert. Er stinkt nach Whisky.

Ich lege den Schalter um. Das Rad dreht sich und heult auf, als es schneller wird.

Ich schiebe die Säge vor, blicke auf und schaue in die Augen des Jungen. Blau, groß, ohne Angst – noch.

»Pass auf, wohin du schneidest!«

Ich sehe wieder auf die Säge und beobachte, wie sie das Levo berührt. Funken fliegen in hohem Bogen.

»Mehr Druck!«

Das Schreien setzt ein.

Ich ziehe die Säge zurück.

»Nein! Er stirbt, wenn du jetzt aufhörst. Du musst dich beeilen.«

Aber in mir dreht sich alles. Schmerzensschreie zerreißen mir fast den Schädel. Ich kneife meine Augen zusammen und sehe so noch verschwommener. Der schreiende Junge ist verschwunden und an seine Stelle tritt Ben.

»Nein! Ben, nein!« Ich springe zur Maschine, um die Säge aufzuhalten, ehe sie ihn erreicht, aber starke Arme packen mich und halten mich fest.

»Du musst die Kontrolle behalten. Du kennst die Regeln.«

»Nein!«

»Du bist die Nächste.«

Ich kämpfe und trete um mich. Ich wehre mich, kratze und schreie. Aber es nützt nichts. Ich werde an einen Stuhl gebunden und mein Arm auf dem Tisch fixiert.

Die Säge heult auf …

Bzzzz …

Meine Augen springen auf, sie wollen diesem Horror schnell entkommen. War es nur ein Traum? Ich kann die Säge immer noch hören.

Bzzz …

Ich taste nach dem Licht, und als ich das Geräusch wieder wahrnehme, merke ich, dass es von meinem Handgelenk kommt. Mein Levo vibriert mit gefährlichen 3,3. Mir ist schlecht und ich zittere. Diesmal war ich diejenige, die die Säge hielt. Könnte ich so etwas wirklich tun?

Langsam, ganz langsam hört mein Herz auf zu rasen und mein Level steigt, aber die Bilder verschwinden nicht. Sie laufen wieder und wieder vor meinem inneren Auge ab. Ein Diamantsägeblatt. Whisky. Ein schneller Schnitt.

War ich wirklich dort, an diesem Ort, und habe diesen Jungen gequält? Irgendwo tief in mir da drin ist ein Sprung, ein Lichtschimmer.

Ich will es nicht wissen, aber es gibt kein Entkommen. In meinem Traum war ich zutiefst erschreckt, als ich an der Reihe war, das Armband entfernen zu lassen. Nicht wegen des Schmerzes oder weil ich sterben könnte, sondern weil ich dann ohne mein Levo sein würde. Ich hasse das Gerät: wofür es steht und was es mit meinem Leben macht. Aber aus irgendeinem Grund muss ich es behalten – allein der Gedanke daran, es zu verlieren, erfüllt mich mit Angst und Schrecken.

Warum?

KAPITEL 45

Als ich am Freitagmorgen zur hintersten Bank im Bus gehe, ist Bens Platz leer. Ich stehe noch halb, als der Bus losfährt, und lasse meinen Blick über alle Gesichter wandern. Nein, er sitzt auch nirgendwo sonst. Er ist einfach nicht da.

Innerlich gerate ich in Panik. Er hat es nicht getan. Nein. Er sagte, dass seine Eltern über das Wochenende verreist seien und dass er dann versuchen würde, sein Levo zu durchtrennen. Er hat es doch nicht schon früher getan, oder?

Wie betäubt sitze ich am Vormittag im Unterricht, als wäre ich wieder in meinem Albtraum. Ich spiele sogar mit dem Gedanken, Mrs Ali um Hilfe zu bitten. Wenn ich ihr erzähle, was Ben vorhat, werden sie ihn aufhalten. Sie werden es nicht zulassen. Aber wie lange wäre er dann sicher? Was würden die Lorder dann mit ihm machen?

Wenn es nicht schon zu spät ist.

Mittags laufe ich allein über das Schulgelände. Kann mir irgendjemand helfen? *Vielleicht Jazz.*

Ich weiß von Amy, dass sie und Jazz normalerweise im Gemeinschaftsraum der 13. Jahrgangsstufe zu Mittag essen, und dorthin gehe ich jetzt. Amy macht noch immer ihr Praktikum, also muss ich ihr nicht aus dem Weg gehen. Aus irgendeinem Gefühl heraus habe ich ihr verschwiegen, was mit Ben los ist. Sie ist ohnehin schon der Meinung, dass ich ihn nicht mehr treffen sollte – wie würde sie reagieren, wenn sie wüsste, dass er vorhat, sein Levo abzuschneiden?

Ich stehe unsicher in der Tür. *Bitte, Jazz, sei hier.* Der Gemeinschaftsraum ist voller Schüler, die gruppenweise zusammensitzen und sich unterhalten, auf Bänken ihr Mittagessen verzehren oder an Tischen und in Nischen ihre Hausaufgaben machen. Ich überfliege den Raum, doch ich kann Jazz nirgendwo entdecken. Ich recke den Kopf, um auch die hinterste Ecke abzusuchen.

»Aus dem Weg, bitte«, sagt eine Stimme hinter mir. Ich trete zur Seite und zwei ältere Mädchen laufen an mir vorbei und sehen mich dabei spitz an. »Verzieh dich, hier dürfen nur die aus der 13. rein.«

»Ich suche nach Jazz MacKenzie.«

Sie ignorieren mich und gehen weiter.

»Jazz?«, frage ich lauter. Sein Kopf taucht in einer Gruppe von Schülern bei einem Tisch in der Mitte des Raumes auf. Er lächelt und kommt rüber.

»Hi, Kyla, wie läuft's?«

»Können wir uns kurz unterhalten? Ich meine, unter vier Augen?«

»Klar, warte kurz.« Er holt seine Jacke und kommt wieder zu mir. »Lass uns einen Spaziergang machen.«

Wir gehen den Flur hinunter und laufen aus dem Gebäude. Weil der Himmel grau ist und es ein wenig nieselt, sitzt niemand auf den Bänken oder ist auf den Wegen unterwegs.

»Was gibt's denn?«, fragt Jazz, als wir die letzten der potenziellen Lauscher hinter uns gelassen haben.

»Ich mache mir große Sorgen um Ben. Er war heute nicht im Bus.«

»Na ja, vielleicht hat er verschlafen. Oder er ist erkältet oder beim Zahnarzt. Es gibt tausend Gründe.« Jazz sieht mich an. »Aber du glaubst, dass es was anderes ist, oder?«

»Ja«, flüstere ich und zögere, denn für Jazz ist es besser, wenn er keine Details kennt. »Ben hat was wirklich Dummes vor. Und jetzt habe ich Angst, dass er es getan hat.«

»Verstehe.«

»Ich weiß nicht, was ich machen soll.« Aus dem Nieseln wird Regen. Mein Levo vibriert, aber ich halte meine Hände tief in den Taschen vergraben, damit Jazz es nicht hört.

»Amy findet, dass ihr euch nicht mehr sehen solltet. Sie ist der gleichen Meinung wie deine Eltern.«

»Was denkst du denn?«

Er zuckt mit den Schultern. »Ich denke, Ben ist in Ordnung. Machst du dir wirklich Sorgen um ihn?«

Ich nicke.

Jazz überlegt einen Moment. »Weißt du, was? Wir schwänzen heute Nachmittag die Schule und fahren bei ihm vorbei, okay? Nachsehen, ob es ihm gut geht.«

Ich willige erleichtert ein. Wir verabreden, uns in ein paar Minuten bei seinem Auto zu treffen, und Jazz geht zurück, um seine Tasche zu holen.

Schlechte Idee.

Ich versuche, diesen Gedanken zu vertreiben, während ich über das Gelände zum Schülerparkplatz gehe und die Augen nach Lehrern offen halte. Heute blauzumachen, werde ich schlecht rechtfertigen können, vor allem weil Mrs Ali mich sowieso schon genau beobachtet. Und es ist nicht so, als würde niemand unser Fehlen bemerken. *Ganz schlechte Idee.*

Jazz braucht länger als ein paar Minuten, und ich fange an, mir Sorgen zu machen. Hat er es sich anders überlegt? Nein. Dann hätte er mir Bescheid gegeben.

Aber dann schießt er plötzlich mit einem Grinsen im Gesicht um die Ecke. »Ben ist auf einem Schulausflug.«

»Echt?«

»Ich habe nachgeschaut; die Ausflüge sind immer am Schwarzen Brett beim Büro vermerkt. Seine Landwirtschaftsklasse verbringt den Tag auf einer Farm. Wundert mich, dass er dir das nicht erzählt hat.«

Meine Knie werden weich vor Erleichterung und mir wird schwindlig. Ich fühle mich fast so, als müsste ich mich übergeben.

»Hey, alles okay mit dir?« Jazz sieht mich neugierig an.

»Ja. Ich muss nur einfach dringend mit Ben reden.«

»Wir könnten doch nach der Schule bei ihm vorbeifahren. Ich bring dich hin und wieder heim, ehe Amy oder der Drachen irgendwas mitbekommen.«

»Ehrlich?«

»Klar. Warum nicht?«

»Danke.«

Jazz zuckt mit den Schultern und grinst. »Kein Ding. Wir treffen uns dann nach der Schule wieder hier, okay?«

»Einverstanden.«

Das Gefühl der Erleichterung begleitet mich den ganzen Nachmittag. Warum hat mir Ben nichts von seinem Ausflug erzählt?

Andererseits hatten wir gestern natürlich Wichtigeres zu besprechen. *Obwohl wir eher gestritten als gesprochen haben.*

Als ich Jazz bei seinem Auto treffe, sind die Wolken verschwunden und die Sonne scheint.

Ich sitze zum ersten Mal vorn und mir wird plötzlich mulmig dabei. Was wird Amy denken, wenn sie davon erfährt?

»Ich sage Amy, dass dich im Bus jemand belästigt hat und ich dich deswegen nach Hause gefahren habe. Okay?«, fragt Jazz, als hätte er meine Gedanken gelesen.

»Klar.«

Ich lehne mich im Auto zurück und genieße die Sonnenstrahlen. Obwohl ich angeschnallt bin, halte ich mich mit einer Hand an der Tür fest. Doch ich habe mich mittlerweile an Jazz' Fahrstil gewöhnt und bemerke es kaum mehr, wenn er bei einer Ampel abrupt auf die Bremse steigt und dann viel zu rasant anfährt, nur um das Ganze an der nächsten Kreuzung zu wiederholen. Er pfeift die Musik aus dem Radio mit.

Der Traum von letzter Nacht läuft wieder in Endlosschleife vor meinem inneren Auge ab. Mein Kopf ist voller Schreie und erfüllt vom Geruch nach Angstschweiß, Whisky und Blut – alle diese Empfindungen und Eindrücke sind miteinander vermischt, sodass ich mich zusammenreißen muss, um nicht zu würgen.

Ich muss unbedingt Ben aufhalten. Aber was, wenn er nicht auf mich hört?

Jazz hält vor einer Einfahrt, die vier Häuser von Bens Zuhause entfernt ist.

»Mein Freund Ian wohnt hier. Sag mir Bescheid, wenn du wieder loswillst.«

Als ich bei Bens Haus ankomme, sehe ich Skye im Vorgarten. Er rennt ganz aufgeregt zu mir und wirft mich halb um, weil er an mir hochspringen und mein Gesicht ablecken will. Ben hat erzählt, dass man fast annehmen könnte, er sei geslated worden, weil er immer so glücklich ist.

»Ruhig, Skye«, mahne ich und streichle über sein Fell.

Ich klopfe an der Tür und warte – keine Reaktion.

Ist Ben noch nicht von dem Klassenausflug zurück?

Ich laufe durch den Garten zur Garage und klopfe.

Keine Reaktion. *Da!* War das ein leises Geräusch?

Ich drücke die Klinke herunter – verschlossen. »Ben?«

Diesmal höre ich Schritte und wie sich ein Schlüssel dreht. Die Tür geht auf.

»Kyla? Was machst du denn hier?« Ben schaut in beide Richtungen und zieht mich zu sich in die Garage. Skye versucht, uns zu folgen, aber Ben schiebt ihn raus und macht die Tür zu.

Ben trägt keine Schuluniform. Seine Augen leuchten ungewöhnlich hell.

»Warst du heute nicht auf dem Klassenausflug?«

»Da hätte ich sein sollen. Aber ich habe entschieden, mir den Tag freizunehmen.«

»Dafür wirst du richtig Ärger bekommen.«

»Darauf kommt es wohl kaum mehr an. Ich werde nächste Woche nicht mehr in die Schule gehen.« Ben lächelt. »Ich bin so froh, dass du hier bist. Jetzt kann ich mich von dir verabschieden.«

Ich sehe, dass er Schleifwerkzeug, eine Sicherheitsbrille und Handtücher bereitgelegt hat. Sein Rucksack ist gepackt, als müsste er verreisen.

Mich überkommt plötzlich eine schreckliche Angst und ich ziehe meine Hände von seinen weg. »Nein, Ben, nein! Du willst es doch nicht etwa jetzt tun?«

»Warum warten? Mum ist unterwegs zu meiner Tante und Dad wartet dort auf sie. Perfektes Timing.«

Ich schüttle verzweifelt den Kopf. Mir brennen Tränen in den Augen und ich fange an zu zittern. »Bitte, tu das nicht. Verlass mich nicht.«

»Sch, Kyla, alles wird gut. Ich werde bald zurückkommen und dich holen.«

»Nicht, wenn du tot bist.«

Er lacht. »Ich finde schon eine Lösung.« Er verschränkt seinen kleinen Finger mit meinem und hält unsere Hände hoch. »So einen Schwur kann man nicht brechen. Kyla, ich verspreche es. Wir werden wieder zusammen sein.«

Er beugt sich zu mir und küsst mich sanft. Als er sich losmachen will, lege ich meine Hand hinten an seinen Nacken und halte ihn fest. Ich küsse ihn wieder und wieder und will verzweifelt, dass er bleibt, nur noch diesen einen Augenblick. Seine Arme legen sich fest um mich und ich schließe die Augen und lehne mich an ihn. Warum ist alles so schwierig? Warum können wir nicht einfach so bleiben?

Er lockert die Umarmung. »Los, Kyla. Geh jetzt.«

Ich schüttle den Kopf. Ich muss ihn aufhalten. »Warte. Bitte sprich zumindest mit Aiden. Vielleicht kann er dir sagen, wie sie es gemacht haben, dann hast du eine bessere Chance, dass es funktioniert.«

»Nein, Kyla. Wir haben das doch schon besprochen.«

Denk nach. Ich muss ihm zeigen, wie dumm seine Idee ist, dass sein Plan nicht funktionieren kann. »Sag mir, was du vorhast.«

Ben zeigt mir den schicken neuen Cutter seiner Mutter, der aus irgendeinem Metall besteht, das angeblich wesentlich härter ist als alle anderen.

Ich sehe ihn verzweifelt an. »Nein, so wird es nicht klappen. Es funktioniert nur mit einer Diamantsäge.«

Ben legt nachdenklich den Kopf auf eine Seite und geht dann zu einer anderen Werkbank in der Garage. »Die hier« – er hält eine alte, einhändige Kreissäge in die Höhe – »hat ein Diamantschneideblatt.«

»Es wird trotzdem schiefgehen, Ben. Du kannst nicht einfach deine Hand in die Höhe halten und dein Levo wegsägen. Du wirst nicht in der Lage sein, das Werkzeug stillzuhalten, wenn der Schmerz einsetzt.«

Er findet eine Schraubzwinge. »Die sollte das Problem lösen. Ich schraube sie an der Werkbank fest. Ich habe wirklich alles im Griff, Kyla. Bitte lass mich jetzt allein.«

»Ich bleibe. Du kannst mich nicht wegschicken«, sage ich, während ich verzweifelt nach den richtigen Worten suche, die ihn zur Vernunft bringen und seinen verrückten Plan zerschlagen. Aber ich sehe in seinen Augen, dass er sich nicht umstimmen lassen wird, und gebe auf. Was ich auch sage – es wird nichts ändern. Er ist wild entschlossen.

Mein ganzer Körper sackt in sich zusammen, und mir wird schwindlig vor Schock, als ich begreife: Ich muss ihm helfen. Ich *muss* es tun. Es darf kein Zögern, keine Unterbrechung während des Schnitts geben. Allein wird er es nicht zu Ende bringen können und an grauenhaften Schmerzen sterben. Wenn ich ihn nicht aufhalten kann, muss ich ihm helfen.

Ich blicke auf und wische die Tränen weg. Ich versuche, mich wieder zu beruhigen, obwohl alles in mir *NEINNEINNEIN* schreit …

»*Ich* mache es. Ich werde dein Levo abschneiden.«

»Nein. Nein, auf keinen Fall, Kyla. Geh.«

»Pass auf. Ich weiß, wie man mit dem Ding umgeht«, sage ich und nehme die Flex ab. Sie liegt wie selbstverständlich in meiner Hand. Es ist schwieriger, mit einem Modell zu arbeiten, das man in der Hand hält, als mit einer fixierten Säge wie in meinem Traum, aber die Vorgehensweise ist genau die gleiche. »Es ist viel sicherer, wenn ich es tue und nicht du. Du wirst vor Schmerz die Kontrolle verlieren.«

»Das kann ich dir nicht antun. Nein, Kyla.«

»Schau, ich kann damit umgehen.« Ich klemme ein Stück Metall in die Schraubzwinge und setze die Sicherheitsbrille auf. Dann schalte ich die Kreissäge an und möchte am liebsten aufschreien, als das gleiche schreckliche Geräusch wie in meinem Traum einsetzt. Aber ich durchtrenne das Metall in einer einzigen Bewegung.

»Ruhige Hände. Beeindruckend, aber …«

»Kein Aber. Ich helfe dir, oder du versprichst mir, das Levo nicht anzurühren. Ich lasse nicht zu, dass du den Schnitt selbst machst und dass du allein stirbst.«

Er sieht mir fest in die Augen und schüttelt leicht den Kopf.

»Lass mich dir helfen. Du weißt, dass alles andere der pure Wahnsinn wäre.«

»Das macht es noch lange nicht richtig.«

»Dann lass es einfach sein!« Ein letzter Versuch, ihn zur Vernunft zu bringen, aber meine Worte prallen einfach an ihm ab.

Bens Blick ist widerwillig. »Es hört sich vernünftig an. Aber bist du dir sicher, dass du es tun kannst? Bist du dir sicher, dass du es willst?«

»Ja.«

Er zögert. »Okay«, willigt er schließlich ein. Er hält Aidens Happy Pills hoch. »Aber nimm zumindest eine von diesen.«

»Auf gar keinen Fall.«

»Ich will nicht riskieren, dass du mittendrin ohnmächtig wirst.«

Ich zögere, aber er hat recht. Was, wenn mein Level fällt und mir die Säge aus der Hand gleitet? »In Ordnung«, sage ich und schlucke eine Pille mit einem Glas Wasser. Ben schiebt sich gleich eine ganze Handvoll in den Mund. »Ist es sicher, so viele zu nehmen?«

Er zuckt mit den Schultern. »Besser zu viele als zu wenige, schätze ich.«

Bald bildet sich ein feiner Schweißfilm auf seiner Haut und seine Pupillen weiten sich. Wie bei dem Jungen in meinem Traum.

Mein Traum …

»Hast du Whisky hier?«

»Ich glaube schon. Warum?«

»Er mildert den Schock.«

Es gibt eine Verbindungstür zwischen Garage und Haus. Ben geht hindurch und kommt mit einer Flasche zurück, aus der er einen Schluck nimmt.

Er hustet und verzieht das Gesicht. »Das ist ja ekelhaft.«

»Blas das Ganze ab. Bitte. Es ist noch nicht zu spät, um es dir anders zu überlegen.«

»Dann mach ich es allein. Geh nach Hause, Kyla.«

»Nein! Wenn du es unbedingt durchziehen willst, helfe ich dir. Aber du musst dir über eine Sache im Klaren sein, Ben: Ich bin mir sicher, dass es kein Zurück mehr gibt, sobald das Levo angeschnitten ist. Haben wir einmal damit begonnen, muss es ganz entfernt werden, um den Schmerz zu stoppen.«

»Verstanden. Egal, was ich sage, mach einfach weiter.«

»Wenn du schreist, könnte uns jemand hören und die Lorder verständigen.«

»Ich gebe keinen Laut von mir.«

»Für wen hältst du dich eigentlich, Supermann oder was?«

»Super-Ben!« Er lacht und setzt sich in den Stuhl neben der Werkbank, um sein Levo festzuklemmen. Als es zusammengedrückt wird, verzieht sich sein Gesicht vor Schmerz.

»Kyla, falls irgendetwas schiefgeht, will ich, dass alles so aussieht, als hätte ich es ganz allein gemacht. Du musst von hier verschwinden, egal, was passiert. Und falls du geschnappt wirst, musst du sagen, dass du mich so gefunden hast. Versprich es!«

»Versprochen.«

»Zieh Handschuhe an«, meint er. »Sie liegen da drüben. Wisch den Griff und den Schalter ab und alles andere, was du angefasst hast.«

»Bereit?«, flüstere ich.

»Warte.«

»Ja?« Trotz allem hoffe ich, dass er *Stopp: Ich hab es mir anders überlegt* sagt.

»Kyla, was auch immer passiert: Ich liebe dich. Ich werde dich immer lieben.«

Ben hat genügend Happy Pills intus und Whisky obendrauf, um einen Lorder für freundlich zu halten. Er weiß kaum mehr, wo er ist, geschweige denn, was er sagt. Aber er sieht trotzdem aus, als würde er es wirklich so meinen.

Ich schaue ihn an und will ihm auch sagen, dass ich ihn liebe, aber die Worte kommen nicht aus meiner zugeschnürten Kehle.

»Tu es!«, sagt er.

Es ist wie in meinem grauenhaften Traum. Ich bin nicht ich selbst. Ich bin dieses Albtraummädchen: ruhig, gesammelt, fähig, solche Dinge zu tun. Wo kommt sie her? Ich nehme die Flex in die Hand, löse die Sicherung und lege den Schalter um. Ein beherzter Schnitt. Er muss schnell gehen.

Das Schneideblatt dreht sich und heult auf.

Ich sehe Ben an. Er nickt. »Tu es«, formen seine Lippen.

Die Säge trifft auf das Levo. Funken sprühen auf.

Im Gegensatz zu dem Jungen in meinem Traum schreit Ben nicht. Aber sein Gesicht verzerrt sich, er bricht in Schweiß aus, und ich versuche, ihn zu ignorieren, um sein Gesicht nicht sehen zu müssen. Ich muss mich auf die Klinge konzentrieren und sie ruhig halten.

Skye spürt etwas. Er hat eine enge Verbindung zu Ben, den er liebt, seit er ein Welpe war. Er beginnt zu jaulen und an der Tür zu kratzen. Dann kracht es, als würde er sich dagegenwerfen.

Noch immer fliegen Funken, aber jetzt habe ich angefangen und kann nicht mehr aufhören. Das Sägeblatt zittert, stockt, rattert, und die Flex wird so heiß, dass ich sie selbst mit Handschuhen kaum mehr halten kann. Aus Bens Mund tropft Blut und sein Körper verkrampft sich, aber er ist still und versucht auch nicht, sich zu befreien.

Der letzte Teil des Levos leistet am meisten Widerstand. Die Säge zieht und stockt und dann – *schnapp* – ist das Gerät ab. Ich lasse den Schalter los und ziehe die Flex zurück, aber nicht schnell genug. Bens Handgelenk zuckt in einem unbewussten Reflex und wird von der Schneide aufgerissen. Blut strömt aus der klaffenden Wunde, und ich werfe das Werkzeug von mir, öffne eilig die Schraubzwinge und hole ein Handtuch, das ich fest auf sein Handgelenk presse.

»Ben? Ben!« Ich schüttle ihn, doch sein Körper ist schlaff. Ben ist bewusstlos und aus seinem Mund fließt Blut – hat er sich auf die Zunge gebissen? Er rutscht vom Stuhl. Ich ziehe die Handschuhe aus, werfe sie in eine Ecke und fühle seinen Puls. Er ist unregelmäßig.

Wie aus der Ferne höre ich Skye jaulen. Ein Auto biegt in die Garageneinfahrt. Die Tür rattert und geht auf.

Es ist Bens Mutter.

»Ich hab vergessen, die Baby-…«, setzt sie an, doch dann sieht sie Ben in meinen Armen auf dem Boden liegen. »Was ist passiert?«

Tränen laufen mir übers Gesicht, ich schüttle den Kopf und kann nicht sprechen.

Sag ihr, was Ben dir befohlen hat.

»Ich w-w-wollte ihn besuchen und habe ihn so gefunden.«

Bens Mutter schiebt mich beiseite und entdeckt das Handtuch, das mittlerweile von Blut durchtränkt ist. Dann sieht sie es. Die Farbe weicht aus ihrem Gesicht. »Sein Levo ist weg.« Sie blickt mich an. »Was ist passiert?«

Ich zucke hilflos mit den Schultern. *Lüge.*

»Ich weiß es nicht. Er muss es abgeschnitten haben.«

Bens schlaffer Körper bäumt sich immer wieder auf. Hat er Krampfanfälle? Oh Gott, nein. Wenn das Levo beschädigt wird, führt das zu Krampfanfällen und schließlich zum Tod. Das haben sie uns immer gesagt. Es hat also nicht funktioniert.

Bens Mutter zieht ihr Telefon aus der Tasche und ruft einen Krankenwagen.

»Verschwinde von hier, Kyla. Los, geh.«

Ich zittere. Trotz der Happy Pill fällt mein Level schnell und mein Levo vibriert.

»Geh! Ich weiß nicht, was hier *wirklich* passiert ist. Aber geh jetzt. Verschwinde, bevor sie kommen!«

Ich kann ihn nicht verlassen, ich kann nicht!

»Mach, dass du wegkommst. Er würde es so wollen.«

Ja. Das hat er auch gesagt.

Ich taumle zur Tür, gerade als Sirenen laut werden.

»Nicht da lang«, warnt Bens Mum. »Nimm die Hintertür und den Weg am Kanal. Los!«

Ich stolpere zur Hintertür hinaus und laufe durch den Garten hinter dem Haus und durch ein Tor. Da ist der Kanalweg, genau wie sie es gesagt hat. Irgendwie schaffe ich es dorthin und suche das Haus von Jazz' Freund.

Schon aus einiger Entfernung höre ich dröhnende Musik – so laut, dass der Boden vibriert. Ich klopfe an die Hintertür, aber niemand antwortet.

Als ich die Klinke hinunterdrücke und eintrete, sieht Jazz mich und stellt sofort die Stereoanlage aus. Jetzt hören die beiden Jungen ebenfalls die Sirenen.

Tränen strömen über mein Gesicht.

Jazz legt seinen Arm um meine Schultern. »Kyla? Was ist los? Was ist passiert?«

Eine zweite Sirene wird laut, als würden sie sich an einer Zweierharmonie versuchen, aber das Geräusch ist disharmonisch, hart, laut – und es kommt auf uns zu.

Lüge.

»B-b-b-ben hat sein Levo abgeschnitten«, flüstere ich zitternd.

»Ich dachte, das ist unmöglich.«

Ich schüttle nur den Kopf und versuche, nicht daran zu denken, was Ben gerade durchmacht, schaffe es aber nicht. Ben …

Durch das Vorderfenster ist jetzt nicht nur ein Krankenwagen in seiner Einfahrt zu sehen, sondern zwei. Was hat das zu bedeuten? Wenn Ben … Ich schlucke. Selbst meine Gedanken taumeln und können das Schlimmste, was überhaupt passieren konnte, nicht erfassen. Ich finde keine Worte für die schrecklichen Bilder, die ich nicht vertreiben kann. Ich sehe nur immer wieder Ben mit schmerzverzerrtem Gesicht und zuckendem Körper auf dem Boden liegen.

Noch eine Sirene heult in der Ferne auf, aber sie hört sich anders an. Die Tonlage ist nicht die gleiche wie die der Rettungsfahrzeuge. Das Geräusch hallt in meinem Kopf, lässt mein Herz schneller schlagen und meine Haut prickeln. *Versteck dich. Jetzt!*

Aber ich bleibe am Fenster stehen. Der Wagen biegt um die Ecke: Es ist ein langer schwarzer Van. Ohne Nummernschild, aber mit Blaulicht auf dem Dach.

Ich springe vom Fenster weg und ziehe auch Jazz und Ian, die hinter mich getreten sind, von der Scheibe zurück.

»Was ist das?«, fragt Jazz.

»Lorder«, antworte ich und mir wird schlecht. *Die Sanitäter haben die Lorder gerufen.* Man kann ihnen nicht trauen.

»Wir müssen von hier verschwinden«, sagt Jazz. »Sofort.«

Mir ist so kalt. Ich bin von Kopf bis Fuß in Eis gefangen. Mein Levo vibriert, und Jazz nimmt mein Handgelenk, um nach meinem Wert zu sehen.

4,4.

Eine Happy Pill war nicht genug.

»Verdammt, Kyla, was kann ich tun, um dir zu helfen?«

»Nichts. Es ist zu spät«, sage ich.

4,1.

Ich schlinge zitternd die Arme um meinen Körper. Ich hätte ihn aufhalten müssen. Es ist alles meine Schuld.

3,8.

Ich habe ihn einfach verlassen und da liegen lassen …

3,5.

Blutend, sterbend – und ich bin einfach weggelaufen. Ben, mein armer Ben …

Jazz flucht. »Nein, Kyla, nicht hier und nicht jetzt. Komm.« Er zieht mich zur Hintertür und lässt Ian schwören, niemandem zu sagen, dass wir hier waren.

»Dass wer hier war?«, sagt Ian. »Ich lasse es euch wissen, wenn ich was über Ben rausfinde«, sagt Ian.

Jazz trägt mich halb zum Zaun durch das Tor auf den Pfad.

3,2.

»Lauf!«, sagt Jazz.

»Was?«

»Lauf um dein Leben.« *Vielleicht muss ich das.*

Laufen? Jetzt? Ich schaue auf meine Füße und stolpere vor mich hin, bis ich in ein leichtes Joggen falle. Dann übernimmt der Rhythmus.

»Schneller!«, ruft Jazz und ich folge ihm. »Ich weiß, dass du schneller rennen kannst.«

Lauf, als wären die Lorder hinter dir her. Ich renne los, als wäre jeder einzelne verfügbare Lorder direkt an meinen Fersen, als wollte

Wayne Best mich fangen. Ich konzentriere mich nur auf Waynes hässliches Gesicht und neue Energie schießt in meine Füße.

Jazz nimmt mein Handgelenk: 3,9. »Immer noch schlecht. Los, weiter.«

Wir rennen und rennen. Jazz atmet schwer, denn er ist die Anstrengung nicht gewohnt. Ich laufe weiter, aber trotzdem kommen die Bilder zurück: Ben – schwer verletzt oder schlimmer. Was ist passiert? Was hätte ich tun können, um es zu verhindern? Nicht zu wissen, was nun mit ihm geschehen wird, wie es ihm jetzt geht, schneidet mir ins Herz. Ich will aufgeben, zusammenbrechen und weinen, aber immer, wenn ich langsamer werde, treibt mich Jazz von hinten an und scheucht mich weiter.

Bens schöne, sanfte Augen und was er in der Garage durchgemacht hat. Es passt nicht zusammen. Was ist mit dir passiert, Ben?

Ian wird es für uns herausfinden.

Ja.

Lauf weiter.

Die Krankenwagen und der Van der Lorder sind verschwunden, als wir wieder beim Auto ankommen.

»Level?«, fragt Jazz.

Ich sehe nach: »5,2. Wie bist du auf die Idee gekommen, mich zum Laufen zu bringen?«

Jazz zuckt mit den Schultern. »Hat Ben wohl mal erwähnt.«

Ben.

»Lass uns nach Hause fahren.« Jazz steht im Schatten und sieht auf die Straße. »Die Luft ist rein.«

Ben.

Als Jazz vor unserem Haus anhält, vibriert mein Levo wieder.

»Halt durch, Kyla. Komm schon, du schaffst das.«

Ich schüttle hilflos den Kopf, mein Wert fällt zu schnell.

»Bereit für den Drachen?«, sagt Jazz.

Er trägt mich halb zur Tür. Sie geht auf, noch bevor wir sie erreicht haben.

»Wo zur Hölle habt ihr …«, beginnt Mum und sieht dann mein Gesicht. »Rein, rein!« Jazz hilft mir aufs Sofa.

Bzzzz…

3,1.

Ben …

KAPITEL 46

Höllenqual. Meine ganze Welt besteht nur aus Schmerz, sonst gibt es nichts mehr. Pulsierender, rot tropfender Schmerz. Eine Schraubzwinge presst alles zusammen, was ich bin, alles, was ich war, alles, was ich sein werde.

Langsam werden andere Dinge greifbar. Der Boden, auf dem ich liege. Stimmen. *Ben …*

Ein Stich in meinen Arm. Wärme strömt durch meine Adern und meinen ganzen Körper. Doch sie nimmt den Schmerz nicht weg – nichts kann ihn verdrängen. Er tritt nur etwas in den Hintergrund. Ich öffne die Augen.

»Hallo«, sagt Mum und lächelt. »Du bist zurück.«

»Hm?«, mache ich. Dann wird alles schwarz.

»Ben! Du bist gekommen!«

Er lächelt. »Ich konnte doch nicht gehen, ohne mich zu verabschieden.« Er kniet sich hin.

»Verlass mich nicht …« Tränen laufen über mein Gesicht.

»Ich kann nicht bleiben, es ist zu spät.« Er lächelt wieder, doch seine Augen sind traurig.

»Sei stark, Kyla.« Er beugt sich herab, seine Lippen streifen ganz sanft meine: unser dritter Kuss.

Er weicht zurück, wird unwirklich. Licht scheint durch ihn hindurch.

»Auf Wiedersehen, Kyla«, sagt er mit leiser Stimme. Seine Worte verklingen in der Stille. Dann ist er verschwunden.

Unser letzter Kuss.

»Ben!« Ich rufe seinen Namen und versuche, mich aufzusetzen, aber ich falle wieder zurück. Ich liege im Bett. In meinem Bett. Sebastian schläft an meinen Füßen und schwaches Licht dringt durch die offene Tür aus dem Flur herein.

»Kyla?«, fragt Mum. Sie sitzt im Sessel neben mir. »Hallo, Kleines.« Ihr Gesicht ist müde und blass. Ich versuche, mich wieder aufzusetzen, aber die Bewegung verursacht schreckliche Schmerzen in meinem Schädel. Ich keuche.

»Bleib ruhig«, sagt Mum.

»Was ist mit Ben passiert?«

»Mach dir darüber jetzt keine Gedanken.«

Ich will mich mit aller Kraft konzentrieren, aber der Schmerz wird dadurch noch schlimmer. Trotzdem ist da etwas, das ich nicht zu fassen bekomme, aber unbedingt wissen muss.

»Sag es mir«, bettle ich und merke, dass meine Wangen nass sind.

»Sch. Jazz hat dich nach Hause gebracht, und du bist ohnmächtig geworden, als ihr durch die Tür gekommen seid. Das ist alles, was ich weiß.«

»Waren Sanitäter hier?«, flüstere ich.

»Natürlich. Sie haben dir eine Spritze gegeben und du bist eine

Sekunde lang bei Bewusstsein gewesen, doch dann warst du wieder weg.«

Gefahr. Ich schließe die Augen. Sie wissen es also. Die Lorder – ihnen muss klar sein, dass ich bei Ben war. Die Sanitäter werden ihnen gesagt haben, dass ich ohnmächtig geworden bin, und Ben ist mein Freund. Sie werden sich alles Weitere zusammenreimen können. Ich versinke wieder im Dunkeln.

Als ich meine Augen öffne, scheint die Sonne durch die Vorhänge und ich bin allein. Diesmal schaffe ich es, mich aufzusetzen. Mein Schädel dröhnt noch immer und in mir steigt Übelkeit auf. *Nicht jetzt.* Ich schlucke und atme tief ein, bis das flaue Gefühl in meinem Magen verschwindet.

Von unten höre ich Gemurmel. Stimmen? Mum und noch jemand.

Ich schlüpfe unter meiner Decke hervor und schaffe es irgendwie, aufzustehen und mich mit Gummibeinen zum Fenster zu schleppen. Vor der Einfahrt steht ein schwarzer Van.

Lorder.

Adrenalin schießt durch meinen Körper und schreit: *lauf.* Aber ich bin dafür einfach zu schwach. Ich lege mich wieder ins Bett. Am besten stelle ich mich tot. Augenblicke später höre ich Schritte auf der Treppe und die Tür geht auf.

»Kyla?«, fragt Mum sanft und leise. Ich bleibe ruhig. »Ich habe Ihnen ja gesagt, dass sie schläft. Kann das nicht warten?«

»Nein. Wecken Sie sie, oder ich tue es für Sie.« Eine kalte Männerstimme.

Schritte durchqueren das Zimmer und ich spüre Mums Hand auf meiner Wange.

Ich öffne flatternd die Lider und wimmere. Mums Augen starren in meine und haben eine dringende Botschaft – aber welche? Zwei Männer in grauen Anzügen stehen in der Tür hinter ihr und lassen den Raum klein wirken. *Schließ die Augen.* Sie gehen wieder zu, während mein Inneres durcheinanderwirbelt. Was hat sie ihnen erzählt? Was wissen sie? Wenn unsere Geschichten nicht übereinstimmen … *Gefahr.*

»Ich weiß nicht, warum Sie mit dem armen Kind reden müssen. Sie hat schon genug durchgemacht. Ich habe Ihnen doch schon gesagt, was passiert ist: dass sie sich Sorgen gemacht hat, weil dieser Ben nicht in der Schule war, also ist sie zu ihm …«

Dieser Ben: in hartem, missbilligendem Ton.

»Still!«, unterbricht sie einer der Männer. »Wecken Sie sie.« Eine Warnung schwingt in seiner Stimme mit.

»Kyla, Liebes. Wach auf. Sei ein braves Mädchen.«

Noch eine Botschaft: Sie sagt mir, wie ich mitspielen soll. Ich bin jung und dumm, und sie wissen, dass wir zu Ben gefahren sind, doch Mum mag Ben nicht. *Danke, Mum.*

Diesmal rühre ich mich. Ich öffne die Augen und lächle ein verschlafenes Slater-Lächeln. »Mein Bauch tut weh«, stöhne ich.

»Armer Schatz. Diese Herren wollen dir nur ein paar Fragen stellen, okay? Lass mich dir ein wenig aufhelfen.« Mum schüttelt mein Kissen. »Du sagst ihnen genau das, was du mir auch erzählt hast«, fordert sie mich auf. Noch eine Botschaft. *Sag ihnen die Wahrheit, wie ich sie kenne.* Ich versuche mich fieberhaft daran zu erinnern, was Mum weiß und was nicht.

Dein Einsatz, Pokerface. Ich denke an Sebastian und imitiere Phoebes Gesicht: offen, glückselig. Ich lächle mit einem gelegentlichen Schmerzenszucken, wenn ich den Kopf bewege.

»Ja, Mum«, antworte ich und wende mich den ungeduldigen Männern an der Tür zu. Sie scheinen es nicht gewohnt zu sein, warten zu müssen. Liegt es am Einfluss von Mums Familie, dass sie sich trotzdem so zurückhalten? Eine kalte Gewissheit sagt mir: Wenn Mum irgendjemand anders wäre, hätten die Männer mich längst zur Befragung mitgenommen.

Der jüngere der beiden Lorder öffnet ein Netbook. »Du bist Kyla Davis?«

»Ja.«

»Warum hattest du gestern einen Blackout?«

Sie fragen gar nicht, was passiert ist? Doch ich werde mich hüten, Überraschung zu zeigen. »Ich war sehr aufgebracht. Mein Freund Ben war nicht in der Schule, und ein anderer Freund hat mich zu seinem Haus gefahren, um nachzusehen, ob alles in Ordnung ist.«

»Dein anderer Freund?« Immer noch spricht der Jüngere und führt die Befragung durch, während er immer wieder ehrfürchtig zu Mum herüberblickt. Aber der andere ist der, vor dem man sich fürchten muss. Seine Haltung vermittelt, dass er hier das Sagen hat.

Antworte ich oder nicht? *Mum wusste es.*

»Jazz MacKenzie, eigentlich heißt er Jason. Er ist der Freund meiner Schwester. Aber er passt auf mich auf.«

»Und dann?«

»Bei Ben war gar nichts in Ordnung.« Ich versuche, besorgt zu klingen. »Es kamen Sanitäter, und Jazz meinte, wir sollten besser nicht im Weg sein. Er hat mich nach Hause gebracht. Aber ich habe mir große Sorgen um Ben gemacht und bin dann wahrscheinlich ohnmächtig geworden.«

Mum knurrt: »Dieser Ben – nichts als Ärger.«

»Mum und Dad haben mir gesagt, dass ich nicht mehr allein mit ihm laufen gehen soll. Ich gehe gern laufen.« Ich lächle ein breites Slater-Lächeln.

»Hat dir Ben jemals irgendwelche Pillen gezeigt?«

»Pillen? Davon weiß ich nichts.« *Amy hat die Pillen gesehen.* »Nein, Moment mal. Ben hatte irgendwelche Kopfschmerztabletten in seiner Tasche. Er hat eine davon genommen, als es ihm am Sonntag nicht gut ging.«

»Das waren jetzt genug Fragen«, schaltet sich Mum ein. »Das arme Kind ist krank.«

Wie aufs Stichwort beginnt sich mein Magen wieder zu drehen, aber diesmal atme ich nicht tief ein und aus, um mich zu beruhigen. Ich spüre, wie alle Farbe aus meinem Gesicht weicht.

»Mum, ich glaube, ich muss mich übergeben.« Sie kann mir gerade noch den Mülleimer reichen. Wellen der Übelkeit überrollen mich und jeder Schauder verstärkt den Schmerz in meinem Kopf. Mein Magen ist fast leer, aber die Lorder weichen mit angewidertem Blick zurück.

»Das reicht für heute«, entscheidet Mum.

Der Jüngere will aus dem Zimmer gehen, aber der Ältere legt seinen Kopf zur Seite. Er hebt die Hand und der andere bleibt stehen. »Noch nicht ganz«, sagt er. Er sieht zu seinem Kollegen. »Durchsuch dieses Zimmer.«

Mum runzelt die Stirn. »Ist das wirklich nötig, Agent Coulson?«, fragt sie mit eisiger Stimme. Sie betont seinen Namen, um klarzumachen, dass sie sehr wohl weiß, wer er ist, falls er seine Kompetenzen überschreitet.

Coulson hebt amüsiert eine Augenbraue. »Oh doch, das denke ich schon. Bringen Sie sie hier raus.« Er nickt herablassend in meine Richtung.

Ich würge immer noch über dem Eimer, doch es kommt nichts mehr.

»Kyla kann nicht gehen. Sie werden mir helfen müssen«, sagt Mum und mit einem Nicken zu dem anderen tritt der Jüngere vor und kommt auf mich zu. Er hebt mich hoch und macht dabei ein Gesicht, als würde er eine Kanalratte in den Armen halten. Dann setzt er mich im Nebenzimmer auf Amys Bett.

Sie wollen mein Zimmer durchsuchen. Zweifellos sind sie auf der Suche nach Happy Pills – doch sie werden keine finden. Ich lasse mich auf Amys Kissen sinken und bin zu erschöpft, um nachzudenken oder mich zu bewegen. *Deine Zeichnungen* zischt eine Stimme in mir und meine Augen springen auf.

Unter dem losen Stück Teppich am Fenster liegen meine versteckten Skizzen. Das Bild von Gianelli, nachdem die Lorder ihn mitgenommen haben. Mum wollte, dass ich es zerstöre. Hätte ich es nur getan. Und die Zeichnung von Ben. Wenn sie sehen, wie ich ihn gezeichnet habe, kaufen sie mir die unschuldige kleine Kyla und die Geschichte von ihrem »Freund« nicht mehr ab. Es wird ihnen sofort klar sein, was ich für ihn empfinde. Ich zwinge mich, die Augen zu schließen. Minuten vergehen. Ich höre, wie Mum die Männer ermahnt, nicht alles durcheinanderzubringen. Doch es kommt kein Ausruf: »Schau, was ich gefunden habe«. Ich beginne zu hoffen, dass sie die Blätter nicht finden werden, obwohl ich kaum daran glauben kann.

Schließlich werden im Gang schwere Schritte laut, die sich die Treppe hinunterbewegen. Augenblicke später wird der Van vor der Tür angelassen. Die Lorder verschwinden – einfach so? Irgendwie kann ich nicht glauben, dass ich für sie nicht mehr interessant bin.

Mum hat ihre Version der Ereignisse so überzeugend dargestellt, dass sie einfach auf die falsche Fährte anspringen mussten: Ben ist der böse Bube, von dem ich mich hätte fernhalten sollen. Und ich habe mitgespielt. Ich fühle mich illoyal und unaufrichtig. »Tut mir leid, Ben«, flüstere ich. Tränen steigen in mir auf. *Ben würde wollen, dass du in Sicherheit bist.*

Ich schwebe zwischen Schlafen und Wachen. Meine Gedanken purzeln ungeordnet durcheinander und ergeben keinen Sinn. Kurze Erinnerungsstücke wirbeln durch meinen Kopf: Ben, wie er läuft. Die Eule seiner Mutter mit weit ausgebreiteten Schwingen. Ben in meinem Traum, als das Licht durch ihn hindurchscheint.

Vor meinem Zimmer sind Schritte zu hören und die Tür geht auf. Ich versuche, die Augen zu öffnen und mich zu bewegen, aber mein ganzer Körper fühlt sich an, als wäre er aus Blei. Die Tür wird wieder geschlossen. Ich registriere leise Bewegungen auf dem Flur und in meinem Zimmer, dann wird Amys Tür abermals geöffnet.

»Kyla? Ich habe dein Zimmer wieder hergerichtet. Amy kommt bald nach Hause.«

Sie hilft mir, aufzustehen und in mein Zimmer zu gehen. Alles riecht frisch und sauber, die Laken sind gewechselt. Beinahe könnte man vergessen, dass die Lorder überhaupt hier waren und meine Sachen durchsucht haben.

»Danke«, flüstere ich. Danach kann ich mich keine Sekunde mehr wachhalten und wieder wird alles um mich herum schwarz.

»Kyla?«, weckt mich Mum. »Ich hab dir Suppe gebracht.« Sie sieht ganz normal aus – ihr ist nicht die geringste Spur von Stress wegen der Lorder anzumerken.

»Ich habe keinen Hunger.«

»Iss trotzdem etwas.«

Sie hilft mir auf und versucht, mich zu füttern, aber ich nehme ihr den Löffel aus der Hand und esse selbst. Ich hatte überhaupt keinen Appetit, aber als ich die Tomaten schmecke, die Orange und noch etwas Würziges, bemerke ich plötzlich, wie ausgehungert ich bin. Doch wie kann ich nach dem, was passiert ist, essen?

Ich esse die Suppe auf.

»Wir müssen reden«, beginnt Mum. »Es tut mir leid, aber es muss sein. Du solltest dich erholen, doch das kann nicht warten.«

»Okay.«

»Warum bist du ohnmächtig geworden?«

Die Frage der Lorder, aber Mum verdient eine richtige Antwort.

Ich sinke in mein Kissen. Was verrate ich und was nicht – das ist alles zu viel für mich. Ich fange wieder zu weinen an und mein Levo vibriert. Mum setzt sich neben mich, legt ihre Hand sanft auf meinen Kopf und streichelt mir übers Haar.

Ich öffne die Augen und sehe sie durch den Schleier aus Tränen an. »Was weißt du denn?«

»Jazz hat nicht viel gesagt. Nur dass du dir Sorgen um Ben gemacht hast. Er hat dich zu ihm gefahren, aber ihr seid nicht reingegangen, weil dort Sanitäter und Lorder waren. Und dann hat er dich hergebracht.«

Ich nicke und wimmere. Also habe ich richtig geraten: Jazz hat nicht erwähnt, dass ich bei Ben in der Garage war. »Was ist mit Ben passiert? Bitte sag es mir.«

»Ich weiß es nicht sicher.«

»Ich muss es wissen. Bitte …«

»Wenn ich etwas rausbekomme, lasse ich es dich sofort wissen. Aber du darfst niemand anderen danach fragen. Verstehst du, Kyla? Das hier ist sehr ernst. Sprich nicht über Ben, lass dir nicht anmerken, dass du traurig bist, und sag oder tu nichts, was dich mit der ganzen Sache in Verbindung bringen könnte. Nicht in der Schule oder zu Hause oder sonst irgendwo.«

Mein Kopf pocht unglaublich, aber der Schmerz, wenn ich an Ben denke, ist stärker. Wie kann ich so tun, als wäre alles in Ordnung? *Weil du musst.*

»Was du heute den Lordern erzählt hast, ist deine einzige Version der Geschichte. Bleib dabei – egal, wer dich danach fragt: in der Gruppe, in der Schule und zu Hause.« Zu Hause? Sie meint damit: gegenüber Amy und Dad. Und ihre Wortwahl: Was ich zu erzählen habe, ist eine *Geschichte.* Meine Geschichte, nicht die Wahrheit. *Sie weiß mehr, als sie zugibt.*

Mum steht auf und geht zur Tür, doch dann dreht sie sich noch einmal um. »Noch eines, Kyla. Das war so eine schöne Zeichnung von Ben. Ich habe sie zusammen mit den anderen Bildern letzte Nacht gefunden. Tut mir wirklich leid, dass ich sie verbrennen musste.« Sie schließt die Tür.

Mit großen Augen starre ich auf die Stelle, wo sie gerade noch stand. *Danke, Mum.* Schon wieder. Die Lorder hätten die Skizzen mit Sicherheit gefunden. Mum ahnte, dass sie kommen würden, und hat mein Zimmer letzte Nacht durchsucht, während ich schlief. Mir wird klar, dass sie auch die Zeichnung von ihrem Sohn Robert gefunden haben muss. Sie fragt sich sicher, woher ich weiß, wie er aussieht. Woher ich überhaupt von ihm weiß.

Schützt sie mich? Oder traut sie mir vielleicht nicht? Sie hat mein Zimmer durchsucht, um sicherzugehen, dass die Lorder nichts finden können, das mich belastet.

Was würde sie denken, wenn sie wüsste, dass alles nur passiert ist, weil ich Ben mit zu Mac genommen habe, wo er Aiden getroffen und die Pillen bekommen hat? Dass er durch mich überhaupt erst auf die Idee gekommen ist, sein Levo zu entfernen. Was würde sie machen, wenn sie wüsste, dass ich diejenige war, die sein Levo mit einer Flex durchtrennt hat?

Spät in der Nacht höre ich ein Auto und frage mich, ob die Lorder zurückgekommen sind. Aber als ich aus dem Bett steige, um nachzusehen, erkenne ich Dads Wagen in der Einfahrt. Er sollte eigentlich erst in ein paar Tagen wiederkommen. Unten sind Stimmen zu hören. Dad klingt sehr wütend.

Doch als ich am nächsten Morgen aufwache, ist er schon wieder verschwunden.

KAPITEL 47

Mum entschuldigt mich für ein paar Tage vom Unterricht, bis ich nicht mehr untätig in meinem Zimmer sitzen und von meinen Gedanken erdrückt werden und weinen will, während Mum oder Sebastian mich mit Umarmungen und Katzenliebe zu trösten versuchen. Amy schließt sich ihnen an, als sie von ihrem Praktikum nach Hause kommt. Sie versuchen alles, damit der Wert meines Levos nicht zu tief sinkt. Doch körperlich geht es mir gut, abgesehen von dem dumpfen Pochen hinter meinen Schläfen. Ich könnte zur Schule gehen, wenn der Gedanke an Ben mich nicht innerlich zerreißen würde. Aber die ganze Zuwendung von Mum und Amy bringt nichts – ich habe sein Bild ununterbrochen vor Augen. Das Einzige, was hilft, ist an Aiden zu denken.

Je mehr ich mich damit beschäftige, desto stärker mache ich ihn verantwortlich für dieses ganze Drama. Genauso wie Mac, der uns Aiden überhaupt erst vorgestellt hat. Und auch Jazz, weil er Macs Cousin ist. Ohne Amy würde ich Jazz nicht kennen, und Amy und ich wären nicht hier, wenn es Mum nicht gäbe. Stück für Stück wächst meine Wut, und ich nage an ihr wie an Zahnschmerzen, für die es weit und breit keinen Arzt gibt. Ich brauche diese Wut. Sie treibt mich schließlich aus dem Bett und sorgt dafür, dass ich mich anziehe. Ich laufe schnell die Treppe hinunter, um unbemerkt aus dem Haus zu fliehen.

»Kyla? Was hast du vor?«

Ich blicke auf, während ich meine Laufschuhe zubinde. »Wonach sieht's denn aus? Heute Abend ist Gruppe, oder?«

»Ich bin mir nicht sicher, ob du schon aufstehen solltest.«

»Meinst du nicht, es wäre besser, wenn ich mich dort blicken lasse?«

Sie überlegt einen Moment und nickt dann leicht. »Wenn du es schaffst, dich normal zu verhalten, solltest du hingehen. Ich fahre dich.«

»Nein, ich möchte laufen.«

»Du bist noch nicht fit genug, um joggen zu gehen. Dein Blackout ist noch keine Woche her.« Sie hat ihre Arme verschränkt und ihr Blick ist entschlossen.

Sag mir den Grund oder du gehst nirgendwohin.

Ich atme langsam ein und aus, bevor ich ihren Blick erwidere. »Körperlich geht es mir gut: Vielleicht bin ich noch nicht zu hundert Prozent fit, aber das Joggen hilft mir, mein Level zu halten. Es ist nicht so, als würde ich laufen wollen – ich *muss* es einfach tun. Verstehst du?«

Mum beißt sich unsicher auf die Lippe. »Aber ganz allein?«

»Ich komme klar, wirklich. Ich bleibe auf der Hauptstraße, da kann mir nichts passieren. Versprochen.«

Sie gibt nach. »Also gut. Aber ich hole dich später ab – abgemacht?«

»Abgemacht.«

Sie umarmt mich fest, dann öffne ich die Tür und renne los.

Es wäre vernünftig, langsam anzufangen, mich nach und nach vorzuarbeiten und zu sehen, wie gut ich klarkomme. Mein Kopf pocht bei jedem Schritt und ich habe nicht viel gegessen in letzter Zeit. Aber ich lege meine ganze Energie in meinen Lauf und steigere mein Tempo, bis ich wie von allein laufe. Plötzlich ist der Schmerz in meinem Kopf wie weggeblasen. Der Abend, die Straße, das *Poch-poch* meiner Füße ist alles, was ich wahrnehme.

Aber das Geräusch bringt Erinnerungen mit sich. Diese Strecke bin ich das letzte Mal mit Ben gelaufen und sein Laufrhythmus hat sich meinem angeglichen. Ich stolpere, als ich an dem Weg vorbeilaufe, den Ben und ich immer eingeschlagen haben. Wo wir ungestört waren und er mich zum ersten Mal an der Mauer geküsst hat.

Jetzt, beim Laufen, kann ich endlich über meinen Traum nachdenken, in dem Ben zu mir kam und sich verabschiedete. Ich habe die Erinnerung bislang, so gut es ging, verdrängt – sie fühlte sich wie eine Wunde an, die grauenhaft schmerzt, wenn sie berührt wird.

Dr. Lysander sagt, dass meine Träume aus zufälligen Gedanken und Bildern aus meinem Unterbewusstsein bestehen und sie keinen realen Hintergrund haben, auch wenn andere Menschen manchmal Erinnerungen in ihre Träume einbauen. Doch wenn man geslated wurde, muss man sich neue Erinnerungsarchive aufbauen. In der Zwischenzeit erfindet das Gehirn Ereignisse und Gefühle, um die Lücken zu schließen. Deswegen ist Dr. Lysander überzeugt, dass meine Träume reine Fantasiegebilde sind: Nichts von dem, was mich in meinen Träumen verfolgt, ist wirklich passiert. *Manches aber doch.*

Einige meiner Träume knüpfen an Erinnerungen aus meiner

Vergangenheit an, genauso wie meine Zeichnungen – da bin ich mir sicher. Wie das Bild, das ich von Lucy gemalt habe: Die Berge ihrer Heimat im Hintergrund habe ich noch nie gesehen. Wie kann das also keine Erinnerung sein? Aber bei manchen meiner Träume bin ich mir weniger sicher. Wie der, bei dem meine Finger mit einem Stein zertrümmert werden. Er kam mir völlig real vor, und wenn ich jetzt daran denke, fühlt es sich wie eine Erinnerung an ein tatsächliches Erlebnis an. Aber vielleicht ist es doch nur die Erinnerung an den Traum? Und dann gibt es da noch den Traum von dem geslateten Jungen, dessen Levo abgeschnitten wurde: Er fühlte sich mehr als real an. Aber dann trat Ben an die Stelle des Jungen und so hätte es niemals passiert sein können. Meine Angst um ihn hat ihn dort eingebaut. Und die Träume, bei denen ich am Strand renne und verfolgt werde, sind noch unwirklicher. Sie sind weniger detailreich und fühlen sich nicht so an, als hätten sie irgendeine Art von Realität in sich.

Aber was ist mit Bens Abschiedskuss? Hat sein Geist mich in meinem Traum aufgesucht? *Geister sind Kindermärchen.* Ich weigere mich, das zu glauben. Trotzdem: Ben ist nicht tot, das kann nicht sein. *Vielleicht doch.*

Aiden: Ich sehe ihn vor meinem geistigen Auge. Sein rotes Haar.

Ich renne am Saal vorbei, wo unsere Gruppensitzung stattfindet, und laufe weiter. Hat Aiden blaue Augen? Ja, sie waren dunkelblau und nachdenklich. Ich werde langsamer. Sommersprossen auf Nase und Wangen. Ich drehe um und gehe jetzt langsam. Auch an sein Lächeln erinnere ich mich. Kein Slater-Lächeln, sondern ein echtes. Oder? Er wollte mich für seine Zwecke benutzen – und Ben auch. Er hat Ben die Pillen gegeben und ihn auf diese absurde Idee gebracht.

Inzwischen bin ich fast bei der Halle. Ich schaue auf mein Levo: 8,1. Kann das sein? Trotz des Effekts des Laufens kann ich das kaum glauben. Als ich mit Jazz gerannt bin, war ich so verzweifelt, dass ich es gerade mal auf 5 geschafft habe.

Es ist die Wut.

Ich verstehe das einfach nicht. Mein Level fällt, wenn ich verzweifelt bin, aber Wut treibt es nach oben. Mir fällt ein, dass es schon ähnliche Situationen wie diese gegeben hat: als Wayne mich bedroht hat. Und auch damals im Bus mit Phoebe. Aber es ergibt keinen Sinn, denn Levos sind so konstruiert, dass sie auf alle extremen Gefühle reagieren. Der Kummer der letzten paar Tage hat meinen Wert wie erwartet unten gehalten und manchmal ist er sogar gefährlich tief gefallen. Aber Hauptzweck des Levos ist es, einen möglichen Gewaltausbruch und jegliche Bedrohung für sich selbst oder andere zu verhindern. Doch Wut scheint mein Level zu heben. *Kyla ist anders.*

Ich schaue zur Tür im Flur: Die Gruppe beginnt gleich und ich muss mich verhalten wie alle anderen. Tief einatmen, Schultern straffen, lächeln. Los geht's.

Ich schnappe mir einen Stuhl.

Pennys Wangen leuchten unnatürlich rot. Ihr Lächeln scheint noch breiter zu sein als in den vergangenen Sitzungen. Dann bemerke ich ihn, in der Ecke des Saals. Er sitzt auf einem Stuhl und sieht aus, als wäre er lieber woanders.

Ein Lorder. Und nicht einfach irgendeiner: Es ist der jüngere der beiden Männer, der mich getragen und mein Zimmer durchsucht hat. Er trägt keinen grauen Anzug oder schwarze Einsatzkleidung, sondern Jeans und T-Shirt. Er wirkt fast normal.

»Hallo, Kyla. Dann sind wir ja vollzählig. Sollen wir anfangen? Hattet ihr alle eine gute Woche?«

Vollzählig: Sie weiß, dass Ben nicht kommt. Ich fühle einen Stich in meinem Inneren. Vielleicht war ein Teil von mir dumm genug zu hoffen, er würde trotzdem hier auftauchen. Dass alles nur ein Albtraum war oder die Sanitäter ihn einfach irgendwie wieder zusammengeflickt und zurück nach Hause gebracht haben.

»Heute möchte ich euch zu Beginn einen Gast vorstellen, der ein paar Worte sagen wird. Das ist Mr Fletcher.« *Mr* Fletcher, nicht *Agent* Fletcher.

Er steht auf und kommt zu Penny herüber. Die anderen erinnern sich an das, was man ihnen beigebracht hat, und begrüßen ihn pflichtschuldig. Ich denke gerade noch rechtzeitig daran, das Gleiche zu tun, um nicht aufzufallen. Als er unsere strahlenden Slater-Lächeln sieht, zuckt er unwillkürlich zusammen. Penny setzt sich.

»Ich möchte heute mit euch über Drogen sprechen.« Er hält einen langen Vortrag über die Gefahren von Drogen und darüber, dass wir niemals Pillen oder andere Medikamente einnehmen sollen, die uns nicht von einem Arzt verschrieben wurden. Und falls uns jemals derartige Dinge von Fremden oder Bekannten angeboten würden, sollten wir dies unverzüglich unseren Eltern oder einem Lehrer sagen. Fletchers Augen wandern von einem Slater zum nächsten. Er ist nicht wegen dieser Warnung hier, sondern er hält Aussschau nach jemandem, der eine auffällige Reaktion auf seine Worte zeigt. Er sucht nach jemandem, der weiß, wo Ben seine Happy Pills herhatte. Ich sehe, dass er sich zur Abwechslung bemüht, nicht Furcht einflößend zu wirken, aber das gelingt ihm nicht besonders gut. Viele Lächeln verblassen nach und nach, als er die grauenhaften Folgen des Drogenmissbrauchs beschreibt.

Ben sagte, dass die Happy Pills dafür sorgen, dass er eigenständig denken kann, ohne dass das Levo ihm dazwischenfunkt. *Und genau das haben sie auch getan.* Ist das so grauenhaft?

Fletcher beendet seinen Vortrag, und als er sich verabschiedet, spiegelt sich Erleichterung auf seinem Gesicht. Er sieht aus, als hielte er uns für ansteckend. Pennys anfängliche Anspannung lässt nach, ihre Gesichtszüge werden weicher und ihr natürliches Lächeln kehrt zurück, aber ihre Augen bleiben traurig. Sie weiß irgendwas über Ben. Es muss einfach so sein.

Als die Gruppe vorbei ist, bleibe ich noch, bis die anderen weg sind. Ich gehe zu Penny. »Kann ich mit dir sprechen?«

»Klar, Liebes«, sagt sie, aber ihr Blick ist eindringlich. Sie schüttelt kaum merklich den Kopf. *Nein.* »Ich muss sowieso dein Levo kontrollieren. Ich habe gehört, du hattest letzte Woche einen Blackout.«

Sie scannt mein Levo und plappert dabei endlos über das Wetter. Irgendetwas stimmt nicht.

Sie lädt die Daten auf ihr Netbook und erschrickt. »Kyla, schau dir die Kurve an: 2,1. Du warst gefährlich weit unten.« Ich blicke nun ebenfalls auf den Bildschirm und sehe, was sie nicht laut aussprechen will: In den letzten beiden Tagen war mein Level die meiste Zeit zwischen 3 und 4. Jetzt gerade ist es immer noch bei 7,1 – eine Nachwirkung vom Laufen.

Penny hält meine Hand und schüttelt traurig den Kopf. »Was ist passiert?« Aber sie legt eine Hand an ihr Ohr und schüttelt erneut leicht den Kopf.

Irgendjemand belauscht uns.

Ich nicke und forme mit den Lippen das Wort »verstehe«. Dann erzähle ich ihr die Geschichte, die auch schon die Lorder zu hören bekommen haben: dass Ben nicht in der Schule war, Jazz mich hingefahren hat und dort Krankenwagen vor der Einfahrt standen, aber ich nicht weiß, was mit Ben passiert ist.

»Kyla, Liebes, du vergisst Ben besser. Er kommt nicht zurück, denk einfach nicht mehr an ihn. Konzentrier dich auf deine Familie und darauf, in der Schule weiterzukommen.« Obwohl Penny mir diesen Rat gibt, sind ihre Augen traurig, und sie legt einen Arm um meine Schultern. Ich spüre, wie mir wieder Tränen in die Augen steigen. *Finde die Wut.*

Ein Luftzug geht durch den Raum – ein kühler Hauch, der dafür sorgt, dass sich die Haare auf meinen Armen aufstellen – und ich drehe mich zur Tür. Intuitiv rechne ich damit, dass Fletcher wieder zurückgekommen ist. Stattdessen erwartet mich eine Überraschung.

»Dad?«

»Hi, Kyla. Hi, Penny. Bist du fertig?« Er lächelt, aber ich bin nicht beruhigt. Ich habe ihn nicht mehr gesehen, seit ich neulich nachts seinen Wagen vor dem Haus bemerkt habe. Wenn ich den Ton seiner kurzen Unterhaltung mit Mum richtig gedeutet habe, hatte er in jener Nacht sehr schlechte Laune, aber am Morgen war er schon wieder verschwunden. Ich stehe auf und gehe Richtung Tür.

»Pass auf dich auf, Kyla«, sagt Penny.

»Danke.«

Wir steigen in Dads Auto, doch anstatt nach links zu unserem Haus abzubiegen, fahren wir rechts die Straße hinunter. »Ich dachte, wir könnten noch ein bisschen herumfahren, damit wir Zeit haben, uns zu unterhalten.«

»Okay«, antworte ich und versuche, meine Anspannung zu verbergen. Er will mit mir sprechen, ohne dass Mum zuhört. »Ist alles in Ordnung? Ich dachte, du kommst erst am Sonntag zurück.«

»*Ich* sollte dich fragen, ob alles in Ordnung ist. Ich habe ein paar Dinge über dich erfahren, Kyla. Über dich und deinen Freund Ben.«

»Oh.«

»*Oh.* Ist das alles, was du dazu zu sagen hast?«

Sein Ton ist beiläufig und er lächelt freundlich, doch seine Worte sagen etwas anderes. *Sei vorsichtig.*

»Tut mir leid. Was meinst du?«

»Ich kaufe dir das nicht ab.«

»Was?«

»Den braven Blick aus großen Augen, das ganze Theater. Du bist irgendwie darin verwickelt. Deine Mutter hat mich davon überzeugt, es auf sich beruhen zu lassen. Dass es in meinem eigenen Interesse ist, nicht auffliegen zu lassen, dass du in meinen Augen irgendetwas angestellt haben musst. Und ehrlich gesagt, ist es mir egal, ob du dieses eine Mal damit durchkommen wirst. Aber es wird kein zweites Mal geben. Nicht in meinem Haus. Der Einfluss deiner Mutter hat seine Grenzen – es gibt Dinge, die sie nicht kontrollieren kann. Verstehst du das?«

Mir fallen Dutzende mögliche Reaktionen darauf ein. Ich könnte alle Anschuldigungen, die in seinen Worten verborgen sind, zurückweisen. Ich könnte die mit Mum abgesprochene Version der Geschichte wiederholen. Oder ich könnte heulen und so tun, als würde ich nicht wissen, wovon er überhaupt spricht.

»Ja, ich habe verstanden«, sage ich. Ich verschränke meine Hände fest ineinander, damit sie nicht zittern. *Nutz die Angst, füttere die Wut.*

Dad nickt. »Das ist die einzige Antwort, die du mir geben konntest, damit ich nicht auf der Stelle umdrehe und dich zurückgebe.«

Er fährt schweigend weiter. Wir wenden auf der anderen Seite des Dorfes und er biegt in unsere Auffahrt ein. »Du bist viel zu clever. Pass auf, dass du keinen Ärger kriegst.«

KAPITEL 48

Eine schlaflose Nacht folgt – zu viele Probleme gehen mir durch den Kopf und verlangen Aufmerksamkeit. Der Wecker für die Schule klingelt früh, aber es steht außer Frage, noch einen Tag zu Hause zu bleiben. Ein braver kleiner Slater würde das nicht tun, und man hat mir gesagt, dass ich mich von Ärger fernhalten soll. Aber wie bringe ich den heutigen Tag bloß hinter mich, wie kann ich normal sein und so tun, als wäre nichts geschehen? *Setz einen Fuß vor den anderen und mach einen Schritt nach dem nächsten.*

Also stehe ich auf, ziehe die Schuluniform an und kämme meine Haare. Ich gebe vor zu frühstücken. Und warte im Nieselregen mit verschränkten Armen und zitternd vor Kälte auf den Bus. Auch heute fahre ich nicht mit Jazz und Amy, weil sie immer noch ihr Praktikum macht.

Als der Bus kommt, kann ich mich nicht überwinden, nach hinten zu Bens Platz zu gehen, also setze ich mich auf die einzige andere freie Bank. Wir haben schon die Hälfte der Strecke zurückgelegt, als mir einfällt, dass das ursprünglich Phoebes Platz war. Ich bemerke ein paar spitze Blicke, die mir zeigen, dass es meinen Mitschülern nicht gefällt, dass ich hier sitze. Aber merkt überhaupt jemand, dass hinten ein geslateter Junge fehlt?

Während des Unterrichts und in den Pausen gibt es kein Geflüster wie nach Phoebes Verschwinden. Nicht dass ich die Frage nach Ben beantworten könnte, aber dass sie nicht gestellt wird, nagt an mir. Bemerken die anderen seine Abwesenheit nicht, ist es ihnen egal oder trauen sie sich nicht zu fragen?

Dann ist es so weit. Ich schleppe mich in den Bio-Unterricht. Vor dieser Stunde habe ich mich die ganze Zeit gefürchtet. Kein Ben neben mir auf der hintersten Bank und Hatten mit seinem wissenden Blick, der alle meine Schutzmechanismen aushebelt. Nachdem wir alle unsere Karten gescannt und uns gesetzt haben, steht er vorn auf. Heute trägt er ein dunkelblaues Hemd, das den blassen Farbton seiner blauen Augen betont. Hatten setzt sein langsames Lächeln auf – ein paar Mädchenseufzer folgen. Er beginnt die Stunde und unterbricht sie direkt wieder. Er sieht sich im Raum um.

»Fehlt heute jemand?«

Die Schüler wechseln vieldeutige Blicke und plötzlich verstehe ich: Sie wissen es. Sie haben verstanden, dass Ben nicht da ist, aber das Thema ist tabu. Niemand antwortet.

»Kommt schon«, sagt Hatten. »Ich habe in dieser Klasse erst zweimal unterrichtet, ich kann noch nicht alle Namen kennen. Wer fehlt?«

Sei ruhig, sag nichts.

»Ben. Ben Nix ist nicht da.« Die Worte brechen aus mir heraus. Irgendein Drang lässt mich seinen Namen laut aussprechen. Um Ben wieder real zu machen und ihn nicht wie jemanden zu behandeln, der nie existiert hat, der nicht zählt.

»Wo ist er?«, fragt Hatten. Er sieht mich an – und da ist irgendetwas. Ein amüsiertes Leuchten, wie bei einem Katz-und-Maus-Spiel. *Er weiß es.*

»Ich habe keine Ahnung«, sage ich wahrheitsgemäß.

»Weiß es dann jemand anders?«, fragt er in den Raum hinein. Stille. »Nein? Vielleicht ist er einfach krank.«

Und damit fährt er mit dem Unterricht fort.

»Kyla, warte. Ich möchte noch mit dir sprechen.« Hatten lächelt und hält den letzten Mädchen die Tür auf, die auffallend lange bei ihm stehen geblieben sind. Sie werfen mir einen abfälligen Blick zu und stolzieren hinaus.

Hatten folgt ihnen, sieht nach links und rechts in den Flur, kommt dann wieder zurück und schließt die Tür. Er lehnt sich dagegen.

Ich sage nichts.

Er lächelt, aber es wirkt eher wie ein irres Grinsen. »Du bist es«, sagt er.

»Was? Was meinen Sie?«

»Du bist es. Ich war mir sicher, dass du es schaffen würdest.«

»Ich weiß nicht, wovon Sie sprechen.«

Er geht auf mich zu, doch ich weiche aus, aber in die falsche Richtung – in die Zimmerecke. Er kommt näher und ich sitze in der Falle. Er legt eine Hand an die Wand über meiner Schulter. Er berührt mich nicht, aber er ist mir so nah, dass ich die Wärme seines Körpers spüren kann.

Er beugt sich vor. »Hörst du die Stimmen, Kyla – oder wie du auch immer heißt? Die Stimmen in deinem Kopf?«, flüstert er.

Mein Herzschlag dröhnt in meinen Ohren.

»Hör auf die Stimmen. Was sagen sie dir in diesem Augenblick?«

Lauf!

Ich mache mich los und renne zur Tür.

»Wie fühlt es sich an?«

Ich drehe mich um, damit ich ihn anschauen kann. »Wie fühlt sich *was* an?«

»Zu wissen, dass du Ben umgebracht hast. Dass er tot ist und dass es deine Schuld ist?«

»Das habe ich nicht! Ich …« Hitze steigt in meinen Kopf. »Ist er wirklich tot?«

Hatten lächelt. »Was denkst du?«

Lauf!

Ich schieße durch die Tür, den Flur hinunter und renne dann quer über das Schulgelände. *Zur Laufbahn.*

Meine Füße tragen mich 20-mal um das Sportfeld, bis es mir wieder einfällt: Mrs Ali hat mir verboten, mittags zu rennen. Ich konzentriere mich. Nein, das stimmt nicht ganz. Sie hat mir verboten, mittags mit Ben zu laufen, und Ben ist nicht hier, oder? Aber ich höre früh genug auf, damit ich noch duschen kann.

Ich muss nach der Schule etwas erledigen.

KAPITEL 49

Nach dem Unterricht warte ich bei Jazz' Auto.

»Hi«, begrüßt er mich. »Hätte nicht gedacht, dass du immer noch mitkommen willst.«

Ich zwinge mich zu lächeln. »Ist das okay?«, frage ich so beiläufig wie möglich, so als ob es keine große Sache wäre, jetzt zu Mac zu fahren. Aber für mich ist es eine Riesensache. Mich auf meine Konfrontation mit Aiden und auf meine Wut zu konzentrieren, ist das Einzige, was mich bislang davon abgehalten hat, mich in ein heulendes Elend aufzulösen. *Er ist tot und es ist alles deine Schuld.* Nein! Wenn jemand Schuld trägt, dann Aiden: Aiden und Mac.

»Natürlich«, sagt Jazz. »Ich hatte gehofft, dass du dich dazu entscheiden würdest. Also los.«

Wir sind schon ein ganzes Stück von der Schule entfernt, ehe ich mich zu fragen traue: »Jazz, hat Ian herausgefunden, was mit Ben passiert ist?«

Er neigt den Kopf von einer Seite zur anderen und sieht dabei aus, als wolle er nicht antworten.

»Was weißt du? Bitte, ich muss es wissen.«

»Es gibt nicht viel zu erzählen. Nichts, was wir nicht schon wüssten oder uns gedacht haben.«

»Sag's mir trotzdem.«

»Ians Mutter ist mit Bens Mutter befreundet. Sie hat ihr berichtet, dass die Sanitäter Ben wiederbelebt haben, aber dass er nicht selbstständig atmen konnte. Vielleicht war er zu lange bewusstlos, bis sie bei ihm waren. Aber sie weiß es nicht, denn sie wurde von den Lordern rausgeworfen. Als die Krankenwagen abfuhren, folgten ihnen die Lorder, und sie hatten es scheinbar nicht eilig, ins Krankenhaus zu kommen – keine Blaulichter oder Sirenen –, also befürchtet sie das Schlimmste. Aber sie weiß nicht, wohin sie Ben gebracht haben oder was mit ihm passiert ist.«

Ich muss die Tränen wegzwinkern und starre wortlos aus dem Fenster. Ob tot oder lebendig, die Lorder haben ihn mitgenommen. Was gibt es da noch zu sagen?

Jazz fährt um die letzte Biegung und bald kommen wir vor Macs Haus zum Stehen. Er parkt das Auto vor dem Eingang.

»Kyla, da ist noch etwas anderes. Bens Mutter hat Ian etwas für dich gegeben.«

»Was?«

»Es ist im Kofferraum.«

Wir steigen aus dem Auto, und Jazz tritt gegen den Kofferraum, bis er aufspringt. »Besser als jeder Schlüssel«, meint er.

Ein Pappkarton liegt darin, ein ziemlicher großer.

»Los«, sagt Jazz und ich öffne den Deckel.

Papier ist um irgendetwas gewickelt und ich ziehe an den oberen Lagen und sehe Metall. Metallfedern! Es ist die Eule. Bens Mum muss sie fertig gemacht haben. Ich fahre mit den Fingern über ihren Flügel.

»Bens Mum hat Ian erzählt, dass er sie gebeten hatte, sie für dich zu machen. Jetzt will sie, dass du sie bekommst«, erklärt Jazz.

»Das wusste ich nicht«, flüstere ich. Seine Mutter hat diese Kreatur auf der Grundlage meiner Zeichnung zum Leben erweckt. Die Eule ist so wunderschön und sie ist ein Geschenk von Ben. Seine Mum hat sie mir geschickt, obwohl sie sich fragen muss, was ich genau damit zu tun hatte. Das hätte sie nie gemacht, wenn sie wüsste, was ich getan habe. Tränen lauern hinter meinen Augen und ich zwinkere wieder. *Du kannst sie nicht behalten.* »Ich kann sie nicht mit nach Hause nehmen. Wie soll ich erklären, woher ich sie habe?«

»Das dachte ich mir auch schon. Deswegen habe ich sie heute dabei. Sicher kann Mac sie hier für dich aufheben. Fragen wir ihn.« Er nimmt den Karton aus dem Kofferraum. »Komm.«

Ich folge ihm ins Haus. Bens Mum hätte mir die Eule nicht gegeben, wenn sie wüsste, woher Ben die Pillen hatte und welche Rolle ich dabei gespielt habe. *Er ist tot und es ist allein meine Schuld.*

Jazz öffnet die Haustür und ruft: »Hallo?«

Mac kommt aus der Küche. »Hi. Wie geht's dir, Kyla?« Er lächelt ein wenig, aber seine Augen sind traurig. Er weiß von Ben. »Wollt ihr Tee?«

»Tee?«, fragt Jazz mit gespielter Empörung und geht zum Schrank mit dem Bier. Mac setzt Wasser auf, und während es aufkocht, schickt er Jazz nach draußen, damit er sich ein neues Auto anschaut, an dem er gerade arbeitet.

Ich lehne mich gegen den Schrank. »Ist Aiden hier?«

Mac nickt. »Im Hinterzimmer. Es tut mir leid wegen Ben. Er war ein netter Kerl.« Sein Gesicht zeigt aufrichtiges Bedauern, aber ohne ihn hätte Ben niemals Aiden getroffen und diese Pillen bekommen. *Ohne mich.*

»Gibt es irgendetwas …«, setzt Mac an und legt eine Hand auf meine Schulter, doch ich schüttle sie ab. Ich will ihn anschreien, aber ich halte mich noch zurück und weiche aus.

»Ich will mit Aiden reden.«

»In Ordnung. Jazz sollte ihn besser nicht treffen oder von ihm wissen, okay? Ich beschäftige Jazz eine Weile draußen. Ich werde ihm erzählen, das du ein bisschen allein sein wolltest.«

»Mach das.«

Ich gehe zu dem Raum, in dem der Computer steht, und öffne die Tür.

Aiden sitzt mit dem Kopf in den Händen am Tisch.

Er sieht auf, als ich eintrete. »Hi«, sagt er. Seine großen dunkelblauen Augen stehen in krassem Kontrast zu seiner hellen Haut. »Mac hat mir gerade erst von Ben erzählt. Ich kann es kaum glauben.« Er steht auf und streckt mir eine Hand entgegen, aber ich drehe mich um, schließe die Tür und er lässt sie sinken.

»Was weißt du?«, frage ich.

»Nur, was ich von Mac gehört habe, und das hat er wahrscheinlich von seinem Cousin. Dass Ben sein Levo abgeschnitten hat.« Er schüttelt den Kopf. »Warum hat er so etwas getan?«

»Du weißt es wirklich nicht?«, frage ich angewidert.

»Was meinst du?«

»Du hast ihm diese Pillen gegeben, sie haben etwas mit ihm gemacht. Und du hast ihm erzählt, dass die RT Levos abschneiden und dass es schon funktioniert hat. *Du* hast ihm das angetan!«, stoße ich hervor. Meine Stimme ist höher geworden, fast schrill.

»Sprich leiser«, sagt Aiden und blickt zum Fenster.

»Ich habe seit Tagen stillgehalten. Jetzt sage ich, was ich will – und du wirst zuhören.«

»Ich höre zu«, antwortet er mit ruhiger Stimme.

»Diese Pillen waren nicht einfach nur Happy Pills, oder? Sie haben nicht einfach nur sein Level nach oben gejagt. Sie haben noch etwas anderes mit ihm gemacht.«

Aiden neigt seinen Kopf nach vorn. »Das ist wahr«, gibt er zu. »Sie schränken die Funktion des Levos ein.«

»Die Pillen sind schuld an allem.«

Er schüttelt den Kopf. »So funktionieren sie nicht. Sie sorgen eher dafür, dass man wieder frei denken kann.«

Ich schüttle den Kopf und möchte seinen Worten am liebsten keinen Glauben schenken. Aber es klingt genau wie das, was Ben gesagt hat.

»Ich kann deine Wut nachvollziehen. Aber es ist nicht meine Schuld. Ich verstehe nicht, warum Ben so etwas getan hat. Es lag zumindest nicht daran, dass er eigenständiger denken konnte. Irgendetwas muss passiert sein – etwas, das ihn zu dieser Entscheidung getrieben hat. Etwas, das ihm das Gefühl gegeben hat, es sei die einzige Möglichkeit für ihn.«

Ich starre Aiden entsetzt an. Es ist tatsächlich etwas passiert … das Aufeinandertreffen mit Wayne und die Tatsache, dass mich Ben nicht beschützen konnte. *Es ist meine Schuld.*

Ich schlinge meine Arme um mich. Wut und Kummer vermischen sich. »Nein, das stimmt nicht. Wenn du ihm die Pillen nicht gegeben hättest, wäre es nie dazu gekommen.«

Aiden zuckt zusammen. »Es tut mir wirklich leid, Kyla. Aber denk noch mal nach. Was mit Ben passiert ist, ist nicht meine Schuld. Es ist nicht geschehen, weil ich ihm die Pillen gegeben habe oder weil Mac mich hierhergeholt oder Jazz dich überhaupt erst zu mir gebracht hat.«

Ich starre Aiden entsetzt an. Es ist fast so, als würde er meine Gedanken lesen. Er *darf* mir meine Wut nicht nehmen. Ich brauche sie. Der einzige Mensch, dem ich noch Schuld geben kann, wenn alle anderen freigesprochen werden – bin *ich*.

»Wessen Schuld ist es dann?«, flüstere ich.

»Wer hat Ben geslated? Wer hat ihm ein Levo verpasst und es dagegen geschützt, dass es entfernt werden kann? Wer hat all diese Dinge getan?«

»Die Lorder – sie haben das getan.«

»Jetzt verstehst du, warum das, was wir tun, so wichtig ist. Wir müssen darauf aufmerksam machen, welche schlimmen Taten die Regierung zu verantworten hat. Hilf mir bei MIA.«

Gefahr. Ich schüttle den Kopf und weiche zurück. Nein. Nach allem, was passiert ist, verdreht er immer noch die Worte, manipuliert mich und versucht, mich dahin zu bringen, wo er mich haben will. Alles, was er sagt, klingt vernünftig, aber es ist dennoch falsch. Ohne Aiden wäre Ben nie etwas zugestoßen. Und was würde aus mir werden, wenn ich ihm helfe? Bei der kleinsten Verfehlung schickt mich Dad zurück – das hat er deutlich genug gesagt. Er, Coulson und seine Lorder und Mrs Ali – sie alle überwachen jeden meiner Schritte. Und Dr. Lysander und ihr *Sag mir, was an dir anders ist, Kyla.* Sie, Aiden, Hatten – alle bedrängen mich. Das ist eine Jagd und ich bin die Beute.

»Alles in Ordnung, Kyla?«, fragt Aiden schließlich, als ihm aufgeht, was er übersehen hat: dass mein Levo die ganze Zeit über kein einziges Mal vibriert hat. Er schaut neugierig auf mein Handgelenk, aber ich verdecke es mit der Hand. *Behalte die Wut.*

Ich wende mich zur Tür.

»Wenn ich jemals irgendetwas für dich tun kann, was auch immer …« Seine Stimme verstummt.

Ich halte inne. »Es gibt eine Sache. Finde heraus, was mit Ben passiert ist.«

Er sagt nichts. Ich drehe mich noch einmal um.

Sein Gesicht ist traurig. »Kyla, es tut mir leid. Aber es ist unwahrscheinlich, dass Ben überlebt hat. Und falls doch, haben ihn jetzt die Lorder. Es kann nicht lange dauern.«

»Finde es heraus«, wiederhole ich.

»Falls ich etwas höre, gebe ich es an Mac weiter.« Aber er betont das *Falls*, als sei die Sache für ihn eine abgeschlossene Geschichte.

Ich gehe und schließe die Tür.

Mac und Jazz sind immer noch bei den Autos, aber ich gehe nicht zu ihnen. Noch nicht. Kummer bedroht meine Wut – mein Level beginnt zu fallen. Ich betrete die Küche. Dort auf dem Tisch steht die Kiste mit der Eule. *Die hilft mir jetzt auch nicht.*

Ich entferne das restliche Papier und stelle sie auf den Tisch.

Sie ist großartig. Als ich die Skulptur das letzte Mal gesehen habe, waren die Flügel noch nicht fertig, doch jetzt haben sie eine Spanne von fast einem Meter. Es ist unglaublich, wie all die einzelnen Metallteile zusammengefügt sind. Ich berühre leicht die Flügel, die scharfen Klauen, den Schnabel. Eine wunderschöne, einsame Kreatur, aber tödlich, wenn man zufällig eine Maus ist. Ich fahre mit den Fingern über den Rücken der Eule. Was war das? Ein leises Geräusch, ein Rascheln, als wäre etwas lose. Ich drehe die Eule, um mir die Stelle genauer anzusehen.

Die winzige weiße Ecke ist schwer zu entdecken. Ich schaffe es gerade so, sie mit zwei Fingernägeln zu packen und daran zu ziehen, bis ein kleines Stück Papier zum Vorschein kommt.

Eine Nachricht?

Meine Hände beginnen zu zittern, als ich das Blatt auseinanderfalte.

Liebe Kyla,
wenn Du das hier gefunden hast, bedeutet das, dass es schiefgegangen ist. Es tut mir so leid, wenn ich Dir Kummer mache. Aber Du musst wissen, dass das Ganze allein meine Entscheidung war. Niemanden sonst trifft irgendeine Schuld.
In Liebe
Ben

In dieser Nacht kann ich wieder nicht schlafen. Mein Wert liegt bei ungefähr 4, und das dumme Levo vibriert jedes Mal, wenn ich gerade wegdämmere. Ich sehne mich nach Dunkelheit und Stille – ohne von Gefühlen und Gedanken überwältigt zu werden. Aber der Schlaf kommt nicht. Ich bin mit meinen Ängsten und Sorgen allein. Nicht mal Sebastian ist hier, um die Dämonen zu verscheuchen.

Schließlich halte ich es nicht mehr aus still zu liegen und gehe zur Treppe, um mir etwas zu trinken zu holen. Aber unten brennt Licht. Ich schaue zur Wohnzimmertür hinein und sehe, dass Mum mit einem Buch in den Händen und Sebastian auf dem Schoß auf dem Sofa sitzt.

»Wie schaffst du es, trotz allem weiterzumachen?«, frage ich.

Mum erschrickt ein wenig, sieht sich um und entdeckt mich in der Tür. Sie legt ihr Buch beiseite. »Trotz was?«

»Trotz all der schlimmen Dinge, die den Menschen widerfahren sind, die dir am Herzen lagen. Wie deinen Eltern. Oder deinem Sohn.«

»Komm her«, sagt Mum und streckt die Hand aus. Ich gehe zu ihr und setze mich neben sie aufs Sofa. Sie hakt sich bei mir unter.

»Ich sollte dir das beantworten können, aber das kann ich nicht. Es gibt keine Antwort. Du lebst einfach weiter und bringst einen Tag nach dem anderen hinter dich. Nach einer Weile wird es einfacher.«

Mum macht uns heiße Schokolade, holt eine Decke und wir bleiben auf dem Sofa sitzen. Sie liest, Sebastian schnurrt und irgendwann schlafe ich ein.

KAPITEL 50

Heute muss ich mich verstellen wie noch nie zuvor, denn ich darf nur die offizielle Version von Bens Unfall erzählen und muss die wahren Ereignisse und die Menschen, die darin verwickelt waren, geheim halten. Letztes Mal wollte Dr. Lysander eine Antwort von mir auf die Frage, warum ich mich von den anderen Slatern unterscheide.

Ich weiß es. Ich habe es endlich herausgefunden – allerdings nur, *was* an mir anders ist, nicht, warum es so ist. Als ich morgens steif und wie gerädert auf dem Sofa aufgewacht bin, hatte ich die Antwort im Kopf.

Es hat alles mit meiner Wut zu tun.

Mein Levo erledigt seinen Job, wenn ich traurig, aufgebracht oder aus irgendwelchen Gründen verzweifelt bin – dann fällt mein Level wie erwartet. Es kann sogar so tief sinken, dass ich einen Blackout habe. Aber wenn ich ängstlich bin oder wütend werde, fällt mein Level nicht – diese Gefühle scheinen es eher anzuheben. Eigentlich soll ein Levo in erster Linie Slater davon abhalten, aus Wut zu handeln.

Mein Levo funktioniert nicht.

Ich habe keinerlei Zweifel daran, dass ich – falls das jemand herausfindet – Geschichte bin. Dr. Lysander wäre vielleicht neugierig und wollte mein Gehirn durchforsten, um herauszubekommen, wie und warum das passiert ist, aber nicht mal sie könnte das Gremium oder die Lorder aufhalten. *Dann gäbe es keine Kyla mehr.*

Mein Pokerface ist besser geworden, aber es genügt noch immer nicht. Egal, was passiert, ich darf nicht wütend werden. Nicht hier im Krankenhaus und nicht in der Schule, wo mich alle sehen. Überhaupt nicht. *Na dann, viel Spaß.*

Moment …

Die einzige Möglichkeit ist, den Schmerz, den Kummer und das Gefühl des Verlusts zuzulassen. All die Dinge, die ich von mir weggeschoben habe, seit Ben … Ich schlucke.

Bzzz …

Ich schaue auf mein Levo: 4,4

Zu viel.

»Herein«, ruft Dr. Lysander und ich trete durch die Tür.

»Setz dich, Kyla.« Sie lächelt leicht und tippt auf ihren Bildschirm. Ich nehme Platz.

Schließlich blickt sie auf. »Ich werde dich nicht fragen, wie es dir geht – das sehe ich in deinem Bericht. Nicht gerade gut.«

»Nein.«

»Erzähl mir von Ben«, sagt sie mit leiser, ermutigender Stimme. Ein seltener Ausdruck liegt auf ihrem vertrauten Gesicht: *Mitgefühl.*

»Ben war mein Freund in der Schule. Und er war auch in meiner Gruppe. Eigentlich war er mein einziger Freund.«

»Was ist passiert?«

»Er war nicht in der Schule und ich habe mir deswegen Sorgen um ihn gemacht. Ich konnte Amys Freund überreden, mich zu ihm nach Hause zu fahren, aber dort standen Krankenwagen und Lorder vor der Tür. Wir haben deswegen direkt umgedreht und ich hatte daheim einen Blackout. Ben war seither nicht mehr in der Schule oder in der Gruppe und alle schweigen sich darüber aus – als hätte es ihn nie gegeben. Es ist offenbar allen egal.« Mein Blut beginnt in meinen Ohren zu rauschen, meine Hände verkrampfen sich zu Fäusten, aber ich öffne sie wieder und zwinge mich, langsam zu atmen.

»Mir ist es nicht egal, Kyla.«

»Dann können Sie mir vielleicht sagen, was mit ihm passiert ist? Bitte!«

»Ehrlich gesagt, weiß ich es nicht. Solange er kein Patient des Krankenhauses ist, habe ich nichts damit zu tun. Ich habe keine Ahnung.«

»Können Sie es herausfinden?«

»Nein, das kann ich nicht«, sagt sie sanft. »Aber, Kyla, du erinnerst dich, was wir euch über Levos beigebracht haben. Sie können nicht entfernt werden, ohne dass Schmerzen und Krämpfe ausgelöst werden, die zum Tod führen können. Weil das Level bei der kleinsten Manipulation rasend schnell fällt, kann das Levo nicht rechtzeitig zerstört werden, bevor der Träger stirbt.«

»Ist das immer so?«, flüstere ich. »Gibt es überhaupt keine Chance, dass …«

»Es gibt immer eine winzige Chance, dass bei der Operation oder mit dem implantierten Chip etwas schiefgegangen ist und es einen technischen Defekt gibt. Kein System ist fehlerfrei. Doch es ist mein Job, die Fehlerquote zu minimieren, und wenn etwas nicht funktioniert, muss ich herausfinden, woran es lag.« Sie neigt den Kopf. Denkt sie dabei an die Frage, die sie mir beim letzten Mal gestellt hat?

Gefahr! Lass den Schmerz zu.

Aber ich halte ihn nicht aus …

Du musst.

Ich stelle mir Bens Gesicht vor. Wie er aussah, wenn er lachte und wenn er meine Hand hielt. *In Liebe, Ben,* stand auf dem Zettel. Aber diese Erinnerung wird überlagert von dem Bild, wie er mit Krämpfen und Schmerzen in der Garage liegt. Ich habe ihn einfach dort zurückgelassen, um mich selbst zu retten. Heiße Tränen treten in meine Augen.

Bzzzz … 4,2.

Bzzzz … 3,7.

Dr. Lysander drückt auf die Sprechanlage und eine Schwester erscheint in der Tür. Es folgt ein kurzer Wortwechsel und die Schwester gibt mir eine Spritze in den Arm. Wärme fließt durch meine Adern und mein Level steigt langsam wieder an.

Die Schwester verlässt das Zimmer und Dr. Lysander tippt auf ihren Bildschirm, sieht mich ein paar Mal an und lehnt sich dann in ihrem Stuhl zurück.

»Das genügt für heute«, sagt sie. »Aber, Kyla, glaub mir, wenn ich dir sage: Am besten vergisst du ihn. Auch wenn du dir das im Moment nicht vorstellen kannst – der Schmerz wird irgendwann erträglicher.«

Die Art, wie sie das sagt … genau wie Mum.

»Wissen Sie das sicher?«, flüstere ich.

»Wie meinst du das?«

»Sie wissen es, oder? Sie haben jemanden verloren. Einem Mensch, den Sie geliebt haben, ist etwas Schlimmes zugestoßen.«

Sie windet sich auf ihrem Stuhl – ich habe einen Nerv getroffen. Einen Moment lang liegt Schmerz in ihrem Blick, etwas Echtes blitzt auf, dann ist es wieder verschwunden. Ihr Gesicht ist leer. *Auch sie hat ein Pokerface.*

»Geh jetzt, Kyla«, sagt sie. Das Thema ist beendet.

Ich stehe auf und laufe Richtung Tür.

»Oh, und Kyla? Ich habe nicht vergessen, worüber wir letztes Mal gesprochen haben. Aber heute belassen wir es dabei.«

Ein kurzer Aufschub also. Kein Entkommen.

Erst spät in dieser Nacht, als ich im Bett liege und auf den Schlaf warte, erkenne ich meinen Fehler. Eigentlich kann ich nicht wissen, dass Ben versucht hat, sein Levo abzutrennen. Aber als Dr. Lysander angefangen hat, darüber zu sprechen, habe ich nicht danach gefragt oder auch nur überrascht gewirkt.

Ups. *Ganz schön großes Ups.*

Dann fällt mir etwas anderes auf. Wenn sie wirklich nichts über Ben wüsste und darüber, was vorgefallen ist, dann hätte *sie* das Entfernen des Levos auch nicht ansprechen können.

Sie hat gelogen.

Völlige Dunkelheit umgibt mich. Ich reiße die Augen weit auf, aber alles ist rabenschwarz und undurchdringlich. Ich kann nichts sehen. Das hasse ich!

Ich taste die Steinwand ab, den engen Kreis, der den Raum umschließt, in dem ich stehe. Es gibt nicht genügend Platz, um meine Arme zu beiden Seiten auszustrecken oder mich hinzusetzen. Da ist nichts, woran ich mich beim Hochklettern mit den Fingern festhalten könnte.

Es muss einen Ausweg geben.

Rapunzels Turm hatte ein Fenster, durch das sie ihr langes Haar herunterlassen konnte. Doch alles, was ich habe, ist Dunkelheit, Fingernägel, Fäuste und Füße.

Und Wut. Ich schlage und trete gegen die Wand, wieder und wieder – aber nichts passiert. Schließlich lasse ich mich erschöpft gegen die Ziegel fallen. In diesem Augenblick spüre ich es an meiner Hand.

Etwas Mörtel ist lose! Eine Stelle, gerade unter Hüfthöhe. Ich kratze und reiße immer weiter und kümmere mich nicht um meine blutenden Fingerkuppen. Hände verheilen, das weiß ich nur zu gut.

Schließlich sehe ich ein klein wenig Licht. Beinahe beginne ich vor Erleichterung zu weinen. Ich werde zappelig, aber das Loch ist zu weit unten, als dass ich hindurchspähen könnte, um zu sehen, was sich dahinter verbirgt. Egal, wie sehr ich es auch versuche, ich kann mich in diesem engen Raum nicht weit genug hinabbeugen.

Genug! Ich schreie auf vor Wut.

Lasst mich raus!

KAPITEL 51

Ich schlafe aus, und als ich schließlich aufwache, bin ich überrascht, dass mich Mum alleingelassen hat, Sonntag hin oder her. Nachdem mich mein Traum letzte Nacht geweckt hatte, musste ich das Licht anlassen, weil die Dunkelheit zu bedrückend für mich war. Ich lag wach und dachte nach, bis ich schließlich meinen Zeichenblock hervorholte und ein paar Stunden lang malte. Erst in den frühen Morgenstunden, als bereits die ersten Lichtstrahlen ins Zimmer fielen, konnte ich wieder einschlafen.

Was hatte mein Traum zu bedeuten?

Wenn meine Wut eingesperrt ist, muss sie dort bleiben. Doch der Schmerz lauert so immer dicht unter der Oberfläche. Ich kann meine Gefühle für Ben nicht abschalten. Genauso wenig wie ich länger verleugnen kann, wer ich bin und wer ich mal war.

All diese Traumfragmente: flüchtige Wahrheiten und Halbwahrheiten, reale oder eingebildete Ereignisse. Wie soll ich sie unterscheiden? Ich kann es nicht.

Ich habe auch nicht direkt gemerkt, dass Dr. Lysander gelogen hat. Und wie kann ich überhaupt sicher sein, dass das, was Ben wollte, wirklich falsch war?

Aiden hat recht. Wenn Ben wirklich gestorben ist, tragen ganz eindeutig die Lorder und ihre Krankenhäuser die Schuld daran. Die Regierung und Ärzte wie Dr. Lysander. *Sie* sind der Feind. Nicht Aiden.

Ja! Richte deine Wut auf sie!

Nein, damit lag Ben falsch. Er hat geplant, sich den Terroristen anzuschließen. Er hat mir nur sehr wenig erzählt, denn er wollte nicht, dass ich irgendetwas erfuhr, das mir später hätte Ärger bereiten können. Es gab keinerlei Verbindung zwischen mir und seinen Taten und Plänen, aber ich bin mir sicher, dass er zu den RT stoßen wollte.

Ich will das nicht.

Aidens Antworten sind gefährlich. Aber die Art, wie er die Dinge angeht, ist richtig.

Ich nehme meine Zeichnungen der Nacht hervor und da sind sie, die Vermissten: Ben, Phoebe, sogar Lucy. Ich kann ihnen nicht den Rücken zukehren. Die Welt muss von ihnen erfahren. Und am wichtigsten ist es für mich herauszubekommen, was mit Ben passiert ist.

Amy sitzt unten in der Küche und macht Hausaufgaben. Dad ist noch unterwegs und Mum kocht Suppe.

Sie lächelt, als ich in die Küche komme. »Na, endlich aufgewacht? Man sieht, dass dir das Ausschlafen gutgetan hat.«

Ich lächle zurück. Es waren gar nicht so viele Stunden Schlaf. Aber anstatt mit mir selbst zu kämpfen, weiß ich jetzt, was ich tun will – was ich tun *muss*. Seit ich Aiden zum ersten Mal getroffen habe, habe ich mich nicht mehr so ruhig gefühlt.

»Ich gehe ein bisschen spazieren«, kündige ich an.

Mum sieht zum Fenster hinaus. Die Sonne scheint, doch schwere, schwarze Wolken ziehen von Westen heran und bedecken bereits den halben Himmel. »Aber besser nicht so lang.«

»Soll ich mitkommen?«, fragt Amy.

»Nein, ich möchte allein gehen.«

»Bleib auf den Hauptstraßen, Kyla«, ruft mir Mum nach.

Ich gehe durchs Dorf, an dem Weg vorbei, den Amy und Jazz immer nehmen. Wo Ben und ich ihnen vorausgegangen sind – nein, vorausgerannt sind – und wo so viele Dinge geschehen sind.

Ich laufe weiter bis zum Ende des Dorfes, an einer Farm vorbei, zu einem Waldstück. Gerade will ich umkehren, als ich im Augenwinkel eine Bewegung wahrnehme.

Ich drehe mich um. Erst kann ich nichts erkennen, aber dann suche ich die Felder und Bäume ab … und da ist sie. Eine Eule, die auf einem Zaunpfahl sitzt. Sie ist schneeweiß und sieht mich an. Sie überblickt die Welt, als gehöre sie ihr. Doch es ist mitten am Tag, und sogar ich weiß, dass Eulen Nachttiere sind.

Aber das hat ihr wohl niemand gesagt.

Fasziniert starre ich sie an.

Die Eule starrt zurück und ich gehe auf sie zu. Dabei bewege ich mich auf einem schmalen Pfad zwischen Zaun und Wald von der Straße weg. Ich komme ihr nah genug, um ihre Augen und ihre Federn genau zu erkennen. Dann fliegt sie weg und mit ihren ausgebreiteten weißen Flügeln sieht sie dabei aus wie die Metallskulptur. Sie macht einen Bogen und landet dann wieder – an einem Tor am Ende des Feldes, vielleicht 20 Meter von mir entfernt. Sie fixiert mich mit ihren Augen.

Wartet sie?

Also folge ich ihr. Wir wiederholen diesen Tanz mehrmals. Jedes Mal halbiere ich die Distanz zwischen uns, sie fliegt weiter und wartet dann, bis ich nachkomme.

Das geht eine Weile so, bis wir tief im Wald sind und ich merke, dass ich mich völlig verirrt habe. Mein übliches kartografisches Gedächtnis ist weg. Ich habe nicht darauf geachtet, wohin ich laufe, weil ich den Flug der Eule verfolgt habe. Plötzlich drängen Wolken schwarz und düster herein. Bald wird es regnen. Inzwischen sitzt die Eule auf einem hohen Ast, sodass sie nicht wegfliegen muss, als ich näher komme.

»Danke«, sage ich zu ihr. »Jetzt bin ich da, wo du mich haben wolltest. Was nun?«

Sie starrt mich eindringlich an und dreht den Kopf. Dann sieht sie hinter mich und erhebt sich in die Luft. Die Eule fliegt über die Baumwipfel und verschwindet aus meinem Blickfeld.

»Was soll ich mit dir machen, hm?«

Ich fahre herum.

Wayne, der Maurer.

Ich zwinkere ungläubig.

»Sind Sie mir gefolgt?«, frage ich und weiche zurück.

»Ja, bin ich.« Er grinst, aber es ist mehr ein Zähnefletschen, denn seine Augen sind kalt. Er kommt auf mich zu.

Ich weiche weiter zurück und will mich drehen, um wegzurennen, aber mein Fuß verfängt sich in einer Wurzel.

Wayne ist schneller bei mir, als ich erwartet hätte. Seine Hände greifen nach meinem Arm und verdrehen ihn und er presst mich gegen einen Baum.

»Heute ist niemand hier, der dir helfen kann«, flüstert er mir ins Ohr und reißt an meinen Kleidern. Ich schlage um mich.

»Du dummes Ding. Jetzt hab dich mal nicht so. Ich weiß doch, dass du es willst. Außerdem wirst du vor Aufregung eh nur ohnmächtig, wenn du hier einen Aufstand machst. Vielleicht … *stirbst* du sogar.«

Er reißt an meinem Haar und zieht meinen Kopf zu sich.

Muskeln erinnern sich, mein Instinkt übernimmt. Ich spanne mich nicht mehr an und höre auf zu kämpfen.

»So ist's brav.« Er beugt sich zu mir und küsst mich brutal, er zwingt mir seine Zunge in den Mund, bis ich würgen muss. Ich drehe mich leicht und ramme ihm mit voller Wucht mein Knie zwischen die Beine.

Und etwas … *platzt.* In meinem Inneren.

Fast hörbar – ein Riss, ein Spalt. Ein dünner Lichtstrahl dringt an einen Ort, der zuvor unerreichbar war.

Die Mauer.

Wayne flucht und taumelt zurück. Dabei klammert er sich immer noch an meinen Haaren und meinem Arm fest und zieht mich mit sich.

»Slater-Schlampe! Dafür wirst du bezahlen«, knurrt er.

Das glaube ich nicht.

Er ist einen Kopf größer und vielleicht doppelt so schwer wie ich. Aber meine Muskeln wissen, was zu tun ist.

Ich schlage um mich.

Es ist schnell vorüber.

Ich trete zurück. Der Mann, der es gewagt hat, mich anzufassen, liegt jetzt blutend auf dem Boden. Sein Kiefer ist zertrümmert, Blut strömt aus einer Wunde an seinem Kopf. Ist er … ist er tot?

Ich nähere mich und habe Angst, es herauszufinden. Ich beuge mich über ihn, doch ich will ihn nicht berühren. Aber ich zwinge mich, meine Hand an seinen Hals zu legen, um seinen Puls zu fühlen.

Seine Augen gehen auf. Ich springe zurück, aber seine Hand erwischt meinen Knöchel. Ein Schrei entfährt meiner Kehle und ich versuche mich mit aller Macht loszureißen. Ich trete mit dem Fuß, aber seine Hand krallt sich wie eine Schraubzwinge um meinen Knöchel. Schließlich greife ich nach unten und biege mit Gewalt seine Finger zurück, bis ich wieder frei bin, und renne los.

Ich hetze kopflos querfeldein durch den Wald. Zweige schlagen mir ins Gesicht, und meine Füße stolpern über Wurzeln, aber ich laufe, so schnell ich kann, bis ich endlich auf einen Pfad stoße. *Der* Pfad, ja, er ist es. Von hier bin ich gekommen – ich erinnere mich wieder. Mein Verstand übernimmt abermals die Führung über meine Beine und lässt sie langsamer werden.

Mein Levo steht bei 6.

Mein Kopf dröhnt, meine Hände zittern und meine Füße stolpern.

»Was habe ich getan?«, flüstere ich den Bäumen zu. »Wie?«

Pst.

»Wer hat das gesagt?«

Ich fahre herum, aber ich bin allein.

Irgendwo in mir drin werde ich ruhig. Eine neue Mauer entsteht und blockiert das, was mein Levo mit meinen Gedanken und Gefühlen verbindet – und sie ist massiv.

»Was habe ich getan?«

Aber meine Fragen lösen sich in Nichts auf, sobald ich sie formuliert habe.

Lass es.

Wieder fahre ich herum, doch da ist niemand. Die Stimme ist in meinem Kopf. Sie ist die ganze Zeit dort gewesen.

»Wer bist du? Bist du Lucy?«

Nein! Diese jämmerliche Heulsuse ist verschwunden, für immer. Ich bin … du. Dein altes Ich.

»Was willst du?«

Ich will uns vereinen.

»Nein.«

Du hast keine Wahl.

»Nein!«

Ich sacke in mich zusammen und falle auf den Boden.

Der Eindringling in mir zieht an einem Stein. Der Riss in der Mauer weitet sich, Zement bröckelt und Ziegelsteine fallen. Der ganze Turm stürzt ein.

Tausende von Eindrücken strömen auf mich ein, Erinnerungen flackern auf, erst langsam, doch dann immer schneller. Mir ist schwindlig und mein Kopf will zerspringen, aber ich kann die Bilder nicht aufhalten. Meine Eingeweide rebellieren, und ich muss mich immer wieder übergeben, bis nichts mehr in meinem Magen ist. Doch auch dann würge ich noch immer.

Wie kann das sein? Meine Erinnerungen sollten ausgelöscht sein. Was ist passiert, was geht hier vor?

Ich starre in den dunklen Himmel und mein Herz rast wie wild. Ganz langsam beruhige ich mich wieder und die Erinnerungen beginnen sich zu ordnen. Wie kann das sein? Was bedeutet das?

Blasse, eisblaue Augen – sie wissen es. Sie wissen es immer. Sein Gesicht erscheint vor mir: engelsgleich, wenn er lächelt und wenn ich tue, was er will. Ich möchte nicht daran denken, was passiert, wenn ich mich ihm widersetze.

Ich keuche laut auf, als mir sein Name wieder einfällt. *Nico.* So nannte er sich, als er noch der Mittelpunkt meines Lebens war. Er hat alles kontrolliert: Schmerz, Freude und wie eins zum anderen wurde. Wie Liebe und Hass ineinander übergingen. Er hat mir beigebracht, wie ich zwei Personen gleichzeitig sein kann: die wehleidige kleine Lucy und ihr Alter Ego. Die Memme und die Kämpferin. Aber Lucy ist verschwunden und nur die andere ist noch da. Nico ist derjenige, der Lucys Finger mit einem Ziegelstein zertrümmerte, als sie sich gegen die Spaltung ihrer Seele gewehrt hat. Aber er hat es für mich getan – um mich zu beschützen. Um mich in Sicherheit zu wissen, falls die Lorder mich jemals schnappen sollten. Und genau das ist eingetreten; ich wurde geslated. Also hat alles, was er Lucy angetan hat, am Ende *mich* gerettet.

Wie hat er mich gefunden?

Nicht als Nico. Aber selbst in neuen Kleidern und in einer neuen Rolle als Lehrer ist das Lächeln das gleiche geblieben. Es gilt nur mir, mir allein. Er hat die anderen Mädchen im Raum ignoriert und seinen Liebling mit den Augen gefunden. Sein langsames Zwinkern. *Was für eine Schlampe*, hat er über Mrs Ali gesagt. Er ist immer noch auf meiner Seite. Es spielte für ihn keine Rolle, dass ich nicht mehr wusste, wer er ist. Jetzt verstehe ich, dass er mit seinen fiesen Bemerkungen zu Bens Verschwinden versucht hat, eine Reaktion bei mir zu provozieren. Er wollte meine Erinnerungen hervorkitzeln, von dort, wo sie versteckt lagen.

Er oder einer seiner Terroristenfreunde muss Miss Fern in einen Unfall verwickelt haben, sodass er ihren Platz an der Schule einnehmen konnte. Nico – oder Hatten, wie er sich jetzt nennt – hat alles in Bewegung gesetzt. Und dafür kann es nur einen Grund geben: Er wollte den Zutritt zu Kylas Welt. Zu *meiner* Welt. Aber warum?

Meine Augen weiten sich.

Was will er von mir?

Kaum habe ich mir diese Frage gestellt, überrollen mich weitere Bilder. Sie drehen sich ums Töten – mit Waffen, Sprengstoff und Brandsätzen. Ich weiß plötzlich wieder, wo man am besten eine Klinge versteckt. Nico hat mir so viele Arten zu morden beigebracht – selbst mit meinen bloßen Händen.

Nein!

Doch. Frag mal Wayne.

Ich springe auf und renne weiter durch den Wald, weg von Waynes Leiche und wieder zurück zur Straße. NEIN, NEIN, NEIN, NEIN kreischt es in meinem Inneren. So etwas tue ich nicht! Das bin ich nicht mehr.

Was ist mit Ben?

Ben. Ich gerate ins Straucheln. Ich schaue auf mein Levo – das gleiche Modell wie Bens. Das Levo, das vielleicht sein Leben beendet hat. 6,2? Ich zerre an meinem Armband, so fest ich kann – doch nichts passiert. Es sollte zumindest wehtun. Nach meiner Tat heute Nachmittag müsste ich tot sein, mein Gehirn sollte durch dieses Ding, das mein Leben seit dem Slating bestimmt, ausgeschaltet worden sein. Doch obwohl es sich immer noch an meinem Arm befindet, wurde es durch neue Barrieren in meinem Gehirn lahmgelegt.

Ben hat versucht, sich von seinem Levo zu befreien, damit er gegen die schrecklichen Zustände in unserer Gesellschaft kämpfen kann. Damit er sich wehren kann.

Doch *ich* bin es, die jetzt frei von ihrem Levo ist.

Eine Gänsehaut bildet sich auf meinen Armen.

Ich lehne mich an einen Baum und schließe die Augen. Und da sehe ich seine: warmherzig und braun. Augen, die sich um mich sorgten, ganz egal, wer oder was ich einst war. Würde er das Gleiche fühlen, wenn er die Wahrheit wüsste?

Ich kann nicht glauben, dass Ben für immer verschwunden, dass er *tot* ist. Reglos und still wie die Metalleule.

ICH WERDE es nicht glauben.

Nico denkt vielleicht, dass ich hier bin, um das zu tun, was er will – aber er wird sein blaues Wunder erleben. Wir haben noch eine Rechnung offen. Er wird mir helfen, Ben zu finden, oder ich werde mich endgültig von ihm abwenden.

Ich flüstere den Bäumen und dem Wind ein Versprechen zu, dem Regen, der jetzt vom Himmel fällt, und der Eule, die mich hierhergebracht hat.

»Ben, ich werde dich finden.«

Ende des ersten Bandes.

DANKSAGUNG

Ein großer Dank geht an meine Agentin Caroline Sheldon, weil sie sich so für *Gelöscht* engagiert hat und es auf allen wichtigen Schreibtischen platzieren konnte. Megan Larkin möchte ich dafür danken, dass sie das Manuskript von ihrem Schreibtisch genommen, es gelesen und mir mit hilfreichen Vorschlägen zur Seite gestanden hat. Danke auch an Thy Bui und alle bei Orchard Books, die meinen Traum wahr gemacht und etwas Wunderbares geschaffen haben, das ich jetzt in meinen Händen halten kann.

Ich schulde sowohl meinen Scooby-Freunden an der SCBWI [Society of Children's Book Writers and Illustrators] als auch meinen Schreibgruppen von früher und heute großen Dank. Candy Gourlay und Paula Harrison haben mich bei allen Höhen und Tiefen in meinem Leben begleitet – vielen Dank für die vielen Mittagessen und die guten Ratschläge!

Candy, Jo Wyton und Amy Butler Greenfield haben alle Entwürfe von *Gelöscht* mitgelesen und hilfreich kommentiert. Außerdem danke ich Lesley McKenna von der University of Bedfordshire, die mir so viele nervige Fragen gestellt und mich dazu gebracht hat, genauer und intensiver über die Geschichte nachzudenken.

Wenn ich einen Schritt zurückgehe, erinnere ich mich, dass meine Lehrerin Cher McKillop an der High School zu mir gesagt hat, dass ich das Potenzial zur Schriftstellerin hätte – allerdings habe ich ihr nicht geglaubt. Jahre später hat eine andere Freundin, Kim Walsh, dasselbe zu mir gesagt. Weitere Ermutigungen und meine Lebensumstände haben mich schließlich dazu bewogen, mit dem Schreiben anzufangen und es auch in schwierigen Situationen nicht aufzugeben.

Vor *Gelöscht* gab es all die anderen Bücher. Schreiben zu lernen ist ein langer und beschwerlicher Weg, bei dem es oft unmöglich scheint, über das nächste Hindernis zu blicken. Anne Fines Ratschläge zu meinem allerersten Schreibversuch haben viel dazu beigetragen, mich auf den richtigen Weg zu bringen – genauso wie Jude Evans' Ermutigungen und ihr ständiger Einsatz.

Den Schülern der Lord Williams' School in Thame schulde ich meinen besonderen Dank, ebenso wie meinen Chatterbooks-Gruppen in der Princes Risborough Library, weil sie mich daran erinnert haben, für wen ich schreibe und warum ich es überhaupt tue.

Ganz zu Beginn standen meine Eltern – sie haben mir Bücher in die Hände gelegt, als ich sie noch kaum halten konnte. Dank der Bibliotheken hatte ich immer etwas zu lesen, wenn meine Eltern nicht mehr genügend Nachschub liefern konnten. Ich war eins der Kinder, die immer auf ihrem Schultisch einschlafen, weil sie die ganze Nacht heimlich mit einer Taschenlampe unter der Bettdecke gelesen haben. Wäre ich ohne Bibliotheken je so weit gekommen? Sicher nicht.

Zum Schluss noch dies: Es ist nicht einfach, mit einer Schriftstellerin zu leben. An Graham, Banrock und meine Musen überall – *merci!*

WIE ALLES BEGANN …

Teri Terry
Exit Now!
ISBN 978-3-649-63419-5
Auch als @book erhältlich:
ISBN 978-3-649-63374-7

Großbritannien nach dem Brexit: Die 15-jährige Sam lebt in einem goldenen Käfig. Hohe Mauern schirmen sie ab vor bettelnden Familien. Panzerglas schützt sie vor Bombenanschlägen. Auf Empfängen lächelt sie zu den Reden ihres einflussreichen Vaters. Doch als Sam die zwei Jahre ältere Ava kennenlernt, erwacht sie aus ihrer Erstarrung:
Wieso gibt die Regierung den Jugendlichen die Schuld am Terror im Land?
Warum kontrolliert die Polizei plötzlich ihre Handys und jede ihrer Bewegungen?
Wohin verschwinden so viele Mädchen aus ihrer Schule?
Sam und Ava fühlen sich, als würde ihnen die Luft zum Atmen genommen und sie wollen sich wehren. Aber wie, wenn das ganze Land sich gegen sie wendet?

Das Prequel zu Teri Terrys erfolgreicher »Gelöscht«-Trilogie: packend und erschreckend aktuell!